P9-DIE-262

COLLECTION FOLIO

Honoré de Balzac

L'Envers de l'histoire contemporaine

Préface
de Bernard Pingaud
Édition établie
et annotée
par Samuel S. de Sacy

Gallimard

L'ENVERS ET L'ENDROIT

Lorsque Balzac, en février 1848, achève L'Initié, *qui fait suite à l'histoire de* Madame de la Chanterie *déjà publiée, il ne sait pas encore qu'il vient d'écrire son dernier roman. Le titre auquel il s'arrête pour unir les deux épisodes n'en est que plus significatif. C'est comme si, parvenu au terme, le constructeur avait voulu laisser une signature symbolique sur l'édifice. Toute* La Comédie humaine, *en effet, pourrait s'intituler* L'Envers de l'histoire contemporaine. *L'idée que le romancier décrit ce qui échappe à l'historien n'est pas une invention de Balzac. Pendant une bonne partie du XVIII*e *siècle, à l'époque où le roman était encore considéré comme un genre mineur, elle a servi à assurer contre la réalité (ou à distance d'elle, comme le jugement est à distance du constat) les droits de la fiction. Mais lorsque Balzac s'en empare, cette idée d'un « envers » du décor que la tâche propre du romancier serait d'explorer prend un sens nouveau. Il ne s'agit plus seulement de compléter le travail de l'historien, qui raconte les faits publics, par un récit parallèle portant sur les* *mœurs, les idées ou les sentiments, et qui doublerait la chronique officielle d'une chronique privée, indispensable à la compréhension de l'autre. Il s'agit, comme Balzac nous l'indique en 1842, d'* « *étudier les raisons* », *de* « *surprendre le sens caché dans cet immense assemblage de figures, de passions et d'événements* ».

L'expression « *sens caché* » *forme un tout. Mais selon qu'on mettra l'accent sur le premier ou le second terme, on aura deux visions différentes. Le plus souvent, chez Balzac, l'* « *envers* » *désigne l'essence cachée sous l'apparence. Dans ce cas, le sens ne se cache que pour mieux se montrer. Un œil pénétrant (celui du romancier ou de ces personnages* « *profonds* » *qui sont ses délégués dans le roman et les héros majeurs de la* Comédie*) a tôt fait de le découvrir dans les visages, les objets, les lieux où il siège comme l'âme dans le corps. A peine a-t-on besoin de le dire : l'apparence, pour qui sait la regarder, le* « *révèle* » *déjà. Toute une partie de* La Comédie humaine *ressortit à cette logique de la révélation grâce à quoi le monde, une fois dissipées les brumes de l'apparence, se présente dans sa vraie lumière, n'opposant par lui-même aucun obstacle à la vision pénétrante, l'invitant plutôt à s'avancer jusqu'en ses plus ultimes profondeurs, dans ces régions spirituelles où seuls ont accès ceux qui possèdent le don de* « *spécialité* ».

*Souvent, au contraire, tout se passe comme si l'*incognito *était un élément essentiel du sens et que la vérité ne pouvait, sans perdre son efficace, paraître au grand jour. Alors le sens se présente, non plus comme une certitude accessible, mais* *comme l'envers toujours dérobé d'un endroit à la fois mensonger et protecteur. C'est « cet envers si varié qui compose une seconde vie à la plupart des hommes », dont parle Séraphîta. Deuxième vie, deuxième monde situé à l'intérieur de l'autre et qui le gouverne. La mythologie balzacienne, directement héritée du roman noir, veut que la force règne par le mystère et que tout vrai pouvoir soit occulte. Dans cette deuxième perspective, la connaissance ne peut plus suivre un progrès continu ; elle procédera plutôt par sauts initiatiques. La clandestinité a ses degrés. A mesure qu'on s'enfonce dans la jungle sociale, conçue par Balzac comme une série de cercles concentriques, l'envers se distingue de plus en plus de l'endroit, il devient de plus en plus caché, donc plus redoutable. Ainsi s'approche-t-on d'un noyau central, source de toute énergie, que l'on ne pourra jamais atteindre, mais dont une figure privilégiée nous donne l'image la plus exacte : la* société secrète. *Balzac en avait lui-même fondé une, le Cheval Rouge, sorte de conspiration littéraire destinée à célébrer les mérites de ses membres. Il est à l'origine d'une autre association qui n'a pas bénéficié du même secret et, peut-être pour cette raison, n'a jamais fait peur à personne : la Société des Gens de Lettres. On rencontre, dans* La Comédie humaine, *plusieurs groupements occultes, plus ou moins organisés, plus ou moins nombreux, qui ont tous pour but la conquête et l'exercice d'un pouvoir. Deux au moins méritent une attention particulière : les Treize et les Frères de la Consolation. Des Treize, il est question, on le sait, au début des* Scènes de la vie parisienne. *Les Frères de la*

Consolation, les voici : ils apparaissent à la fin, ce sont les cinq « conjurés » qui se réunissent rue Chanoinesse, sous l'autorité de Mme de la Chanterie, et dont l'action secrète est le sujet de L'Envers de l'histoire contemporaine.

Rien de plus éloigné, à première vue, que les activités de ces deux groupes. Les Treize, affamés de « jouissances asiatiques », complotent pour le plaisir. Ils forment « un monde à part dans le monde », mais pareillement perverti. Si leurs passions sont plus raffinées, plus exigeantes que celles du commun des mortels, elles ne sont pas d'une autre espèce. Mme de la Chanterie et ses adeptes, au contraire, ont, pour des raisons diverses qu'on découvrira en lisant leur histoire, tourné le dos aux plaisirs de ce monde et mettent leur pouvoir au service de la vertu, consolant les détresses morales et matérielles, soulageant discrètement les misères. L' « envers » de l'histoire contemporaine (et plus précisément, puisque nous sommes dans les Scènes de la vie parisienne, *de Paris, ce creuset de tous les vices), c'est donc d'abord l'image méconnue de la charité agissante. Les membres de l'ordre mènent la vie de véritables religieux, une vie « modeste et sans exigence », tout à fait comparable à celle des provinciaux : ils se lèvent et se couchent avec le soleil, assistent à la messe chaque matin, et ne se distraient de leurs occupations charitables que pour méditer sur l'*Imitation. *Les Frères apparaissent ainsi comme l' « envers » des Treize, et Balzac lui-même, lorsqu'il fait allusion à son futur roman dans la préface à* Splendeurs et Misères des courtisanes, *ne les présente pas autrement. L'auteur, dit-*

il, « prépare comme contrepoids et comme opposition, un ouvrage où se verra l'action de la vertu, de la religion et de la bienfaisance au cœur de cette corruption des capitales ».

Mais si les deux sociétés se distinguent par leurs buts, elles ont en commun un certain nombre de traits qui caractérisent toutes les associations de ce genre et dont le principal est la clandestinité. C'est ce que Balzac souligne aussi, quelques lignes plus loin : « En commençant les Scènes de la vie parisienne *par les* Treize, *l'auteur se promettait bien de les terminer par la même idée, celle de l'association faite au profit de la charité comme l'autre au profit du plaisir. » On ne saurait être plus clair : la « même idée » gouverne les deux ouvrages; chacun est l'envers de l'autre, mais à l'intérieur du même ensemble. Pris dans ce second sens, l' « envers » s'applique aussi bien aux Treize qu'aux Frères de la Consolation, et désigne d'une façon générale le lieu et les formes de tout pouvoir réel, quel que soit l'usage que ses détenteurs en font.*

De là l'ambiguïté qui caractérise cet « ouvrage formidable de vertus », comme dit encore Balzac. Apparemment, l'auteur, à qui l'on reprochait son immoralisme, veut nous prouver que sa galerie de portraits tient en réserve des « figures irréprochables » et que l'œuvre conspire bien, comme il l'a toujours affirmé, à la gloire de la religion et de la monarchie. Mais nous savons, pour l'avoir lu dans l'Avant-propos de La Comédie humaine, *que « rendre intéressant un personnage vertueux » est « un problème littéraire difficile ». Comment Balzac s'y prend-il pour le résoudre? En glissant du premier sens de l' « envers » au second. Autrement dit, en dépeignant la vertu elle-même comme une aventure, en faisant de ses « frères » des conspirateurs, bref en alignant le dernier épisode des* Scènes de la vie parisienne *sur le premier.*

Que Balzac ait choisi pour héros un ambitieux déçu, « inhabile à lutter contre les choses, ayant le sentiment des facultés supérieures, mais sans le vouloir qui les met en action », est déjà significatif. Un personnage de cette espèce, sorte de Rubempré au petit pied, manque par trop de profondeur pour céder brusquement à l'attrait de la vertu. Il y faut d'autres mobiles. La curiosité, d'abord. Ce qui retient Godefroid dans le « cloître » de la rue Chanoinesse, c'est l'impression qu'on lui cache quelque chose, c'est un « air de mystère » partout répandu, comme si quittant la « vie réelle », il avait pénétré dans « le monde fantastique des romans ». Son premier souci sera donc de savoir *: « Il était impatient de pénétrer les secrets et l'existence de ces purs catholiques. » Puis apparaît Mme de Cinq-Cygne, dont la présence donne brusquement au mystère sa vraie dimension, qui est politique. Si Mme de la Chanterie peut parler d'égale à égale avec « une des sommités aristocratiques », c'est que les membres de l'Ordre n'ont pas une vocation purement contemplative : leurs secrets sont ceux du « monde ». Du coup, l'ambition de Godefroid se réveille et la « vanité sociale » vient relayer la curiosité : il ne s'agit plus seulement de savoir, mais de* pouvoir. *Nous voilà loin de l'*Imitation. *Nous en serons plus loin encore quand, par ses deux récits successifs, le bonhomme Alain nous aura révélé* *les dessous du mystère. L'histoire de Mme de la Chanterie confirme ce que le lecteur habitué aux « ténèbres » balzaciennes pouvait soupçonner déjà. On sait que Balzac s'est inspiré, pour cet épisode, d'un fait divers authentique. Mais il ne l'a pas choisi au hasard, trop heureux que la réalité, pour une fois, dépassât la fiction. Vingt ans plus tôt, donc, Mme de la Chanterie a été mêlée, malgré elle, à un premier complot, ourdi par une autre association secrète, les Chauffeurs de Mortagne. Du brigandage à la charité, il y a sans doute quelque distance. Mais le fait que l'idée de l'Ordre soit venue à Mme de la Chanterie en prison suffit à marquer la filiation. Nous sommes bien, dans les deux cas, de l'autre côté, dans ce « monde à part », inconnu du public, où se jouent les vrais drames, où se prennent les seules décisions qui comptent, et le cri naïf de Godefroid : « Serai-je des vôtres? » le laisse assez entendre.*

Dès lors, le sens caché de l'ouvrage se dessine. Il ne s'agit pas, ou pas seulement de faire l'apologie de la vertu. Il s'agit d'appliquer au bien la « même idée » qu'au mal : à savoir qu'on ne peut disposer de quelque influence, dans le monde, sans comploter. Le pouvoir veut le secret, il s'exerce dans « l'envers de l'histoire ». C'est ce que démontrera, par l'exemple, la seconde partie du roman, L'Initié, *où l'on voit Godefroid tenter et réussir sa première opération charitable. Le long monologue au cours duquel Alain « affranchit » le néophyte fixe les règles d'un jeu qui n'est pas différent de celui des Treize : si l'on veut en finir avec « la conspiration permanente du mal », il faut lui opposer une autre* conspiration. « La charité dans Paris doit être aussi savante que le vice. » Savante, c'est-à-dire à la fois éclairée et puissante. La charité aura, dans le monde, ses espions qui se reconnaîtront sans se connaître, communiqueront par signes, et mettront en œuvre, partout où le combat l'exige, les ressources d'un « être décuplé », d'un « pouvoir collectif ». La théorie de l'association que Balzac esquisse au passage peut paraître simpliste, et sans doute l'est-elle. Il suffit pour nous que le roman, vaste machinerie dont elle est le moteur, y trouve son compte. Le bonhomme Alain, dont la figure, jusque-là, ne saillait guère, devient « intéressant » dans la mesure où les Frères défient les Treize, où Alain se présente lui-même comme l'anti-Vautrin. La suite prouve d'ailleurs que, sous le couvert de l'entreprise charitable, c'est bien une intrigue, au sens le plus traditionnel du mot, que va mener Godefroid. Il sera bien question, de-ci, de-là, de « ferveur », de « sainteté »; mais il sera question beaucoup plus souvent encore de « puissance », de cette « plénitude de vie » qui accompagne l'exercice occulte de l'autorité : « car il jouissait d'un sens nouveau, celui d'une omnipotence plus certaine que cette « plénitude de vie » qui accompagne l'exercice M. Bernard, c'est de Marsay partant à l'assaut de la « fille aux yeux d'or », et il n'est pas jusqu'à la chambre de Vanda, tendue de « soie jaune », avec sa boiserie blanche « rehaussée par quelques filets d'or », qui ne rappelle le voluptueux boudoir de Paquita Valdès, aux trois couleurs cardinales : le blanc, la pourpre et l'or.

Pour ceux qui s'inquiéteraient de cette déviation

du sens religieux, Balzac tient une réponse toute prête : il y a deux religions, la politique et la mystique. La religion politique, c'est le catholicisme romain, que l'Avant-propos de *La Comédie humaine* définit sans ambages comme « un système complet de répression des tendances dépravées de l'homme » et « le plus grand élément d'ordre social ». La religion mystique, c'est celle de saint Jean, de Jacob Boehm, de Swedenborg, « la seule que puisse admettre un esprit supérieur ». « Politiquement, écrit Balzac dans une lettre célèbre à Mme Hanska, je suis de la religion catholique... Devant Dieu, je suis de la religion de saint Jean, de l'église mystique, la seule qui ait conservé la vraie doctrine. » Si l'on doit considérer la religion sous ces deux aspects, on comprendra que, « politiquement » (c'est-à-dire comme pouvoir) la religion relève du système qui vient d'être analysé et doive, pour être efficace, dissimuler ses effets, bref qu'elle ait un envers caché sous son endroit. Mais il faut admettre alors que ce double jeu du pouvoir nous renvoie lui-même à un autre système, double lui aussi, qui serait en quelque sorte la vérité ou la conscience du premier, et dans lequel la pure contemplation, le pur savoir, en un mot la mystique viendrait s'opposer à l'action, au pouvoir, à la politique, comme un envers intérieur à l'envers lui-même. De nombreux passages des *Études philosophiques* prêteraient à cette interprétation, et notamment la fameuse profession de foi swedenborgienne de Louis Lambert qui discerne dans l'homme deux « créatures distinctes », l'être « intérieur » et l'être « extérieur », correspondant à deux mondes, l' « invisible » et le « réel » : « Dans le monde invisible comme dans le monde réel, si quelque habitant des régions inférieures arrive, sans en être digne, à un cercle supérieur, non seulement il n'en comprend ni les habitudes ni les discours, mais encore sa présence y paralyse et les voix et les cœurs. » L'emploi, dans ce texte même, du mot « cercle », caractéristique de la sociologie balzacienne, montre bien, pourtant, ce que la plupart des commentateurs ont d'ailleurs souligné : que le mysticisme de Balzac ne parvient jamais à surmonter tout à fait la tentation politique et qu'il n'est pas de « savoir » qui puisse le contenter s'il ne s'accompagne du sentiment d'un « pouvoir ». C'est bien pourquoi l'envers joue dans toute l'œuvre le rôle d'un concept clef, d'autant plus puissant qu'il est moins scientifique. Car toute connaissance, à commencer par l'initiatique, vise une essence cachée sous l'apparence. Mais dans la mesure où ce savoir reste initiatique, où la vérité se présente vraiment comme un « envers », irréductible par définition à l' « endroit » qui la dissimule, sa possession équivaut toujours, peu ou prou, à un pouvoir ; elle confère à celui qui s'en est rendu maître une autorité ignorée du profane. Passer d'un « cercle » à l'autre, c'est à chaque fois franchir un seuil, fermer une porte derrière soi, découvrir dans tout envers l'endroit d'un envers plus secret encore, réservé aux seuls « esprits supérieurs ».

Au terme de cette quête, est-il besoin de dire — puisque nous sommes ici dans le domaine de la fiction — qu'on finira par rencontrer le romancier lui-même ? Premier personnage de son œuvre, *comme l'avait déjà bien vu Baudelaire, Balzac en est aussi le premier « initié », celui qui détient tous les secrets parce qu'il les invente. Dans la figure du créateur, rival méconnu, double clandestin de Dieu le Père, se réconcilient savoir et pouvoir. Image d'un complot,* La Comédie humaine *est elle-même le produit d'un complot ourdi souverainement par l'auteur pendant ces nuits de veille où il avait l'impression de régner sur le monde et dont le « sens caché » lui est apparu lorsqu'il a eu l'idée de créer l' « association » imaginaire des personnages qui permet leur retour d'un livre à l'autre. A partir de quoi, on pourrait bâtir toute une théorie de la fiction et montrer que le « roman balzacien » ne ressemble guère à l'amalgame de plat réalisme et de romanesque débridé qu'on entend souvent sous ce nom. Mais ce serait une autre histoire, non moins secrète, — quelque chose comme l' « envers » de l'œuvre.*

Bernard Pingaud.

L'Envers
de
l'histoire contemporaine

PREMIÈRE PARTIE

Madame de la Chanterie

En 1836, par une belle soirée du mois de septembre, un homme d'environ trente ans restait appuyé au parapet de ce quai[1] d'où l'on peut voir à la fois la Seine, en amont, depuis le Jardin des Plantes jusqu'à Notre-Dame, et en aval, la vaste perspective de la rivière jusqu'au Louvre. Il n'existe pas deux semblables points de vue dans la capitale des idées. On se trouve comme à la poupe de ce vaisseau devenu gigantesque. On y rêve Paris depuis les Romains jusqu'aux Francs, depuis les Normands jusqu'aux Bourguignons, le Moyen Age, les Valois, Henri IV et Louis XIV, Napoléon et Louis-Philippe. De là, toutes ces dominations offrent quelques vestiges ou des monuments qui les rappellent au souvenir. Sainte-Geneviève couvre de sa coupole le quartier latin. Derrière vous s'élève le magnifique chevet de la cathédrale. L'Hôtel de Ville vous parle de toutes les révolutions, et l'Hôtel-Dieu de toutes les misères de Paris. Quand vous avez entrevu les splendeurs du Louvre, en faisant deux pas vous pouvez voir les haillons de cet ignoble pan de maisons situées entre le quai de la Tournelle et l'Hôtel-Dieu, que les modernes échevins s'occupent en ce moment de faire disparaître.

En 1835[2], ce tableau merveilleux avait un enseignement de plus : entre le Parisien appuyé au parapet et la cathédrale, le Terrain, tel est le vieux nom de ce lieu désert, était encore jonché des ruines de l'archevêché. Lorsque l'on contemple de là tant d'aspects inspirateurs, lorsque l'âme embrasse le passé comme le présent de la ville de Paris, la Religion semble logée là comme pour étendre ses deux mains sur les douleurs de l'une et l'autre rive, aller du faubourg Saint-Antoine au faubourg Saint-Marceau. Espérons que tant de sublimes harmonies seront complétées par la construction d'un palais épiscopal dans le genre gothique, qui remplacera les masures sans caractère assises entre le Terrain, la rue d'Arcole, la cathédrale et le quai de la Cité.

Ce point, le cœur de l'ancien Paris, en est l'endroit le plus solitaire, le plus mélancolique. Les eaux de la Seine s'y brisent à grand bruit, la cathédrale y jette ses ombres au coucher du soleil. On comprend qu'il s'y émeuve de graves pensées chez un homme atteint de quelque maladie morale. Séduit peut-être par un accord entre ses idées du moment et celles qui naissent à la vue de scènes si diverses, le promeneur restait les mains sur le parapet, en proie à une double contemplation : Paris et lui ! Les ombres grandissaient, les lumières s'allumaient au loin, et il ne s'en allait pas, emporté qu'il était au courant d'une de ces méditations grosses de notre avenir, et que le passé rend solennelles.

En ce moment, il entendit venir à lui deux personnes dont la voix l'avait frappé dès le pont en pierre qui réunit l'île de la Cité au quai de la Tournelle. Ces deux personnes se croyaient sans doute seules, et parlaient un peu plus haut qu'elles ne l'eussent fait en des lieux fréquentés, ou si elles se fussent aperçues de la présence d'un étranger. Dès le pont, les voix annonçaient une discussion qui, par quelques paroles apportées à l'oreille du témoin involontaire de cette scène, étaient relatives à un prêt d'argent. En arrivant auprès du promeneur, l'une des deux personnes, mise comme l'est un ouvrier, quitta l'autre par un mouvement de désespoir. L'autre se retourna, rappela l'ouvrier et lui dit : « Vous n'avez pas un sou pour repasser le pont. Tenez, ajouta-t-il en lui donnant une pièce de monnaie, et souvenez-vous, mon ami, que c'est Dieu lui-même qui nous parle quand il nous vient de bonnes pensées ! »

Cette dernière phrase fit tressaillir le rêveur. L'homme qui parlait ainsi ne se doutait pas que, pour employer une expression proverbiale, il faisait d'une pierre deux coups, qu'il s'adressait à deux misères : une industrie au désespoir, et les souffrances d'une âme sans boussole ; une victime de ce que les moutons de Panurge nomment le Progrès, et une victime de ce que la France appelle l'Égalité. Cette parole, simple en elle-même, fut grande par l'accent de celui qui la disait, et dont la voix possédait comme un charme. N'est-il pas des voix calmes, douces, en harmonie avec les effets que la vue de l'outremer produit sur nous ?

Au costume, le Parisien reconnut un prêtre, et vit aux dernières clartés du crépuscule un visage blanc, auguste, mais ravagé. La vue d'un prêtre sortant de la belle cathédrale de Saint-Étienne, à Vienne, pour aller porter l'extrême-onction à un mourant, détermina le célèbre auteur tragique Werner[3] à se faire catholique. Il en fut presque de même pour le Parisien en apercevant l'homme qui, sans le savoir, venait de le consoler ; il aperçut dans le menaçant horizon de son avenir une longue trace lumineuse où brillait le bleu de l'éther, et il suivit cette clarté, comme les bergers de l'Évangile allèrent dans la direction de la voix qui leur cria d'en haut : « Le Sauveur vient de naître. » L'homme à la bienfaisante parole marchait le long de la cathédrale, et se dirigeait, par une conséquence du hasard, qui parfois est conséquent, vers la rue d'où le promeneur venait et où il retournait, amené par les fautes de sa vie.

Ce promeneur avait nom Godefroid. En lisant cette histoire, on comprendra les raisons qui n'y font employer que les prénoms de ceux dont il sera question. Voici donc pourquoi Godefroid, qui demeurait dans le quartier de la Chaussée-d'Antin, se trouvait à une pareille heure au chevet de Notre-Dame.

Fils d'un détaillant à qui l'économie avait fait faire une sorte de fortune, il devint toute l'ambition de son père et de sa mère, qui le rêvèrent notaire à Paris. Aussi, dès l'âge de sept ans, fut-il mis dans une institution, celle de l'abbé Liautard[4], parmi les enfants de beaucoup de familles distinguées qui, sous le règne de l'Empereur, avaient, par attachement à la religion un peu trop méconnue dans les lycées, choisi cette maison pour l'éducation de leurs fils. Les inégalités sociales ne pouvaient pas alors être soupçonnées entre camarades; mais, en 1821, ses études achevées, Godefroid, qu'on plaça chez un notaire, ne tarda pas à reconnaître les distances qui le séparaient de ceux avec lesquels il avait jusqu'alors vécu familièrement.

Obligé de faire son Droit, il se vit confondu dans la foule des fils de la bourgeoisie qui, sans fortune faite ni distinctions héréditaires, devaient tout attendre de leur valeur personnelle ou de leurs travaux obstinés. Les espérances que son père et sa mère, alors retirés du commerce, asseyaient sur sa tête, stimulèrent son amour-propre sans lui donner d'orgueil. Ses parents vivaient simplement, en Hollandais, ne dépensant que le quart de douze mille francs de rente; ils destinaient leurs économies, ainsi que la moitié de leur capital, à l'acquisition d'une charge pour leur fils. Soumis aux lois de cette économie domestique, Godefroid trouvait son état présent si disproportionné avec les rêves de ses parents et les siens qu'il éprouva du découragement. Chez les natures faibles, le découragement devient de l'envie. Tandis que d'autres, à qui la nécessité, la volonté, la réflexion tenaient lieu de talent, marchaient droit et résolument dans la voie tracée aux ambitions bourgeoises, Godefroid se révolta, voulut briller, alla vers tous les endroits éclairés, et ses yeux s'y blessèrent. Il essaya de parvenir, mais tous ses efforts aboutirent à la constatation de son impuissance. En s'apercevant enfin d'un manque d'équilibre entre ses désirs et sa fortune, il prit en haine les suprématies sociales, se fit libéral et tenta d'arriver à la célébrité par un livre ; mais il apprit à ses dépens à regarder le Talent du même œil que la Noblesse. Le Notariat, le Barreau, la Littérature successivement abordés sans succès, il voulut être magistrat.

En ce moment son père mourut. Sa mère, dont la vieillesse put se contenter de deux mille francs de rente, lui abandonna presque toute la fortune. Possesseur à vingt-cinq ans de dix mille francs de rente, il se crut riche et l'était relativement à son passé. Jusqu'alors sa vie avait été composée d'actes sans volonté, de vouloirs impuissants ; et, pour marcher avec son siècle, pour agir, pour jouer un rôle, il tenta d'entrer dans un monde quelconque à l'aide de sa fortune. Il trouva tout d'abord le journalisme, qui tend toujours les bras au premier capital venu. Être propriétaire d'un journal, c'est devenir un personnage : on exploite l'intelligence, on en partage les plaisirs sans en épouser les travaux. Rien n'est plus tentant pour des esprits inférieurs que de s'élever ainsi sur le talent d'autrui. Paris a vu deux ou trois parvenus de ce genre, dont le succès est une honte et pour l'époque et pour ceux qui leur ont prêté leurs épaules.

Dans cette sphère, Godefroid fut primé par le grossier machiavélisme des uns ou par la prodigalité des autres, par la fortune des capitalistes ambitieux ou par l'esprit des rédacteurs ; puis il fut entraîné vers les dissipations auxquelles donnent lieu la vie littéraire ou politique, les allures de la critique dans les coulisses, et vers les distractions nécessaires aux intelligences fortement occupées. Il vit alors mauvaise compagnie, mais on lui apprit qu'il avait une figure insignifiante, qu'une de ses épaules était sensiblement plus forte que l'autre, sans que cette inégalité fût rachetée ni par la méchanceté, ni par la bonté de son esprit. Le mauvais ton est le salaire que les artistes prélèvent en disant la vérité.

Petit, mal fait, sans esprit et sans direction soutenue, tout semblait dit pour un jeune homme par un temps où, pour réussir dans toutes les carrières, la réunion des plus hautes qualités de l'esprit ne signifie rien sans le bonheur, ou sans la ténacité qui commande au bonheur.

La révolution de 1830 pansa les blessures de Godefroid, il eut le courage de l'espérance, qui vaut celui du désespoir ; il se fit nommer, comme tant de journalistes obscurs, à un poste administratif où ses idées libérales, aux prises avec les exigences d'un nouveau pouvoir, le rendirent un instrument rebelle. Frotté de libéralisme, il ne sut pas, comme plusieurs hommes supérieurs, prendre son parti. Obéir aux ministres, pour lui ce fut changer d'opinion. Le gouvernement lui parut d'ailleurs manquer aux lois de son origine. Godefroid se déclara pour le *Mouvement* quand il était question de *Résistance*[5], et il revint à Paris presque pauvre, mais fidèle aux doctrines de l'Opposition.

Effrayé par les excès de la Presse, plus effrayé encore par les attentats du parti républicain, il chercha dans la retraite la seule vie qui convînt à un être dont les facultés étaient incomplètes, sans force à opposer au rude mouvement de la vie politique, dont les souffrances et la lutte ne jetaient aucun éclat, fatigué de ses avortements, sans amis parce que l'amitié veut des qualités ou des défauts saillants, mais qui possédait une sensibilité plus rêveuse que profonde. N'était-ce pas le seul parti que dût prendre un jeune homme que le plaisir avait déjà plusieurs fois trompé, et déjà vieilli au contact d'une société aussi remuante que remuée?

Sa mère, qui se mourait dans le paisible village d'Auteuil, rappela son fils près d'elle autant pour l'avoir à ses côtés que pour le mettre dans un chemin où il trouvât le bonheur égal et simple qui doit satisfaire de pareilles âmes. Elle avait fini par juger Godefroid, en trouvant à vingt-huit ans sa fortune réduite à quatre mille francs de rente, ses désirs affaissés, ses prétendues capacités éteintes, son activité nulle, son ambition humiliée, et sa haine contre tout ce qui s'élevait légitimement, accrue de tous ses mécomptes. Elle essaya de marier Godefroid à une jeune personne, fille unique de négociants retirés, et qui pouvait servir de tuteur à l'âme malade de son fils; mais le père avait cet esprit de calcul qui n'abandonne point un vieux commerçant dans les stipulations matrimoniales, et, après une année de soins et de voisinage, Godefroid ne fut pas agréé. D'abord, aux yeux de ces bourgeois renforcés, ce prétendu devait garder, de son ancienne carrière, une profonde immoralité; puis, pendant cette année, il avait encore pris sur ses capitaux, autant pour éblouir les parents que pour tâcher de plaire à leur fille. Cette vanité, d'ailleurs assez pardonnable, détermina le refus de la famille, à qui la dissipation était en horreur, dès qu'elle eut appris que Godefroid avait, en six ans, perdu cent cinquante mille francs de capitaux.

Ce coup atteignit d'autant plus profondément ce cœur déjà si meurtri que la jeune personne était sans beauté. Mais, instruit par sa mère, Godefroid avait reconnu chez sa prétendue la valeur d'une âme sérieuse et les immenses avantages d'un esprit solide; il s'était accoutumé au visage, il en avait étudié la physionomie, il aimait la voix, les manières, le regard de cette jeune personne. Après avoir mis dans cet attachement le dernier enjeu de sa vie, il éprouva le plus amer des désespoirs. Sa mère mourut, et il se trouva, lui, dont les besoins avaient suivi le mouvement du luxe, avec cinq mille francs de rente pour toute fortune, et avec la certitude de ne jamais pouvoir réparer une perte quelconque, en se reconnaissant incapable de l'activité que veut ce mot terrible : *faire fortune!*

La faiblesse impatiente et chagrine ne consent pas tout à coup à s'effacer. Aussi, pendant son deuil, Godefroid chercha-t-il des hasards dans Paris : il dînait à des tables d'hôte, il se liait inconsidérément avec les étrangers, il recherchait le monde et ne rencontrait que des occasions de dépense. En se promenant sur les boulevards, il souffrait tant en lui-même que la vue d'une mère accompagnée d'une fille à marier lui causait une sensation aussi douloureuse que celle qu'il éprouvait à l'aspect d'un jeune homme allant au Bois à cheval, d'un parvenu dans son élégant équipage, ou d'un employé décoré. Le sentiment de son impuissance lui disait qu'il ne pouvait prétendre ni à la plus honorable des positions secondaires, ni à la plus facile destinée; et il avait assez de cœur pour en être constamment blessé, assez d'esprit pour faire en lui-même des élégies pleines de fiel.

Inhabile à lutter contre les choses, ayant le sentiment des facultés supérieures, mais sans le vouloir qui les met en action, se sentant incomplet, sans force pour entreprendre une grande chose, comme sans résistance contre les goûts qu'il tenait de sa vie antérieure, de son éducation ou de son insouciance, il était dévoré par trois maladies, dont une seule suffit à dégoûter de l'existence un jeune homme déshabitué de la foi religieuse. Aussi Godefroid offrait-il ce visage qui se rencontre chez tant d'hommes qu'il est devenu le type parisien : on y aperçoit des ambitions trompées ou mortes, une misère intérieure, une haine endormie dans l'indolence d'une vie assez occupée par le spectacle extérieur et journalier de Paris, une inappétence qui cherche des irritations, la plainte sans le talent, la grimace de la force, le venin de mécomptes antérieurs qui excite à sourire de toute moquerie, à conspuer tout ce qui grandit, à méconnaître les pouvoirs les plus nécessaires, se réjouir de leurs embarras, et ne tenir à aucune forme sociale. Ce mal parisien est à la conspiration active et permanente des gens d'énergie ce que l'aubier est à la sève de l'arbre : il la conserve, la soutient et la dissimule.

Lassé de lui-même, Godefroid voulut un matin donner un sens à sa vie en rencontrant un de ses camarades qui avait été la tortue de la fable de La Fontaine comme il en était le lièvre[6]. Dans une de ces conversations provoquées par une reconnaissance entre amis de collège et tenue en se promenant au soleil sur le boulevard des Italiens, il fut atterré de trouver tout arrivé celui qui, doué en apparence de moins de moyens, de moins de fortune que lui, s'était mis à vouloir chaque matin ce qu'il voulait la veille. Le malade résolut alors d'imiter cette simplicité d'action.

— La vie sociale est comme la terre, lui avait dit son camarade, elle nous donne en raison de nos efforts.

Godefroid s'était endetté déjà. Pour première punition, pour première tâche, il s'imposa de vivre à l'écart en payant sa dette sur son revenu.

Chez un homme habitué à dépenser six mille francs quand il en avait cinq, ce n'était pas une petite entreprise que de se réduire à vivre de deux mille francs. Il lut tous les matins *les Petites Affiches*, espérant y trouver un asile où ses dépenses pussent être fixées, où il pût jouir de la solitude nécessaire à un homme qui voulait se replier sur lui-même, s'examiner, se donner une vocation. Les mœurs des pensions bourgeoises du quartier latin choquèrent sa délicatesse, les maisons de santé lui parurent malsaines, et il allait retomber dans les fatales irrésolutions des gens sans volonté, lorsqu'il fut frappé par l'annonce suivante :

Petit logement de soixante-dix francs par mois, pouvant convenir à un ecclésiastique. On veut un locataire tranquille; il trouverait la table, et l'on meublerait l'appartement à des prix modérés en cas de convenance mutuelle.

S'adresser rue Chanoinesse, près Notre-Dame, à monsieur Millet, épicier, qui donnera tous les renseignements désirables.

Séduit par la bonhomie cachée sous cette rédaction et par le parfum de bourgeoisie qui s'en exhalait, Godefroid était venu vers quatre heures chez l'épicier, qui lui avait dit que madame de la Chanterie dînait en ce moment et ne recevait personne pendant ses repas. Cette dame était visible le soir après sept heures, ou le matin de dix heures à midi. Tout en parlant, monsieur Millet examinait Godefroid et lui faisait subir, selon l'expression des magistrats, un premier degré d'instruction.

— Monsieur était-il garçon? Madame voulait une personne de mœurs réglées; on fermait la porte à onze heures au plus tard. Monsieur, dit-il en terminant, me paraît d'ailleurs d'un âge à convenir à madame de la Chanterie.

— Quel âge me donnez-vous donc? demanda Godefroid.

— Quelque chose comme quarante ans, répondit l'épicier.

Cette naïve réponse jeta Godefroid dans un accès de misanthropie et de tristesse; il alla dîner sur le quai de la Tournelle, et revint contempler Notre-Dame au moment où les feux du soleil couchant ruisselaient en se brisant dans les arcs-boutants multipliés du chevet. Le quai se trouve alors dans l'ombre quand les tours brillent bordées de lueurs, et ce contraste frappa Godefroid en proie à toutes les amertumes que la cruelle naïveté de l'épicier avait remuées.

Ce jeune homme flottait donc entre les conseils du désespoir et la voix touchante des harmonies religieuses mises en branle par la cloche de la cathédrale, quand, au milieu des ombres, du silence, aux clartés de la lune, il entendit la phrase du prêtre. Quoique peu dévot, comme la plupart des enfants de ce siècle, sa sensibilité s'émut à cette parole, et il revint rue Chanoinesse, où il ne voulait déjà plus aller.

Le prêtre et Godefroid furent aussi étonnés l'un que l'autre d'entrer dans la rue Massillon, qui fait face au petit portail nord de la cathédrale, de tourner ensemble dans la rue Chanoinesse, à l'endroit où, vers la rue de la Colombe, elle finit pour devenir la rue des Marmousets[7]. Quand Godefroid s'arrêta sous le porche cintré de la maison où demeurait madame de la Chanterie, le prêtre se retourna vers Godefroid en l'examinant à la lueur d'un réverbère qui sera sans doute un des derniers à disparaître au cœur du vieux Paris.

— Vous venez voir madame de la Chanterie, monsieur? dit le prêtre.

— Oui, répondit Godefroid. La parole que je viens de vous entendre dire à cet ouvrier m'a prouvé que cette maison, si vous y demeurez, doit être salutaire à l'âme.

— Vous avez donc été témoin de ma défaite? dit le prêtre en levant le marteau, car je n'ai pas réussi.

— Il me semble bien plutôt que c'est l'ouvrier, car il vous demandait de l'argent assez énergiquement.

— Hélas! répondit le prêtre, l'un des plus grands malheurs des révolutions en France, c'est que chacune d'elles est une nouvelle prime donnée à l'ambition des classes inférieures. Pour sortir de sa condition, pour arriver à la fortune, que l'on regarde aujourd'hui comme la seule garantie sociale, cet ouvrier se livre à ces combinaisons monstrueuses qui, si elles ne réussissent pas, doivent amener le spéculateur à rendre des comptes à la justice humaine. Voilà ce que produit quelquefois l'obligeance.

Le portier ouvrit une lourde porte, et le prêtre

dit à Godefroid : « Monsieur vient peut-être pour le petit appartement ? »

— Oui, monsieur.

Le prêtre et Godefroid traversèrent alors une assez vaste cour au fond de laquelle se dessinait en noir une haute maison flanquée d'une tour carrée encore plus élevée que les toits et d'une vétusté remarquable. Quiconque connaît l'histoire de Paris sait que le sol s'y est tellement exhaussé devant et autour de la cathédrale, qu'il n'existe pas vestige des douze degrés par lesquels on y montait jadis. Aujourd'hui, la base des colonnes du porche est de niveau avec le pavé. Donc, le rez-de-chaussée primitif de cette maison doit en faire aujourd'hui les caves. Il se trouve un perron de quelques marches à l'entrée de cette tour, où monte en spirale une vieille vis le long d'un arbre sculpté en façon de sarment. Ce style, qui rappelle celui des escaliers du roi Louis XII au château de Blois, remonte au XIVe siècle. Frappé de mille symptômes d'antiquité, Godefroid ne put s'empêcher de dire en souriant au prêtre : « Cette tour n'est pas d'hier. »

— Elle a soutenu, dit-on, l'attaque des Normands et aurait fait partie d'un premier palais des rois de Paris ; mais, selon les traditions, elle aurait été plus certainement le logis du fameux chanoine Fulbert, l'oncle d'Héloïse.

En achevant ces mots, le prêtre ouvrit la porte de l'appartement qui paraissait être le rez-de-chaussée, et qui, sur la première comme sur la seconde cour, car il existe une petite cour intérieure, se trouve au premier étage.

Dans cette première pièce travaillait, à la lueur d'une petite lampe, une domestique coiffée d'un bonnet en batiste à tuyaux gaufrés pour tout ornement ; elle ficha une de ses aiguilles dans ses cheveux, et garda son tricot à la main, tout en se levant pour ouvrir la porte d'un salon éclairé sur la cour intérieure. Le costume de cette femme rappelait celui des Sœurs Grises[8].

— Madame, je vous amène un locataire, dit le prêtre en introduisant Godefroid dans cette pièce où il vit trois personnages assis sur des fauteuils auprès de madame de la Chanterie.

Les trois personnages se levèrent, la maîtresse de la maison se leva ; puis quand le prêtre eut avancé pour Godefroid un fauteuil, quand le futur locataire se fut assis sur un geste de madame de la Chanterie, accompagné de ce vieux mot : « Seyez-vous, monsieur ! », le Parisien se crut à une énorme distance de Paris, en Basse-Bretagne ou au fond du Canada.

Le silence a peut-être ses degrés. Peut-être Godefroid, déjà saisi par le silence des rues Massillon et Chanoinesse où il ne roule pas deux voitures par mois, saisi par le silence de la cour et de la tour, dut-il se trouver comme au cœur du silence, dans ce salon gardé par tant de vieilles rues, de vieilles cours et de vieilles murailles.

Cette partie de l'île qui se nomme le Cloître a conservé le caractère commun à tous les cloîtres, elle semble humide, froide, et demeure dans le silence monastique le plus profond aux heures les plus bruyantes du jour. On doit remarquer, d'ailleurs, que toute cette portion de la Cité, serrée entre le flanc de Notre-Dame et la rivière, est au nord et dans l'ombre de la cathédrale. Les vents d'est s'y engouffrent sans rencontrer d'obstacles, et les brouillards de la Seine y sont en quelque sorte retenus par les noires parois de la vieille église métropolitaine. Ainsi personne ne s'étonnera du sentiment qu'éprouva Godefroid en comparaissant dans ce vieux logis, en présence de quatre personnes silencieuses, et aussi solennelles que l'étaient les choses elles-mêmes. Il ne regarda point autour de lui, pris de curiosité pour madame de la Chanterie dont le nom l'avait intrigué déjà. Cette dame était évidemment une personne de l'autre siècle, pour ne pas dire de l'autre monde. Elle avait un visage douceâtre, à teintes à la fois molles et froides, un nez aquilin, un front plein de douceur, des yeux bruns[9], un double menton; le tout encadré de boucles de cheveux argentés. On ne pouvait donner à sa robe que le vieux nom de fourreau, tant elle y était serrée selon la mode du XVIIIe siècle. L'étoffe, en soie couleur carmélite à longues raies vertes fines et multipliées, semblait être de ce même temps. Le corsage, fait en corps de jupe, se cachait sous une mantille en pou-de-soie bordée de dentelle noire, et attachée sur la poitrine par une épingle à miniature. Les pieds, chaussés de brodequins en velours noir, reposaient sur un petit coussin. De même que sa servante, madame de la Chanterie tricotait des bas, et avait sous son bonnet de dentelle une aiguille fichée dans ses boucles crêpées.

— Vous avez vu monsieur Millet? dit-elle à Godefroid de cette voix de tête particulière aux douairières du faubourg Saint-Germain, en le voyant presque interdit et comme pour lui donner la parole.

— Oui, madame.

— J'ai peur que l'appartement ne vous convienne guère, reprit-elle en remarquant l'élégance, la nouveauté, la fraîcheur de l'habillement de son futur locataire.

Godefroid avait des bottes vernies, des gants jaunes, de riches boutons de chemise et une jolie chaîne de montre passée dans une des boutonnières de son gilet de soie noire à fleurs bleues. Madame de la Chanterie prit dans une de ses poches un petit sifflet d'argent et siffla. La domestique entra.

— Manon, ma fille, fais voir l'appartement à monsieur. Voulez-vous, cher vicaire, y accompagner monsieur, reprit-elle en s'adressant au prêtre. Si par hasard, dit-elle en se levant de nouveau et regardant Godefroid, le logement vous agréait, nous pourrons causer des conditions.

Godefroid salua et sortit. Il entendit le bruit de ferraille causé par les clefs que Manon prenait dans un tiroir, et il lui vit allumer la chandelle d'un grand martinet[10] en cuivre jaune. Manon alla la première sans proférer une parole. Quand Godefroid se retrouva dans l'escalier, montant aux étages supérieurs, il douta de la vie réelle, il rêvait tout éveillé, il voyait le monde fantastique des romans qu'il avait lus dans ses heures de désœuvrement. Tout Parisien échappé, comme lui, du quartier moderne, au luxe des maisons et des ameublements, à l'éclat des restaurants et des théâtres, au mouvement du cœur de Paris, aurait partagé son opinion. Le martinet tenu par la servante éclairait faiblement le vieil escalier tournant, où les araignées avaient étendu leurs draperies pleines de poussière. Manon portait une cotte à gros plis, en grosse étoffe de bure; son corsage était carré par-derrière comme par-devant, et son habillement se remuait tout d'une pièce. Arrivée au troisième étage, qui passait pour être le second, Manon s'arrêta, fit mouvoir les ressorts d'une antique serrure, et ouvrit une porte peinte en couleur d'acajou ronceux[11] grossièrement imité.

— Voilà, dit-elle en entrant la première.

Était-ce un avare, était-ce un peintre mort d'indigence, était-ce un cynique à qui le monde était indifférent, ou quelque religieux détaché du monde qui avait habité cet appartement? On pouvait se faire cette triple question en y sentant l'odeur de la misère, en voyant des taches grasses sur les papiers couverts d'une teinte de fumée, les plafonds noircis, les fenêtres à petites vitres poudreuses, les briques du plancher brunies, les boiseries enduites d'une espèce de glacis gluant. Un froid humide tombait par les cheminées en pierre sculptée peinte, et dont les glaces avaient des trumeaux du XVIIe siècle. L'appartement était en équerre comme la maison qui encadrait la cour intérieure, que Godefroid ne put voir à la nuit.

— Qui donc a demeuré là? demanda Godefroid au prêtre.

— Un ancien conseiller au Parlement, grand-oncle de Madame, un monsieur de Boisfrelon. En enfance depuis la Révolution, ce vieillard est mort en 1832, à quatre-vingt-seize ans, et Madame n'a pu se décider à y mettre aussitôt un étranger, mais elle ne peut plus supporter de non-valeurs.

— Oh! Madame fera nettoyer l'appartement et le meublera de manière à satisfaire monsieur, reprit Manon.

— Cela dépendra de l'arrangement que vous prendrez, dit le prêtre. On trouverait là-dedans un beau parloir, une grande chambre à coucher et un cabinet, puis les deux petites pièces en retour sur la cour peuvent faire une belle pièce de travail. Telle est la distribution de mon appartement au-dessous et celle de l'appartement au-dessus.

— Oui, dit Manon, l'appartement de monsieur Alain est tout comme le vôtre, mais il a la vue de la tour.

— Je crois qu'il faudrait revoir le logement et la maison au jour..., dit timidement Godefroid.

— C'est possible, dit Manon.

Le prêtre et Godefroid descendirent en laissant refermer les portes par la servante, qui les rejoignit pour les éclairer. En rentrant dans le salon, Godefroid, aguerri, put, en causant avec madame de la Chanterie, examiner les êtres, les personnes et les choses.

Ce salon avait aux fenêtres des rideaux de vieux lampas rouge à lambrequins, et relevés par des cordons de soie. Le carreau rouge bordait un tapis de vieille tapisserie trop petit pour couvrir tout le plancher. La boiserie était peinte en gris. Le plafond, séparé en deux parties par une maîtresse poutre qui partait de la cheminée, semblait une concession tardivement faite au luxe. Les fauteuils, en bois peint en blanc, étaient garnis en tapisserie. Une mesquine pendule, entre deux flambeaux de cuivre doré, décorait le dessus de la cheminée. Madame de la Chanterie avait près d'elle une vieille table à pieds de biche, sur laquelle étaient ses pelotons de laine dans un panier d'osier. Une lampe hydrostatique[12] éclairait cette scène.

Les quatre hommes assis, fixes, immobiles et silencieux comme des bonzes, avaient, ainsi que madame de la Chanterie, évidemment cessé leur conversation en entendant revenir l'étranger. Tous avaient des figures froides et discrètes, en harmonie avec le salon, la maison et le quartier. Madame de la Chanterie convint de la justesse des observations de Godefroid, et lui répondit qu'elle ne voulait rien faire avant de connaître les intentions de son locataire, ou pour mieux dire, de son pensionnaire. Si le locataire s'arrangeait des mœurs de sa maison, il devait devenir son pensionnaire, et ces mœurs différaient tant de celles de Paris! On vivait rue Chanoinesse comme en province : il fallait être à l'ordinaire rentré vers les dix heures; on haïssait le bruit; l'on ne voulait ni femmes ni enfants pour ne déranger en rien les habitudes prises. Un ecclésiastique pouvait seul s'accommoder de ce régime. Madame de la Chanterie désirait surtout quelqu'un d'une vie modeste et sans exigence; elle ne pouvait mettre que le strict nécessaire dans l'appartement. Monsieur Alain (elle désigna l'un des quatre assistants) était d'ailleurs content, et elle ferait pour son nouveau locataire comme pour les anciens.

— Je ne crois pas, dit alors le prêtre, que monsieur soit disposé à venir se mettre dans notre couvent.

— Eh! pourquoi pas? dit monsieur Alain; nous y sommes bien, nous, et nous ne nous en trouvons pas mal.

— Madame, reprit Godefroid en se levant, j'aurai l'honneur de venir vous revoir demain.

Quoiqu'il fût un jeune homme, les quatre vieillards et madame de la Chanterie se levèrent, et le vicaire le reconduisit jusque sur le perron. Un coup de sifflet partit. A ce signal, le portier vint, armé d'une lanterne, prendre Godefroid, le conduisit jusque dans la rue, et referma l'énorme porte jaunâtre, pesante comme celle d'une prison, et décorée de serrureries en arabesques, qui remontaient à une époque difficile à déterminer.

Quand Godefroid eut monté dans un cabriolet et qu'il roula vers les régions du Paris vivant, éclairé, chaud, tout ce qu'il venait de voir lui sembla comme un rêve, et ses impressions, quand il se promena sur le boulevard des

Italiens, avaient déjà le lointain du souvenir. Il se demandait : « Demain, retrouverais-je ces gens-là ?... »

Le lendemain, en se levant au milieu des décorations du luxe moderne et des recherches du *comfort* anglais, Godefroid se rappela tous les détails de sa visite au cloître Notre-Dame, et retrouva dans son esprit le sens des choses qu'il avait vues. Les quatre inconnus dont la mise, l'attitude et le silence agissaient encore sur lui, devaient être des pensionnaires ainsi que le prêtre. La solennité de madame de la Chanterie lui parut venir de la dignité secrète avec laquelle elle portait de grands malheurs. Mais, malgré les explications qu'il se donnait à lui-même, Godefroid ne pouvait s'empêcher de trouver un air de mystère à ces discrètes figures. Il choisissait du regard ceux de ses meubles qui pouvaient être conservés, ceux qui lui étaient indispensables ; mais en les transportant par la pensée dans l'horrible logement de la rue Chanoinesse, il se mit à rire du contraste qu'ils y feraient, et résolut de tout vendre pour s'acquitter d'autant, et de se laisser meubler par madame de la Chanterie. Il lui fallait une vie nouvelle, et les objets qui pourraient lui rappeler son ancienne situation devaient être mauvais à voir. Dans son désir de transformation, car il appartenait à ces caractères qui s'avancent du premier bond très avant dans une situation, au lieu d'y aller pas à pas comme certains autres, il fut pris, pendant son déjeuner, par une idée : il voulut réaliser sa fortune, payer ses dettes, et placer le reste de ses capitaux dans la maison de banque où son père avait eu des relations.

Cette maison était la maison Mongenod et compagnie, établie à Paris depuis 1816 ou 1817, et dont la réputation de probité n'avait jamais reçu la moindre atteinte au milieu de la dépravation commerciale qui, plus ou moins, attaquait certaines maisons de Paris. Ainsi, malgré leurs immenses richesses, les maisons Nucingen et du Tillet, Keller frères, Palma et compagnie, sont entachées d'une mésestime secrète, ou, si vous voulez, qui ne s'exprime que d'oreille à oreille. D'affreux moyens avaient eu de si beaux résultats, les succès politiques, les principes dynastiques couvraient si bien de sales origines, que personne, en 1834[13], ne pense plus à la boue où plongent les racines de ces arbres majestueux, les soutiens de l'État. Néanmoins il n'était pas un seul de ces banquiers pour qui l'éloge de la maison Mongenod ne fût une blessure. A l'instar des banquiers anglais, la maison Mongenod ne déploie aucun luxe extérieur, on y vit dans un profond silence, on se contente de faire la banque avec une prudence, une sagesse, une loyauté qui lui permettent d'opérer avec sécurité d'un bout du monde à l'autre.

Le chef actuel, Frédéric Mongenod, est le beau-frère du vicomte de Fontaine. Ainsi cette nombreuse famille est alliée par le baron de Fontaine à monsieur Grossetête, le receveur général, frère des Grossetête et compagnie de Limoges, aux Vandenesse, à Planat de Baudry, autre receveur général. Cette parenté, après avoir valu à feu Mongenod père de grandes faveurs dans les opérations financières sous la Restauration, lui avait obtenu la confiance des premières maisons de la vieille noblesse, dont les capitaux et les immenses économies allaient dans cette banque. Loin d'ambitionner la pairie comme les Keller, les Nucingen et les du Tillet, les Mongenod restaient éloignés de la politique et n'en savaient que ce que doit en savoir la banque.

La maison Mongenod est établie dans un magnifique hôtel, entre cour et jardin, rue de la Victoire, où demeurent madame Mongenod la mère et ses deux fils, tous trois associés. Madame la vicomtesse de Fontaine avait été remboursée lors de la mort de Mongenod père, en 1827. Frédéric Mongenod, beau jeune homme de trente-cinq ans environ, d'un abord froid, silencieux, réservé comme un Genevois, propret comme un Anglais, avait acquis auprès de son père toutes les qualités nécessaires à sa difficile profession. Plus instruit que ne l'est généralement un banquier, son éducation avait comporté l'universalité de connaissances qui constitue l'enseignement polytechnique; mais, comme beaucoup de banquiers, il avait une prédilection, un goût en dehors de son commerce, il aimait la mécanique et la chimie. Mongenod le jeune, de dix ans moins âgé que Frédéric, se trouvait dans le cabinet de son aîné dans la position d'un premier clerc avec son notaire ou son avoué; Frédéric le formait, comme il avait été lui-même formé par son père à toutes les sciences du vrai banquier, lequel est à l'argent ce que l'écrivain est aux idées : l'un et l'autre, ils doivent tout savoir.

En disant son nom de famille, Godefroid reconnut en quelle estime était son père, car il put traverser les bureaux et arriver au cabinet de Mongenod. Ce cabinet ne fermait que par des portes en glace, en sorte que, malgré son désir de ne pas écouter, Godefroid entendit la conversation qui s'y tenait.

— Madame, votre compte s'élève à seize cent mille francs[14] au crédit comme au débit, disait Mongenod le jeune ; je ne sais pas quelles sont les intentions de mon frère, et lui seul sait si une avance de cent mille francs est possible... Vous avez manqué de prudence... On ne confie pas seize cent mille francs au commerce...

— Trop haut, Louis, dit une voix de femme, ton frère t'a recommandé de ne jamais parler qu'à voix basse. Il peut y avoir du monde dans le petit salon à côté.

Frédéric Mongenod ouvrit en ce moment la porte de communication entre ses appartements et son cabinet, il aperçut Godefroid et il traversa son cabinet tout en saluant avec respect la personne à qui parlait son frère.

— A qui ai-je l'honneur...? dit-il à Godefroid qu'il avait fait passer le premier.

Dès que Godefroid se fut nommé, Frédéric le fit asseoir, et pendant que le banquier ouvrait son bureau, Louis Mongenod et une dame, qui n'était autre que madame de la Chanterie, se levèrent et allèrent à Frédéric. Tous trois, ils se mirent dans l'embrasure d'une fenêtre et parlèrent à voix basse avec madame Mongenod la mère, à qui les affaires étaient toujours confiées. Cette femme avait depuis trente ans donné, soit à son mari, soit à ses fils, des preuves de capacité qui faisaient d'elle un associé-gérant, car elle avait la signature. Godefroid vit dans un cartonnier des cartons étiquetés : « Affaires de la Chanterie, » avec les numéros de 1 à 7. Quand la conférence fut terminée par un mot du banquier à son frère : « Eh! bien, descends à la caisse », madame de la Chanterie se retourna, vit Godefroid, retint un geste de surprise, et fit à voix basse des questions à Mongenod, qui répondit en peu de mots également à voix basse.

Madame de la Chanterie était mise en petits souliers de prunelle noire, en bas de soie gris; elle avait sa robe de la veille et se tenait enveloppée de la *baute* vénitienne, espèce de mantelet qui revenait à la mode. Elle avait une capote de soie verte, dite *à la bonne femme*, et doublée de soie blanche. Sa figure était encadrée par des flots de dentelles. Elle se tenait droit et dans une attitude qui révélait sinon une haute naissance, du moins les habitudes d'une vie aristocratique. Sans son excessive affabilité, peut-être eût-elle paru pleine de hauteur. Enfin, elle était imposante.

— C'est moins un hasard qu'un ordre de la Providence qui nous rassemble ici, monsieur, dit-elle à Godefroid; car j'étais presque décidée à refuser un pensionnaire dont les mœurs me semblaient antipathiques à celles de ma maison;

mais monsieur Mongenod vient de me donner des renseignements sur votre famille qui me...

— Hé! madame... — Monsieur, dit Godefroid en s'adressant à la fois à madame de la Chanterie et au banquier, je n'ai plus de famille, et je venais demander un conseil financier à l'ancien banquier de mon père pour accorder ma fortune à un nouveau genre de vie.

Godefroid eut bientôt et en peu de mots raconté son histoire et dit son désir de changer d'existence.

— Autrefois, dit-il, un homme dans ma situation se serait fait moine; mais nous n'avons plus d'ordres religieux...

— Allez chez Madame, si Madame veut bien vous accepter pour pensionnaire, dit Frédéric Mongenod après avoir échangé un regard avec madame de la Chanterie, et ne vendez pas vos rentes, laissez-les-moi. Donnez-moi la note exacte de vos obligations, j'assignerai des époques de paiement à vos créanciers, et vous aurez pour vous environ cent cinquante francs par mois. Il faudra deux ans pour vous liquider. Pendant ces deux ans, là où vous serez, vous aurez eu tout le loisir de penser à une carrière, surtout au milieu des personnes avec lesquelles vous vivrez et qui sont de bon conseil.

Louis Mongenod arriva tenant à la main cent billets de mille francs qu'il remit à madame de la Chanterie. Godefroid offrit la main à sa future hôtesse et la conduisit à son fiacre.

— A bientôt donc, monsieur, dit-elle d'un son de voix affectueux.

— A quelle heure serez-vous chez vous, madame? dit Godefroid.

— Dans deux heures.

— J'ai le temps de vendre mon mobilier, dit-il en la saluant.

Pendant le peu de temps qu'il avait tenu le bras de madame de la Chanterie sur le sien et qu'ils avaient marché tous deux, Godefroid n'avait pu dissiper l'auréole que ces mots : « Votre compte s'élève à seize cent mille francs », dits par Louis Mongenod, faisaient à cette femme dont la vie se passait au fond du cloître Notre-Dame. Cette pensée : « Elle doit être riche! » changeait entièrement sa manière de voir. « Quel âge peut-elle avoir? » se demandait-il. Et il entrevit un roman dans son séjour rue Chanoinesse. « Elle a l'air noble! Fait-elle donc la banque? » se disait-il.

A notre époque, sur mille jeunes gens dans la situation de Godefroid, neuf cent quatre-vingt-dix-neuf eussent eu la pensée d'épouser cette femme.

Un marchand de meubles, qui était un peu tapissier et principalement loueur d'appartements garnis, donna trois mille francs environ de tout ce que Godefroid voulait vendre, en le lui laissant encore pendant les quelques jours nécessaires à l'arrangement de l'horrible appartement de la rue Chanoinesse, où ce malade d'esprit se rendit promptement. Il fit venir un peintre dont l'adresse fut donnée par madame de la Chanterie, et qui, pour un prix modique, s'engagea, dans la semaine, à blanchir les plafonds, nettoyer les fenêtres, peindre toutes les boiseries en bois de Spa[15] et mettre le carreau en couleur. Godefroid prit la mesure des pièces pour y mettre partout le même tapis, un tapis vert de l'espèce la moins chère. Il voulait l'uniformité la plus simple dans cette cellule. Madame de la Chanterie approuva cette idée. Elle calcula, Manon aidant, ce qu'il fallait de calicot blanc pour les rideaux des fenêtres et pour ceux d'un modeste lit en fer; puis elle se chargea de les faire acheter et confectionner à un prix dont la modicité surprit Godefroid. Avec les meubles qu'il apportait, son appartement restauré ne lui coûterait pas plus de six cents francs.

— Je pourrai donc en porter mille environ chez monsieur Mongenod.

— Nous menons ici, lui dit alors madame de la Chanterie, une vie chrétienne qui, vous le savez, s'accorde mal avec beaucoup de superfluités, et je crois que vous en conservez encore trop.

En donnant ce conseil à son futur pensionnaire, elle regardait un diamant qui brillait à l'anneau dans lequel était passée la cravate bleue de Godefroid.

— Je ne vous en parle, reprit-elle, qu'en vous voyant dans l'intention de rompre avec la vie dissipée dont vous vous êtes plaint à monsieur Mongenod.

Godefroid contemplait madame de la Chanterie en savourant les harmonies d'une voix limpide; il examinait ce visage entièrement blanc, digne d'une de ces Hollandaises graves et froides que le pinceau de l'école flamande a si bien reproduites[16], et chez lesquelles les rides sont impossibles.

— Blanche et grasse! se disait-il en s'en allant; mais elle a bien des cheveux blancs...

Godefroid, comme toutes les natures faibles, s'était fait facilement à une nouvelle vie en la croyant tout heureuse, et il avait hâte de venir rue Chanoinesse; néanmoins il eut une pensée de prudence, ou de défiance si vous voulez. Deux jours avant son installation, il retourna chez monsieur Mongenod pour prendre quelques renseignements sur la maison où il allait entrer. Pendant le peu d'instants qu'il passait dans son futur logement pour examiner les changements qui s'y faisaient, il avait remarqué les allées et venues de plusieurs gens dont la mine et la tournure, sans être mystérieuses, permettaient de croire à l'exercice de quelque profession, à des occupations secrètes chez les habitants de la maison. A cette époque, on s'occupait beaucoup des tentatives de la branche aînée de la maison de Bourbon pour remonter sur le trône, et Godefroid crut à quelque conspiration. Quand il se trouva dans le cabinet du banquier et sous le coup de son regard scrutateur, en lui exprimant sa demande, il eut honte de lui-même, et vit un sourire sardonique dessiné sur les lèvres de Frédéric Mongenod.

— Madame la baronne de la Chanterie, répondit-il, est une des plus obscures personnes de Paris, mais elle en est une des plus honorables. Avez-vous donc des motifs pour me demander des renseignements?

Godefroid se rejeta sur des banalités : il allait vivre pour longtemps avec des étrangers, il fallait savoir avec qui l'on se liait, etc. Mais le sourire du banquier devenait de plus en plus ironique, et Godefroid, de plus en plus embarrassé, eut la honte de la démarche sans en tirer aucun fruit, car il n'osa plus faire de questions ni sur madame de la Chanterie ni sur les commensaux.

Deux jours après, par un lundi soir, après avoir dîné pour la dernière fois au café Anglais, et vu les deux premières pièces aux Variétés, il vint, à dix heures, coucher rue Chanoinesse, où il fut conduit à son appartement par Manon[17].

La solitude a des charmes comparables à ceux de la vie sauvage qu'aucun Européen n'a quittée après y avoir goûté. Ceci peut paraître étrange dans une époque où chacun vit si bien pour autrui que tout le monde s'inquiète de chacun, et que la vie privée n'existera bientôt plus, tant les yeux du journal, argus moderne, gagnent en hardiesse, en avidité; néanmoins cette proposition s'appuie de l'autorité des six premiers siècles du Christianisme, pendant lesquels aucun solitaire ne revint à la vie sociale. Il est peu de plaies morales que la solitude ne guérisse. Aussi tout d'abord Godefroid fut-il saisi par le calme profond et par le silence absolu de sa nouvelle demeure, absolument comme un voyageur fatigué se délasse dans un bain.

Le lendemain même de son entrée en pension chez madame de la Chanterie, il fut forcé de s'examiner, en se trouvant séparé de tout, même de Paris, quoiqu'il fût encore à l'ombre de la cathédrale. Désarmé là de toutes les vanités sociales, il allait ne plus avoir d'autres témoins de ses actes que sa conscience et les commensaux de madame de la Chanterie. C'était quitter le grand chemin du monde et entrer dans une voie inconnue; mais, où cette voie le mènerait-elle? à quelle occupation allait-il se vouer?

Il était depuis deux heures livré à ces réflexions, lorsque Manon, l'unique servante du logis, vint frapper à la porte, et lui dit que le second déjeuner était servi, qu'on l'attendait. Midi sonnait. Le nouveau pensionnaire descendit aussitôt, poussé par le désir de juger les cinq personnes au milieu desquelles il devait passer désormais sa vie. En entrant au salon, il aperçut tous les habitants de la maison debout, et habillés des mêmes vêtements qu'ils portaient le jour où il était venu prendre des renseignements.

— Avez-vous bien dormi?... lui demanda madame de la Chanterie.

— Je ne me suis réveillé qu'à dix heures, répondit Godefroid en saluant les quatre commensaux qui lui rendirent tous son salut avec gravité.

— Nous nous y sommes attendus, dit en souriant le vieillard nommé Alain.

— Manon m'a parlé d'un second déjeuner, reprit Godefroid, il paraît que j'ai déjà, sans le vouloir, manqué à la règle... A quelle heure vous levez-vous?

— Nous ne nous levons pas absolument

comme les anciens moines, répondit gracieusement madame de la Chanterie, mais comme les ouvriers... à six heures en hiver, à trois heures et demie en été. Notre coucher obéit également à celui du soleil. Nous sommes toujours endormis à neuf heures en hiver, à onze heures en été. Nous prenons tous un peu de lait qui vient de notre ferme, après avoir dit nos prières, à l'exception de monsieur l'abbé de Vèze, qui dit la première messe, celle de six heures en été, celle de sept heures en hiver, à Notre-Dame, à laquelle ces messieurs assistent tous les jours, ainsi que votre très humble servante.

Madame de la Chanterie achevait cette explication à table, où ses cinq convives s'étaient assis.

La salle à manger, entièrement peinte en gris et garnie de boiseries, dont les dessins trahissaient le goût du siècle de Louis XIV, était contiguë à cette espèce d'antichambre où se tenait Manon, et paraissait être parallèle à la chambre de madame de la Chanterie qui communiquait sans doute avec le salon. Cette pièce n'avait pas d'autre ornement qu'un vieux cartel. Le mobilier consistait en six chaises dont le dossier de forme ovale offrait des tapisseries évidemment faites à la main par madame de la Chanterie, en deux buffets et une table d'acajou, sur laquelle Manon ne mettait pas de nappe pour le déjeuner. Ce déjeuner, d'une frugalité monastique, se composait d'un petit turbot accompagné d'une sauce blanche, de pommes de terre, d'une salade et de quatre assiettées de fruits : des pêches, du raisin, des fraises et des amandes fraîches; puis, pour hors-d'œuvre, du miel dans son gâteau comme en Suisse, du beurre et des radis, des concombres et des sardines. C'était servi dans cette porcelaine fleuretée de bleuets et de feuilles vertes et menues qui, sans doute, fut un grand luxe sous Louis XVI, mais que les croissantes exigences de la vie actuelle ont rendue commune.

— Nous faisons maigre, dit monsieur Alain. Si nous allons à la messe tous les matins, vous devez deviner que nous obéissons aveuglément à toutes les pratiques, même les plus sévères, de l'Église.

— Et vous commencerez par nous imiter, dit madame de la Chanterie en jetant un regard de côté sur Godefroid qu'elle avait mis près d'elle.

Des cinq convives, Godefroid connaissait déjà les noms de madame de la Chanterie, de l'abbé de Vèze et de monsieur Alain; mais il lui restait à savoir les noms des deux autres personnages. Ceux-là gardaient le silence en mangeant avec cette attention que les religieux paraissent prêter aux plus petits détails de leurs repas.

— Ces beaux fruits viennent-ils aussi de votre ferme, madame? dit Godefroid.

— Oui, monsieur, répondit-elle. Nous avons notre petite ferme modèle, absolument comme le Gouvernement, c'est notre maison de campagne, elle est à trois lieues d'ici, sur la route d'Italie, près de Villeneuve-Saint-Georges.

— C'est un bien qui nous appartient à tous et

qui doit rester au dernier survivant, dit le bonhomme Alain.

— Oh! ce n'est pas considérable, ajouta madame de la Chanterie qui parut craindre que Godefroid ne prît ce discours comme une amorce.

— Il y a, dit un des deux personnages inconnus à Godefroid, trente arpents [18] de terres labourables, six arpents de prés et un enclos de quatre arpents au milieu duquel se trouve notre maison, qui est précédée par la ferme.

— Mais ce bien-là, répondit Godefroid, doit valoir plus de cent mille francs.

— Oh! nous n'en tirons pas autre chose que nos provisions, répondit le même personnage.

C'était un homme grand, sec et grave. Au premier aspect, il paraissait avoir servi dans l'armée; ses cheveux blancs disaient assez qu'il avait passé la soixantaine, et son visage trahissait de violents chagrins contenus par la religion.

Le second inconnu, qui semblait tenir à la fois du régent de rhétorique et de l'homme d'affaires, était de taille ordinaire, gras et néanmoins agile; sa figure offrait les apparences de la jovialité particulière aux notaires et aux avoués de Paris.

Le costume de ces quatre personnages présentait le phénomène de la propreté due à des soins égoïstes. On reconnaissait la même main, celle de Manon, dans les plus petits détails. Leurs habits avaient dix ans peut-être, et se conservaient comme se conservent les habits des curés, par la puissance occulte de la servante et d'un usage constant. Ces gens portaient en quelque sorte la livrée d'un système d'existence, ils appartenaient tous à la même pensée, leurs regards disaient le même mot, leurs figures respiraient une douce résignation, une quiétude provocante.

— Est-ce une indiscrétion, madame, dit Godefroid, de demander le nom de ces messieurs? je suis prêt à leur dire ma vie, ne puis-je apprendre de la leur ce que les convenances permettent d'en savoir?

— Monsieur, répondit madame de la Chanterie en montrant le grand homme sec, se nomme monsieur Nicolas; il est colonel de gendarmerie en retraite avec le grade de maréchal de camp. — Monsieur, ajouta-t-elle en désignant le petit homme gras, est un ancien conseiller à la Cour royale de Paris, qui s'est retiré de la magistrature en août 1830, il se nomme monsieur Joseph. Quoique vous ne soyez ici que d'hier, je vous dirai que dans le monde monsieur Nicolas portait le nom de marquis de Montauran, et monsieur Joseph celui de Lecamus, baron de Tresnes; mais, pour nous comme pour tout le monde, ces noms-là n'existent plus, ces messieurs sont sans héritiers, ils devancent l'oubli qui attend leurs familles, et ils sont tout simplement messieurs Nicolas et Joseph, comme vous serez monsieur Godefroid.

En entendant prononcer ces deux noms, l'un si célèbre dans les fastes du royalisme par la catastrophe qui termina la prise d'armes des Chouans au début du Consulat[19], l'autre si vénéré dans les fastes du vieux Parlement de Paris, Godefroid ne put retenir un tressaillement; mais en regardant ces deux débris des deux plus grandes choses de la monarchie écroulée, la Noblesse et la Robe, il n'aperçut aucune inflexion dans les traits, aucun changement de physionomie qui révélât en eux une pensée mondaine. Ces deux hommes ne se souvenaient plus ou ne voulaient plus se souvenir de ce qu'ils avaient été. Ce fut une première leçon pour Godefroid.

— Chacun de vos noms, messieurs, est toute une histoire, leur dit-il respectueusement.

— L'histoire de notre temps, répondit monsieur Joseph, des ruines!

— Vous êtes en bonne compagnie, reprit en souriant monsieur Alain.

Celui-là sera dépeint en deux mots : c'était le petit bourgeois de Paris, un bon bourgeois à figure de veau relevée par des cheveux blancs, mais affadie par un sourire éternel.

Quant au prêtre, à l'abbé de Vèze, sa qualité disait tout. Le prêtre qui remplit sa mission est connu par le premier regard qu'il vous jette ou qu'on lui jette.

Ce qui frappa Godefroid pendant les premiers moments, ce fut le profond respect que les quatre pensionnaires témoignaient à madame de la Chanterie; ils semblaient tous, même le prêtre, malgré le caractère sacré que lui donnaient ses fonctions, se trouver devant une reine. Godefroid remarqua la sobriété de tous les convives. Chacun mangea véritablement pour se nourrir. Madame de la Chanterie prit, comme tous ses commensaux, une seule pêche, une demi-grappe de raisin; mais elle dit à son nouveau pensionnaire de ne pas imiter cette réserve en lui présentant tour à tour chaque plat.

La curiosité de Godefroid fut excitée au plus haut degré par ce début. Après le déjeuner, en rentrant au salon, on le laissa seul, et madame de la Chanterie alla tenir un petit conseil secret dans l'embrasure d'une des croisées avec les quatre amis. Cette conférence, sans aucune animation, dura près d'une demi-heure. On parlait à voix basse, en échangeant des paroles que chacun semblait avoir mûries. De temps en temps, monsieur Alain et monsieur Joseph consultaient un carnet en le feuilletant.

— Voyez le faubourg, dit madame de la Chanterie à monsieur Nicolas qui partit.

Ce fut la première parole que Godefroid put saisir.

— Et vous le quartier Saint-Marceau, reprit-elle en s'adressant à monsieur Joseph. Battez le faubourg Saint-Germain et tâchez d'y trouver ce qu'il nous faut!... ajouta-t-elle en regardant l'abbé de Vèze qui sortit aussitôt.

— Et vous, mon cher Alain! dit-elle en souriant au dernier, passez la revue... — Voici les affaires d'aujourd'hui décidées, dit-elle en revenant à Godefroid.

Et elle s'assit dans son fauteuil, prit sur une petite table devant elle du linge taillé qu'elle se mit à coudre, comme si elle eût été à la tâche.

Godefroid, perdu dans ses conjectures et

croyant à une conspiration royaliste, prit la phrase de son hôtesse pour une ouverture, et il se mit à l'étudier en s'asseyant près d'elle. Il fut frappé de la dextérité singulière avec laquelle travaillait cette femme, en qui tout trahissait la grande dame ; elle avait une prestesse d'ouvrière, car tout le monde peut, à certaines façons, reconnaître le faire de l'ouvrier et celui d'un amateur.

— Vous allez, lui dit Godefroid, comme si vous connaissiez ce métier !...

— Hélas ! répondit-elle sans lever la tête, je l'ai fait jadis par nécessité !...

Deux grosses larmes jaillirent des yeux de cette vieille femme, et tombèrent du bas de ses joues sur le linge qu'elle tenait.

— Pardonnez-moi, madame, s'écria Godefroid.

Madame de la Chanterie regarda son nouveau pensionnaire, et vit sur sa figure une telle expression de regret qu'elle lui fit un signe amical. Après s'être essuyé les yeux, elle reprit aussitôt le calme qui caractérisait sa figure moins froide que froidie.

— Vous êtes ici, monsieur Godefroid, car vous savez déjà qu'on ne vous nommera que par votre nom de baptême, vous êtes au milieu des débris d'une grande tempête. Nous sommes tous meurtris et atteints dans nos cœurs, dans nos intérêts de famille ou dans nos fortunes par cet ouragan de quarante années qui a renversé la royauté, la religion et dispersé les éléments de ce qui faisait la vieille France. Des mots indifférents en apparence nous blessent tous, et telle est la raison du silence qui règne ici. Nous nous parlons rarement de nous-mêmes : nous nous sommes oubliés, et nous avons trouvé le moyen de substituer une autre vie à notre vie. Et c'est parce que j'ai cru, d'après votre confidence chez Mongenod, à quelque parité entre votre situation et la nôtre, que j'ai décidé mes quatre amis à vous recevoir parmi nous ; nous avions besoin d'ailleurs de trouver un moine de plus pour notre couvent. Mais, qu'allez-vous faire ? On n'aborde pas la solitude sans provisions morales.

— Madame, je serais très heureux, en vous entendant parler ainsi, de vous voir devenir l'arbitre de ma destinée.

— Vous parlez en homme du monde, répondit-elle, et vous tâchez de me flatter, moi, femme de soixante ans !... Mon cher enfant, reprit-elle, sachez que vous êtes au milieu de gens qui croient fortement à Dieu, qui tous ont senti sa main, et qui se sont livrés à lui presque aussi entièrement que les trappistes. Avez-vous remarqué la sécurité profonde du vrai prêtre quand il s'est donné au Seigneur, qu'il en écoute la voix et qu'il s'efforce d'être un instrument docile aux doigts de la Providence ?... Il n'a plus ni vanité, ni amour-propre, ni rien de ce qui cause aux gens du monde des blessures continuelles ; sa quiétude égale celle du fataliste, sa résignation lui fait tout supporter. Le vrai prêtre, un abbé de Vèze, est alors comme un enfant avec sa mère, car l'Église, mon cher monsieur, est une bonne mère. Eh ! bien, on peut se faire prêtre sans tonsure, tous les prêtres ne sont pas dans les ordres. Se vouer au bien, c'est imiter le bon prêtre, c'est obéir à Dieu! Je ne vous prêche pas, je ne veux pas vous convertir, je veux vous expliquer notre vie.

— Instruisez-moi, madame, dit Godefroid subjugué, que je ne manque à aucun article de votre règlement.

— Vous auriez trop à faire, vous l'apprendrez par degrés. Avant tout, ici, ne parlez jamais de vos malheurs qui sont des enfantillages comparés aux catastrophes terribles sous lesquelles Dieu a foudroyé ceux avec qui vous êtes en ce moment...

En parlant ainsi, madame de la Chanterie tirait toujours ses points avec une régularité désespérante; mais là, elle leva la tête et regarda Godefroid, elle le trouva charmé par la pénétrante douceur de sa voix, qui, disons-le, possédait une onction apostolique. Le jeune malade contemplait avec admiration le phénomène vraiment extraordinaire que présentait cette femme dont le visage resplendissait. Des teintes rosées s'étaient répandues sur ses joues d'un blanc de cierge, ses yeux brillaient, la jeunesse de l'âme animait ses légères rides devenues gracieuses, et tout en elle sollicitait l'affection. Godefroid mesurait en ce moment la profondeur de l'abîme qui séparait cette femme des sentiments vulgaires, il la voyait arrivée sur un pic inaccessible où la Religion l'avait conduite, et il était encore trop mondain pour ne pas être piqué au vif, pour ne pas désirer de descendre dans ce fossé, de monter la cime aiguë où madame de la Chanterie était posée, et s'y placer près d'elle. En se livrant à une étude approfondie de cette femme, il lui raconta les déceptions de sa vie et tout ce qu'il n'avait pu dire chez Mongenod, où sa confidence s'était restreinte à l'exposé de sa situation.

— Pauvre enfant!...

Cette exclamation maternelle, tombée des lèvres de madame de la Chanterie, arrivait par moments comme un baume sur le cœur du jeune homme.

— Que puis-je substituer à tant d'espérances trompées, à tant d'affection trahie? demanda-t-il enfin en regardant son hôtesse devenue rêveuse. Je suis venu ici, reprit-il, y réfléchir et prendre un parti. J'ai perdu ma mère, remplacez-la...

— Aurez-vous, dit-elle, l'obéissance d'un fils?...

— Oui, si vous avez toute la tendresse qui la commande.

— Eh! bien, nous essaierons, répliqua-t-elle.

Godefroid tendit sa main pour prendre une des mains de son hôtesse qui la lui offrit en devinant son intention, et il la porta respectueusement à ses lèvres. La main de madame de la Chanterie était admirablement belle, sans rides, ni grasse, ni maigre, blanche à faire envie à une jeune femme, et d'une tournure à être copiée par un statuaire. Godefroid avait admiré ces mains en les trouvant en harmonie avec les enchantements de la voix, avec le bleu céleste du regard[20].

— Restez là! dit madame de la Chanterie en se levant et en rentrant chez elle.

Godefroid éprouva la plus vive émotion, et ne savait à quel ordre d'idées attribuer le mouvement de cette femme; il ne demeura pas pendant longtemps dans ses perplexités car elle rentra tenant un volume à la main.

— Voici, dit-elle, mon cher enfant, les ordonnances d'un grand médecin des âmes. Quand les choses de la vie ordinaire ne nous ont pas donné le bonheur que nous en attendions, il faut chercher le bonheur dans la vie supérieure, et voici la clef d'un nouveau monde. Lisez, soir et matin, un chapitre de ce livre; mais lisez-le en y prêtant toute votre attention, étudiez-en les paroles comme s'il s'agissait d'une langue étrangère... Au bout d'un mois, vous serez un tout autre homme. Voici vingt ans que je lis tous les jours un chapitre, et mes trois amis, messieurs Nicolas, Alain et Joseph, ne manquent pas plus à cette pratique qu'ils ne manquent à se coucher et à se lever; imitez-les pour l'amour de Dieu, pour l'amour de moi, dit-elle avec une sérénité divine, avec une auguste confiance.

Godefroid retourna le livre et lut au dos, en lettres d'or : IMITATION DE JÉSUS-CHRIST. La naïveté de cette vieille femme, sa candeur juvénile, sa certitude de bienfaisance confondirent l'ex-dandy. Madame de la Chanterie était absolument dans l'attitude et le ravissement d'une femme qui tendrait cent mille francs à un négociant sur le point de faire faillite.

— Je m'en suis servi, dit-elle, depuis vingt-six ans. Dieu veuille que ce livre soit contagieux! Allez m'en acheter un autre, car voici l'heure à laquelle doivent venir des personnes qui ne doivent pas être vues...

Godefroid salua madame de la Chanterie et remonta dans sa chambre, où il jeta le livre sur une table en s'écriant : « Pauvre bonne femme!... va!... »

Le livre, comme tous les livres fréquemment lus, s'ouvrit à un endroit. Godefroid s'assit comme pour mettre ses idées en ordre, car il avait éprouvé plus d'émotion dans cette matinée que durant les mois les plus agités de sa vie, et sa curiosité surtout n'avait jamais été si vivement excitée. En laissant aller ses yeux au hasard, comme il arrive aux gens dont l'âme est lancée dans la méditation, il regarda machinalement les deux pages que présentait le livre, et il lut malgré lui cet intitulé[21] :

CHAPITRE XII

DU CHEMIN ROYAL DE LA SAINTE CROIX.

Et il prit le livre! Et cette phrase de ce beau chapitre saisit son regard comme par un flamboiement.

« Il a marché devant vous chargé de sa croix, et il est mort pour vous, afin que vous portiez votre croix et que vous désiriez y mourir.

« Allez où vous voudrez, faites tant de recherches qu'il vous plaira, vous ne trouverez pas de voies plus élevées ni plus sûres que le *chemin de la sainte croix.*

« Disposez et réglez toutes choses selon vos désirs et vos vues, vous n'y rencontrerez qu'un engagement à souffrir toujours quelques peines, soit que vous le vouliez ou non, et ainsi vous trouverez toujours la croix; car vous vous sentirez de la douleur dans le corps, ou vous aurez à souffrir des peines dans l'esprit.

« Tantôt vous serez délaissé de Dieu, tantôt les hommes vous donneront de l'exercice. Bien plus, vous serez souvent à charge à vous-même, sans pouvoir être délivré par aucun remède, ni soulagé par aucune consolation; et jusqu'à ce qu'il plaise à Dieu d'y mettre fin, vous serez obligé de souffrir, car Dieu veut que vous appreniez à souffrir sans consolations, afin que vous vous soumettiez à lui sans réserve, et que vous deveniez plus humble par le moyen des tribulations. »

— Quel livre! se dit-il en feuilletant ce chapitre.

Et il tomba sur ces paroles :

« Quand vous serez parvenu à ce point que de trouver les afflictions douces et d'y prendre goût pour l'amour de Jésus-Christ, alors croyez-vous heureux, parce que vous aurez trouvé le paradis en ce monde. »

Importuné par cette simplicité, caractère de la force, et furieux d'être battu par ce livre, il le ferma; mais il trouva ce conseil gravé en lettres d'or sur le maroquin vert de la couverture :

NE CHERCHEZ QUE CE QUI EST ÉTERNEL [22]!

— Et l'ont-ils trouvé ici?... se demanda-t-il.

Il sortit pour aller chercher un bel exemplaire de l'*Imitation de Jésus-Christ,* en pensant que madame de la Chanterie avait à en lire un chapitre le soir, il descendit et gagna la rue. Il resta pendant quelques instants à deux pas de la porte, indécis sur le chemin à prendre, en se demandant à quel endroit, dans quelle librairie il irait acheter son livre, et il entendit alors le bruit lourd de la massive porte cochère qui se fermait.

Deux hommes sortaient de l'hôtel de la Chanterie, car si l'on a bien saisi le caractère de cette vieille maison, on y aura reconnu celui qui distingue les anciens hôtels. Manon, en venant avertir Godefroid le matin, lui avait demandé comment il avait passé sa première nuit à l'hôtel de la Chanterie, évidemment en riant. Godefroid suivit sans aucune idée d'espionnage les deux hommes qui le prirent pour un passant et qui, dans ces rues désertes, parlèrent assez haut pour qu'il pût entendre leur conversation.

Les deux inconnus retournaient par la rue Massillon, pour longer Notre-Dame et traverser le Parvis.

— Hé! bien, tu vois, mon vieux, qu'il est assez facile de leur attraper des sous... Faut dire comme eux... Voilà tout.

— Mais nous devons?

— A qui?

— A cette dame...

— Je voudrais bien me voir poursuivi par cette vieille carcasse, je la...

— Tu la... tu la paierais...

— Tu as raison, car en payant j'aurais plus tard encore plus qu'aujourd'hui...

— Ne vaudrait-il pas mieux nous conduire par leurs conseils et arriver à faire un bon établissement...

— Ah! bah!

— Puisqu'ils nous trouveraient des bailleurs de fonds, a-t-elle dit.

— Il faudrait quitter aussi la vie...

— La vie m'ennuie, c'est pas être un homme que d'être toujours dans les vignes...

— Oui, mais l'abbé n'a-t-il pas lâché l'autre jour le père Marin, il lui a tout refusé.

— Ah! bah! le père Marin voulait faire des filouteries qui ne peuvent réussir qu'aux millionnaires.

En ce moment, ces deux hommes, dont la tenue indiquait des contremaîtres d'atelier, retournèrent brusquement sur leurs pas pour aller chercher le quartier de la place Maubert par le pont de l'Hôtel-Dieu[23]; Godefroid s'écarta, mais en se voyant suivis de si près par lui, tous deux échangèrent un regard de défiance et leur visage exprima le regret d'avoir parlé.

Godefroid fut d'autant plus intéressé par cette conversation qu'elle lui rappela la scène de l'abbé de Vèze et de l'ouvrier le jour de sa première visite.

— Que se passe-t-il donc chez madame de la Chanterie? se demanda-t-il encore.

En méditant cette question, il alla jusque chez un libraire de la rue Saint-Jacques et revint avec un exemplaire très riche de la plus belle édition qu'on ait faite en France de l'*Imitation de Jésus-Christ*. En venant à pas lents pour se trouver à l'heure exacte du dîner, il rappelait en lui-même ses sensations pendant cette matinée, et il en ressentait une extrême fraîcheur d'âme. Il était pris d'une curiosité profonde, mais sa curiosité pâlissait néanmoins sous un désir inexplicable, il était attiré vers madame de la Chanterie, il éprouvait une violente envie de s'attacher à elle, de se dévouer pour elle, de lui plaire, de mériter ses éloges ; enfin il était atteint d'amour platonique, il pressentait des grandeurs inouïes dans cette âme, il voulait la connaître dans son entier. Il était impatient de pénétrer les secrets de l'existence de ces purs catholiques. Enfin, dans cette petite réunion de fidèles, la majesté de la religion pratiquée était si bien alliée à ce que la femme française a de majestueux, qu'il résolut de tout faire pour s'y faire agréger. Ces sentiments eussent été bien prompts chez un Parisien occupé ; mais Godefroid était, comme on l'a vu, dans la situation des naufragés qui s'attachent aux plus flexibles branches en les croyant solides, et il avait une âme labourée, prête à recevoir toute semence.

Il trouva les quatre amis au salon, et il présenta le livre à madame de la Chanterie en lui disant : « Je n'ai pas voulu vous en priver pour ce soir... »

— Dieu veuille, répondit-elle en regardant le

magnifique volume, que ce soit votre dernier accès d'élégance.

En voyant chez ces quatre personnages les moindres choses des vêtements réduites au propre et à l'utile, en trouvant ce système appliqué rigoureusement dans les moindres détails de la maison, Godefroid comprit la valeur de ce reproche si gracieusement exprimé.

— Madame, dit-il, les gens que vous avez obligés ce matin sont des monstres ; j'ai, sans le vouloir, entendu les propos qu'ils tenaient en sortant d'ici, et il y régnait la plus noire ingratitude...

— C'est les deux serruriers de la rue Mouffetard, dit madame de la Chanterie à monsieur Nicolas, cela vous regarde...

— Le poisson se sauve plus d'une fois avant d'être pris, répondit en riant monsieur Alain.

La parfaite insensibilité de madame de la Chanterie en apprenant l'ingratitude immédiate des gens à qui, sans doute, elle avait donné de l'argent, surprit Godefroid qui devint pensif.

Le dîner fut égayé par monsieur Alain et par l'ancien conseiller ; mais le militaire resta grave, triste et froid ; il portait sur sa figure l'empreinte ineffaçable d'un chagrin amer, d'une douleur éternelle. Madame de la Chanterie avait des attentions égales pour tous. Godefroid se sentit observé par ces gens dont la prudence égalait la piété, sa vanité lui fit imiter leur réserve, et il mesura beaucoup ses paroles.

Cette première journée devait être beaucoup plus animée que les suivantes. Godefroid, qui se vit mis en dehors de toutes les conférences sérieuses, fut obligé, pendant les quelques heures de la matinée et de la soirée, où il était seul chez lui, d'ouvrir l'*Imitation de Jésus-Christ*, et il finit par étudier ce livre comme on étudie un livre quand on n'en possède qu'un, et qu'on se trouve emprisonné. Il en est alors de ce livre comme d'une femme quand on est avec elle dans la solitude ; de même qu'il faut haïr ou adorer la femme, de même on se pénètre de l'esprit de l'auteur ou vous n'en lisez pas dix lignes.

Or, il est impossible de ne pas être saisi par l'*Imitation* qui est au dogme ce que l'action est à la pensée. Le catholicisme y vibre, s'y meut, s'agite, s'y prend corps à corps avec la vie humaine. Ce livre est un ami sûr. Il parle à toutes les passions, à toutes les difficultés, même mondaines ; il résout toutes les objections, il est plus éloquent que tous les prédicateurs, car sa voix est la vôtre, elle s'élève dans votre cœur, et vous l'entendez par l'âme. C'est enfin l'Évangile traduit, approprié à tous les temps, superposé à toutes les situations. Il est extraordinaire que l'Église n'ait pas canonisé Gerson[24], car l'Esprit saint animait évidemment sa plume.

Pour Godefroid, l'hôtel de la Chanterie renfermait une femme, outre le livre ; et il s'éprenait de jour en jour davantage de cette femme ; il découvrait en elle des fleurs ensevelies sous la neige des hivers, il entrevoyait les délices de cette amitié sainte que la religion permet, à laquelle les anges sourient, qui liait d'ailleurs ces cinq personnes, et contre laquelle rien de mauvais ne pouvait prévaloir. Il est un sentiment supérieur à tous les autres, un amour d'âme à âme qui ressemble à ces fleurs si rares, nées sur les pics les plus élevés de la terre, et dont un ou deux exemples sont offerts à l'humanité de siècle en siècle, par lequel souvent des amants se sont unis, et qui rendent raison des attachements fidèles, inexplicables par les lois ordinaires du monde. C'est un attachement sans aucun mécompte, sans brouilles, sans vanité, sans luttes, sans contrastes même, tant les natures morales se sont également confondues. Ce sentiment immense, infini, né de la Charité catholique, Godefroid en entrevoyait les délices. Il ne pouvait pas croire par moments au spectacle qu'il avait sous les yeux, et il cherchait des raisons à l'amitié sublime de ces cinq personnes, étonné de trouver de vrais catholiques, des chrétiens du premier temps de l'Église dans le Paris de 1835[25].

Huit jours après son entrée au logis, Godefroid avait été témoin d'un tel concours de gens, il avait surpris des fragments de conversation où il s'agissait de choses si graves, qu'il entrevit une prodigieuse activité dans la vie de ces cinq personnes. Il s'aperçut que chacune d'elles dormait six heures au plus.

Toutes, elles avaient déjà fait, en quelque sorte, une première journée, lors du second déjeuner. Des étrangers apportaient ou remportaient des sommes, parfois importantes. Le garçon de caisse de Mongenod venait souvent, et toujours de grand matin, de manière à ce que son service ne souffrît pas de ces courses, en dehors des habitudes de la maison de banque.

Monsieur Mongenod lui-même vint un soir, et Godefroid remarqua chez lui, pour monsieur Alain, des nuances de familiarité filiale, mêlées au profond respect qu'il lui témoignait, comme aux trois autres pensionnaires de madame de la Chanterie.

Ce soir-là, le banquier ne fit à Godefroid que des questions banales : — S'il se trouvait bien ici, s'il y resterait, etc., en l'engageant à persévérer dans sa résolution.

— Il ne me manque qu'une seule chose pour être heureux, dit Godefroid.

— Eh! quoi? demanda le banquier.

— Une occupation.

— Une occupation! reprit l'abbé de Vèze. Vous avez donc changé d'avis, vous étiez venu dans notre cloître y chercher le repos...

— Le repos sans la prière qui vivifiait les monastères, sans la méditation qui peuplait les thébaïdes, devient une maladie, dit sentencieusement monsieur Joseph.

— Apprenez la tenue des livres, dit en souriant monsieur Mongenod, vous pourrez devenir dans quelques mois très utile à mes amis...

— Oh! avec bien du plaisir, s'écria Godefroid.

Le lendemain était un dimanche, madame de la Chanterie exigea de son pensionnaire qu'il lui donnât le bras pour aller à la grand-messe.

— C'est, dit-elle, la seule violence que je veuille vous faire. Maintes fois, durant cette semaine, j'ai voulu vous parler de votre salut; mais je ne crois pas le moment venu. Vous seriez bien occupé, si vous partagiez nos croyances, car vous partageriez aussi nos travaux.

A la messe, Godefroid observa la ferveur de messieurs Nicolas, Joseph et Alain; mais, comme, pendant ces quelques jours, il avait pu se convaincre de la supériorité, de la perspicacité, de l'étendue des connaissances, du grand esprit de ces messieurs, il pensa que, s'ils s'humiliaient ainsi, la religion catholique avait des secrets qui jusqu'alors lui avaient échappé.

— C'est, après tout, se dit-il en lui-même, la religion des Bossuet, des Pascal, des Racine, des saint Louis, des Louis XIV, des Raphaël, des Michel-Ange, des Ximenès[26], des Bayard, des du Guesclin, et je ne saurais, moi chétif, me comparer à ces intelligences, à ces hommes d'État, à ces poètes, à ces capitaines.

S'il ne devait pas résulter un enseignement profond de ces menus détails, il serait imprudent de s'y arrêter par le temps qui court; mais ils sont indispensables à l'intérêt de cette histoire, à laquelle le public actuel croira déjà difficilement, et qui débute par un fait presque ridicule : l'empire que prenait une femme de soixante ans sur un jeune homme désabusé de tout.

— Vous n'avez pas prié, dit madame de la Chanterie à Godefroid sur la porte de Notre-Dame, pour personne, pas même pour le repos de l'âme de votre mère.

Godefroid rougit et garda le silence.

— Faites-moi le plaisir, lui dit madame de la

Chanterie, de monter chez vous et de ne pas descendre au salon avant une heure. Si vous m'aimez, ajouta-t-elle, vous méditerez le chapitre de l'*Imitation,* le premier du troisième livre, intitulé *De la conversation intérieure*[27].

Godefroid salua froidement et monta chez lui.

— Que le diable les emporte, se dit-il en se livrant à une colère sérieuse. Que veulent-ils de moi ici? Que s'y trafique-t-il?... Bah! toutes les femmes, même les dévotes, ont les mêmes ruses; et si Madame, dit-il en appelant son hôtesse du nom que lui donnaient ses pensionnaires, ne veut pas de moi, c'est qu'il se trame quelque chose contre moi.

Dans cette pensée, il essaya de regarder par sa fenêtre dans le salon, mais la disposition des lieux ne lui permit pas d'y voir. Il descendit un étage et remonta vivement chez lui; car il pensa que, d'après la rigidité des principes des habitants de la maison, un acte d'espionnage le ferait congédier aussitôt. Perdre l'estime de ces cinq personnes lui sembla tout aussi grave que de se déshonorer publiquement. Il attendit environ trois quarts d'heure et résolut de surprendre madame de la Chanterie, en devançant l'heure indiquée. Il inventa de se justifier par un mensonge, en disant que sa montre allait mal, et il l'avança de vingt minutes. Puis, il descendit en ne faisant pas le moindre bruit. Il arriva jusqu'à la porte du salon et l'ouvrit brusquement.

Il vit alors un homme assez célèbre, jeune encore, un poète qu'il avait rencontré souvent dans le monde, Victor de Vernisset, un genou en terre devant madame de la Chanterie et lui baisant le bas de sa robe. Le ciel tombant en éclats, comme s'il eût été de cristal, comme le croyaient les anciens, eût moins surpris Godefroid que ce spectacle. Il lui vint les plus affreuses pensées, et il y eut une réaction plus terrible encore quand, au premier sarcasme qui lui vint sur les lèvres, et qu'il allait prononcer, il vit dans un coin du salon monsieur Alain comptant des billets de mille francs.

En un moment Vernisset fut sur ses deux pieds, et le bonhomme Alain resta saisi. Madame de la Chanterie, elle, lança sur Godefroid un regard qui le pétrifia, car la double expression du visage de son nouvel hôte ne lui avait pas échappé.

— Monsieur, dit-elle au jeune poète en lui montrant Godefroid, est un des nôtres...

— Vous êtes bien heureux, mon cher, dit Vernisset, vous êtes sauvé! Mais, madame, reprit-il en se tournant vers madame de la Chanterie, quand tout Paris m'aurait vu, j'en serais heureux, rien ne peut m'acquitter envers vous!... Je vous suis acquis à jamais! Je vous appartiens entièrement. Commandez-moi quoi que ce soit, j'obéirai! Ma reconnaissance sera sans bornes. Je vous dois la vie, elle est à vous...

— Allons, dit le bon Alain, jeune homme, soyez sage; seulement, travaillez, et surtout n'attaquez jamais la Religion dans vos œuvres... Enfin, souvenez-vous de votre dette!

Et il lui tendit une enveloppe grossie par les billets de banque qu'il avait comptés. Victor de

Vernisset eut les yeux mouillés de larmes, il baisa respectueusement la main de madame de la Chanterie, et il partit après avoir échangé une poignée de main avec monsieur Alain et Godefroid.

— Vous n'avez pas obéi à Madame, dit solennellement le bonhomme dont le visage eut une expression triste que Godefroid ne lui avait pas encore vue, c'est une faute capitale, encore une semblable et nous nous quitterons... Ce sera bien dur pour vous, après nous avoir paru digne de notre confiance.

— Mon cher Alain, dit madame de la Chanterie, ayez pour moi la bonté de vous taire sur cette étourderie... Il ne faut pas trop demander à un nouvel arrivé, qui n'a pas eu de grands malheurs, qui n'a pas de religion, qui n'a qu'une excessive curiosité pour toute vocation, et qui ne croit pas encore en nous.

— Pardonnez-moi, madame, répondit Godefroid, je veux dès ce moment être digne de vous, je me soumets à toutes les épreuves que vous jugerez nécessaires avant de m'initier au secret de vos occupations, et si monsieur l'abbé de Vèze veut entreprendre de m'éclairer, je lui livrerai mon âme et ma raison.

Ces paroles rendirent madame de la Chanterie si heureuse que ses joues se couvrirent d'une petite rougeur; elle saisit la main de Godefroid, la lui serra, puis elle lui dit avec une étrange émotion : « C'est bien! »

Le soir, après le dîner, Godefroid vit venir un vicaire général du diocèse de Paris, deux chanoines, deux anciens maires de Paris, et une dame de charité. L'on ne joua point, la conversation générale fut gaie sans être futile.

Une visite qui surprit étrangement Godefroid fut celle de la comtesse de Cinq-Cygne, l'une des sommités aristocratiques, et dont le salon était inabordable pour la bourgeoisie et pour les parvenus. La présence de cette grande dame dans le salon de madame de la Chanterie était déjà bien extraordinaire; mais la manière dont ces deux femmes s'abordèrent et se traitèrent fut pour Godefroid quelque chose d'inexplicable, car elle attestait une intimité, des relations constantes qui donnaient une immense valeur à madame de la Chanterie. Madame de Cinq-Cygne fut gracieuse et affectueuse avec les quatre amis de son amie, et marqua du respect à monsieur Nicolas. On voit que la vanité sociale gouvernait encore Godefroid qui, jusqu'alors assez indécis, résolut de se prêter, avec ou sans conviction, à tout ce que madame de la Chanterie et ses amis exigeraient de lui, pour arriver à se faire affilier par eux à leur Ordre, ou se faire initier à leurs secrets, en se promettant alors seulement de prendre un parti.

Le lendemain, il alla chez le teneur de livres que madame de la Chanterie lui indiqua, convint avec lui des heures auxquelles ils travailleraient ensemble, et il eut ainsi l'emploi de tout son temps, car l'abbé de Vèze le catéchisait le matin, il allait passer tous les jours deux heures chez le teneur de livres, et il travaillait entre le déjeuner et le dîner aux écritures commerciales imaginaires que son maître lui faisait tenir.

Quelques jours se passèrent ainsi, pendant lesquels Godefroid sentit le charme d'une vie où chaque heure a son emploi. Le retour de travaux connus à des moments déterminés, la régularité rend raison de bien des existences heureuses, et prouve combien les fondateurs des ordres religieux avaient profondément médité sur la nature de l'homme. Godefroid, qui s'était promis à lui-même d'écouter l'abbé de Vèze, avait déjà des craintes sur sa vie future et commençait à trouver qu'il ignorait la gravité des questions religieuses. Enfin, de jour en jour madame de la Chanterie, près de laquelle il restait environ une heure après le second déjeuner, lui laissait découvrir de nouveaux trésors en elle; il n'avait jamais imaginé de bonté si complète ni si étendue. Une femme de l'âge que madame de la Chanterie paraissait avoir n'a plus aucune des petitesses de la jeune femme; c'est un ami qui vous offre toutes les délicatesses féminines, qui déploie les grâces, les recherches que la nature inspire à la femme pour l'homme, et qui ne les vend plus; elle est exécrable ou parfaite, car toutes ses prétentions subsistent sous l'épiderme, ou sont mortes; et madame de la Chanterie était parfaite. Elle semblait n'avoir jamais eu de jeunesse, son regard ne parlait jamais du passé. Loin d'apaiser la curiosité de Godefroid, la connaissance de plus en plus intime de ce sublime caractère, les découvertes de chaque jour redoublaient son désir d'apprendre la vie antérieure de cette femme qu'il trouvait sainte. Avait-elle jamais aimé? avait-elle été mariée? avait-elle été mère? Rien en elle ne trahissait la vieille fille, elle déployait les grâces d'une femme bien née, et l'on devinait dans sa robuste santé, dans le phénomène extraordinaire de sa conservation, une vie céleste, une sorte d'ignorance de la vie. Excepté le gai bonhomme Alain, tous ces êtres avaient souffert mais monsieur Nicolas lui-même semblait donner la palme du martyre à madame de la Chanterie, et néanmoins le souvenir de ses malheurs était si bien contenu par la résignation catholique, par ses occupations secrètes, qu'elle semblait avoir été toujours heureuse.

— Vous êtes, lui dit un jour Godefroid, la vie de vos amis, vous êtes le lien qui les unit, vous êtes pour ainsi dire la femme de ménage d'une grande œuvre; et, comme nous sommes tous mortels, je me demande ce que deviendrait votre association sans vous...

— C'est ce qui les effraie; mais la Providence, à laquelle nous avons dû notre teneur de livres, dit-elle en souriant, y pourvoira. D'ailleurs, je chercherai.

— Votre teneur de livres sera-t-il bientôt au service de votre maison de commerce? répondit Godefroid en riant.

— Ceci dépend de lui, reprit-elle en souriant. Qu'il soit sincèrement religieux, qu'il soit pieux, qu'il n'ait plus le moindre amour-propre, qu'il ne s'inquiète plus des richesses de notre maison, qu'il songe à s'élever au-dessus des petites considérations sociales en se servant des deux ailes que Dieu nous a données...

— Quoi?...

— La simplicité, la pureté, répondit madame de la Chanterie. Votre ignorance me dit assez que vous négligez la lecture de notre livre, ajouta-t-elle en riant de l'innocent subterfuge auquel elle avait eu recours pour savoir si Godefroid lisait l'*Imitation de Jésus-Christ*[28]. Enfin, pénétrez-vous de l'Épître de saint Paul sur la Charité. Ce n'est pas vous, dit-elle avec une expression sublime, qui serez à nous, c'est nous qui serons à vous, et il vous sera permis de compter les plus immenses richesses qu'aucun souverain ait possédées; vous en jouirez comme nous en jouissons; et laissez-moi vous dire, si vous vous souvenez des *Mille et une Nuits,* que les trésors d'Aladin ne sont rien comparés à ce que nous possédons... Aussi, depuis un an, ne savons-nous plus comment faire, nous n'y suffisons plus : il nous fallait un teneur de livres.

En parlant, elle étudiait le visage de Godefroid, qui ne savait que penser de cette étrange confidence; mais comme la scène de madame de la Chanterie et de madame Mongenod la mère lui revenait souvent dans la mémoire, il restait entre le doute et la croyance.

— Ah! vous seriez bien heureux, dit-elle.

Godefroid fut tellement dévoré de curiosité que, dès ce moment, il résolut de faire fléchir la discrétion des quatre amis et de les interroger sur eux-mêmes. Or, de tous les commensaux[29] de madame de la Chanterie, celui vers qui

Godefroid se sentait le plus entraîné, et qui paraissait aussi devoir exciter le plus de sympathies chez les gens de toute classe, était le bon, le gai, le simple monsieur Alain. Par quelles voies la Providence avait-elle amené cet être si candide dans ce monastère sans clôture, dont les religieux agissaient sous l'empire d'une règle observée, au milieu de Paris, en toute liberté, comme s'ils eussent eu le supérieur le plus sévère? Quel drame, quel événement lui avait fait quitter son chemin dans le monde, pour prendre ce sentier si pénible à parcourir à travers les malheurs d'une capitale?

Un soir, Godefroid voulut faire une visite à son voisin, dans l'intention de satisfaire une curiosité plus éveillée par l'impossibilité de toute catastrophe dans cette existence qu'elle ne l'eût été par l'attente du récit de quelque terrible épisode dans la vie d'un corsaire. Au mot : « Entrez! » donné comme réponse à deux coups frappés discrètement, Godefroid tourna la clef qui restait toujours dans la serrure, et trouva monsieur Alain assis au coin de son feu, lisant, avant de se coucher, un chapitre de l'*Imitation de Jésus-Christ,* à la lueur de deux bougies coiffées chacune d'un de ces garde-vue [30] verts, mobiles, dont se servent les joueurs de whist.

Le bonhomme était en pantalon à pieds, dans sa robe de chambre de molleton grisâtre, et tenait ses pieds à la hauteur du feu, sur un coussin fait, ainsi que ses pantoufles, par madame de la Chanterie, en tapisserie au petit point. Cette belle tête de vieillard, sans autre accompagnement qu'une couronne de cheveux blancs presque semblable à celle d'un vieux moine, se détachait en clair sur le fond brun de la tapisserie de l'immense fauteuil.

Monsieur Alain posa doucement sur la petite table à colonnes torses son livre usé aux quatre coins, et montra de l'autre main son autre fauteuil au jeune homme, en ôtant les lunettes qui lui pinçaient le bout du nez.

— Souffrez-vous, pour être sorti de chez vous à cette heure? demanda-t-il à Godefroid.

— Cher monsieur Alain, répondit franchement Godefroid, je suis tourmenté par une curiosité qu'un seul mot de vous fera très innocente ou très indiscrète, et c'est assez vous dire en quel esprit je vous adresserai ma question.

— Oh! oh! quelle est-elle? fit-il en regardant le jeune homme d'un air presque malicieux.

— Quel est le fait qui vous a conduit à mener la vie que vous menez ici? Car, pour embrasser la doctrine d'un pareil renoncement à tout intérêt, on doit être dégoûté du monde, y avoir été blessé ou bien y avoir blessé les autres.

— Eh! quoi, mon enfant, répondit le vieillard en laissant errer sur ses larges lèvres un de ces sourires qui rendaient sa bouche vermeille une des plus affectueuses que le génie des peintres ait pu rêver, ne peut-on se sentir ému d'une pitié profonde au spectacle des misères que Paris enferme dans ses murs? Saint Vincent de Paul a-t-il eu besoin de l'aiguillon du remords ou de la vanité blessée pour se vouer aux enfants abandonnés ?

— Ceci me ferme d'autant plus la bouche que si jamais une âme a ressemblé à celle de ce héros chrétien, c'est assurément la vôtre, répondit Godefroid.

Malgré la dureté que l'âge avait imprimée à la peau de son visage presque jaune et ridé, le vieillard rougit excessivement ; car il semblait avoir provoqué cet éloge, auquel sa modestie bien connue permettait de croire qu'il n'avait pas songé. Godefroid savait bien que les commensaux de madame de la Chanterie étaient sans aucun goût pour cet encens. Néanmoins, l'excessive simplicité du bonhomme Alain fut plus embarrassée de ce scrupule qu'une jeune fille aurait pu l'être d'avoir conçu quelque pensée mauvaise.

— Si je suis encore bien loin de lui au moral, reprit monsieur Alain, je suis bien sûr de lui ressembler au physique...

Godefroid voulut parler, mais il en fut empêché par un geste du vieillard, dont le nez avait en effet l'apparence tuberculeuse de celui du saint, et dont la figure, semblable à celle d'un vieux vigneron, était le vrai duplicata de la grosse figure commune du fondateur des Enfants-Trouvés.

— Quant à moi, vous avez raison, dit-il en continuant ; ma vocation pour notre œuvre fut déterminée par un sentiment de repentir, à cause d'une aventure...

— Vous, une aventure ! s'écria doucement

Godefroid à qui ce mot fit oublier ce qu'il voulait d'abord répondre au vieillard.

— Oh! mon Dieu, ce que je vais vous raconter vous paraîtra sans doute une bagatelle, une niaiserie; mais au tribunal de la conscience, il en fut autrement. Si vous persistez dans votre désir de participer à nos œuvres, après m'avoir écouté, vous comprendrez que les sentiments sont en raison de la force des âmes, et que le fait qui ne tourmente pas un esprit fort peut très bien troubler la conscience d'un faible chrétien.

Après cette espèce de préface, on ne saurait exprimer à quel degré de curiosité le néophyte arriva. Quel était le crime de ce bonhomme, que madame de la Chanterie appelait *son agneau pascal?* C'était aussi intéressant qu'un livre intitulé : *les Crimes d'un mouton.* Les moutons sont peut-être féroces envers les herbes et les fleurs? A entendre un des plus doux républicains de ce temps-ci, le meilleur des êtres serait encore cruel envers quelque chose. Mais le bonhomme Alain! lui qui, semblable à l'oncle Tobie de Sterne[31], n'écrasait pas une mouche après avoir été piqué vingt fois par elle! cette belle âme, avoir été torturée par un repentir!

Cette réflexion représente le point d'orgue que fit le vieillard après ces mots : « Écoutez-moi! » et pendant lequel il avança son coussin sous les pieds de Godefroid pour le partager avec lui.

— J'avais alors un peu plus de trente ans, dit-il, nous étions en 98, autant qu'il m'en souvient, une époque où les jeunes gens devaient avoir l'expérience des gens de soixante ans. Un matin, un peu avant l'heure de mon déjeuner à neuf heures, ma vieille femme de ménage m'annonce un des quelques amis que j'avais conservés au milieu des orages de la Révolution. Aussi mon premier mot fut-il une invitation à déjeuner. Mon ami, nommé Mongenod, garçon de vingt-huit ans, accepte, mais d'un air gêné; je ne l'avais pas vu depuis 1793.

— Mongenod?... s'écria Godefroid, le...

— Si vous voulez savoir la fin avant le commencement, reprit le vieillard en souriant, comment vous dire mon histoire?

Godefroid fit un mouvement qui promettait un silence absolu.

— Quand Mongenod s'assied, reprit le bonhomme Alain, je m'aperçois que ses souliers sont horriblement usés. Ses bas mouchetés avaient été si souvent blanchis que j'eus de la peine à reconnaître qu'ils étaient en soie. Sa culotte en casimir de couleur abricot, sans aucune fraîcheur, annonçait un long usage, encore attesté par des changements de couleur à des places dangereuses, et les boucles, au lieu d'être en acier, me parurent être en fer commun : celles des souliers étaient de même métal. Son gilet blanc à fleurs, devenu jaune à force d'être porté, comme sa chemise dont le jabot dormant était fripé, trahissait une horrible mais décente misère. Enfin l'aspect de la houppelande (on nommait ainsi une redingote ornée d'un seul collet en façon de manteau à la Crispin) acheva de me convaincre que mon ami était tombé dans le malheur. Cette houppelande, en drap couleur noisette, excessivement râpée, admirablement bien brossée, avait un col gras de pommade ou de poudre, et des boutons en métal blanc devenu rouge. Enfin, toute cette friperie était si honteuse que je n'osais plus y jeter les yeux. Le claque, une espèce de demi-cercle en feutre qu'on gardait alors sous le bras au lieu de le mettre sur la tête, avait dû voir plusieurs gouvernements. Néanmoins, mon ami venait sans doute de dépenser quelques sous pour sa coiffure chez un barbier, car il était rasé. Ses cheveux, ramassés par-derrière, attachés par un peigne et poudrés avec luxe, sentaient la pommade. Je vis bien deux chaînes parallèles sur le devant de sa culotte, deux chaînes en acier terni, mais aucune apparence de montre dans les goussets. Nous étions en hiver, et Mongenod n'avait point de manteau, car quelques larges gouttes de neige fondue et tombées des toits, le long desquels il avait dû marcher, jaspaient le collet de sa houppelande. Lorsqu'il ôta de ses mains ses gants en poil de lapin et que je vis sa main droite, j'y reconnus les traces d'un travail quelconque, mais d'un travail pénible. Or, son père, avocat au grand conseil, lui avait laissé quelque fortune, cinq à six mille livres de rente. Je compris aussitôt que Mongenod venait me faire un emprunt. J'avais dans une cachette deux cents louis en or, une somme énorme pour ce temps-là, car elle valait je ne sais plus combien de cent mille francs en assignats. Mongenod et moi, nous avions étudié dans le même collège, celui des Grassins[32], et nous nous étions retrouvés chez le même procureur, un honnête homme, le bonhomme Bordin. Quand on a passé sa jeunesse et fait les folies de son adolescence avec un camarade, il existe entre nous et lui des sympathies presque sacrées ; sa voix, ses regards nous remuent au cœur de certaines cordes qui ne vibrent que sous l'effort des souvenirs qu'il ranime. Quand bien même on a eu des motifs de plainte contre un tel camarade, tous les droits de l'amitié ne sont pas prescrits. Mais il n'y avait pas eu la moindre brouille entre nous. A la mort de son père, en 1787, Mongenod s'était trouvé plus riche que moi ; quoique je ne lui eusse jamais rien emprunté, parfois je lui avais dû de ces plaisirs que la rigueur paternelle m'interdisait. Sans mon généreux camarade, je n'aurais pas vu la première représentation du *Mariage de Figaro*[33]. Mongenod fut alors ce qu'on appelait un charmant cavalier, il avait des galanteries ; je lui reprochais sa facilité à se lier et sa trop grande obligeance ; sa bourse s'ouvrait facilement, il vivait à la grande, il vous aurait servi de témoin après vous avoir vu deux fois... — Mon Dieu ! Vous me remettez là dans les sentiers de ma jeunesse ! s'écria le bonhomme Alain en jetant à Godefroid un gai sourire et faisant une pause.

— M'en voulez-vous ?... dit Godefroid.

— Oh non ! et à la minutie de mon récit, vous voyez combien cet événement tient de place dans ma vie... — Mongenod, doué d'un cœur excellent et homme de courage, un peu voltairien, fut disposé à faire le gentilhomme, reprit monsieur Alain; son éducation aux Grassins, où se trouvaient des nobles, et ses relations galantes lui avaient donné les mœurs polies des gens de condition, que l'on appelait alors aristocrates. Vous pouvez maintenant imaginer combien fut grande ma surprise en apercevant chez Mongenod les symptômes de misère qui dégradaient pour moi le jeune, l'élégant Mongenod de 1787, quand mes yeux quittèrent son visage pour examiner ses vêtements. Néanmoins, comme à cette époque de misère publique quelques gens rusés prenaient des dehors misérables, et comme il y avait pour d'autres des raisons suffisantes de se déguiser, j'attendis une explication, mais en la sollicitant. — Dans quel équipage te voilà, mon cher Mongenod! lui dis-je en acceptant une prise de tabac qu'il m'offrit dans une tabatière de similor [34]. — Bien triste, répondit-il. Il ne me reste qu'un ami..., et cet ami c'est toi. J'ai fait tout ce que j'ai pu pour éviter d'en arriver là, mais je viens te demander cent louis. La somme est forte, dit-il, en me voyant étonné; mais si tu ne m'en donnais que cinquante, je serais hors d'état de te les rendre jamais; tandis que si j'échoue dans ce que j'entreprends, il me restera cinquante louis pour tenter fortune en d'autres voies; et je ne sais pas encore ce que le désespoir m'inspirera. — Tu n'as rien! fis-je. — J'ai, reprit-il en réprimant une larme, cinq sous de reste sur ma dernière pièce de monnaie. Pour me présenter chez toi, j'ai fait cirer mes souliers et je suis entré chez un coiffeur. J'ai ce que je porte. Mais, reprit-il en faisant un geste, je dois mille écus en assignats à mon hôtesse, et notre gargotier m'a refusé crédit hier. Je suis donc sans aucune ressource ! — Et que comptes-tu faire ? dis-je en m'immisçant déjà dans son for intérieur. — M'engager comme soldat, si tu me refuses... — Toi, soldat ! Toi, Mongenod ! — Je me ferai tuer, ou je deviendrai le général Mongenod. — Eh ! bien, lui dis-je tout ému, déjeune en toute tranquillité, j'ai cent louis...

— Là, dit le bonhomme en regardant Godefroid d'un air fin, je crus nécessaire de faire un petit mensonge de prêteur.

— C'est tout ce que je possède au monde, dis-je à Mongenod, j'attendais le moment où les fonds publics arriveraient au plus bas prix possible pour placer cet argent ; mais je le mettrai dans tes mains, et tu me considéreras comme ton associé, laissant à ta conscience le soin de me rendre le tout en temps et lieu. La conscience d'un honnête homme, lui dis-je, est le meilleur grand-livre. Mongenod me regardait fixement en m'écoutant, et paraissait s'incruster mes paroles au cœur. Il avança sa main droite, j'y mis ma main gauche, et nous nous serrâmes nos mains, moi très attendri, lui sans retenir cette fois deux grosses larmes qui coulèrent sur ses joues déjà flétries. La vue de ces deux larmes me navra le cœur. Je fus encore plus touché quand, oubliant tout dans ce moment, Mongenod tira pour s'essuyer un mauvais mouchoir des Indes tout déchiré. — Reste là, lui dis-je en me sauvant pour aller à ma cachette le cœur ému comme si j'avais entendu une femme m'avouant qu'elle m'aimait. Je revins avec deux rouleaux de chacun cinquante louis. — Tiens, compte-les... Il ne voulut pas les compter, et regarda tout autour de lui pour trouver une écritoire, afin de me faire, dit-il, une reconnaissance. Je me refusai nettement à prendre aucun papier. — Si je mourais, lui dis-je, mes héritiers te tourmenteraient. Ceci doit rester entre nous. En me trouvant si bon ami, Mongenod quitta le masque chagrin et crispé par l'inquiétude qu'il avait en entrant, il devint gai. Ma femme de ménage nous servit des huîtres, du vin blanc, une omelette, des rognons à la brochette, un reste de pâté de Chartres que ma vieille mère m'avait envoyé, puis un petit dessert, le café, les liqueurs des îles. Mongenod, à jeun depuis deux jours, se restaura. En parlant de notre vie avant la Révolution, nous restâmes attablés jusqu'à trois heures après midi, comme les meilleurs amis du monde. Mongenod me raconta comment il avait perdu sa fortune. D'abord, la réduction des rentes sur l'Hôtel de Ville lui avait enlevé les deux tiers de ses revenus, car son père avait placé sur la Ville la plus forte partie de ses capitaux; puis, après avoir vendu sa maison rue de Savoie, il avait été forcé d'en recevoir le prix en assignats; il s'était alors mis en tête de faire un journal, *la Sentinelle,* qui l'avait obligé de fuir après six mois d'existence. En ce moment il fondait tout son espoir sur la réussite d'un opéra comique intitulé : *les Péruviens.* Cette dernière confidence me fit trembler. Mongenod, devenu auteur, ayant mangé son argent dans *la Senti-*

nelle, et vivant sans doute au théâtre, en relations avec les chanteurs de Feydeau[35], avec des musiciens et le monde bizarre qui se cache derrière le rideau de la scène, ne me sembla plus mon même Mongenod. J'eus un léger frisson. Mais le moyen de reprendre mes cent louis? Je voyais chaque rouleau dans chaque poche de la culotte comme deux canons de pistolet. Mongenod partit. Quand je me trouvai seul, sans le spectacle de cette âpre et cruelle misère, je me mis à réfléchir malgré moi, je me dégrisai : « Mongenod, pensai-je, s'est sans doute dépravé profondément, il m'a joué quelque scène de comédie! » Sa gaieté, quand il m'avait vu lui donnant débonnairement une somme si énorme, me parut alors être la joie des valets de théâtre attrapant quelque Géronte. Je finis par où j'aurais dû commencer, je me promis de prendre quelques renseignements sur mon ami Mongenod qui m'avait écrit son adresse au dos d'une carte à jouer. Je ne voulus point l'aller voir le lendemain par une espèce de délicatesse, il aurait pu voir de la défiance dans ma promptitude. Deux jours après, quelques préoccupations me prirent tout entier, et ce ne fut qu'au bout de quinze jours que, ne voyant plus Mongenod, je vins un matin de la Croix-Rouge, où je demeurais alors, rue des Moineaux, où il demeurait. Mongenod logeait dans une maison garnie du dernier ordre, mais dont la maîtresse était une fort honnête femme, la veuve d'un fermier général mort sur l'échafaud, et qui, complètement ruinée, commençait avec quelques louis le chanceux métier de locataire principal. Elle a eu depuis sept maisons dans le quartier Saint-Roch, et a fait fortune. — Le citoyen Mongenod n'y est pas, mais il y a du monde, me dit cette dame. Le dernier mot excite ma curiosité. Je monte au cinquième étage. Une charmante personne vient m'ouvrir la porte!... Oh! mais une jeune personne de la plus grande beauté, qui, d'un air assez soupçonneux, resta sur le seuil de la porte entrebâillée. — Je suis Alain, l'ami de Mongenod, dis-je. Aussitôt la porte s'ouvre, et j'entre dans un affreux galetas, où cette jeune personne maintenait néanmoins une grande propreté. Elle m'avance une chaise devant une cheminée pleine de cendres, sans feu, et dans un coin de laquelle j'aperçois un vulgaire réchaud en terre. On gelait. — Je suis bien heureuse, monsieur, me dit-elle en me prenant les mains et en me les serrant avec affection, d'avoir pu vous témoigner ma reconnaissance, car vous êtes notre sauveur. Sans vous, peut-être n'aurais-je jamais revu Mongenod... Il se serait... quoi?... jeté à la rivière. Il était au désespoir quand il est parti pour vous aller voir... En examinant cette jeune personne, je fus assez étonné de lui voir sur la tête un foulard, et sous le foulard, derrière la tête et le long des tempes, une ombre noire; mais, à force de regarder, je découvris qu'elle avait la tête rasée. — Êtes-vous malade? dis-je en regardant cette singularité. Elle jeta un coup d'œil dans la mauvaise glace d'un trumeau crasseux, se mit à rougir, puis des larmes lui vinrent aux yeux. — Oui, monsieur, reprit-elle vivement, j'avais d'horribles douleurs de tête, j'ai été forcée de faire raser mes beaux cheveux qui me tombaient aux talons. — Est-ce à madame Mongenod que j'ai l'honneur de parler? dis-je. — Oui, monsieur, me répondit-elle en me lançant un regard vraiment céleste. Je saluai cette pauvre petite femme, je descendis dans l'intention de faire causer l'hôtesse, mais elle était sortie. Il me semblait que cette jeune femme avait dû vendre ses cheveux pour avoir du pain. J'allai de ce pas chez un marchand de bois, et j'envoyai une demi-voie[36] de bois en priant le charretier et les scieurs de donner à la petite femme une facture acquittée au nom du citoyen Mongenod.

— Là finit la période de ce que j'ai longtemps appelé *ma* bêtise, fit le bonhomme Alain en joignant les mains et les levant un peu par un mouvement de repentance.

Godefroid ne put s'empêcher de sourire, et il était, comme on va le voir, dans une grande erreur en souriant.

— Deux jours après, reprit le bonhomme, je rencontrai l'une de ces personnes qui ne sont ni amies ni indifférentes et avec lesquelles nous avons des relations de loin en loin, ce qu'on nomme enfin *une connaissance,* un monsieur Barillaud, qui par hasard, à propos des *Péruviens,* se dit ami de l'auteur. — Tu connais le citoyen Mongenod? lui dis-je.

— Dans ce temps-là nous étions encore obligés de nous tutoyer tous, dit-il à Godefroid en façon de parenthèse.

— Ce citoyen me regarde, dit le bonhomme en reprenant son récit, et s'écria : « Je voudrais bien ne pas l'avoir connu, car il m'a plusieurs fois emprunté de l'argent et me témoigne assez d'amitié pour ne pas me le rendre. C'est un drôle de garçon ; un bon enfant, mais des illusions !... Oh ! une imagination de feu. Je lui rends justice : il ne veut pas tromper ; mais comme il se trompe lui-même sur toutes choses, il arrive à se conduire en homme de mauvaise foi. — Mais que te doit-il ? — Bah ! quelque cent écus... C'est un panier percé. Personne ne sait où passe son argent, car il ne le sait peut-être pas lui-même. — A-t-il des ressources ? — Eh ! oui, me dit Barillaud en riant. Dans ce moment, il parle d'acheter des terres chez les Sauvages, aux États-Unis. » J'emportai cette goutte de vinaigre que la médisance m'avait jetée au cœur et qui fit aigrir toutes mes bonnes dispositions. J'allai voir mon ancien patron, qui me servait de conseil. Dès que je lui eus confié le secret de mon prêt à Mongenod et la manière dont j'avais agi : — Comment ! s'écria-t-il, c'est un de mes clercs qui se conduit ainsi ? Mais il fallait remettre au lendemain et venir me voir. Vous auriez appris que j'ai consigné Mongenod à ma porte. Il m'a déjà, depuis un an, emprunté plus de cent écus en argent, une somme énorme ! Et trois jours avant d'aller déjeuner avec vous, il m'a rencontré dans la rue et m'a dépeint sa misère avec des mots si navrants que je lui ai donné deux louis ! — Si je suis la dupe d'un habile comédien, c'est tant pis pour lui, non pour moi! lui dis-je. Mais que faire? — Au moins faut-il obtenir de lui quelque titre, car un débiteur, quelque mauvais qu'il soit, peut devenir bon, et alors on est payé. Là-dessus Bordin tira d'un carton de son secrétaire une chemise sur laquelle je vis écrit le nom de Mongenod; il me montra trois reconnaissances de cent livres chacune : — La première fois qu'il viendra, je lui ferai joindre les intérêts, les deux louis que je lui ai donnés et ce qu'il me demandera; puis du tout il souscrira une acceptation, en reconnaissant que les intérêts courent depuis le jour du prêt. Au moins serai-je en règle et aurai-je un moyen d'arriver au paiement. — Eh! bien, dis-je à Bordin, pourriez-vous me mettre en règle comme vous le serez? Car vous êtes un honnête homme, et ce que vous faites est bien. — Je reste ainsi maître du terrain, me répondit l'ex-procureur. Quand on se comporte comme vous l'avez fait, on est à la merci d'un homme qui peut se moquer de vous. Moi! je ne veux pas qu'on se moque de moi! Se moquer d'un ancien procureur au Châtelet?... tarare! Tout homme à qui vous prêtez une somme comme vous avez étourdiment prêté la vôtre à Mongenod finit au bout d'un certain temps par la croire à soi. Ce n'est plus votre argent, mais son argent, et vous devenez son créancier, un homme incommode. Un débiteur cherche alors à se débarrasser de vous en s'arrangeant avec sa conscience; et, sur cent hommes, il y en a soixante-quinze qui tâchent de ne plus vous rencontrer durant le reste de leurs jours... — Vous ne reconnaissez

donc que vingt-cinq pour cent d'honnêtes gens?
— Ai-je dit cela? reprit-il en souriant avec malice. C'est beaucoup. Quinze jours après, je reçus une lettre par laquelle Bordin me priait de passer chez lui pour retirer mon titre. J'y allai.
— J'ai tâché de vous rattraper cinquante louis, me dit-il. (Je lui avais confié ma conversation avec Mongenod.) Mais les oiseaux sont envolés. Dites adieu à vos *jaunets!* Vos serins de Canarie ont regagné les climats chauds. Nous avons affaire à un aigrefin. Ne m'a-t-il pas soutenu que sa femme et son beau-père étaient partis aux États-Unis avec soixante de vos louis pour y acheter des terres et qu'il comptait les y rejoindre, soi-disant pour faire fortune afin de revenir payer ses dettes, dont l'état, parfaitement en règle, m'a été confié par lui, car il m'a prié de savoir ce que deviendraient ses créanciers. Voici cet état circonstancié, me dit Bordin en me montrant une chemise sur laquelle il lut le total : Dix-sept mille francs en argent, dit-il, une somme avec laquelle on aurait une maison valant deux mille écus de rente! Et, après avoir remis le dossier, il me rendit une lettre de change d'une somme équivalant à cent louis en or, exprimée en assignats, avec une lettre par laquelle Mongenod reconnaissait avoir reçu cent louis en or, et m'en devoir les intérêts. — Me voilà donc en règle, dis-je à Bordin. — Il ne vous niera pas la dette, me répondit mon ancien patron; mais où il n'y a rien, le roi, c'est-à-dire le Directoire, perd ses droits. Je sortis sur ce mot. Croyant avoir été volé par un moyen qui échappe à la loi,

je retirai mon estime à Mongenod et je me résignai très philosophiquement.

— Si je m'appesantis sur ces détails si vulgaires et en apparence si légers, ce n'est pas sans raison, dit le bonhomme en regardant Godefroid; je cherche à vous expliquer comment je fus conduit à agir comme agissent la plupart des hommes, au hasard et au mépris des règles que les Sauvages observent dans les moindres choses. Bien des gens se justifieraient en s'appuyant sur un homme grave comme Bordin; mais aujourd'hui, je me trouve inexcusable. Dès qu'il s'agit de condamner un de nos semblables en lui refusant à jamais notre estime, on ne peut s'en rapporter qu'à soi-même, et encore!... Devons-nous faire de notre cœur un tribunal où nous citions notre prochain? Où serait la loi? Quelle serait notre mesure d'appréciation? Ce qui chez nous est faiblesse ne sera-t-il pas force chez le voisin? Autant d'êtres, autant de circonstances différentes pour chaque fait car il n'est pas deux accidents semblables dans l'humanité. La Société seule a sur ses membres le droit de répression; car celui de punition, je le lui conteste : réprimer lui suffit, et comporte d'ailleurs assez de cruautés.

— En écoutant les propos en l'air d'un Parisien, et en admirant la sagesse de mon ancien patron, je condamnai donc Mongenod, reprit le bonhomme en continuant son histoire après en avoir tiré ce sublime enseignement. On annonça *les Péruviens*. Je m'attendis à recevoir un billet de Mongenod pour la première représentation, je m'établissais une sorte de supériorité sur lui. Mon ami me semblait, à raison de son emprunt, une sorte de vassal qui me devait une foule de choses, outre les intérêts de mon argent. Nous agissons tous ainsi!... Non seulement Mongenod ne m'envoya point de billet, mais je le vis venir de loin dans le passage obscur pratiqué sous le théâtre Feydeau, bien mis, élégant presque; il feignit de ne pas m'avoir aperçu; puis, quand il m'eut dépassé, lorsque je voulus courir à lui, mon débiteur s'était évadé par un passage transversal. Cette circonstance m'irrita vivement. Mon irritation, loin d'être passagère, s'accrut avec le temps. Voici comment. Quelques jours après cette rencontre, j'écrivis à Mongenod à peu près en ces termes : « Mon ami, vous ne devez pas me croire indifférent à tout ce qui peut vous arriver d'heureux ou de malheureux. *Les Péruviens* vous donnent-ils de la satisfaction? Vous m'avez oublié, c'était votre droit, pour la première représentation où je vous aurais tant applaudi. Quoi qu'il en soit, je souhaite que vous y trouviez un Pérou, car j'ai trouvé l'emploi de mes fonds, et compte sur vous à l'échéance. Votre ami, ALAIN. » — Après être resté quinze jours sans recevoir de réponse, je vais rue des Moineaux. L'hôtesse m'apprend que la petite femme est effectivement partie avec son père à l'époque où Mongenod avait annoncé ce départ à Bordin. Mongenod quittait son galetas de grand matin, et n'y revenait que tard dans la nuit. Quinze autres jours se passent, nouvelle lettre ainsi conçue : « Mon cher Mongenod, je ne vous vois point, vous ne répondez point à mes lettres : je ne conçois rien à votre conduite, et si je me comportais ainsi envers vous, que penseriez-vous de moi ? » — Je ne signe plus votre ami : je mets mille amitiés. Un mois se passe sans que j'aie aucune nouvelle de Mongenod. *Les Péruviens* n'avaient pas obtenu le grand succès sur lequel Mongenod comptait. J'y allai pour mon argent à la vingtième représentation, et j'y vis peu de monde. Madame Scio[37] y était cependant fort belle. On me dit au foyer que la pièce aurait encore quelques représentations. Je vais sept fois à différentes reprises chez Mongenod, je ne le trouve point, et chaque fois je laisse mon nom à l'hôtesse. Je lui écris alors : « Monsieur, si vous ne voulez pas perdre mon estime après avoir perdu mon amitié, vous me traiterez maintenant comme un étranger, c'est-à-dire avec politesse, et vous me direz si vous serez en mesure à l'échéance de votre lettre de change. Je me conduirai d'après votre réponse. Votre serviteur, ALAIN. » — Aucune réponse. Nous étions alors en 1799 ; à deux mois près, un an s'était écoulé. A l'échéance, je vais trouver Bordin. Bordin prend le titre, fait protester et poursuivre. Les désastres éprouvés par les armées françaises avaient produit sur les fonds une dépréciation si forte, qu'on pouvait acheter cinq francs de rente pour sept francs. Ainsi, pour cent louis en or, j'aurais eu près de quinze cents francs de rente. Tous les matins, en prenant ma tasse de café, je disais à la lecture du journal : « Maudit Mongenod! Sans lui, je me ferais mille écus de rente! » Mongenod était devenu ma bête noire, je tonnais contre lui tout en me promenant par les rues. — « Bordin est là, me disais-je, il le pincera, et ce sera bien fait! » Ma haine s'exhalait en imprécations, je maudissais cet homme, je lui trouvais tous les vices. Ah! monsieur Barillaud avait bien raison dans ce qu'il m'en disait. Enfin, un matin, je vois entrer mon débiteur, pas plus embarrassé que s'il ne me devait pas un centime; en l'apercevant, j'éprouvai toute la honte qu'il aurait dû ressentir. Je fus comme un criminel surpris en flagrant délit. J'étais mal à mon aise. Le Dix-Huit Brumaire avait eu lieu, tout allait au mieux, les fonds montaient, et Bonaparte était parti pour aller livrer la bataille de Marengo. — Il est malheureux, monsieur, dis-je en recevant Mongenod debout, que je ne doive votre visite qu'aux instances d'un huissier. Mongenod prend une chaise et s'assied. — Je viens te dire, me répondit-il, que je suis hors d'état de te payer. — Vous m'avez fait manquer le placement de mon argent avant l'arrivée du Premier Consul, moment où je me serais fait une petite fortune... — Je le sais, Alain, me dit-il, je le sais. Mais à quoi bon me poursuivre et m'endetter en m'accablant de frais? J'ai reçu des nouvelles de mon beau-père et de ma femme, ils ont acheté des terres, et m'ont envoyé la note des choses nécessaires à leur établissement, j'ai dû employer toutes mes ressources à ces acquisitions. Maintenant, sans que personne puisse m'en empêcher, je vais partir sur un vaisseau hollandais, à

Flessingue, où j'ai fait parvenir toutes mes petites affaires. Bonaparte a gagné la bataille de Marengo, la paix va se signer, je puis sans crainte rejoindre ma famille, car ma chère petite femme est partie enceinte. — Ainsi, vous m'avez immolé à vos intérêts?... lui dis-je. — Oui, me répondit-il, j'ai cru que vous étiez mon ami. En ce moment, je me sentis inférieur à Mongenod, tant il me parut sublime en disant ce simple mot si grand : — Ne vous l'ai-je pas dit? reprit-il. N'ai-je pas été de la dernière franchise avec vous, là, à cette même place? Je suis venu à vous, Alain, comme à la seule personne par laquelle je pusse être apprécié. Cinquante louis, vous ai-je dit, seraient perdus; mais cent, je vous les rendrai. Je n'ai point pris de terme; car puis-je savoir le jour où j'aurai fini ma longue lutte avec la misère? Vous étiez mon dernier ami. Tous mes amis, même notre vieux patron Bordin, me méprisaient par cela même que je leur empruntais de l'argent. Oh! vous ne savez pas, Alain, la cruelle sensation qui étreint le cœur d'un honnête homme aux prises avec le malheur, quand il entre chez quelqu'un pour lui demander secours!... et tout ce qui s'ensuit! Je souhaite que vous ne la connaissiez jamais : elle est plus affreuse que l'angoisse de la mort. Vous m'avez écrit des lettres qui, de moi, dans la même situation, vous eussent semblé bien odieuses. Vous avez attendu de moi des choses qui n'étaient point en mon pouvoir. Vous êtes le seul auprès de qui je viens me justifier. Malgré vos rigueurs, et quoique d'ami vous vous soyez métamorphosé en créancier le jour où Bordin m'a demandé un titre pour vous, démentant ainsi le sublime contrat que nous avons fait, là, en nous serrant la main et en échangeant nos larmes, eh! bien, je ne me suis souvenu que de cette matinée. A cause de cette heure, je viens vous dire : « Vous ne connaissez pas le malheur, ne l'accusez pas! » Je n'ai eu ni une heure, ni une seconde pour écrire et vous répondre! Peut-être auriez-vous désiré que je vinsse vous cajoler?... Autant vaudrait demander à un lièvre fatigué par les chiens et les chasseurs de se reposer dans une clairière et d'y brouter l'herbe! Je n'ai pas eu de billet pour vous, non; je n'en ai pas eu assez pour les exigences de ceux de qui mon sort dépendait. Novice au théâtre, j'ai été la proie des musiciens, des acteurs, des chanteurs, de l'orchestre. Pour pouvoir partir et acheter ce dont ma famille a besoin là-bas, j'ai vendu *les Péruviens* au directeur, avec deux autres pièces que j'avais en portefeuille. Je pars pour la Hollande sans un sou. Je mangerai du pain sur la route, jusqu'à ce que j'aie atteint Flessingue. Mon voyage est payé, voilà tout. Sans la pitié de mon hôtesse, qui a confiance en moi, j'aurais été obligé de voyager à pied, le sac sur le dos. Donc, malgré vos doutes sur moi, comme sans vous je n'aurais pu envoyer mon beau-père et ma femme à New York, ma reconnaissance reste entière. Non, *monsieur* Alain, je n'oublierai pas que les cent louis que vous m'avez prêtés vous donneraient aujourd'hui quinze cents francs de rente.

— Je voudrais vous croire, Mongenod, dis-je

presque ébranlé par l'accent qu'il mit en prononçant cette explication. — Ah! tu ne me dis plus monsieur, dit-il vivement en me regardant d'un air attendri. Mon Dieu! je quitterais la France avec moins de regret si j'y laissais un homme aux yeux de qui je ne serais ni un demi-fripon, ni un dissipateur, ni un homme à illusions. J'ai aimé un ange au milieu de ma misère. Un homme qui aime bien, Alain, n'est jamais tout à fait méprisable... A ces mots, je lui tendis la main, il la prit, me la serra. — Que le ciel te protège, lui dis-je. — Nous sommes toujours amis? demanda-t-il. — Oui, repartis-je. Il ne sera pas dit que mon camarade d'enfance et mon ami de jeunesse sera parti pour l'Amérique sous le poids de ma colère!... Mongenod m'embrassa les larmes aux yeux, et se précipita vers la porte. Quand quelques jours après je rencontrai Bordin, je lui racontai ma dernière entrevue, et il me dit en souriant : « Je souhaite que ce ne soit pas une scène de comédie!... Il ne vous a rien demandé? — Non, répondis-je. — Il est venu de même chez moi, j'ai eu presque autant de faiblesse que vous, et il m'a demandé de quoi vivre en route. Enfin, qui vivra verra! » Cette observation de Bordin me fit craindre d'avoir cédé bêtement à un mouvement de sensibilité. — Mais lui aussi, le procureur, a fait comme moi! me dis-je. Je crois inutile de vous expliquer comment je perdis toute ma fortune, à l'exception de mes autres cent louis que je plaçai sur le Grand-Livre quand les fonds furent à un taux si élevé que j'eus à peine cinq cents francs de rente pour vivre, à l'âge de trente-quatre ans. J'obtins, par le crédit de Bordin, un emploi de huit cents francs d'appointements à la succursale du Mont-de-Piété, rue des Petits-Augustins [38]. Je vécus alors bien modestement. Je me logeai rue des Marais, au troisième, dans un petit appartement composé de deux pièces et d'un cabinet, pour deux cent cinquante francs. J'allais dîner dans une pension bourgeoise, à quarante francs par mois. Je faisais le soir des écritures. Laid comme je suis et pauvre, je dus renoncer à me marier. »

En entendant cet arrêt que le pauvre Alain portait sur lui-même avec une adorable résignation, Godefroid fit un mouvement qui prouva mieux qu'une confidence la parité de leurs destinées, et le bonhomme, en réponse à ce geste éloquent, eut l'air d'attendre un mot de son auditeur.

— Vous m'avez jamais été aimé?... demanda Godefroid.

— Jamais! reprit-il, excepté par Madame qui nous rend à tous l'amour que nous avons tous pour elle, un amour que je puis appeler divin. Vous avez pu vous en convaincre, nous vivons de sa vie comme elle vit de la nôtre; nous n'avons qu'une âme à nous tous; et, pour n'être pas *physiques*, nos plaisirs n'en sont pas moins d'une grande vivacité, car nous n'existons que par le cœur... Que voulez-vous, mon enfant, reprit-il, quand les femmes peuvent apprécier les qualités morales, elles en ont fini avec les dehors, et elles sont vieilles alors... J'ai beaucoup souffert, allez !...

— Ah ! j'en suis là... dit Godefroid.

— Sous l'Empire, reprit le bonhomme en baissant la tête, les rentes ne se payaient pas exactement, il fallait prévoir les suspensions de paiement. De 1802 à 1814, il ne se passa point de semaine que je n'attribuasse mes chagrins à Mongenod. — Sans Mongenod, me disais-je, j'aurais pu me marier. Sans lui, je ne serais pas obligé de vivre de privations. Mais quelquefois aussi je me disais : — Peut-être le malheureux est-il poursuivi là-bas par un mauvais sort ! En 1806, par un jour où je trouvais ma vie bien lourde à porter, je lui écrivis une longue lettre que je lui fis passer par la Hollande. Je n'eus pas de réponse, et j'attendis pendant trois ans, en fondant sur cette réponse des espérances toujours déçues. Enfin, je me résignai à ma vie. A mes cinq cents francs de rente, à mes douze cents francs au Mont-de-Piété car je fus augmenté, je joignis une tenue de livres que j'obtins chez monsieur Birotteau, parfumeur, et qui me valut cinq cents francs. Ainsi, non seulement je me tirais d'affaire, mais je mettais huit cents francs de côté par an. Au commencement de 1814, je plaçai neuf mille francs d'économies à quarante francs sur le Grand-Livre et j'eus seize cents francs de rente assurés pour mes vieux jours[39]. J'avais ainsi quinze cents francs au Mont-de-Piété, six cents francs pour ma tenue de livres, seize cents francs sur l'État, en tout trois mille sept cents francs. Je pris un appartement rue de Seine, et je vécus alors un peu mieux. Ma place me mettait en relation avec bien des malheureux. Depuis douze ans, je connaissais mieux que qui que ce soit la misère publique. Une ou deux fois j'obligeai quelques pauvres gens. Je sentis un vif plaisir en trouvant sur dix obligés un ou deux ménages qui se tiraient de peine. Il me vint dans l'esprit que la bienfaisance ne devait pas consister à jeter de l'argent à ceux qui souffraient. Faire la charité, selon l'expression vulgaire, me parut souvent être une espèce de prime donnée au crime. Je me mis à étudier cette question. J'avais alors cinquante ans, et ma vie était à peu près finie. A quoi suis-je bon? me demandai-je. A qui laisserai-je ma fortune? Quand j'aurai meublé richement mon appartement, quand j'aurai une bonne cuisinière, quand mon existence sera bien convenablement assurée, à quoi emploierai-je mon temps? Ainsi, onze ans de révolution et quinze ans de misère avaient dévoré le temps le plus heureux de ma vie, l'avaient usé dans un travail stérile ou uniquement employé à la conservation de mon individu. Personne ne peut, à cet âge, s'élancer de cette destinée obscure et comprimée par le besoin vers une destinée éclatante; mais on peut toujours se rendre utile. Je compris enfin qu'une surveillance prodigue en conseils décuplait la valeur de l'argent donné, car les malheureux ont surtout besoin de guides; en les faisant profiter du travail qu'ils font pour autrui, l'intelligence du spéculateur n'est pas ce qui leur manque. Quelques beaux résultats que j'obtins me rendirent très fier. J'aperçus à la fois et un but et une occupation, sans parler des jouissances exquises que donne le plaisir de jouer en petit le rôle de la Providence.

— Et vous le jouez aujourd'hui en grand?... demanda vivement Godefroid.

— Oh! vous voulez tout savoir? dit le vieillard; nenni. — Le croiriez-vous?... reprit-il après cette pause, la faiblesse des moyens que ma petite fortune mettait à ma disposition me ramenait souvent à Mongenod. — Sans Mongenod, j'aurais pu faire bien davantage, disais-je. Si un malhonnête homme ne m'avait pas enlevé quinze cents francs de rente, ai-je souvent pensé, je sauverais cette famille. Excusant alors mon impuissance par une accusation, ceux à qui je n'offrais que des paroles pour consolation maudissaient Mongenod avec moi. Ces malédictions me soulageaient le cœur. Un matin, en janvier 1816, ma gouvernante m'annonce... qui? Mongenod! Monsieur Mongenod! Et qui vois-je entrer?... La belle femme alors âgée de trente-six ans, et accompagnée de trois enfants; puis Mongenod, plus jeune que quand il était parti; car la richesse et le bonheur répandent une auréole autour de leurs favoris. Parti maigre, pâle, jaune, sec, il revenait gros, gras, fleuri comme un prébendier, et bien vêtu. Il se jeta dans mes bras, et se trouvant reçu froidement, il me dit pour première parole : — Ai-je pu venir plus tôt, mon ami? Les mers ne sont libres que depuis 1815, encore m'a-t-il fallu dix-huit mois pour réaliser ma fortune, clore mes comptes et me faire payer. J'ai réussi, mon ami. Quand j'ai reçu ta lettre, en 1806, je suis parti sur un vaisseau hollandais pour t'apporter moi-même une petite fortune; mais la réunion de la Hollande à l'Empire français m'a fait prendre par les Anglais qui m'ont conduit à la Jamaïque, d'où je me suis échappé par hasard. De retour à New York, je me suis trouvé victime de faillites, car, en mon absence, la pauvre Charlotte n'avait pas su se défier des intrigants. J'ai donc été forcé de recommencer l'édifice de ma fortune. Enfin, nous voici de retour. A la manière dont te regardent ces enfants, tu dois bien deviner qu'on leur a souvent parlé du bienfaiteur de la famille! — Oh! oui, monsieur, dit la belle madame Mongenod, nous n'avons pas passé un seul jour sans nous souvenir de vous. Votre part a été faite dans toutes les affaires. Nous avons aspiré tous au bonheur que nous avons en ce moment de vous offrir votre fortune, sans croire que cette *dîme du seigneur* puisse jamais acquitter la dette de la reconnaissance. En achevant ces mots, madame Mongenod me tendit cette magnifique cassette que vous voyez, dans laquelle se trouvaient cent cinquante billets de mille francs. — Tu as bien souffert, mon pauvre Alain, je le sais, mais nous devinions tes souffrances, et nous nous sommes épuisés en combinaisons pour te faire parvenir de l'argent sans y avoir pu réussir, reprit Mongenod. Tu n'as pas pu te marier, tu me l'as dit; mais voici notre fille aînée, elle a été élevée dans l'idée de devenir ta femme, et a cinq cent mille francs de dot... — Dieu me garde de faire son malheur! m'écriai-je vivement en contemplant une fille aussi belle que l'était sa mère à cet âge, et je l'attirai sur moi pour l'embrasser au front. — N'ayez pas peur, ma belle enfant! lui dis-je. Un homme de cinquante ans à une fille de dix-sept ans! et un homme aussi laid que je le suis! m'écriai-je, jamais. — Monsieur, me dit-elle, le bienfaiteur de mon père ne sera jamais laid pour moi. Cette parole, dite spontanément et avec candeur, me fit comprendre que tout était vrai dans le récit de Mongenod; je lui tendis alors la main, et nous nous embrassâmes de nouveau. — Mon ami, lui dis-je, j'ai des torts envers toi, car je t'ai souvent accusé, maudit... — Tu le devais, Alain, me répondit-il en rougissant; tu souffrais, et par moi... Je tirai d'un carton le dossier Mongenod, et je lui rendis les pièces en acquittant sa lettre de change. — Vous allez déjeuner tous avec moi, dis-je à la famille. — A la condition de venir dîner chez madame, une fois qu'elle sera installée, me dit Mongenod, car nous sommes arrivés d'hier. Nous allons acheter un hôtel, et je vais ouvrir une maison de banque à Paris pour l'Amérique du Nord, afin de la laisser à ce gaillard-là, dit-il en me montrant son fils aîné qui avait quinze ans. Nous passâmes ensemble le reste de la journée et nous allâmes le soir à la comédie, car Mongenod et sa famille étaient affamés de spectacle. Le lendemain, je plaçai la somme sur le Grand-Livre, et j'eus environ quinze mille francs de rente en tout. Cette fortune me permit de ne plus tenir de livres le soir, et de donner la démission de ma place, au grand contentement des surnuméraires. Après avoir fondé la maison de banque Mongenod et compagnie, qui a fait d'énormes bénéfices dans les premiers emprunts de la Restauration, mon ami est mort en 1826, à soixante-trois ans. Sa fille, à laquelle il a donné plus tard un million de dot, a épousé le vicomte de Fontaine. Le fils, que vous connaissez, n'est pas encore marié; il vit avec sa mère et son jeune frère. Nous trouvons chez eux toutes les sommes dont nous pouvons avoir besoin. Frédéric, car le père lui avait donné mon nom en Amérique, Frédéric Mongenod est, à trente-sept ans, un des plus habiles et des plus probes banquiers de Paris. Il n'y a pas longtemps que madame Mongenod a fini par m'avouer qu'elle avait vendu ses cheveux pour deux écus de six livres, afin d'avoir du pain. Elle donne tous les ans vingt-quatre voies de bois que je distribue aux malheureux, pour la demi-voie que je lui ai jadis envoyée.

— Ceci m'explique alors vos relations avec la maison Mongenod, dit Godefroid, et votre fortune...

Le bonhomme regarda Godefroid en souriant toujours avec la même expression de douce malice.

— Continuez... reprit Godefroid en voyant à l'air de monsieur Alain que le bonhomme n'avait pas tout dit.

— Ce dénouement, mon cher Godefroid, fit sur moi la plus profonde impression. Si l'homme qui avait tant souffert, si mon ami me pardonna mon injustice, moi, je ne me la pardonnai point.

— Oh! fit Godefroid.

— Je résolus de consacrer tout mon superflu, environ dix mille francs par an, à des actes de bienfaisance raisonnés, reprit tranquillement monsieur Alain. Je rencontrai, vers ce temps, un juge du tribunal de première instance de la Seine, nommé Popinot, que nous avons eu le chagrin de perdre il y a trois ans, et qui pendant quinze années exerça la charité la plus active dans le quartier Saint-Marcel. Il eut, avec notre vénérable vicaire de Notre-Dame et Madame, la pensée de fonder l'œuvre à laquelle nous coopérons, et qui, depuis 1825, a secrètement produit quelque bien. Cette œuvre a eu dans madame de la Chanterie une âme, car elle est véritablement l'âme de cette entreprise. Le vicaire a su nous rendre plus religieux que nous ne l'étions d'abord, en nous démontrant la nécessité d'être vertueux nous-mêmes pour pouvoir inspirer la vertu, pour enfin prêcher d'exemple. Plus nous avons cheminé dans cette voie, plus nous nous sommes réciproquement trouvés heureux. Ce fut donc le repentir que j'eus d'avoir méconnu le cœur de mon ami d'enfance qui me donna l'idée de consacrer aux pauvres, par moi-même, la fortune qu'il me rapportait et que j'acceptai sans me révolter contre l'énormité de la somme rendue à la place de celle que j'avais prêtée : la destination conciliait tout.

Ce récit, fait sans aucune emphase et avec une touchante bonhomie dans l'accent, dans le geste, dans le regard, aurait inspiré à Godefroid le désir d'entrer dans cette sainte et noble association, si déjà sa résolution n'eût été prise.

— Vous connaissez peu le monde, dit Godefroid, puisque vous avez eu de tels scrupules pour ce qui ne pèserait sur aucune conscience.

— Je ne connais que les malheureux, répondit le bonhomme. Je désire peu connaître un monde où l'on craint si peu de se mal juger les uns les autres. Voici bientôt minuit, et j'ai mon chapitre de l'*Imitation de Jésus-Christ* à méditer. Bonne nuit.

Godefroid prit la main du bonhomme et la lui serra par un mouvement plein d'admiration.

— Pouvez-vous me dire l'histoire de madame de la Chanterie? demanda Godefroid.

— C'est impossible sans son consentement, répondit le bonhomme[40], car elle touche à l'un des événements les plus terribles de la politique impériale. Ce fut par mon ami Bordin que j'ai connu Madame, il a eu tous les secrets de cette noble vie, c'est lui qui m'a, pour ainsi dire, amené dans cette maison.

— Quoi qu'il en soit, répondit Godefroid, je vous remercie de m'avoir raconté votre vie, il s'y trouve des leçons pour moi.

— Savez-vous quelle en est la morale?

— Mais, dites, répliqua Godefroid, car je pourrais y voir autre chose que ce que vous y voyez!...

— Eh! bien, le plaisir, dit le bonhomme, est un accident dans la vie du chrétien, il n'en est pas le but, et nous comprenons cela trop tard.

— Et qu'arrive-t-il quand on se christianise? demanda Godefroid.

— Tenez! fit le bonhomme.

Il indiqua du doigt à Godefroid une inscription en lettres d'or sur un fond noir que le nouveau pensionnaire n'avait pu voir, puisqu'il entrait pour la première fois dans la chambre du bonhomme. Godefroid, qui se retourna, lut: TRANSIRE BENEFACIENDO[41].

— Voilà, mon enfant, le sens qu'on donne alors à la vie. C'est notre devise. Si vous devenez un des nôtres, ce sera là tout votre brevet. Nous lisons cet avis que nous nous donnons à nous-mêmes à toute heure, en nous levant, en nous couchant, en nous habillant... Ah! si vous saviez quels immenses plaisirs comporte l'accomplissement de cette devise!...

— Comme quoi?... dit Godefroid, espérant des révélations.

— D'abord, nous sommes aussi riches que le baron de Nucingen... Mais l'*Imitation de Jésus-Christ* nous défend d'avoir rien à nous, nous ne sommes que dispensateurs, et si nous avions un seul mouvement d'orgueil, nous ne serions pas dignes d'être des dispensateurs. Ce ne serait pas *Transire benefaciendo,* ce serait jouir par la pensée. Que vous vous disiez avec un certain gonflement de narines, « je joue le rôle de la Providence », comme vous auriez pu le penser si vous eussiez été ce matin à ma place en rendant la vie à une famille, vous devenez un Sardanapale! Un mauvais! Aucun de ces messieurs ne pense plus à lui-même en faisant le bien, il faut dépouiller toute vanité, tout orgueil, tout amour-propre, et c'est difficile, allez!...

Godefroid souhaita le bonsoir à monsieur Alain, et revint chez lui vivement touché de ce récit; mais sa curiosité fut plus irritée que satisfaite, car la grande figure du tableau que présentait cet intérieur était madame de la Chanterie. La vie de cette femme avait pour lui tant de prix qu'il faisait de cette information le but de son séjour à l'hôtel de la Chanterie. Il entrevoyait bien déjà dans l'association de ces cinq personnes une vaste entreprise de charité; mais il y pensait beaucoup moins qu'à son héroïne.

Le néophyte passa quelques jours à observer mieux qu'il ne l'avait fait jusqu'alors les gens d'élite au milieu desquels il se trouvait, et il devint l'objet d'un phénomène moral que les philanthropes modernes ont dédaigné, par ignorance peut-être. La sphère où il vivait eut une action positive sur Godefroid. La loi qui régit la nature physique relativement à l'influence des milieux atmosphériques pour les conditions d'existence des êtres qui s'y développent, régit également la nature morale; d'où il suit que la réunion des condamnés est un des plus grands crimes sociaux, et que leur isolement est une expérience d'un succès douteux. Les condamnés devraient être livrés à des institutions religieuses et environnés des prodiges du Bien, au lieu de rester au milieu des miracles du Mal. On peut attendre en ce genre un dévouement entier de la part de l'Église; si elle envoie des missionnaires au milieu des nations sauvages ou barbares, avec quelle joie ne donnerait-elle pas à des ordres religieux la mission de recevoir les Sauvages de la civilisation pour les catéchiser; car tout criminel est athée, et souvent sans le savoir. Godefroid trouva ces cinq personnes douées des qualités qu'elles exigeaient de lui; toutes étaient sans orgueil, sans vanité, vraiment humbles et pieuses, sans aucune de ces prétentions qui constituent *la dévotion*, en prenant ce mot dans son acception mauvaise. Ces vertus étaient contagieuses; il fut pris du désir d'imiter ces héros inconnus, et il finit par étudier passionnément le livre qu'il avait commencé par dédaigner. En quinze jours il réduisit la vie au simple, à ce qu'elle est réellement quand on la considère au point de vue élevé où vous mène l'esprit religieux. Enfin sa curiosité si mondaine d'abord, excitée par tant de motifs vulgaires, se purifia; s'il n'y renonça point, c'est qu'il était difficile de se désintéresser à l'endroit de madame de la Chanterie; mais il montra, sans le vouloir, une discrétion qui fut appréciée par ces hommes en qui l'esprit divin développait une profondeur inouïe dans les facultés, comme chez tous les religieux, d'ailleurs. La concentration des forces morales par quelque système que ce soit en décuple la portée.

— Notre ami n'est pas encore converti, disait le bon abbé de Vèze; mais il demande à l'être...

Une circonstance imprévue hâta la révélation de l'histoire de madame de la Chanterie à

Godefroid, en sorte que l'intérêt capital qu'elle présenta fut satisfait promptement.

Paris s'occupait alors du dénouement à la barrière Saint-Jacques d'un de ces horribles procès criminels qui marquent dans les annales de nos cours d'assises [42]. Ce procès avait tiré son prodigieux intérêt des criminels eux-mêmes dont l'audace, dont l'esprit supérieur à ceux des accusés ordinaires, dont les cyniques réponses épouvantèrent la société. Chose digne de remarque, aucun journal n'entrait à l'hôtel de la Chanterie, et Godefroid n'entendit parler du rejet du pourvoi en cassation formé par les condamnés que par son maître en tenue de livres, car le procès avait eu lieu bien avant son entrée chez madame de la Chanterie...

— Rencontrez-vous, dit-il à ses futurs amis, des gens comme ces atroces coquins, et, quand vous en rencontrez, comment vous y prenez-vous avec eux?...

— D'abord, dit monsieur Nicolas, il n'y a pas d'atroces coquins, il y a des natures malades à mettre à Charenton; mais, en dehors de ces rares exceptions médicales, nous ne voyons que des gens sans religion, ou des gens qui raisonnent mal, et la mission de l'homme charitable est de redresser les âmes, de remettre dans le bon chemin les égarés.

— Et, dit l'abbé de Vèze, tout est possible à l'apôtre, il a Dieu pour lui...

— Si l'on vous envoyait à ces deux condamnés, demanda Godefroid, vous n'en obtiendriez rien.

— Le temps manquerait, fit observer le bonhomme Alain.

— En général, dit monsieur Nicolas, on livre à la religion des âmes qui sont dans l'impénitence finale, et pour un temps insuffisant à faire des prodiges. Les gens de qui vous parlez, entre nos mains, seraient devenus des hommes très distingués, ils sont d'une immense énergie ; mais, dès qu'ils ont commis un assassinat, il n'est plus possible de s'en occuper, la justice humaine se les approprie...

— Ainsi, dit Godefroid, vous êtes contre la peine de mort ?...

Monsieur Nicolas se leva vivement, et sortit.

— Ne parlez jamais de la peine de mort devant monsieur Nicolas ; il a reconnu, dans un criminel à l'exécution duquel il avait été chargé de veiller, son enfant naturel...

— Et il était innocent ! reprit monsieur Joseph.

En ce moment madame de la Chanterie, qui s'était absentée pour quelques instants, revint au salon.

— Enfin, avouez, dit Godefroid en s'adressant à monsieur Joseph, que la Société ne peut pas subsister sans la peine de mort, et que ceux à qui, demain matin, l'on coupera...

Godefroid se sentit fermer la bouche avec force par une main vigoureuse, et l'abbé de Vèze emmena madame de la Chanterie pâle et quasi mourante.

— Qu'avez-vous fait ?... dit à Godefroid monsieur Joseph. Emmenez-le, Alain ! dit-il en retirant la main avec laquelle il avait bâillonné Godefroid. Et il suivit l'abbé de Vèze chez Madame.

— Venez, dit monsieur Alain à Godefroid, vous nous avez obligés à vous confier les secrets de la vie de Madame.

Les deux amis se trouvèrent alors, au bout de quelques instants, dans la chambre du bonhomme Alain, comme ils y étaient lorsque le vieillard avait dit son histoire au jeune homme.

— Eh! bien, dit Godefroid dont la figure annonçait son désespoir d'avoir été la cause de ce qui, dans cette sainte maison, pouvait s'appeler une catastrophe.

— J'attends que Manon vienne nous rassurer, répondit le bonhomme en écoutant le bruit des pas de la domestique dans l'escalier.

— Monsieur, Madame va bien, monsieur l'abbé l'a trompée sur ce qu'on disait! dit Manon en jetant un regard presque courroucé sur Godefroid.

— Mon Dieu! s'écria ce pauvre jeune homme à qui des larmes vinrent aux yeux.

— Allons, asseyez-vous, lui dit monsieur Alain en s'asseyant lui-même.

Et il fit une pause en recueillant ses idées.

— Je ne sais pas[43], dit le bon vieillard, si j'aurai le talent qu'exige une vie si cruellement éprouvée pour être racontée dignement; vous m'excuserez quand vous ne trouverez pas la parole d'un si pauvre orateur à la mesure des actions et des catastrophes. Songez que je suis sorti du collège depuis longtemps, et que je suis l'enfant d'un siècle où l'on s'occupait plus de la pensée que de l'effet, un siècle prosaïque où l'on ne savait dire les choses que par leur nom.

Godefroid fit un mouvement d'adhésion et le bonhomme Alain put voir une admiration sincère et qui voulait dire : j'écoute.

— Vous venez de le voir, mon jeune ami, reprit le vieillard, il était impossible que vous restassiez plus longtemps parmi nous sans connaître quelques-unes des affreuses particularités de la vie de cette sainte femme. Il est des idées, des allusions, des paroles fatales qui sont complètement interdites dans cette maison, sous peine de rouvrir chez Madame des blessures dont les douleurs, une ou deux fois renouvelées, pourraient la tuer...

— Oh! mon Dieu! s'écria Godefroid, qu'ai-je donc fait?...

— Sans monsieur Joseph qui vous a coupé la parole en pressentant que vous alliez vous occuper du fatal instrument de mort, vous alliez foudroyer cette pauvre Madame. Il est temps que vous sachiez tout, car vous nous appartiendrez, nous en avons aujourd'hui tous la conviction.

— Madame de la Chanterie, dit-il après une pause, est issue d'une des premières familles de la Basse-Normandie. Elle est en son nom mademoiselle Barbe-Philiberte de Champignelles, d'une branche cadette de cette maison. Aussi fut-elle destinée à prendre le voile si son mariage ne pouvait se faire avec les renonciations d'usage à la légitime, comme cela se pratiquait chez les familles pauvres. Un sieur de la Chanterie, dont la famille était tombée dans une profonde obscurité, quoiqu'elle date de la croisade de Philippe Auguste, voulut remonter au rang que lui méritait cette ancienneté dans la province de Normandie. Ce gentilhomme avait doublement dérogé, car il avait ramassé quelque trois cent mille écus dans les fournitures des armées du roi, lors de la guerre du Hanovre. Trop confiant dans de telles richesses, grossies par les rumeurs de la province, le fils menait à Paris une vie assez inquiétante pour un père de famille. Le mérite de mademoiselle de Champignelles obtenait quelque célébrité dans le Bessin. Le vieillard, dont le petit fief de la Chanterie se trouve entre Caen et Saint-Lô, entendit déplorer devant lui qu'une si parfaite demoiselle, si capable de rendre un homme heureux, allât finir ses jours dans un couvent; et, sur un désir qu'il témoigna de rechercher cette demoiselle, on lui donna l'espoir d'obtenir des Champignelles, pourvu que ce fût sans dot, la main de mademoiselle Philiberte pour son fils. Il se rendit à Bayeux, il se ménagea quelques entrevues avec la famille de Champignelles, et fut séduit par les grandes qualités de la jeune personne. A seize ans, mademoiselle de Champignelles annonçait tout ce qu'elle devait être. On devinait en elle une piété solide, un bon sens inaltérable, une droiture inflexible, et l'une de ces âmes qui ne doivent jamais se détacher d'une affection, fût-elle ordonnée. Le vieux noble, enrichi par ses maltôtes[44] aux armées, aperçut en cette charmante fille la femme qui pouvait contenir son fils par l'autorité de la vertu, par l'ascendant d'un caractère ferme sans raideur; car, vous l'avez vue, nulle n'est plus douce que madame de la Chanterie; mais aussi nulle ne fut plus confiante qu'elle, elle a jusques au déclin de la vie la candeur de l'innocence, elle ne voulait pas jadis croire au mal, elle a dû le peu de défiance que vous lui connaissez à ses malheurs. Le vieillard s'engagea, vis-à-vis des Champignelles, à donner quittance au contrat de la légitime de mademoiselle Philiberte; mais, en revanche, les Champignelles, alliés à de grandes maisons, promirent de faire ériger le fief de la Chanterie en baronnie, et ils tinrent parole. La tante du futur époux, madame de Boisfrelon, la femme du conseiller au Parlement mort dans l'appartement que vous occupez, promit de léguer sa fortune à son neveu. Quand tous ces arrangements furent pris entre les deux familles, le père fit venir son fils. Maître des requêtes au Grand Conseil, et âgé de vingt-cinq ans au moment de son mariage, le jeune homme avait fait de nombreuses folies avec les jeunes seigneurs de l'époque, en vivant à leur manière; aussi le vieux maltôtier avait-il déjà plusieurs fois payé des dettes considérables. Ce pauvre père, en prévision de nouvelles fautes chez son fils, était assez enchanté de reconnaître à sa future belle-fille une certaine fortune; mais il eut tant de méfiance qu'il substitua le fief de la Chanterie aux enfants mâles à naître du mariage... — La Révolution, dit le bonhomme

Alain en forme de parenthèse, a rendu la précaution inutile. — Doué d'une beauté d'ange, d'une adresse merveilleuse à tous les exercices du corps, le jeune maître des requêtes possédait le don de séduction, reprit-il. Mademoiselle de Champignelles devint donc, vous le croirez facilement, très éprise de son mari. Le vieillard, extrêmement heureux des commencements de ce mariage, et croyant à une réforme chez son fils, envoya lui-même les nouveaux mariés à Paris. Ceci se passait au commencement de l'année 1788. Ce fut presque une année de bonheur. Madame de la Chanterie connut les petits soins, les attentions les plus délicates qu'un homme plein d'amour puisse prodiguer à une femme aimée uniquement. Quelque courte qu'elle ait été, la lune de miel a lui sur le cœur de cette si noble et si malheureuse femme. Vous savez qu'alors les mères nourrissaient elles-mêmes leurs enfants, et Madame eut une fille. Cette période, pendant laquelle une femme devait être l'objet d'un redoublement de tendresse, fut au contraire le commencement de malheurs inouïs. Le maître des requêtes fut obligé de vendre tous les biens dont il pouvait disposer pour payer d'anciennes dettes qu'il n'avait pas avouées, et de nouvelles dettes de jeu. Puis l'Assemblée nationale prononça bientôt la dissolution du Grand Conseil, du Parlement, de toutes les charges de justice, si chèrement achetées. Le jeune ménage, augmenté d'une fille, fut donc sans autres revenus que ceux des biens substitués et celui de la dot reconnue à madame de la

Chanterie. En vingt mois, cette charmante femme, à l'âge de dix-sept ans et demi[45], se vit obligée de vivre, elle et la fille qu'elle nourrissait, du travail de ses mains, dans un obscur quartier où elle se retira. Elle se vit alors entièrement abandonnée de son mari, qui tomba de degrés en degrés dans la société des créatures de la plus mauvaise espèce. Jamais Madame ne fit un reproche à son mari, jamais elle ne se donna le moindre tort. Elle nous a dit que, pendant ces mauvais jours, elle priait Dieu pour son cher Henri. — Ce mauvais sujet s'appelait Henri, dit le bonhomme, c'est un nom à ne jamais prononcer, pas plus que celui d'Henriette. Je reprends. — Ne quittant sa petite chambre de la rue de la Corderie-du-Temple que pour aller chercher sa subsistance ou son ouvrage, madame de la Chanterie suffisait à tout, grâce à cent livres par mois que son beau-père, touché de tant de vertu, lui faisait passer. Néanmoins, en prévoyant que cette ressource pourrait lui manquer, la pauvre jeune femme avait pris la dure profession de faiseuse de corsets, et travaillait pour une célèbre couturière. En effet, le vieux traitant mourut, et sa succession fut dévorée par son fils, à la faveur du renversement des lois de la monarchie. L'ancien maître des requêtes, devenu l'un des plus féroces présidents de tribunal révolutionnaire qui existât, fut la terreur de la Normandie et put ainsi satisfaire toutes ses passions. A son tour emprisonné lors de la chute de Robespierre[46], la haine de son département le vouait à une mort certaine. Madame de la Chanterie apprend par une lettre d'adieu le sort qui attend son mari. Aussitôt, après avoir confié sa petite fille à une voisine, elle se rend dans la ville où le misérable était détenu, munie de quelques louis qui composaient sa fortune; ces louis lui servirent à pénétrer dans la prison, elle réussit à faire sauver son mari, qu'elle habille avec ses vêtements à elle, dans des circonstances presque semblables à celles qui, plus tard, servirent si bien madame de Lavalette. Elle fut condamnée à mort, mais on eut honte de donner suite à cette vengeance, et le tribunal, jadis présidé par son mari, facilita sous main sa sortie de prison. Elle revint à Paris, à pied, sans secours, en couchant dans des fermes et souvent nourrie par charité.

— Mon Dieu! s'écria Godefroid.

— Attendez!... reprit le bonhomme, ce n'est rien. En huit ans, la pauvre femme revit trois fois son mari. La première fois, Monsieur resta deux fois vingt-quatre heures dans le modeste logement de sa femme, et il lui prit tout son argent en la comblant de marques de tendresse et lui faisant croire à une conversion complète : « J'étais, dit-elle, sans force contre un homme pour qui je priais tous les jours et qui occupait exclusivement ma pensée. » La seconde fois, monsieur de la Chanterie arriva mourant, et de quelle maladie!... Elle le soigna, le sauva; puis elle essaya de le rendre à des sentiments et à une vie convenables. Après avoir promis tout ce que cet ange demandait, le révolutionnaire se replongea dans d'effroyables désordres, et n'échappa même à l'action du Ministère public qu'en venant se réfugier chez sa femme, où il mourut en sûreté.

— Oh! ce n'est rien, s'écria le bonhomme en voyant l'étonnement peint sur la figure de Godefroid. Personne, dans le monde où il vivait, ne savait cet homme marié. Deux ans après la mort du misérable, madame de la Chanterie apprit qu'il existait une seconde madame de la Chanterie, veuve comme elle et comme elle ruinée. Ce bigame avait trouvé deux anges incapables de le trahir.

— Vers 1803, reprit monsieur Alain après une pause, monsieur de Boisfrelon, oncle de madame de la Chanterie, ayant été rayé de la liste des émigrés, vint à Paris et lui remit une somme de deux cent mille francs, que lui avait jadis confiée le vieux traitant, avec mission de la garder pour les enfants de sa nièce. Il engagea la veuve à revenir en Normandie, où elle acheva l'éducation de sa fille, et où, toujours conseillée par l'ancien magistrat, elle acheta, dans d'excellentes conditions, une terre patrimoniale [47].

— Ah! s'écria Godefroid.

— Ce n'est rien encore, dit le bonhomme Alain, vous n'êtes pas arrivé aux ouragans. Je reprends. En 1807, après quatre années de repos, madame de la Chanterie maria sa fille unique à un gentilhomme dont la piété, les antécédents, la fortune offraient des garanties de toute espèce; un homme qui, selon le dicton populaire, *était la coqueluche* de la meilleure compagnie du chef-lieu de préfecture où Madame et sa fille passaient l'hiver. Notez que cette compagnie se composait de sept ou huit familles, comptées dans la haute noblesse de France, les d'Esgrignon, les Troisville, les Casteran, les Nouâtre, etc. Au bout de dix-huit mois, cet homme laissa sa femme et disparut dans Paris, où il changea de nom. Madame de la Chanterie ne put apprendre les causes de cette séparation qu'à la clarté de la foudre et au milieu de la tempête. Sa fille, élevée avec des soins minutieux et dans les sentiments religieux les plus purs, garda sur cet événement un silence absolu. Ce défaut de confiance frappa sensiblement madame de la Chanterie. Déjà plusieurs fois elle avait reconnu dans sa fille quelques indices qui trahissaient le caractère aventureux du père, mais augmenté d'une fermeté presque virile. Ce mari s'en alla de son plein gré, laissant ses affaires dans une situation pitoyable. Madame de la Chanterie est encore étonnée aujourd'hui de cette catastrophe, à laquelle aucune puissance humaine n'aurait pu remédier. Les gens qu'elle consulta prudemment avaient tous dit que la fortune du futur était claire et liquide, en terres, sans hypothèques, alors que le bien se trouvait, depuis dix ans, devoir au-delà de sa valeur. Aussi les immeubles furent-ils vendus, et la pauvre mariée, réduite à sa seule fortune, revint-elle chez sa mère. Madame de la Chanterie a su plus tard que cet homme avait été soutenu par les gens les plus honorables du pays dans l'intérêt de leurs créances ; car ce misérable leur devait à tous des sommes plus ou moins considérables. Aussi, dès son arrivée dans la province, madame de la

Chanterie avait-elle été regardée comme une proie. Néanmoins il y eut, à cette catastrophe, d'autres raisons qui vous seront révélées par une pièce confidentielle mise sous les yeux de l'Empereur. Cet homme avait d'ailleurs depuis longtemps capté la bienveillance des sommités royalistes du département par son dévouement à la cause royale pendant les temps les plus orageux de la Révolution. Un des émissaires les plus actifs de Louis XVIII, il avait trempé, dès 1793, dans toutes les conspirations, en s'en retirant si savamment, avec tant d'adresse, qu'il finit par inspirer des soupçons. Remercié de ses services par Louis XVIII, et mis en dehors de toute affaire, il était revenu dans ses propriétés déjà grevées depuis longtemps. Ces antécédents obscurs alors (les initiés aux secrets du cabinet royal gardèrent le silence sur un si dangereux coopérateur) rendirent cet homme l'objet d'une espèce de culte dans une ville dévouée aux Bourbons, et où les moyens les plus cruels de la Chouannerie étaient admis comme de bonne guerre. Les d'Esgrignon, les Casteran, le chevalier de Valois, enfin l'Aristocratie et l'Église ouvrirent leurs bras à ce diplomate royaliste et le mirent dans leur giron. Cette protection fut corroborée du désir que les créanciers eurent d'être payés. Ce misérable, le pendant de feu de la Chanterie, sut se contenir durant trois années, il afficha la plus haute dévotion et imposa silence à ses vices. Pendant les premiers mois que les nouveaux mariés passèrent ensemble, il eut une espèce d'action sur sa femme; il essaya de la corrompre par ses doctrines, si tant est que l'athéisme soit une doctrine, et par le ton plaisant avec lequel il parlait des principes les plus sacrés. Ce diplomate de bas étage eut, dès son retour au pays, une liaison intime avec un jeune homme, criblé de dettes comme lui, mais qui se recommandait par autant de franchise et de courage qu'il a montré, lui, d'hypocrisie et de lâcheté. Cet hôte, dont les agréments et le caractère, la vie aventureuse devaient influencer une jeune fille, fut, entre les mains du mari, comme un instrument, et il s'en servit pour appuyer ses infâmes théories. Jamais la fille ne fit connaître à la mère l'abîme où le hasard l'avait jetée, car il faut renoncer à parler de prudence humaine en songeant aux minutieuses précautions prises par madame de la Chanterie quand il fut question de marier sa fille unique. Ce dernier coup, dans une vie aussi dévouée, aussi pure, aussi religieuse que celle d'une femme éprouvée par tant de malheurs, rendit madame de la Chanterie d'une défiance envers elle-même qui l'isola d'autant plus de sa fille que sa fille, en échange de sa mauvaise fortune, exigea presque sa liberté, domina sa mère, et la brusqua même quelquefois. Atteinte ainsi dans toutes ses affections, trompée et dans son dévouement et dans son amour pour son mari, à qui elle avait sacrifié sans une plainte son bonheur, sa fortune et sa vie; trompée dans l'éducation exclusivement religieuse qu'elle avait donnée à sa fille, trompée par la Société même dans l'affaire du mariage, et n'obtenant pas justice dans le cœur où elle n'avait semé que de bons sentiments, elle s'unit étroitement à Dieu, dont la main l'atteignait si fortement. Cette quasi-religieuse allait à l'église tous les matins, elle accomplissait les austérités claustrales, et faisait des économies pour soulager les pauvres...

— Y a-t-il jusqu'à présent une vie plus sainte et plus éprouvée que celle de cette noble femme, si douce avec l'infortune, si courageuse dans le danger et toujours si chrétienne? dit le bonhomme en regardant Godefroid étonné. Vous connaissez Madame, vous savez si elle manque de sens, de jugement, de réflexion; elle a toutes ces qualités au plus haut degré. Eh! bien, ces malheurs, qui suffiraient à faire dire d'une existence qu'elle surpasse toutes les autres en adversités, ne sont rien en comparaison de ce que Dieu réservait à cette femme. — Occupons-nous exclusivement de la fille de madame de la Chanterie, dit le bonhomme en reprenant son récit.

— A dix-huit ans, époque de son mariage, mademoiselle de la Chanterie, dit-il, était une jeune fille d'une complexion excessivement délicate, brune, à couleurs éclatantes, svelte, et de la plus jolie figure. Au-dessus d'un front d'une forme élégante, on admirait les plus beaux cheveux noirs en harmonie avec des yeux bruns et d'une expression gaie. Une sorte de mignardise dans la physionomie trompait sur son véritable caractère et sur sa mâle décision. Elle avait de petites mains, de petits pieds, quelque chose de mince, de frêle dans toute sa personne, qui excluait toute idée de force et de vivacité. Ayant toujours vécu près de sa mère, elle était d'une parfaite innocence de mœurs et d'une piété remarquable. Cette jeune personne, de même que madame de la Chanterie, était attachée aux Bourbons jusqu'au fanatisme, ennemie de la révolution française, et ne reconnaissait la domination de Napoléon que comme une plaie que la Providence infligeait à la France, en punition des attentats de 1793. Cette conformité d'opinion de la belle-mère et du gendre fut, comme toujours en pareille occurrence, une raison déterminante pour le mariage, auquel s'intéressa d'ailleurs toute l'aristocratie du pays. L'ami de ce misérable avait commandé, lors de la reprise des hostilités en 1799, une bande de Chouans. Il paraît que le baron (le gendre de madame de la Chanterie était baron) n'avait d'autre dessein, en liant sa femme et son ami, que de se servir de cette affection pour leur demander aide et secours. Quoique criblé de dettes et sans moyens d'existence, ce jeune aventurier vivait très bien, et pouvait en effet facilement secourir le fauteur des conspirations royalistes.

— Ceci veut quelques mots sur une association qui fit dans ce temps bien du tapage, dit monsieur Alain en interrompant son récit. Je veux vous parler des Chauffeurs. Chaque province de l'Ouest fut alors plus ou moins atteinte par ces brigandages, dont l'objet était beaucoup moins le pillage qu'une résurrection de la guerre royaliste. On profita, dit-on, du grand nombre de réfractaires à la loi sur la conscription, exécutée alors, comme vous le savez, jusqu'à l'abus. Entre Mortagne et Rennes, au-delà même et jusque sur les bords de la Loire, il y eut des expéditions nocturnes, qui, dans cette portion de la Normandie, frappèrent principalement sur les détenteurs de biens nationaux. Ces bandes répandirent une terreur profonde dans les campagnes. Ce n'est pas vous tromper que de vous faire observer que, dans certains départements, l'action de la justice fut pendant longtemps paralysée. Ces derniers retentissements de la guerre civile ne firent pas autant de bruit que vous pourriez le croire, habitués que nous sommes aujourd'hui à l'effrayante publicité donnée par la Presse aux moindres procès politiques ou particuliers. Le système du Gouvernement impérial était celui de tous les gouvernements absolus. La censure ne laissait rien publier de tout ce qui concernait la politique, excepté les faits accomplis, et encore étaient-ils travestis. Si vous vous donniez la peine de feuilleter le *Moniteur,* les autres journaux existants, et même ceux de l'Ouest, vous ne trouveriez pas un mot des quatre ou cinq procès criminels qui coûtèrent la vie à soixante ou quatre-vingts brigands. Ce nom, donné pendant l'époque révolutionnaire aux Vendéens, aux Chouans et à tous ceux qui prirent les armes pour la maison de Bourbon, fut maintenu judiciairement sous l'Empire aux royalistes victimes de quelques complots isolés. Pour quelques caractères passionnés, l'Empereur et son gouvernement, c'était l'ennemi, tout paraissait être de bonne prise de ce qui se prenait sur lui. Je vous explique ces opinions sans prétendre vous les justifier, et je reprends.

— Maintenant, dit-il après une de ces pauses nécessaires dans les longs récits, admettez de ces Royalistes ruinés par la guerre civile de 1793, soumis à des passions violentes; admettez des natures d'exception dévorées de besoins, comme celles du gendre de madame de la Chanterie et de cet ancien chef, et vous pourrez comprendre comment ils pouvaient se décider à commettre, dans leur intérêt particulier, les actes de brigandage que leur opinion politique autorisait contre le gouvernement impérial, au profit de la bonne cause. Ce jeune chef s'occupait donc à ranimer les brandons de la Chouannerie, pour agir au moment opportun. Il y eut alors une crise terrible pour l'Empereur, quand, enfermé dans l'île de Lobau, il parut devoir succomber à l'attaque simultanée de l'Angleterre et de l'Autriche. La victoire de Wagram rendit la conspiration faite à l'intérieur à peu près inutile. Cette espérance d'allumer la guerre civile en Bretagne, en Vendée et dans une partie de la Normandie eut une fatale coïncidence avec le dérangement des affaires du baron, qui se flatta de faire entreprendre une expédition dont les profits seraient exclusivement appliqués à sauver ses propriétés. Par un sentiment plein de noblesse, sa femme et son ami refusèrent de détourner, dans un intérêt privé, les sommes à prendre à main armée aux recettes de l'État et destinées à solder les réfractaires et les Chouans, à se procurer des armes et des munitions pour opérer une levée de boucliers. Quand, après des discussions envenimées, le jeune chef, appuyé par la femme, eut refusé positivement au mari de lui réserver une centaine de mille francs en écus, dont le recouvrement allait se faire pour le compte de l'armée royale, sur une des Recettes générales de l'Ouest, le baron disparut pour éviter les ardentes poursuites de plusieurs prises de corps. Les créanciers en voulaient aux biens de la femme et ce misérable avait tari la source de l'intérêt qui porte une épouse à se sacrifier à son mari. Voilà ce qu'ignorait la pauvre madame de la Chanterie; mais ceci n'est rien en comparaison de la trame cachée sous cette explication préliminaire.

— Ce soir, dit le bonhomme après avoir regardé l'heure à sa petite pendule, l'heure est déjà trop avancée, et nous en aurions pour trop longtemps si je voulais vous raconter le reste de cette histoire. Le vieux Bordin, mon ami, que la conduite du fameux procès Simeuse[48] avait illustré dans le parti royaliste, et qui plaida dans l'affaire criminelle dite des Chauffeurs de Mortagne, m'a, lors de mon installation ici, communiqué deux pièces que j'ai gardées, car il mourut quelque temps après. Vous y trouverez les faits beaucoup plus succinctement rédigés que je ne pourrais vous les dire. Ces faits sont si nombreux que je me perdrais dans les détails, et j'en aurais pour plus de deux heures à parler, tandis que là, vous les aurez sous une forme sommaire.

Demain matin, je vous achèverai ce qui concerne madame de la Chanterie, car vous serez assez instruit par cette lecture pour que je puisse finir en quelques mots.

Le bonhomme remit des papiers jaunis par le temps à Godefroid, qui, après avoir souhaité le bonsoir à son voisin, se retira dans sa chambre, où il lut avant de s'endormir les deux pièces que voici.

ACTE D'ACCUSATION[49].

Cour de justice criminelle et spéciale du département de l'Orne.

« Le procureur général près la Cour impériale de Caen, nommé pour remplir ses fonctions près la Cour criminelle spéciale établie par décret impérial en date de septembre 1809 et siégeant à Alençon, expose à la Cour les faits suivants, lesquels résultent de la procédure.

« Un complot de brigandage, conçu de longue main avec une profondeur inouïe, et qui se rattache à un plan de soulèvement des départements de l'Ouest, a éclaté par plusieurs attentats contre des citoyens et leurs propriétés, mais notamment par l'attaque et le vol à main armée d'une voiture qui transportait, le... mai 180..., la recette de Caen pour le compte de l'État. Cet attentat, qui rappelle les déplorables souvenirs d'une guerre civile si heureusement éteinte, a reproduit les conceptions d'une scélératesse que la flagrance des passions ne justifiait plus.

« De l'origine aux résultats, la trame est compliquée, les détails sont nombreux : l'instruction a duré plus d'une année ; mais l'évidence, attachée à tous les pas du crime, en a éclairé les préparatifs, l'exécution et les suites.

« La pensée du complot appartient au nommé Charles-Amédée-Louis-Joseph Rifoël, se disant chevalier du Vissard, né au Vissard, commune de Saint-Mexme, près Ernée, ancien chef de rebelles.

« Ce coupable, à qui S. M. l'Empereur et Roi avait fait grâce lors de la pacification définitive, et qui n'a reconnu la magnanimité du souverain que par de nouveaux crimes, a subi déjà, par le dernier supplice, le châtiment dû à tant de forfaits ; mais il est nécessaire de rappeler quelques-unes de ses actions, car il a influé sur les coupables actuellement déférés à la justice, et il se rattache à chaque particularité du procès.

« Ce dangereux agitateur, caché, selon les habitudes des rebelles, sous le nom de Pierrot, errait dans les départements de l'Ouest, en y recueillant les éléments d'une nouvelle révolte ; mais son asile le plus sûr fut le château de Saint-Savin, résidence d'une dame Lechantre et de sa fille, la dame Bryond, sis commune de Saint-Savin, arrondissement de Mortagne. Ce point stratégique se rattache aux plus affreux souvenirs de la rébellion de 1799. Là, le courrier fut assassiné, sa voiture pillée par une bande de brigands, sous le commandement d'une femme, aidée par le trop fameux Marche-à-Terre[50].

Ainsi, dans ces lieux le brigandage est en quelque sorte endémique.

« Une intimité que nous n'essaierons pas de qualifier existait depuis plus d'un an entre la dame Bryond et ce nommé Rifoël.

« Ce fut dans cette commune qu'eut lieu, dès le mois d'avril 1808, une entrevue entre Rifoël et le nommé Boislaurier, chef supérieur et connu sous le nom d'Auguste dans les funestes rébellions de l'Ouest dont l'esprit a dirigé l'affaire actuellement déférée à la Cour.

« Ce point obscur des relations de ces deux chefs, victorieusement établi par de nombreux témoins, a d'ailleurs l'autorité de la chose jugée par l'arrêt de condamnation de Rifoël.

« Ce Boislaurier s'entendit dès ce temps avec Rifoël pour agir de concert.

« Tous deux, et seuls d'abord, ils se communiquèrent leurs atroces projets, inspirés par l'absence de Sa Majesté impériale et royale qui commandait alors ses armées en Espagne. Dès cette époque, ils durent arrêter, comme base fondamentale de leurs opérations, l'enlèvement des recettes de l'État.

« Quelque temps après, le nommé Dubut de Caen expédie au château de Saint-Savin un émissaire, le nommé Hiley, dit le Laboureur, connu depuis longtemps comme voleur de diligences, pour donner des renseignements sur les hommes auxquels on pourrait se fier.

« Ce fut ainsi, que, par l'intervention de Hiley, le complot acquit dès l'origine la coopération du nommé Herbomez, surnommé le Général-Hardi, ancien rebelle de la même trempe que Rifoël et comme lui parjure à l'amnistie.

« Herbomez et Hiley recrutèrent alors dans les communes environnantes sept bandits qu'il faut se hâter de faire connaître, et qui sont :

« 1° Jean Cibot, dit Pille-Miche, l'un des plus hardis brigands du corps formé par Montauran, en l'an VII, l'un des auteurs de l'attaque et de la mort du courrier de Mortagne.

« 2° François Lisieux, surnommé le Grand-Fils, réfractaire du département de la Mayenne.

« 3° Charles Grenier, dit Fleur-de-Genêt, déserteur de la 69e demi-brigade.

« 4° Gabriel Bruce, dit Gros-Jean, un des Chouans les plus féroces de la division Fontaine.

« 5° Jacques Horeau, dit le Stuart, ex-lieutenant de la même demi-brigade, l'un des affidés de Tinténiac, assez connu par sa participation à l'expédition de Quiberon.

« 6° Marie-Anne Cabot, dit Lajeunesse, ancien piqueur du sieur Carol d'Alençon.

« 7° Louis Minard, réfractaire.

« Ces enrôlés furent logés dans trois communes différentes, chez les nommés Binet, Mélin et Laravinière, aubergistes ou cabaretiers, tous dévoués à Rifoël.

« Les armes nécessaires furent aussitôt fournies par le sieur Jean-François Léveillé, notaire, incorrigible correspondant des brigands, le lien intermédiaire entre eux et plusieurs chefs cachés, surnommé le Confesseur; enfin par le nommé Félix Courceuil, ancien chirurgien des armées rebelles de la Vendée, tous deux d'Alençon.

« Onze fusils furent cachés dans la maison que possédait le sieur Bryond dans le faubourg d'Alençon, et à son insu ; car il habitait alors sa campagne entre Alençon et Mortagne.

« Lorsque le sieur Bryond quitta sa femme en l'abandonnant à elle-même dans la fatale route qu'elle devait parcourir, ces fusils, retirés mystérieusement de la maison, furent transportés par la dame Bryond elle-même dans sa voiture au château de Saint-Savin.

« Ce fut alors qu'eurent lieu dans le département de l'Orne et les départements circonvoisins ces faits de brigandage qui ne surprirent pas moins les autorités que les habitants de ces contrées, depuis si longtemps paisibles, et qui prouvent que ces détestables ennemis du Gouvernement et de l'Empire français avaient été mis dans le secret de la coalition de 1809 par leurs intelligences avec l'étranger.

« Le notaire Léveillé, la dame Bryond, Dubut de Caen, Herbomez de Mayenne, Boislaurier du Mans, et Rifoël furent donc les chefs de l'association, à laquelle adhérèrent les coupables déjà punis par l'arrêt qui les a frappés avec Rifoël, ceux qui sont l'objet de la présente accusation, et plusieurs autres qui se sont dérobés par la fuite ou par le silence de leurs complices à l'action de la vindicte publique.

« Ce fut Dubut qui, domicilié près de Caen, signala l'envoi de la recette au notaire Léveillé. Dès lors Dubut fait plusieurs voyages de Caen à Mortagne, et Léveillé se montre également sur les routes.

« Il faut remarquer ici que, lors du déplacement des fusils, Léveillé, qui vint voir Bruce, Grenier et Cibot dans la maison de Mélin, les ayant trouvés qui arrangeaient les fusils sous un appentis intérieur, aida lui-même à cette opération.

« Un rendez-vous général fut pris à Mortagne, à l'hôtel de l'Écu-de-France. Tous les accusés s'y rencontrèrent sous des déguisements différents. Ce fut alors que Léveillé, la dame Bryond, Dubut, Herbomez, Boislaurier et Hiley, le plus habile des complices secondaires, comme Cibot en est le plus hardi, s'assurèrent de la coopération du nommé Vauthier, dit Vieux-Chêne, ancien domestique du fameux Longuy, valet d'écurie de l'hôtel. Vauthier consentit à prévenir la dame Bryond du passage de la voiture de la recette, qui s'arrête ordinairement à cet hôtel.

« Le moment arriva bientôt d'opérer la réunion des brigands recrutés et qu'on avait dispersés dans plusieurs logis, tantôt dans une commune et tantôt dans une autre, par les soins de Courceuil et de Léveillé. Cette réunion s'effectue sous les auspices de la dame Bryond, qui fournit une nouvelle retraite aux brigands dans une partie inhabitée du château de Saint-Savin, où elle demeurait près de sa mère, à quelques lieues de Mortagne, depuis sa séparation d'avec son mari. Les brigands, Hiley à leur tête, s'y établissent, y passent plusieurs jours. La dame Bryond a soin de préparer elle-même, avec la fille Godard, sa femme de chambre, toutes les choses nécessaires au coucher et à la nourriture de pareils hôtes. Elle fait porter à ce dessein des bottes de foin, elle visite les brigands dans l'asile qu'elle leur procure, et y retourne plusieurs fois avec Léveillé. Les provisions et les vivres furent apportés sous la direction et par les soins de Courceuil, qui recevait les ordres de Rifoël et de Boislaurier.

« L'expédition principale se caractérise, l'armement est accompli; les brigands quittent leur retraite de Saint-Savin, ils opèrent nuitamment en attendant le passage de la recette, et le pays est épouvanté de leurs agressions réitérées.

« Il est indubitable que les attentats commis à La Sartinière, à Vonay, au château de Saint-Seny furent commis par cette bande, dont l'audace égale la scélératesse, et qui sut imprimer une si grande terreur que leurs victimes gardèrent toutes le silence, en sorte que la justice s'est arrêtée à des présomptions.

« Mais, tout en mettant à contribution les acquéreurs de biens nationaux, ces brigands exploraient avec soin le bois du Chesnay, choisi pour être le théâtre de leurs crimes.

« Non loin de là, se trouve le village de Louvigny. Une auberge y est tenue par les frères Chaussard, anciens gardes-chasse de la terre de Troisville, qui va servir de rendez-vous final aux brigands. Les deux frères connaissaient d'avance le rôle qu'ils devaient jouer; Courceuil et Boislaurier leur avaient fait depuis longtemps des ouvertures pour ranimer leur haine contre le gouvernement de notre auguste Empereur, en leur annonçant que, parmi les hôtes qui leur viendraient, se trouveraient des hommes de leur connaissance, le redoutable Hiley et le non moins redoutable Cibot.

« En effet, le 6, les sept bandits, sous la conduite de Hiley, arrivent chez les frères Chaussard, et ils y passent deux jours. Le chef, le 8, emmène son monde, en disant qu'ils vont à trois lieues, et il commande aux deux frères de leur procurer des subsistances qui furent portées à un embranchement peu distant du village. Hiley revint coucher seul.

« Deux hommes à cheval, qui doivent être la dame Bryond et Rifoël, car il est avéré que cette dame accompagnait Rifoël dans ses expéditions, à cheval et déguisée en homme, arrivent dans la soirée, et s'entretiennent avec Hiley.

« Le lendemain, Hiley écrit une lettre au notaire Léveillé, que l'un des frères Chaussard porte, et il rapporte aussitôt une réponse.

« Deux heures après, la dame Bryond et Rifoël, à cheval, viennent parler à Hiley.

« De toutes ces conférences, de ces allées et venues, il résulte la nécessité d'avoir une hache pour briser les caisses. Le notaire reconduit la dame Bryond à Saint-Savin, et l'on y cherche vainement une hache. Le notaire revient, et à moitié route il rencontre Hiley à qui il venait annoncer que l'on n'avait point de hache.

« Hiley revient à l'auberge, il y demande un souper pour dix personnes, et il introduit les sept brigands, tous armés cette fois. Hiley fait déposer militairement les armes. On s'assied à table, on soupe à la hâte, et Hiley demande qu'on lui fournisse des aliments en abondance pour les emporter. Puis il prend à part Chaussard l'aîné, pour lui demander une hache. L'aubergiste, étonné, s'il faut l'en croire, se refuse à la donner. Courceuil et Boislaurier arrivent, la nuit s'écoule, et ces trois hommes la passèrent à marcher dans la chambre en s'entretenant de leurs complots. Courceuil, dit le Confesseur, le plus subtil de tous ces brigands, s'empare d'une hache; et, sur les deux heures du matin, tous sortent par des issues différentes.

« Les moments acquéraient du prix, l'exécution du forfait était fixée à ce jour fatal. Hiley, Courceuil, Boislaurier amènent et placent leur monde. Hiley s'embusque avec Minard, Cabot et Bruce, à droite du bois du Chesnay. Boislaurier, Grenier et Horeau se mettent au centre. Courceuil, Herbomez et Lisieux se tiennent au défilé de la lisière. Toutes ces positions sont indiquées sur le plan géométral dressé par l'ingénieur du cadastre et joint aux pièces.

« Cependant la voiture, partie de Mortagne vers une heure du matin, était conduite par le nommé Rousseau, que les événements accusent assez pour que son arrestation ait paru nécessaire. La voiture, menée lentement, devait arriver vers trois heures dans le bois du Chesnay.

« Un seul gendarme escortait la voiture, on devait aller déjeuner à Donnery. Trois voyageurs faisaient par occasion route avec le gendarme.

« Le voiturier, qui avait marché très lentement avec eux, arrivé au pont de Chesnay, à l'entrée du bois de ce nom, pousse ses chevaux avec une vigueur et une vivacité qui fut remarquée, et il se jette dans un chemin de détour qu'on appelle le chemin de Senzey. La voiture échappe aux regards, sa direction n'est indiquée que par le bruit des grelots, le gendarme et les jeunes gens hâtent le pas pour la rejoindre. Un cri part. Ce cri, c'est : « Halte-là, coquins ! » Quatre coups de fusils sont tirés.

« Le gendarme, n'étant pas atteint, tire son sabre et court dans la direction qu'il suppose prise par la voiture. Il est arrêté par quatre hommes armés qui font feu sur lui, son ardeur le préserve, car il s'élance pour dire à l'un des jeunes gens d'aller faire sonner le tocsin au Chesnay ; mais deux brigands fondent sur lui et le couchent en joue, il est forcé de faire quelques pas en arrière, et reçoit alors dans l'aisselle gauche, au moment où il veut observer le bois, une balle qui lui a cassé le bras ; il tombe et se trouve soudain hors de combat.

« Les cris et la fusillade avaient retenti à Donnery. Le brigadier et un des gendarmes de cette résidence accourent ; un feu de peloton les amène du côté du bois opposé à celui où se passait la scène de pillage. Le gendarme essaie de pousser des cris pour intimider les brigands, et simule par ses clameurs l'arrivée de secours fictifs. Il crie : « En avant ! Par là le premier peloton ! Nous les tenons ! Par là le second peloton ! »

« Les brigands de leur côté crient : « Aux

armes! Ici, camarades! des hommes au plus tôt! »

« Le fracas des décharges ne permet pas au brigadier d'entendre les cris du gendarme blessé, ni d'aider à la manœuvre semblable par laquelle l'autre gendarme tenait les brigands en échec; mais il put distinguer un bruit rapproché de lui, provenant du brisement et de l'enfoncement des caisses. Il s'avance de ce côté, quatre bandits armés le tenant en arrêt, il leur crie : « Rendez-vous, scélérats! »

« Ceux-ci répliquent : « N'approche pas ou tu es mort! » Le brigadier s'élance, deux coups d'arme à feu sont tirés, et il est atteint, une balle lui traverse la jambe gauche et pénètre dans les flancs de son cheval. Le brave soldat, baigné dans son sang, est forcé de quitter cette lutte inégale, et il crie, mais en vain : « A moi! les brigands sont au Chesnay[51]! »

« Les bandits, restés maîtres du terrain grâce à leur nombre, fouillent la voiture, placée à dessein dans un ravin. Ils avaient voilé, par feinte, la tête au voiturier. On défonce les caisses, les sacs d'argent jonchent le terrain. Les chevaux de la voiture sont dételés, et le numéraire est chargé sur les chevaux. On dédaigne 3 000 francs de billon, et une somme de 103 000 francs est enlevée sur quatre chevaux. On se dirige sur le hameau de Menneville, qui touche au bourg de Saint-Savin. La horde et le butin s'arrêtent à une maison isolée appartenant aux frères Chaussard, et où demeure leur oncle, le nommé Bourget, confident du projet dès l'origine. Ce vieillard, aidé par sa femme, accueille les brigands, leur recommande le silence, décharge l'argent, va leur tirer à boire. La femme était comme en sentinelle auprès du château. Le vieillard dételle les chevaux, les ramène au bois, les rend au voiturier, délivre deux des jeunes gens qu'on avait garrottés, ainsi que le complaisant voiturier. Après s'être reposés à la hâte, les bandits se remettent en route. Courceuil, Hiley, Boislaurier passent leurs complices en revue; et, après avoir délivré de faibles et modiques rétributions à chacun d'eux, la bande s'enfuit chacun de son côté.

« Arrivés à un endroit nommé le Champ-Landry, ces malfaiteurs, obéissant à cette voix qui précipite tous les misérables dans les contradictions et les faux calculs du crime, jettent leurs fusils dans un champ de blé. Cette action, faite en commun, est le dernier signe de leur mutuelle intelligence. Frappés de terreur par la hardiesse de leur attentat et par le succès même, ils se dispersent.

« Le vol une fois accompli avec les caractères de l'assassinat et de l'attaque à main armée, l'enchaînement d'autres faits se prépare et d'autres acteurs vont agir à propos du recel du vol et de sa destination.

« Rifoël, caché dans Paris d'où sa main dirigeait chaque fil de cette trame, transmet à Léveillé l'ordre de lui faire tenir au plus vite cinquante mille francs.

« Courceuil, propre à toutes les combinaisons de ces forfaits, avait déjà dépêché Hiley pour instruire Léveillé de la réussite et de son arrivée à Mortagne. Léveillé s'y rend.

« Vauthier, sur la fidélité de qui l'on croit pouvoir compter, se charge d'aller trouver l'oncle des Chaussard; il arrive à cette maison, le vieillard lui dit qu'il doit s'adresser à ses neveux, qui ont remis de fortes sommes à la dame Bryond. Néanmoins il lui dit d'attendre sur la route, et il lui donne un sac de douze cents francs que Vauthier apporte à la dame Lechantre pour sa fille.

« Sur l'instance de Léveillé, Courceuil retourne chez Bourget, qui, cette fois, l'envoie chez ses neveux directement. Chaussard l'aîné emmène Vauthier dans le bois, lui indique un arbre, et on y trouve un sac de mille francs enterré. Enfin, Léveillé, Hiley, Vauthier font de nouveaux voyages, et chaque fois une somme minime, en comparaison de celle à laquelle se monte le vol, est donnée.

« Madame Lechantre recevait ces sommes à Mortagne; et sur une lettre d'avis de sa fille, elle les transporte à Saint-Savin, où la dame Bryond était revenue.

« Ce n'est pas ici l'instant d'examiner si la dame Lechantre n'avait pas des connaissances antérieures du complot.

« Il suffit pour le moment de remarquer que cette dame quitte Mortagne pour venir à Saint-Savin la veille de l'exécution du crime, et en emmène sa fille; que ces dames se rencontrent au milieu de la route, et reviennent à Mortagne; que le lendemain le notaire, averti par Hiley, se rend d'Alençon à Mortagne, va sur-le-champ chez elles, et les décide plus tard à transporter les fonds si péniblement obtenus des frères Chaussard et de Bourget, dans une maison d'Alençon dont il sera bientôt question, celle du sieur Pannier, négociant.

« La dame Lechantre écrit au garde de Saint-Savin de la venir chercher elle et sa fille à Mortagne pour les conduire par la traverse vers Alençon.

« Ces fonds, montant en tout à 20 000 francs, sont chargés la nuit, et la fille Godard aide à ce chargement.

« Le notaire avait tracé l'itinéraire. On arrive à l'auberge d'un des affidés, le nommé Louis Chargegrain, dans la commune de Littray. Malgré les précautions prises par le notaire, qui vint au-devant de la carriole, il se trouva des témoins, et l'on vit descendre les portemanteaux et les sacoches qui contenaient l'argent.

« Mais, au moment où Courceuil et Hiley, déguisés en femmes, se concertaient, sur une place d'Alençon, avec le sieur Pannier, trésorier des rebelles depuis 1794, et tout acquis à Rifoël, pour savoir comment faire passer à Rifoël la somme demandée, la terreur causée par les arrestations commencées, par les perquisitions, fut telle, que la dame Lechantre, troublée, alla de nuit en fugitive, de l'auberge où elle était, emmenant sa fille par les chemins détournés, abandonnant le notaire Léveillé, pour se réfugier dans les cachettes pratiquées au château de Saint-Savin. Les mêmes alarmes assiégeaient les autres coupables. Courceuil, Boislaurier et son parent Dubut changeaient deux mille francs d'écus contre de l'or chez un négociant et s'enfuyaient par la Bretagne en Angleterre.

« En arrivant à Saint-Savin, les dames Lechantre et Bryond apprennent l'arrestation de Bourget, celle du voiturier, celle des réfractaires.

« Les magistrats, la gendarmerie, les autorités frappaient des coups si sûrs qu'il parut urgent de soustraire la dame Bryond aux investigations de la justice, car elle était l'objet du dévouement de tous ces malfaiteurs subjugués par elle. Aussi la dame Bryond quitte-t-elle Saint-Savin, et se cache-t-elle d'abord dans Alençon, où ses fidèles délibèrent et parviennent à la celer dans la cave de Pannier.

« Ici, de nouveaux incidents se développent.

« Depuis l'arrestation de Bourget et de sa femme, les Chaussard se refusaient à tout nouveau versement, en se prétendant trahis. Cette défection inattendue arrivait au moment où le plus urgent besoin d'argent se déclarait chez tous les complices, ne fût-ce que pour se mettre en sûreté. Rifoël avait soif d'argent. Hiley, Cibot, Léveillé commençaient à soupçonner les frères Chaussard.

« Ici se place un nouvel incident qui appelle les rigueurs de la justice.

« Deux gendarmes chargés de découvrir la dame Bryond réussissent à pénétrer chez Pannier, ils y assistent à une délibération; mais ces hommes, indignes de la confiance de leurs chefs, au lieu d'arrêter la dame Bryond, succombent à ses séductions. Ces indignes militaires, nommés Ratel et Mallet, prodiguent à cette femme les marques du plus vif intérêt, et s'offrent à la conduire sans danger auprès des Chaussard, pour les forcer à restitution.

« La dame Bryond part sur un cheval, déguisée en homme, accompagnée de Ratel, de Mallet, et de la fille Godard. Elle fait la route de nuit. Elle arrive; elle a seule, avec l'un des frères Chaussard, une conférence animée. Elle s'était armée d'un pistolet, décidée à brûler la cervelle à son complice en cas de refus; mais elle se fait conduire dans le bois, et en revient avec une lourde sacoche. Au retour, elle trouve du billon et des pièces de douze sous pour une valeur de quinze cents francs.

« On propose alors une descente de tous les complices qui peuvent être réunis chez les Chaussard pour s'emparer d'eux et les soumettre à des tortures.

« Pannier, apprenant cet insuccès, entre en fureur, il éclate en menaces; et la dame Bryond, quoique le menaçant à son tour de la colère de Rifoël, est forcée de fuir.

« Tous ces détails sont dus aux aveux de Ratel.

« Mallet, touché de cette situation, propose un asile à la dame Bryond. Tous vont coucher dans le bois de Troisville. Puis Mallet et Ratel, accompagnés de Hiley et de Cibot, se rendent la nuit chez les frères Chaussard; mais cette fois ils apprennent que les deux frères ont quitté le pays, que le reste de l'argent est certainement déplacé.

« Ce fut le dernier effort du complot pour faire le recouvrement des deniers du vol.

« Maintenant il convient d'établir la part caractéristique de chacun des auteurs de cet attentat.

« Dubut, Boislaurier, Gentil, Herbomez, Courceuil et Hiley sont les chefs, les uns délibérant, les autres agissant.

« Boislaurier, Dubut et Courceuil, tous trois fugitifs et contumaces, sont des habitués de rébellion, des fauteurs de troubles, les implacables ennemis de Napoléon le Grand, de ses victoires, de sa dynastie et de son gouvernement, de nos nouvelles lois, de la constitution de l'Empire.

« Herbomez et Hiley ont audacieusement exécuté, comme bras, ce qu'ils avaient conçu comme tête.

« La culpabilité des sept instruments du crime, de Cibot, Lisieux, Grenier, Bruce, Horeau, Cabot, Minard, est évidente; elle ressort des aveux de ceux d'entre eux qui sont sous la main de la Justice, car Lisieux est mort pendant l'instruction, et Bruce est contumace.

« La conduite tenue par Rousseau le voiturier est empreinte de complicité. Sa lenteur pendant la route, la précipitation avec laquelle il a excité ses chevaux à l'entrée du bois, sa persévérance à soutenir qu'il avait eu la tête voilée, tandis que le chef des brigands lui fit ôter son mouchoir en lui disant de les reconnaître, selon le témoignage des jeunes gens; toutes ces particularités sont de violentes présomptions de connivence.

« Quant à la dame Bryond, au notaire Léveillé, quelle complicité fut plus connexe, plus continue que la leur? Ils ont constamment fourni les moyens du crime, ils l'ont connu, secouru. Léveillé voyageait à tout propos. La dame Bryond inventait stratagèmes sur stratagèmes, elle a risqué tout, jusqu'à sa vie, pour assurer la rentrée des fonds. Elle prête son château, sa voiture, elle est dans le complot dès l'origine; elle n'en a pas détourné le principal chef, quand elle pouvait employer sa coupable influence à l'empêcher. Elle a entraîné sa femme de chambre, la fille Godard. Léveillé a si bien trempé dans l'exécution qu'il a cherché à procurer la hache que demandaient les brigands.

« La femme Bourget, Vauthier, les Chaussard, Pannier, la dame Lechantre, Mallet et Ratel ont tous participé au crime à des degrés différents, ainsi que les aubergistes Melin, Binet, Laravinière et Chargegrain.

« Bourget est mort pendant l'instruction, après avoir fait des aveux qui ôtent toute incertitude sur la part prise par Vauthier, par la dame Bryond; et s'il a tâché d'atténuer les charges qui pèsent sur sa femme et sur son neveu Chaussard, les motifs de ses réticences sont faciles à comprendre.

« Mais les Chaussard ont sciemment nourri les brigands, ils les ont vus armés, ils ont été témoins de toutes leurs dispositions, et ils ont laissé prendre la hache nécessaire au brisement des caisses, en sachant quel en était l'usage. Enfin ils ont recélé, ont vu porter des sommes provenant du vol, et ils en ont caché, dissipé la plus forte part.

« Pannier, ancien trésorier des rebelles, a caché la dame Bryond ; il est l'un des plus dangereux complices de ce crime, il le connaissait dès l'origine. A lui commencent des relations inconnues et qui restent obscures, mais que la Justice surveillera. C'est le fidèle de Rifoël, le dépositaire des secrets du parti contre-révolutionnaire dans l'Ouest ; il a regretté que Rifoël ait introduit dans le complot des femmes et se soit confié à elles ; il a envoyé des sommes à Rifoël, et il a recélé l'argent du vol.

« Quant à la conduite des deux gendarmes, Ratel et Mallet, elle mérite les dernières rigueurs de la Justice, ils ont trahi leurs devoirs. L'un d'eux, prévoyant son sort, s'est suicidé, mais après avoir fait d'importantes révélations. L'autre, Mallet, n'a rien nié ; ses aveux épargnent toute incertitude.

« La dame Lechantre, malgré ses constantes dénégations, a tout connu. L'hypocrisie de cette femme, qui tâche d'abriter sa prétendue innocence sous les pratiques d'une menteuse dévotion, a des antécédents qui prouvent sa décision, son intrépidité dans les cas extrêmes. Elle allègue qu'elle a été trompée par sa fille, qu'elle croyait qu'il s'agissait de fonds appartenant au sieur Bryond. Ruse grossière ! Si le sieur Bryond avait eu des fonds, il n'eût pas quitté le pays pour éviter d'être témoin de sa déconfiture. La dame Lechantre fut rassurée contre la honte du vol, quand elle le vit approuvé par son allié Boislaurier. Mais comment explique-t-elle la présence de Rifoël à Saint-Savin, les courses et les relations de ce jeune homme avec sa fille, le séjour des brigands servis par la fille Godard, par la dame Bryond? Elle allègue un profond sommeil, elle se retranche dans une prétendue habitude de se coucher à sept heures du soir, et elle ne sait que répondre quand le magistrat instructeur lui fait observer qu'alors elle se levait au jour, et qu'au jour elle devait apercevoir quelques traces du complot et du séjour de tant de gens, s'inquiéter des sorties et des rentrées nocturnes de sa fille. Elle objecte alors qu'elle était en prière. Cette femme est un modèle d'hypocrisie. Enfin son voyage le jour du crime, le soin qu'elle prend d'emmener sa fille à Mortagne, sa course avec l'argent, sa fuite précipitée quand tout est découvert, le soin qu'elle prend de se cacher, les circonstances mêmes de son arrestation, tout prouve une complicité de longue main. Elle n'a pas agi en mère qui veut éclairer sa fille et l'arracher à son danger, mais en complice qui tremble; et sa complicité n'a pas été l'égarement de la tendresse, elle est le fruit de l'esprit de parti, l'inspiration d'une haine connue contre le gouvernement de Sa Majesté Impériale et Royale. Un égarement maternel ne l'excuserait pas d'ailleurs : et nous ne devons pas oublier que le consentement de longue date, prémédité, doit être le signe le plus évident de la complicité.

« Ainsi que les éléments du crime, ses artisans sont à découvert. On voit le monstrueux assemblage des délires d'une faction avec les amorces de la rapine, l'assassinat conseillé par l'esprit de parti, sous l'égide duquel on essaie de se justifier à soi-même les plus ignobles excès. La voix des chefs donne le signal du pillage des deniers publics pour solder des crimes ultérieurs ; de vils et farouches stipendiaires l'effectuent à bas prix, ne reculent pas devant l'assassinat ; et des fauteurs de rébellion, non moins coupables, aident au partage, au recel du butin. Quelle société tolérerait de pareils attentats ? La Justice n'a pas assez de rigueur pour les punir.

« Sur quoi la Cour de justice criminelle et spéciale aura à décider si les nommés Herbomez, Hiley, Cibot, Grenier, Horeau, Cabot, Minard, Melin, Binet, Laravinière, Rousseau, femme Bryond, Léveillé, femme Bourget, Vauthier, Chaussard aîné, Pannier, veuve Lechantre, Mallet, tous ci-dessus dénommés et qualifiés, accusés présents, et les nommés Boislaurier, Dubut, Courceuil, Bruce, Chaussard cadet, Chargegrain, fille Godard, ces derniers absents et fugitifs, sont ou ne sont pas coupables des faits mentionnés dans le présent acte d'accusation.

« Fait à Caen, au parquet, ce 1er décembre 180...

« Signé : baron BOURLAC. »

Cette pièce judiciaire, beaucoup plus brève et impérieuse que ne le sont les actes d'accusation d'aujourd'hui, si minutieux, si complets sur les plus légères circonstances et surtout sur la vie antérieure au crime des accusés, agita profondément Godefroid. La sécheresse de cet acte, où la plume officielle narrait à l'encre rouge les détails principaux de l'affaire, fut pour son imagination une cause de travail. Les récits contenus, concis, sont pour certains esprits des textes où ils s'enfoncent en en parcourant les mystérieuses profondeurs [52].

Au milieu de la nuit, aidé par le silence, par les ténèbres, par la corrélation terrible que le bonhomme Alain venait de lui faire pressentir entre cet écrit et madame de la Chanterie, Godefroid appliqua toutes les forces de son intelligence à développer ce thème terrible.

Évidemment, ce nom de Lechantre devait être le nom patronymique des la Chanterie, à qui, sous la République et sous l'Empire, on avait sans doute retranché leur nom aristocratique.

Il entrevit les paysages où ce drame s'était accompli. Les figures des complices secondaires passèrent sous ses yeux. Il se dessina fantastiquement non pas le nommé Rifoël, mais un chevalier du Vissard, un jeune homme quasi semblable au Fergus de Walter Scott [53], enfin le jacobite français. Il développa le roman de la passion d'une jeune fille grossièrement trompée par l'infamie d'un mari (roman alors à la mode), et aimant un jeune chef en révolte contre l'Empereur, donnant, comme Diana Vernon, à plein collier dans une conspiration, s'exaltant, et, une fois lancée sur cette pente dangereuse, ne s'arrêtant plus! Avait-elle donc roulé jusqu'à l'échafaud?

Godefroid apercevait tout un monde. Il errait sous les bocages normands, il y voyait le chevalier breton et madame Bryond dans les haies; il habitait le vieux château de Saint-Savin; il assistait aux scènes diverses de séduction de tant de personnages, en se figurant ce notaire, ce négociant, et tous ces hardis chefs de Chouans. Il devinait le concours presque général d'une contrée où vivait le souvenir des expéditions du fameux Marche-à-Terre, des comtes de Bauvan, de Longuy, du massacre de la Vivetière, de la mort du marquis de Montauran, dont les exploits lui avaient été déjà racontés par madame de la Chanterie.

Cette espèce de vision des choses, des hommes, des lieux, fut rapide. En songeant qu'il s'agissait de l'imposante, de la noble et pieuse vieille femme dont les vertus agissaient sur lui au point de le métamorphoser, Godefroid saisit avec un mouvement de terreur la seconde pièce que le bonhomme Alain lui avait donnée, et qui était intitulée :

Précis pour madame Henriette Bryond des Tours-Minières,
née Lechantre de la Chanterie.

— Plus de doute! se dit Godefroid.

Voici la teneur de cette pièce[54] :

« Nous sommes condamnés et coupables; mais si jamais le souverain a eu raison d'user de son droit de grâce, n'est-ce pas dans les circonstances de cette cause?

« Il s'agit d'une jeune femme, qui a déclaré être mère, et condamnée à mort.

« Sur le seuil d'une prison, en présence de l'échafaud qui l'attend, cette femme dira la vérité.

« La Vérité plaidera pour elle, elle lui devra sa grâce.

« Le procès jugé par la Cour criminelle d'Alençon a eu comme tous les procès où il se trouve un grand nombre d'accusés réunis par un complot qu'a inspiré l'esprit de parti, des portions sérieusement obscures.

« La chancellerie de Sa Majesté Impériale et Royale sait à quoi s'en tenir aujourd'hui sur le personnage mystérieux nommé *Le Marchand,* dont la présence dans le département de l'Orne n'a pas été niée par le Ministère Public pendant le cours des débats, mais que l'Accusation n'a pas jugé convenable de faire comparaître, et que la Défense n'avait ni la faculté d'amener ni le pouvoir de trouver.

« Ce personnage est, comme le Parquet, la Préfecture, la Police de Paris et la Chancellerie de S. M. I. et R. le savent, le sieur Bernard-Polydore Bryond des Tours-Minières, correspondant, depuis 1794, du comte de Lille[55], connu à l'étranger comme baron des Tours-Minières, et dans les fastes de la police parisienne sous le nom de Contenson.

« C'est un homme qui fait exception, un homme dont la noblesse et la jeunesse ont été déshonorées par des vices si exigeants, par une immoralité si profonde, par des écarts si criminels, que cette infâme vie eût certainement abouti à l'échafaud sans l'art avec lequel il a su se rendre utile par son double rôle, indiqué par son double nom. Mais de plus en plus dominé par ses passions, par ses besoins renaissants, il finira par tomber au-dessous de l'infamie, et servira bientôt dans les derniers rangs, malgré d'incontestables talents et un esprit remarquable.

« Lorsque la perspicacité du comte de Lille n'a plus permis à Bryond de toucher l'or de l'étranger, il a voulu sortir de l'arène ensanglantée où ses besoins l'avaient jeté.

« N'était-elle plus assez féconde, cette carrière? Fut-ce donc le remords ou la honte qui ramena cet homme dans le pays où ses propriétés, grevées de dettes à son départ, devaient offrir peu de ressources à son génie? Il est impossible de le croire. Il est plus vraisemblable de lui supposer une mission à remplir dans ces départements où couvaient encore quelques étincelles de nos discordes civiles.

« En observant le pays où sa perfide coopération aux intrigues de l'Angleterre et du comte de Lille lui livra la confiance des familles attachées au parti vaincu par le génie de notre immortel Empereur, il rencontra l'un des anciens chefs de révolte avec qui, lors de l'expédition de Quiberon, et lors du dernier soulèvement des rebelles de l'an VII, il avait eu des rapports comme envoyé de l'étranger. Il favorisa les espérances de ce grand agitateur qui a payé du dernier supplice ses trames contre l'État[56]. Bryond put alors pénétrer les secrets de cet incorrigible parti qui méconnaît à la fois et la gloire de S. M. l'empereur Napoléon Ier et les vrais intérêts du pays, unis dans cette personne sacrée.

« A l'âge de trente-cinq ans, affectant la piété la plus sincère, professant un dévouement sans bornes aux intérêts du comte de Lille et un culte pour les insurgés qui dans l'Ouest ont trouvé la mort dans la lutte, déguisant avec habileté les restes d'une jeunesse épuisée, mais qui se recommandait par quelques dehors, et vivement protégé par le silence de ses créanciers, par une complaisance inouïe chez tous les *ci-devant* du pays, cet homme, vrai sépulcre blanchi, fut introduit, avec tant de titres à la considération, auprès de la dame Lechantre, à qui l'on croyait une grande fortune.

« On complota de faire épouser la fille unique de madame Lechantre, la jeune Henriette, à ce protégé des ci-devant.

« Prêtres, ex-nobles, créanciers, chacun dans un intérêt différent, loyal chez les uns, cupide chez les autres, aveugle chez la plupart, tous enfin conspirèrent l'union de Bernard Bryon avec Henriette Lechantre.

« Le bon sens du notaire chargé des affaires de madame Lechantre, et quelque défiance peut-être, furent cause de la perte de la jeune fille. Le sieur Chesnel, notaire d'Alençon, mit la terre de Saint-Savin, unique bien de la future épouse, sous le régime dotal, en en réservant l'habitation et une modique rente à la mère.

« Les créanciers, qui supposaient à la dame Lechantre, à raison de son esprit d'ordre et d'économie, des capitaux considérables, furent déçus dans leurs espérances ; et tous, croyant à l'avarice de cette dame, firent des poursuites qui mirent à nu la situation précaire de Bryond.

« Des dissidences graves éclatèrent alors entre les nouveaux époux, et elles donnèrent lieu à la jeune femme de connaître les mœurs dépravées, l'athéisme religieux et politique, dirai-je le mot ? l'infamie de l'homme auquel sa destinée avait été si fatalement unie. Bryond, forcé de mettre sa femme dans le secret des trames odieuses formées contre le Gouvernement Impérial, donne sa maison pour asile à Rifoël du Vissard.

« Le caractère de Rifoël, aventureux, brave, généreux, exerçait sur tous ceux qui l'approchaient des séductions dont les preuves abondent dans les procès criminels jugés devant trois Cours spéciales criminelles.

« L'influence irrésistible, l'empire absolu qu'il obtint sur une jeune femme qui se voyait au fond d'un abîme, n'est que trop visible par la catastrophe dont l'horreur la jette en suppliante aux pieds du trône. Mais ce que la Chancellerie de Sa Majesté Impériale et Royale peut aisément faire vérifier, c'est la complaisance infâme de Bryond, qui, loin de remplir ses devoirs de guide et de conseil auprès de l'enfant qu'une pauvre mère abusée lui avait confiée, se plut à serrer les nœuds de l'intimité de la jeune Henriette et du chef des rebelles.

« Le plan de cet odieux personnage, qui se fait gloire de tout mépriser, de ne considérer en toute chose que la satisfaction de ses passions, et qui ne voit que des obstacles vulgaires dans les sentiments dictés par la morale civile ou religieuse, ce plan, le voici.

« C'est ici le lieu de remarquer combien cette combinaison est familière à un homme qui, depuis 1794, joue un double rôle, et qui, pendant huit ans, a pu tromper le comte de Lille et ses adhérents, tromper peut-être aussi la police générale de l'Empire : de tels hommes n'appartiennent-ils pas à qui les paie le plus ?

« Bryond poussait Rifoël au crime, il insistait pour des attaques à main armée sur les recettes de l'État et pour une large contribution levée sur les acquéreurs de biens nationaux, au moyen de tortures affreuses qui portèrent l'effroi dans cinq départements, et qu'il a inventées. Il exigeait que trois cent mille francs lui fussent remis pour liquider ses biens.

« En cas de résistance de la part de sa femme ou de Rifoël, il se proposait de se venger du profond mépris qu'il inspirait à cette âme droite, en les livrant l'un et l'autre à la rigueur des lois dès qu'ils auraient accompli quelque crime capital.

« Quand il vit l'esprit de parti plus fort que ses intérêts chez les deux êtres qu'il avait liés l'un à l'autre, il disparut et revint à Paris muni de renseignements complets sur la situation des départements de l'Ouest.

« Les frères Chaussard et Vauthier furent les correspondants de Bryond, la Chancellerie le sait.

« Revenu secrètement et déguisé dans le pays, aussitôt que l'attentat fut commis sur la recette de Caen, Bryond, sous le nom de *Le Marchand,* se mit en relation secrète avec monsieur le préfet et les magistrats. Aussi qu'arriva-t-il? Jamais conspiration plus étendue, et à laquelle participaient tant de personnes et placées à des degrés si différents de l'échelle sociale, ne fut plus promptement connue par la justice que ne l'a été celle dont l'agression éclata par l'attaque de la recette de Caen. Tous les coupables ont été suivis, épiés, six jours après l'attentat, avec une perspicacité qui dénotait la plus entière connaissance des plans et des individus. L'arrestation, le procès, la mort de Rifoël et de ses complices en sont une preuve que nous donnons uniquement pour démontrer notre certitude; la Chancellerie, nous le répétons, en sait plus que nous à ce sujet.

« Si jamais condamné dut recourir à la clémence du souverain, n'est-ce pas Henriette Lechantre?

« Entraînée par la passion, par des idées de rébellion qu'elle a sucées avec le lait, elle est certainement inexcusable aux yeux de la Justice; mais, aux yeux du plus magnanime des empereurs, la plus infâme des trahisons, le plus violent de tous les enthousiasmes, ne plaideront-ils pas cette cause?

« Le plus grand capitaine, l'immortel génie qui fit grâce au prince de Hatzfeld[57] et qui sait deviner comme Dieu même les raisons nées de la fatalité du cœur, ne voudra-t-il pas admettre la puissance, invincible au jeune âge, qui milite pour excuser ce crime, quelque grand qu'il soit?

« Vingt-deux têtes sont déjà tombées sous le glaive de la Justice, par les arrêts de trois Cours criminelles; il ne reste plus que celle d'une jeune femme de vingt ans, d'une mineure : l'empereur Napoléon le Grand ne la laissera-t-il pas au repentir? N'est-ce pas une part à faire à Dieu?...

« Pour Henriette Le Chantre, épouse de Bryond des Tours-Minières.

« Son défenseur,

« BORDIN,

« *Avoué près le tribunal de première instance du département de la Seine.* »

Ce drame effroyable troubla le peu de sommeil que prit Godefroid. Il rêva du dernier supplice tel que le médecin Guillotin l'a fait dans un but de philanthropie. A travers les chaudes vapeurs d'un cauchemar, il entrevit une jeune femme, belle, exaltée, subissant les derniers apprêts et traînée dans une charrette, montant sur l'échafaud, et criant : « Vive le Roi! »

La curiosité poignait Godefroid. Au petit jour, il se leva, s'habilla, marcha par sa chambre, et finit par se coller à sa croisée, regardant machinalement le ciel en reconstruisant, comme ferait un auteur moderne, ce drame en plusieurs volumes. Et il voyait toujours sur ce fond ténébreux de Chouans, de gens de la campagne, de gentilshommes provinciaux, de chefs, de gens de justice, d'avocats, d'espions, se détacher radieuses les figures de la mère et de la fille; de la fille abusant sa mère, de la fille victime d'un monstre, victime de son entraînement pour un de ces hommes hardis que plus tard on qualifia de héros, et à qui l'imagination de Godefroid prêtait des ressemblances avec les Charette, les Georges Cadoudal, avec les géants de cette lutte entre la République et la Monarchie.

Dès que Godefroid entendit le bonhomme Alain se remuant dans sa chambre, il y alla; mais après avoir entrouvert la porte, il revint chez lui. Le vieillard, agenouillé à son prie-Dieu, faisait ses prières du matin. L'aspect de cette tête blanchie, abîmée dans une pose pleine de piété, ramena Godefroid à ses devoirs oubliés, il se mit à prier fervemment.

— Je vous attendais, lui dit le bonhomme en voyant entrer Godefroid au bout d'un quart d'heure, je suis allé au-devant de votre impatience en me levant plus tôt qu'à l'ordinaire.

— Madame Henriette?... demanda Godefroid avec une anxiété visible.

— Est la fille de Madame, répondit le vieillard en interrompant Godefroid. Madame s'appelle Lechantre de la Chanterie. Sous l'Empire, on ne reconnaissait ni les titres nobiliaires, ni les noms ajoutés aux noms patronymiques ou primitifs. Ainsi la baronne des Tours-Minières s'appelait la femme Bryond. Le marquis d'Esgrignon reprenait son nom de Carol, il était le citoyen Carol, et plus tard le sieur Carol. Les Troisville devenaient les sieurs Guibelin.

— Mais qu'est-il arrivé? l'Empereur a-t-il fait grâce?

— Hélas! non, répondit Alain. L'infortunée petite femme, à vingt et un ans, a péri sur l'échaufaud. Après avoir lu la note de Bordin, l'Empereur répondit à peu près en ces termes à son Grand-Juge :

« Pourquoi s'acharner à l'espion? Un agent n'est plus un homme, il ne doit plus en avoir les sentiments; il est un rouage dans une machine. Bryond a fait son devoir. Si les instruments de ce genre n'étaient pas ce qu'ils sont, des barres d'acier, et intelligents seulement dans le sens de la domination qu'ils servent, il n'y aurait pas de gouvernement possible. Il faut que les arrêts de la justice criminelle spéciale s'exécutent, autrement mes magistrats n'auraient plus de confiance en eux ni en moi. D'ailleurs, les soldats de ces gens-là sont morts, et ils étaient moins coupables que les chefs. Enfin, il faut apprendre aux femmes de l'Ouest à ne pas tremper dans les complots. C'est précisément parce que c'est une femme que l'arrêt frappe que la Justice doit avoir son cours. Il n'y a pas d'excuse possible devant les intérêts du pouvoir. » Telle est la substance de ce que le Grand-Juge voulut bien répéter à Bordin de son entretien avec l'Empereur. En apprenant que la France et la Russie ne tarderaient pas à se mesurer, que l'Empereur serait obligé d'aller à sept cents lieues de Paris attaquer un pays immense et désert, Bordin comprit les véritables motifs de l'inclémence de l'Empereur. Pour obtenir la tranquillité dans l'Ouest, déjà plein de réfractaires, il parut nécessaire à Napoléon d'imprimer une profonde terreur. Aussi le Grand-Juge conseilla-t-il à l'avoué de ne plus s'occuper de ses clients...

— De sa cliente, dit Godefroid.

— Madame de la Chanterie était condamnée à vingt-deux ans de réclusion, dit Alain. Déjà transférée à Bicêtre, près de Rouen, pour subir sa peine, on ne devait s'occuper d'elle qu'après avoir sauvé son Henriette qui, depuis les affreux débats, lui était devenue si chère que, sans la promesse de Bordin de lui obtenir grâce de la vie, on ne croit pas que Madame aurait survécu au prononcé de l'arrêt. On trompa donc cette pauvre mère. Elle vit sa fille après l'exécution des condamnés à mort par l'arrêt, sans savoir que ce répit était dû à une fausse déclaration de grossesse.

— Ah! je comprends tout!... s'écria Godefroid.

— Non, mon cher enfant, il est des choses qu'on ne devine pas. Madame a cru sa fille vivante pendant bien longtemps...

— Comment?

— Voici. Quand madame des Tours-Minières apprit par Bordin le rejet de son recours en grâce, cette sublime petite femme eut le courage d'écrire une vingtaine de lettres datées de mois en mois postérieurement à son exécution, afin de faire croire à son existence, et d'y graduer les souffrances d'une maladie imaginaire jusqu'à la mort. Ces lettres embrassaient un laps de temps de deux années. Madame de la Chanterie fut donc préparée à la mort de sa fille, mais à une mort naturelle : elle n'apprit son supplice qu'en 1814. Elle resta deux années entières détenue, confondue avec les plus infâmes créatures de son sexe, portant l'habillement de la prison; mais, grâce aux instances des Champignelles et des Beauséant, elle fut, dès la seconde année, mise dans une chambre particulière où elle vivait comme une religieuse cloîtrée.

— Et les autres?

— Le notaire Léveillé, d'Herbomez, Hiley, Cibot, Grenier, Horeau, Cabot, Minard, Mallet, furent condamnés à mort et exécutés le même jour. Pannier, condamné à vingt ans de travaux forcés, ainsi que Chaussard et Vauthier, furent marqués et envoyés au bagne; mais l'Empereur fit grâce à Chaussard et à Vauthier; Mélin, Laravinière et Binet furent condamnés à cinq ans de réclusion. La femme Bourget fut condamnée à vingt-deux ans de réclusion. Chargegrain et Rousseau furent acquittés. Les contumaces furent tous condamnés à mort; moins la fille Godard, qui n'est autre, vous le devinez, que notre pauvre Manon...

— Manon!... s'écria Godefroid stupéfait.

— Oh! vous ne connaissez pas encore Manon! répliqua le bon Alain. Cette dévouée créature, condamnée à vingt-deux ans de réclusion, se livra pour servir madame de la Chanterie en prison. Notre cher vicaire est le prêtre de Mortagne qui donna les derniers sacrements à madame la baronne des Tours-Minières, qui eut le courage de la conduire à l'échafaud, et à qui elle a donné le dernier baiser d'adieu. Ce courageux et sublime prêtre avait assisté le chevalier du Vissard. Notre cher abbé de Vèze a donc connu tous les secrets de ces conspirateurs...

— Je vois où ses cheveux ont blanchi! dit Godefroid.

— Hélas! reprit Alain, il a reçu d'Amédée du Vissard la miniature de madame des Tours-Minières, la seule image qui reste d'elle; aussi l'abbé devint-il sacré pour madame de la Chanterie, au jour où elle rentra glorieusement dans la vie sociale...

— Et comment?... dit Godefroid étonné.

— Mais à la rentrée de Louis XVIII, en 1814. Boislaurier, le jeune frère de monsieur de Boisfrelon, avait les ordres du Roi pour soulever l'Ouest en 1809, et plus tard encore, en 1812. Leur nom est Dubut, le Dubut de Caen est leur parent. Ils étaient trois frères : Dubut de Boisfranc, président à la Cour des aides; Dubut de Boisfrelon, le conseiller au Parlement, et Dubut-Boislaurier, capitaine de dragons. Le père avait donné les noms de trois différentes propriétés à ses fils, en en faisant des savonnettes à vilain, car le grand-père de ces Dubut vendait de la toile. Le Dubut de Caen, qui put se sauver, appartenait aux Dubut restés dans le commerce, et il espérait, par son dévouement à la cause royale, obtenir de succéder au titre de monsieur de Boisfranc. Aussi Louis XVIII a-t-il accompli le vœu de ce fidèle serviteur, qui fut Grand-Prévôt en 1815, et plus tard Procureur général sous le nom de Boisfranc; il est mort premier président d'une Cour royale. Le marquis du Vissard, frère aîné du pauvre chevalier, créé pair de France et comblé d'honneurs par le Roi, fut nommé lieutenant dans la Maison rouge, et préfet après la dissolution de la Maison rouge. Le frère de monsieur d'Herbomez a été fait comte et receveur général. Le pauvre banquier Pannier est mort de chagrin au bagne. Boislaurier est mort sans enfants, lieutenant général et gouverneur d'un château royal. Messieurs de Champignelles, de Beauséant, le duc de Verneuil et le Garde des Sceaux ont présenté madame de la Chanterie au Roi. « Vous avez bien souffert pour moi, madame la baronne; vous avez droit à toute ma faveur et à toute ma reconnaissance, a-t-il dit. — Sire, a-t-elle répondu, Votre Majesté a tant de douleurs à consoler que je ne veux pas faire peser sur elle le poids d'une douleur inconsolable. Vivre dans l'oubli, pleurer ma fille et faire du bien, voilà ma vie. Si quelque chose peut adoucir mon malheur, c'est la bonté de mon roi, c'est le plaisir de voir que la Providence n'a pas rendu tant de dévouement inutile. »

— Et qu'a fait Louis XVIII? demanda Godefroid.

— Le Roi fit restituer deux cent mille francs à madame de la Chanterie, car la terre de Saint-Savin avait été vendue pour satisfaire le fisc, répondit le bonhomme. Les lettres de grâce expédiées pour madame la baronne et sa servante contiennent le regret du Roi des souffrances supportées pour son service, en reconnaissant que *le zèle de ses serviteurs était allé trop loin dans les moyens d'exécution;* mais, chose horrible et qui vous semblera le trait le plus curieux du caractère de ce monarque, il employa Bryond dans sa contre-police pendant tout son règne.

— Oh! les rois! les rois! s'écria Godefroid. Et ce misérable vit-il encore?

— Non. Ce misérable, qui du moins cachait son nom sous celui de Contenson, est mort vers la fin de l'année 1829 ou au commencement de 1830. En arrêtant un criminel qui se sauvait sur le toit d'une maison, il tomba dans la rue [58]. Louis XVIII partageait les idées de Napoléon sur les hommes de police. Madame de la Chanterie est une sainte, elle prie pour l'âme de ce monstre, et fait dire pour lui deux messes par an. Quoique défendue par le père d'un grand orateur et l'un des célèbres avocats du temps, madame de la Chanterie, qui ne connut les dangers de sa fille qu'au moment du transport des fonds, et encore parce qu'elle fut éclairée par son parent Boislaurier, ne put jamais établir son innocence. Le président du Ronceret et le vice-président du tribunal d'Alençon, Blondet, essayèrent vainement de sauver notre pauvre dame; l'influence du conseiller à la Cour impériale qui présidait la Cour spéciale criminelle, le fameux Mergi, plus tard procureur général, fanatiquement dévoué à l'autel et au trône, et qui fit tomber plus d'une tête bonapartiste, fut telle sur ses deux collègues qu'il obtint la condamnation de la pauvre baronne de la Chanterie. Messieurs Bourlac et Mergi mirent un acharnement inouï dans les débats. Le président appelait la baronne des Tours femme Bryond, et Madame, femme Lechantre. Les noms des accusés sont tous ramenés au système républicain et presque tous dénaturés. Ce procès eut des détails extraordinaires, et je ne me les rappelle pas tous; mais il m'est resté dans la mémoire un trait d'audace qui peut servir à vous peindre quels hommes étaient ces Chouans. La foule, pour assister aux débats, dépassait tout ce que votre imagination s'en figure; elle remplissait les corridors, et, sur la place, elle ressemblait aux rassemblements des jours de marché. Un jour, à l'ouverture de l'audience, avant l'arrivée de la Cour, Pille-Miche, le fameux Chouan, saute, par-dessus la balustrade, au milieu de la foule, joue des coudes, se mêle à ce monde, et s'enfuit avec le flot de cette foule effrayée, *brochant comme un sanglier*, m'a dit Bordin. Les gendarmes, la garde courent sus, et il fut repris sur l'escalier au moment où il gagnait la place. Ce trait d'audace fit doubler la garde. On commanda sur la place un piquet de gendarmerie, car on craignit que, parmi la foule, il ne se trouvât des Chouans prêts à donner aide et secours aux accusés. Il y eut trois personnes écrasées dans la foule par suite de cette tentative. Depuis on a su que Contenson (de même que mon vieil ami Bordin, je ne puis l'appeler ni baron des Tours-Minières, ni Bryond, qui est un nom de la vieille race), on a su, dis-je, que ce misérable a soustrait et dissipé soixante mille francs des fonds volés ; il en a donné dix mille au jeune Chaussard, qu'il a embauché dans la police, en lui inoculant ses goûts et ses vices ; mais aucun de ses complices ne fut heureux. Le Chaussard contumace fut jeté dans la mer par monsieur de Boislaurier, dès qu'il apprit, par un mot de Pannier, la trahison de ce drôle à qui Contenson avait conseillé de rejoindre les conspirateurs fugitifs pour les surveiller. Vauthier fut tué dans Paris sans doute par un des obscurs et dévoués compagnons du chevalier du Vissard. Enfin, le plus jeune des Chaussard fut assassiné dans une de ces affaires nocturnes particulières à la police ; il est à croire que Contenson se débarrassa de ses réclamations ou de ses remords en le recommandant, comme on dit, au prône. Madame de la Chanterie plaça ses fonds sur le Grand-Livre, et acheta cette maison, pour obéir à un désir de son oncle, le vieux conseiller de Boisfrelon, qui lui donna l'argent nécessaire à l'acquisition. Ce quartier tranquille était voisin de l'archevêché, où notre cher abbé fut placé près du cardinal. Ce fut la principale de toutes les raisons de Madame pour ne pas s'opposer au vœu du vieillard, dont la fortune, après vingt-cinq ans de révolutions, était restreinte à six mille francs de rente. D'ailleurs, Madame souhaitait terminer par une vie presque claustrale les effroyables malheurs qui, depuis vingt-six ans, l'accablaient. Vous devez maintenant vous expliquer la majesté, la grandeur de cette victime, auguste, j'ose le dire...

— Oui, dit Godefroid, l'empreinte de tous les coups qu'elle a reçus lui donne je ne sais quoi de grand, de majestueux.

— Chaque blessure, chaque nouvelle atteinte a redoublé chez elle la patience, la résignation, reprit Alain ; mais si vous la connaissiez comme nous la connaissons, si vous saviez combien vive est sa sensibilité, combien est active l'inépuisable tendresse qui sort de ce cœur, vous seriez effrayé de compter les larmes versées, les prières ferventes adressées à Dieu. Il a fallu, comme elle, n'avoir connu qu'une rapide saison de bonheur, pour résister à tant de secousses ! C'est un cœur tendre, une âme douce contenus dans un corps d'acier, endurci par les privations, par les travaux, par les austérités.

— Sa vie explique la longue vie des solitaires, dit Godefroid.

— Par certains jours, je me demande quel est le sens d'une pareille existence... Dieu réserve-t-il ces dernières, ces cruelles épreuves à celles de ses créatures qui doivent s'asseoir près de lui le lendemain de leur mort ? dit le bonhomme Alain, sans savoir qu'il exprimait naïvement toute la doctrine de Swedenborg sur les anges [59].

— Comment ! s'écria Godefroid, madame de la Chanterie a été confondue avec...

— Madame a été sublime dans sa prison, reprit

Alain. Elle a réalisé pendant trois ans la fiction du *Vicaire de Wakefield,* car elle a converti plusieurs de ces femmes de mauvaise vie qui l'entouraient. Pendant sa détention, en observant les mœurs des recluses, elle a été prise de cette grande pitié pour les douleurs du peuple qui l'oppresse et qui fait d'elle la reine de la charité parisienne. Au milieu de l'affreux Bicêtre de Rouen, elle a conçu le plan à la réalisation duquel nous nous sommes voués. Ce fut, comme elle le dit, un rêve délicieux, une inspiration angélique au milieu de l'enfer; elle n'imaginait jamais pouvoir le réaliser. Ici, quand, en 1819, le calme parut renaître à Paris, elle revint à son rêve. Madame la duchesse d'Angoulême, depuis la Dauphine, la duchesse de Berry, l'archevêque, plus tard le chancelier, quelques personnes pieuses donnèrent libéralement les premières sommes qui furent nécessaires. Ce fonds s'augmenta de la portion disponible de nos revenus, sur lesquels chacun de nous ne prend que le strict nécessaire.

Des larmes vinrent aux yeux de Godefroid.

— Nous sommes les desservants fidèles d'une idée chrétienne, et nous appartenons corps et âme à cette Œuvre, dont le génie, dont la fondatrice est la baronne de la Chanterie, que vous nous entendez appeler si respectueusement Madame.

— Ah! je serai tout à vous, dit Godefroid en tendant les mains au bonhomme.

— Comprenez-vous maintenant qu'il est des

sujets de conversation interdits absolument ici, même par allusion? reprit le vieillard. Comprenez-vous les obligations de délicatesse que chacun des habitants de cette maison contracte envers celle qui nous semble être une sainte? Comprenez-vous les séductions qu'exerce une femme sacrée par tant de malheurs, qui sait tant de choses, à qui toutes les infortunes ont dit leur dernier mot, qui de chaque adversité garde un enseignement, de qui toutes les vertus ont eu la double sanction des épreuves les plus dures et d'une constante pratique, de qui l'âme est sans tache, sans reproche, qui de la maternité n'a connu que les douleurs, de l'amour conjugal que les amertumes, à qui la vie n'a souri que pendant quelques mois, à qui le Ciel réserve sans doute quelque palme, pour prix de tant de résignation, de douceur dans les chagrins? N'a-t-elle pas sur Job l'avantage de n'avoir jamais murmuré? Ne vous étonnez plus de trouver sa parole si puissante, sa vieillesse si jeune, son âme si communicative, ses regards si convaincants; elle a reçu des pouvoirs extraordinaires pour confesser les souffrances, car elle a tout souffert. Toute douleur se tait auprès d'elle.

— C'est une vivante image de la Charité! s'écria Godefroid enthousiasmé, serai-je des vôtres?

— Il vous faut accepter les épreuves, et avant tout CROYEZ! s'écria doucement le vieillard. Tant que vous n'aurez pas la foi, tant que vous n'aurez pas absorbé dans votre cœur et dans votre intelligence le sens divin de l'épître de saint Paul sur la Charité[60], vous ne pouvez pas participer à nos œuvres.

Paris, 1843-1845 [61].

DEUXIÈME PARTIE

L'Initié

De même que le mal, le sublime a sa contagion. Aussi, lorsque le pensionnaire de madame de la Chanterie eut habité cette vieille et silencieuse maison pendant quelques mois, après la dernière confidence du bonhomme Alain, qui lui donna le plus profond respect pour les quasi-religieux avec lesquels il se trouvait, éprouva-t-il ce bien-être de l'âme que donnent une vie réglée, des habitudes douces et l'harmonie des caractères chez ceux qui nous entourent. En quatre mois, Godefroid, qui n'entendit pas un éclat de voix, ni une discussion, finit par s'avouer à lui-même que, depuis l'âge de raison, il ne se souvenait point d'avoir été si complètement non pas heureux, mais tranquille. Il jugeait sainement du monde, en le voyant de loin. Enfin, le désir qu'il nourrissait depuis trois mois de participer aux œuvres de ces mystérieux personnages devint une passion; et, sans être un grand philosophe, chacun peut soupçonner la force que prennent les passions dans la solitude.

Un jour, donc, jour devenu solennel par la

toute-puissance de l'esprit, après s'être sondé le cœur, avoir consulté ses forces, Godefroid monta chez le bon vieil Alain, celui que madame de la Chanterie nommait *son agneau,* celui qui, de tous les commensaux du logis, lui semblait le moins imposant, le plus abordable, dans l'intention d'obtenir du bonhomme quelques lumières sur les conditions du sacerdoce que ces espèces de frères en Dieu exerçaient dans Paris. Les allusions déjà faites à un temps d'épreuves lui pronostiquaient une initiation à laquelle il s'attendait. Sa curiosité n'avait pas été contentée par ce que lui avait dit le vénérable vieillard sur les motifs de son agrégation à l'œuvre de madame de la Chanterie; il voulait en savoir davantage.

Pour la troisième fois, Godefroid se trouva devant le bonhomme Alain, à dix heures et demie du soir, au moment où le vieillard allait faire sa lecture de l'*Imitation.* Cette fois, le doux initiateur ne put retenir un sourire, et voyant le jeune homme, il lui dit, sans le laisser parler : — Pourquoi vous adressez-vous à moi, mon cher garçon, au lieu de vous adresser à Madame? Je suis le plus ignorant, le moins spirituel, le plus imparfait de la maison. Voici trois jours que Madame et mes amis lisent dans votre cœur, ajouta-t-il d'un petit air fin.

— Et qu'ont-ils vu?... demanda Godefroid.

— Ah! répondit le bonhomme sans aucun détour, ils ont deviné chez vous une envie assez naïve d'appartenir à notre petit troupeau. Mais ce sentiment n'est pas encore chez vous une bien ardente vocation. Oui, reprit-il vivement à un geste de Godefroid, vous avez plus de curiosité que de ferveur. Enfin, vous n'êtes pas tellement détaché de vos anciennes idées que vous n'ayez entrevu je ne sais quoi d'aventureux, de romanesque, comme on dit, dans les incidents de notre vie...

Godefroid ne put s'empêcher de rougir.

— Vous voyez dans nos occupations une similitude avec celles des califes des *Mille et une Nuits,* et vous éprouvez par avance une sorte de satisfaction à jouer le rôle d'un bon génie dans les romans de bienfaisance que vous vous plaisez à inventer[62] !... Allons, mon fils, votre rire de confusion me prouve que nous ne nous sommes pas trompés. Comment croyez-vous pouvoir dérober un sentiment à des gens dont le métier est de deviner les mouvements les plus cachés des âmes, les ruses de la pauvreté, les calculs de l'indigence, et qui sont des espions honnêtes, chargés de la police du bon Dieu, de vieux juges dont le code ne contient que des absolutions, des docteurs en toute souffrance dont l'unique remède est l'argent sagement employé? Mais, voyez-vous, mon enfant, nous ne querellons pas les motifs qui nous amènent un néophyte, pourvu qu'il nous reste et qu'il devienne un frère de notre Ordre. Nous vous jugerons à l'œuvre. Il y a deux curiosités, celle du bien et celle du mal; vous avez en ce moment la bonne. Si vous devez être un ouvrier de notre vigne, le jus des grappes vous donnera la soif perpétuelle du fruit divin. L'initiation est, comme en toute science naturelle, facile en apparence et difficile en réalité. C'est en bienfaisance comme en poésie. Rien de plus facile que d'attraper l'apparence. Mais ici, comme au Parnasse, nous ne nous contentons que de la perfection. Pour devenir un des nôtres, vous devez acquérir une grande science de la vie, et de quelle vie, bon Dieu! la vie parisienne qui défie la sagacité de monsieur le préfet de police et de ses messieurs. N'avons-nous pas à déjouer la conspiration permanente du mal? à la saisir dans ses formes si changeantes qu'on les croirait infinies? La Charité, dans Paris, doit être aussi savante que le vice, de même que l'agent de police doit être aussi rusé que le voleur. Chacun de nous doit être candide et défiant; avoir le jugement sûr et rapide autant que le coup d'œil. Aussi, mon enfant, sommes-nous tous vieux et vieillis; mais nous sommes si contents des résultats que nous avons obtenus que nous ne voulons pas mourir sans laisser de successeurs; et vous nous êtes d'autant plus cher à tous que vous serez, si vous persistez, notre premier élève. Il n'y a pas de hasard pour nous, nous vous devons à Dieu! Vous êtes une bonne nature aigrie; et depuis que vous demeurez ici, les mauvais levains se sont affaiblis. La nature divine de Madame a réagi sur vous. Hier, nous avons tenu conseil; et, puisque j'ai votre confiance, mes bons frères ont décidé de me donner à vous comme tuteur et instituteur... Êtes-vous content?

— Ah! mon bon monsieur Alain! Vous avez éveillé par votre éloquence une...

— Ce n'est pas moi, mon enfant, qui parle

bien, c'est les choses qui sont éloquentes... On est toujours sûr d'être grandiose en obéissant à Dieu, en imitant Jésus-Christ[63], autant que des hommes le peuvent, aidés par la foi...

— Eh! bien, ce moment a décidé de ma vie, et je me sens la ferveur! s'écria Godefroid. Moi aussi, je veux passer ma vie à bien faire...

— C'est le secret de rester en Dieu, répliqua le bonhomme. Avez-vous étudié cette devise : *Transire benefaciendo? Transire* veut dire aller au-delà de ce monde, en y laissant une longue traînée de bienfaits[64].

— J'ai bien compris, et j'ai mis de moi-même la devise de l'Ordre devant mon lit.

— C'est bien! Cette action, si légère en elle-même, est beaucoup à mes yeux! Donc, mon enfant, j'ai votre première affaire, votre premier duel avec la misère, et je vais vous mettre le pied à l'étrier... Nous allons nous quitter... Oui, moi-même, je suis détaché du couvent pour prendre place au cœur d'un volcan. Je vais devenir contre-maître dans une grande fabrique dont tous les ouvriers sont infectés des doctrines communistes, et qui rêvent une destruction sociale, l'égorgement des maîtres, sans savoir que ce serait la mort de l'industrie, du commerce, des fabriques... Je resterai là, qui sait? peut-être un an, à tenir la caisse, les livres, et à pénétrer dans cent ou cent vingt ménages de pauvres gens égarés sans doute par la misère, avant de l'être par de mauvais livres. Néanmoins, nous nous verrons ici tous les dimanches et les jours de fête... Comme nous habiterons le même quartier, je vous indique l'église Saint-Jacques du Haut-Pas comme lieu de rendez-vous; j'y entendrai la messe tous les jours, à sept heures et demie du matin. Si vous me rencontrez ailleurs, vous ne me reconnaîtrez jamais, à moins que vous ne me voyiez me frotter les mains à la façon des gens satisfaits. C'est un de nos signes. Nous avons, comme les sourds-muets, un langage par gestes, dont la nécessité vous sera bientôt et surabondamment démontrée.

Godefroid fit un geste que le bonhomme Alain interpréta, car il sourit et reprit aussitôt la parole.

— Maintenant, voici votre affaire. Nous n'exerçons ni la bienfaisance, ni la philanthropie que vous connaissez, et qui se divisent en plusieurs branches exploitées par des filous de probité comme autant de commerces; mais nous pratiquons la Charité telle que l'a définie notre grand et sublime saint Paul; car, mon enfant, nous pensons que la charité peut seule panser les plaies de Paris. Ainsi, pour nous, le malheur, la misère, la souffrance, le chagrin, le mal, de quelque cause qu'ils procèdent, dans quelque classe sociale qu'ils se manifestent, ont les mêmes droits à nos yeux. Quelle que soit surtout sa croyance ou ses opinions, un malheureux est avant tout un malheureux; et nous ne devons lui faire tourner la face vers notre sainte mère l'Église qu'après l'avoir sauvé du désespoir ou de la faim. Et encore devons-nous le convertir plus par l'exemple et par la douceur qu'autrement; car nous croyons que Dieu nous aide en ceci.

Toute contrainte est donc mauvaise. De toutes les misères parisiennes, les plus difficiles à découvrir et les plus âpres sont celles des gens honnêtes, celles des hautes classes de la bourgeoisie dont les familles viennent à tomber dans l'indigence, car elles mettent leur honneur à la cacher. Ces malheurs-là, mon cher Godefroid, sont l'objet d'une sollicitude particulière. En effet, les personnes secourues ont de l'intelligence et du cœur, elles nous rendent avec usure les sommes que nous leur avons prêtées; et, dans un temps donné, ces restitutions couvrent les pertes que nous faisons avec les infirmes, les fripons, ou ceux que le malheur a rendus stupides. Nous obtenons bien quelquefois des renseignements par nos propres obligés; mais notre œuvre est devenue si vaste, les détails en sont si multipliés, que nous n'y suffisions plus. Aussi, depuis sept à huit mois, avons-nous un médecin à nous dans chaque arrondissement de Paris. Chacun de nous est chargé de quatre arrondissements. Nous donnons à chaque médecin une indemnité de trois mille francs par an, pour s'occuper de nos pauvres. Il nous doit son temps et ses soins préférablement à tout; mais nous ne l'empêchons pas de soigner d'autres malades. Savez-vous que nous n'avons pas pu trouver douze[65] hommes si précieux, douze braves gens, en huit mois, malgré les ressources que nous offraient nos amis et nos propres connaissances? Ne nous fallait-il pas des personnes d'une discrétion absolue, de mœurs pures, de science éprouvée, actives, aimant à faire le bien? Or, quoiqu'il y ait dans Paris dix mille individus plus ou moins aptes à nous servir, ces douze élus ne se rencontrent pas en un an.

— Notre Sauveur a eu de la peine à rassembler ses apôtres, et encore, s'y était-il fourré un traître et un incrédule! dit Godefroid.

— Enfin, depuis quinze jours, nos arrondissements sont tous pourvus d'un Visiteur, reprit le bonhomme en souriant, c'est le nom que nous donnons à nos médecins; aussi, depuis une quinzaine, avons-nous un surcroît de besogne; mais nous redoublons d'activité. — Si je vous confie ce secret de notre Ordre naissant, c'est que vous devez connaître le médecin de l'arrondissement où vous allez, d'autant plus que les renseignements viennent de lui. Ce visiteur se nomme Berton, le docteur Berton, il demeure rue d'Enfer. Et maintenant voici le fait. Le docteur Berton soigne une dame dont la maladie défie en quelque sorte la science. Ceci ne nous regarde pas, mais bien la Faculté; notre affaire à nous est de découvrir la misère de la famille de cette malade, que le docteur soupçonne être effroyable, et surtout cachée avec une énergie, avec une fierté qui veulent tous nos soins. Autrefois, j'aurais suffi, mon enfant, à cette tâche; aujourd'hui, l'œuvre à laquelle je me dévoue exige un aide pour mes quatre arrondissements, et vous serez cet aide. Notre famille demeure rue Notre-Dame-des-Champs, dans une maison qui donne sur le boulevard du Montparnasse. Vous y trouverez bien une chambre à louer, et vous tâcherez de savoir la vérité pendant le temps que vous habiterez ce logis. Soyez d'une avarice sordide pour vous; mais, quant à l'argent à donner, ne vous en inquiétez point, je vous remettrai les sommes que nous jugerons nécessaires, tout examen fait des circonstances, entre nous. Mais étudiez bien le moral de ces malheureux. Le cœur, la noblesse des sentiments, voilà nos hypothèques! Avares pour nous, généreux avec les souffrants, nous devons être prudents et même calculateurs, car nous puisons dans le trésor des pauvres. Ainsi, demain matin, partez et songez à toute la puissance dont vous disposez. Les Frères sont avec vous!...

— Ah! s'écria Godefroid, vous me donnez un tel plaisir de bien faire et d'être digne de vous appartenir un jour, que, vraiment, je n'en dormirai pas...

— Ah! mon enfant! une dernière recommandation! La défense de me reconnaître, sans le signal, concerne également ces messieurs, Madame, et même les gens de la maison. C'est une nécessité de l'incognito absolu qui nous est nécessaire dans nos entreprises, et nous sommes si souvent obligés de le garder que nous en avons fait une loi. D'ailleurs, nous devons rester ignorés, perdus dans Paris... Songez aussi, cher Godefroid, à l'esprit de notre Ordre, qui consiste à ne jamais paraître des bienfaiteurs, à garder un rôle obscur, celui d'intermédiaires. Nous nous présentons toujours comme les agents d'une personne pieuse, sainte (ne travaillons-nous pas pour Dieu ?), afin qu'on ne se croie pas obligé à de la reconnaissance envers nous ou qu'on ne nous prenne point pour des personnages riches. L'humilité vraie, sincère, et non la fausse humilité des gens qui s'effacent pour être mis en lumière, doit vous inspirer et régir toutes vos pensées... Vous pouvez être content d'avoir réussi ; mais tant que vous sentirez en vous un mouvement de vanité, d'orgueil, vous ne serez pas digne d'entrer dans l'Ordre. Nous avons connu deux hommes parfaits, l'un, qui fut un de nos fondateurs, le juge Popinot ; quant à l'autre, qui s'est révélé par ses œuvres, c'est un médecin de campagne[66] qui a laissé son nom écrit dans un canton. Celui-ci, mon cher Godefroid, est un des plus grands hommes de notre temps ; il a fait passer toute une contrée de l'état sauvage à l'état prospère, de l'état irréligieux à l'état catholique, de la barbarie à la civilisation. Les noms de ces deux hommes sont gravés dans nos cœurs, et nous nous les proposons comme modèles. Nous serions bien heureux si nous pouvions avoir un jour sur Paris l'influence que ce médecin de campagne a eue sur son canton. Mais ici, la plaie est immense, au-dessus de nos forces, quant à présent. Que Dieu nous conserve longtemps Madame, qu'il nous envoie quelques aides comme vous, et peut-être laisserons-nous une institution qui fera bénir sa sainte religion. Allons, adieu... Votre initiation commence... Ah ! je suis bavard comme un professeur, et j'oublie l'essentiel. Tenez, voici l'adresse de cette famille, dit-il en remettant à Godefroid un carré de papier; j'y ai ajouté le numéro de la maison où demeure monsieur Berton, rue d'Enfer... Maintenant, allez prier Dieu qu'il vous vienne en aide.

Godefroid prit les mains du bon vieillard, et les lui serra tendrement en lui souhaitant le bonsoir et lui protestant de ne manquer à aucune de ses recommandations.

— Tout ce que vous m'avez dit, ajouta-t-il, est gravé dans ma mémoire pour toute ma vie...

Le vieillard sourit, sans exprimer aucun doute, et se leva pour aller s'agenouiller à son prie-Dieu. Godefroid rentra dans sa chambre, joyeux de participer enfin aux mystères de cette maison, et d'avoir une occupation qui, dans la disposition d'âme où il se trouvait, devenait un plaisir.

Le lendemain matin, au déjeuner, le bonhomme Alain manquait, mais Godefroid ne fit aucune allusion à la cause de son absence; il ne fut pas questionné non plus sur la mission que le vieillard lui avait confiée, il reçut ainsi sa première leçon de discrétion. Néanmoins, après le déjeuner, il prit à part madame de la Chanterie, et lui dit qu'il allait être absent pour quelques jours.

— Bien, mon enfant! lui répondit madame de la Chanterie, tâchez de faire honneur à votre parrain, car monsieur Alain a répondu de vous à ses frères.

Godefroid dit adieu aux trois autres frères, qui lui firent un salut affectueux, par lequel ils semblaient bénir son début dans cette pénible carrière.

L'association, une des plus grandes forces sociales et qui a fait l'Europe du Moyen Age, repose sur des sentiments qui, depuis 1792, n'existent plus en France, où l'Individu a triomphé de l'État. L'association exige d'abord une nature de dévouement qui n'y est pas comprise, puis une foi candide contraire à l'esprit de la nation, enfin, une discipline contre laquelle tout regimbe, et que la Religion catholique peut seule obtenir. Dès qu'une association se forme dans notre pays, chaque membre, en rentrant chez soi d'une assemblée où les plus beaux sentiments ont éclaté, pense à faire litière de ce dévouement collectif, de cette réunion de forces, et il s'ingénie à traire à son profit la vache commune, qui, ne pouvant suffire à tant d'adresse individuelle, meurt étique.

On ne sait pas combien de sentiments généreux ont été flétris, combien de germes ardents ont péri, combien de ressorts ont été brisés, perdus pour le pays, par les infâmes déceptions de la Charbonnerie française, par les souscriptions patriotiques du Champ d'Asile[67], et autres tromperies politiques qui devaient être de grands, de nobles drames, et qui ne furent que des vaudevilles de police correctionnelle. Il en fut des associations industrielles comme des associations politiques. L'amour de soi s'est substitué à l'amour du Corps collectif. Les corporations et les Hanses du Moyen Age, auxquelles on reviendra, sont impossibles encore; aussi les seules SOCIÉTÉS qui subsistent sont-elles des institutions religieuses auxquelles on fait la plus rude guerre en ce moment, car la tendance naturelle des malades est de s'attaquer aux remèdes et souvent aux médecins. La France ignore l'abnégation. Aussi toute association ne peut-elle vivre que par le sentiment religieux, le seul qui dompte les rébellions de l'esprit, les calculs de l'ambition et les avidités de tout genre. Les chercheurs de mondes ignorent que l'association a des mondes à donner.

En marchant dans les rues, Godefroid se sentait un tout autre homme. Qui l'eût pu pénétrer, aurait admiré le phénomène curieux de la communication du pouvoir collectif. Ce n'était plus un homme, mais bien un être décuplé, se sachant le représentant de cinq personnes[68] dont les forces réunies appuyaient ses actions, et qui marchaient avec lui. Portant ce pouvoir dans son cœur, il éprouvait une plénitude de vie, une puissance noble qui l'exaltait. Ce fut, comme il le dit plus tard, l'un des plus beaux moments de son existence; car il jouissait d'un sens nouveau, celui d'une omnipotence plus certaine que celle des despotes. Le pouvoir moral est comme la pensée, sans limites.

— Vivre pour autrui, se dit-il, agir en commun comme un seul homme, et agir à soi seul comme tous ensemble! avoïr pour chef la Charité, la plus belle, la plus vivante des figures idéales que nous avons faite des vertus catholiques, voilà vivre! Allons, réprimons cette joie puérile, et dont rirait le père Alain. N'est-ce pas singulier, cependant, se dit-il, que ce soit en voulant m'annuler, que j'aie trouvé ce pouvoir tant désiré depuis si longtemps? Le monde des malheureux va m'appartenir!

Il fit le trajet du cloître Notre-Dame à l'avenue de l'Observatoire dans une telle exaltation qu'il ne s'aperçut point de la longueur du chemin.

Arrivé rue Notre-Dame-des-Champs, dans la partie aboutissant à la rue de l'Ouest[69], qui, ni l'une ni l'autre, n'étaient encore pavées à cette époque, il fut surpris de trouver de tels bourbiers dans un endroit si magnifique. On ne marchait alors que le long des enceintes en planches qui bordaient des jardins marécageux, ou le long des maisons, par d'étroits sentiers bientôt gagnés par des eaux stagnantes, qui les convertissaient en ruisseaux.

A force de chercher, il finit par trouver la maison indiquée, et il y arriva non sans peine. C'était évidemment une ancienne fabrique abandonnée. Le bâtiment, assez étroit, se présentait comme une longue muraille percée de fenêtres, sans aucun ornement; mais ces ouvertures carrées n'existaient pas au rez-de-chaussée, où l'on ne voyait qu'une misérable porte bâtarde.

Godefroid supposa que le propriétaire avait ménagé de petits logements dans ce local, pour en tirer parti; car il y avait au-dessus de la porte une affiche faite à la main, et ainsi conçue: *Plusieurs chambres à louer*. Godefroid sonna, mais personne ne vint; et comme il attendait, une personne qui passait lui fit observer que la maison avait une autre entrée sur le boulevard où il trouverait à qui parler.

Godefroid suivit ce conseil, et vit au fond d'un jardinet qui longeait le boulevard la façade de cette construction, quoique cachée par les arbres. Le jardinet, assez mal tenu, se trouvait en pente, car il existe entre le boulevard et la rue Notre-Dame-des-Champs une assez forte différence de hauteur qui faisait de ce petit jardin une espèce de fossé. Godefroid descendit alors dans une allée, au bout de laquelle il vit une vieille femme dont les vêtements délabrés étaient en parfaite harmonie avec la maison.

— N'est-ce pas vous qui avez sonné rue Notre-Dame? demanda-t-elle.

— Oui, madame... Êtes-vous chargée de faire voir les logements?

Sur la réponse de cette portière d'un âge douteux, Godefroid s'enquit si la maison était habitée par des gens tranquilles; il se livrait à des occupations qui exigeaient le silence et le repos; il était garçon, et voulait s'arranger avec la concierge pour qu'elle fît son ménage.

A cette insinuation, la portière prit un air gracieux et dit :

— Monsieur est bien tombé en venant ici; car, excepté les jours de Chaumière, le boulevard est désert comme les marais Pontins...

— Vous connaissez les marais Pontins? dit Godefroid.

— Non, monsieur; mais j'ai là-haut un vieux monsieur dont la fille a pour état d'être à l'agonie, et qui dit cela; je le répète. Ce pauvre vieillard sera bien content de savoir que monsieur aime et veuille du repos ; car un locataire qui serait un général Tempête lui avancerait sa fille... Nous avons, au second, deux espèces d'écrivains ; mais ils rentrent, le jour, à minuit ; et la nuit, ils s'en vont à huit heures du matin. Ils se disent auteurs ; mais je ne sais pas où ni quand ils travaillent.

En parlant ainsi, la portière avait conduit Godefroid par un de ces affreux escaliers de briques et de bois, si mal mariés qu'on ne sait si c'est le bois qui veut quitter la brique ou les briques qui s'ennuient d'être prises dans le bois, et alors ces deux matériaux se fortifient l'un contre l'autre par des provisions de poussière en été, de boue en hiver. Les murs en plâtre fendillé offraient aux regards plus d'inscriptions que l'Académie des Belles Lettres n'en a inventé[70]. La portière s'arrêta sur le premier palier.

— Voici, monsieur, deux chambres contiguës et très propres qui donnent sur le carré de monsieur Bernard. C'est le vieux monsieur en question, un homme bien comme il faut. C'est un monsieur décoré, mais qui a eu des malheurs, à ce qu'il paraît, car il ne porte jamais son décor... Ils ont d'abord été servis par un domestique qui était de la province, et ils l'ont renvoyé il y a de ça trois ans... Le jeune fils de la dame suffit pour lors à tout : il fait le ménage...

Godefroid fit un geste.

— Oh ! s'écria la portière, soyez tranquille, ils ne vous diront rien, ils ne parlent à personne. Ce monsieur est là depuis la révolution de juillet, il est venu en 1831... C'est des gens de province qui auront été ruinés par le changement de gouvernement; ils sont fiers, ils sont taciturnes comme des poissons... Depuis quatre ans, monsieur, ils n'ont pas accepté de moi le plus petit service, de peur d'avoir à le payer... Cent sous au jour de l'an, voilà tout ce que je gagne avec eux... Parlez-moi des auteurs! J'ai dix francs par mois rien que pour dire qu'ils sont déménagés du dernier terme à tous ceux qui viennent les demander.

Ce bavardage fit espérer à Godefroid un allié dans cette portière, qui lui dit, tout en lui vantant la salubrité des deux chambres et des deux cabinets, qu'elle n'était pas portière, mais bien la femme de confiance du propriétaire, pour qui elle gérait en quelque sorte la maison.

— On peut avoir confiance en moi, monsieur, allez! car madame Vauthier aimerait mieux ne rien avoir que d'avoir un sou à autrui!

Madame Vauthier fut bientôt d'accord avec Godefroid, qui ne voulut louer ce logement qu'au mois et meublé. Ces misérables chambres d'étudiants ou d'auteurs malheureux se louaient meublées ou non meublées. Les vastes greniers qui s'étendaient sur tout le bâtiment contenaient les meubles. Mais monsieur Bernard avait meublé lui-même le logement qu'il occupait.

En faisant causer la dame Vauthier, Godefroid devina que son ambition était de tenir une pension bourgeoise; mais, depuis cinq ans, elle n'avait pu rencontrer dans ses locataires un seul commensal. Elle demeurait au rez-de-chaussée sur le boulevard, et gardait ainsi elle-même la maison, à l'aide d'un gros chien, d'une grosse servante et d'un petit domestique qui faisait les bottes, les chambres et les commissions, deux pauvres gens comme elle, en harmonie avec la misère de la maison, avec celle des locataires, avec l'air sauvage et désolé du jardin qui précédait la maison.

Tous deux étaient des enfants abandonnés de leurs familles, et à qui la veuve Vauthier donnait la nourriture pour tous gages, et quelle nourriture! Le garçon, que Godefroid entrevit, portait une blouse déguenillée pour livrée, des chaussons au lieu de souliers, et dehors il allait en sabots. Ébouriffé comme un moineau qui sort de prendre un bain, les mains noires, il allait travailler à mesurer du bois dans un des chantiers du boulevard, après avoir fait le service du matin; et, après sa journée qui, chez les marchands de bois, est finie à quatre heures et demie, il reprenait ses occupations domestiques. Il allait chercher à la fontaine de l'Observatoire l'eau nécessaire à la maison, et que la veuve fournissait aux locataires, ainsi que de petites falourdes [71] sciées et fabriquées par lui.

Népomucène, ainsi s'appelait cet esclave de la veuve Vauthier, apportait sa journée à sa maîtresse. En été, ce pauvre abandonné devenait garçon chez les marchands de vin de la barrière, les lundis et les dimanches. La veuve l'habillait alors convenablement.

Quant à la grosse fille, elle faisait la cuisine

sous la direction de la veuve Vauthier, qu'elle aidait dans son industrie le reste du temps ; car cette veuve avait un état, elle faisait des chaussons de lisière pour les vendeurs ambulants.

Godefroid apprit tous ces détails en une heure de temps, car la veuve le promena partout, lui montra la maison en lui en expliquant la transformation. Jusqu'en 1828, une magnanerie avait été établie là, moins pour faire de la soie que pour obtenir ce qu'on nomme de la graine. Onze arpents plantés en mûriers dans la plaine de Montrouge, et trois arpents rue de l'Ouest, convertis plus tard en maisons, avaient alimenté cette fabrique d'œufs de vers à soie. Au moment où la veuve expliquait à Godefroid que monsieur Barbet, qui prêtait de l'argent à un Italien nommé Fresconi, l'entrepreneur de cette fabrique, n'avait recouvré ses fonds hypothéqués sur les constructions et les terrains que par la vente de ces trois arpents, qu'elle lui montrait de l'autre côté de la rue Notre-Dame-des-Champs, un grand vieillard sec, dont les cheveux étaient entièrement blancs, se montra dans le bout de la rue qui aboutit au carrefour de la rue de l'Ouest.

— Ah! bien! il arrive à propos! s'écria la Vauthier ; tenez, voilà votre voisin, monsieur Bernard... — Monsieur Bernard, lui dit-elle dès que le vieillard fut à portée de l'entendre, vous ne serez plus seul, voici monsieur qui vient de louer le logement en face du vôtre...

Monsieur Bernard leva les yeux sur Godefroid dans une appréhension qu'il était facile de pénétrer, il avait l'air de se dire : — Le malheur que je craignais est donc enfin arrivé...

— Monsieur, dit-il à haute voix, vous comptez demeurer ici ?

— Oui, monsieur, répondit honnêtement Godefroid. Ce n'est pas l'asile des gens qui font partie des heureux du monde, et c'est ce que j'ai trouvé de moins cher dans le quartier. Madame Vauthier n'a pas la prétention de loger des millionnaires... Adieu, ma bonne madame Vauthier, disposez tout de manière à ce que je puisse m'installer ce soir à six heures ; je reviendrai très exactement à cette heure-là.

Et Godefroid se dirigea vers le carrefour de la rue de l'Ouest, en allant avec lenteur, car l'anxiété peinte sur la physionomie du grand vieillard sec lui fit croire qu'ils allaient avoir ensemble une explication. En effet, après quelque hésitation, monsieur Bernard retourna sur ses pas et marcha de manière à rejoindre Godefroid. — Le vieux mouchard ! il va l'empêcher de revenir... se dit la dame Vauthier, voilà deux fois qu'il me joue ce tour-là... Mais patience ! dans cinq jours, il doit payer son loyer, et s'il ne le solde pas *recta*, je le flanque à la porte. Monsieur Barbet est une espèce de tigre qu'on n'a pas besoin d'exciter, et... Mais je voudrais bien savoir ce qu'il leur dit... Félicité !... Félicité !... Grosse gaupe ! Arriveras-tu ?... cria la veuve de sa voix réelle et formidable, car elle avait pris sa petite voix flûtée pour parler avec Godefroid.

La servante, grosse fille rousse et louche, accourut.

— Veille bien à tout ici pour quelques instants, m'entends-tu?... Je reviens dans cinq minutes.

Et la dame Vauthier, ancienne cuisinière du libraire Barbet, un des plus durs prêteurs à la petite semaine, se glissa sur les pas de ses deux locataires, de manière à les épier de loin, et à pouvoir retrouver Godefroid lorsque la conversation entre monsieur Bernard et lui serait finie.

Monsieur Bernard allait lentement, comme un homme indécis ou comme un débiteur qui cherche des raisons à donner à un créancier qui vient de le quitter dans de mauvaises dispositions.

Godefroid, quoique en avant de cet inconnu, le regardait en feignant d'examiner le quartier. Aussi ne fut-ce qu'au milieu de la grande allée du jardin du Luxembourg que monsieur Bernard aborda Godefroid.

— Pardon, monsieur, dit monsieur Bernard en saluant Godefroid qui lui rendit son salut; mille pardons de vous arrêter, sans avoir l'honneur d'être connu de vous; mais votre dessein de loger dans l'affreuse maison où je me trouve est-il bien arrêté?

— Mais, monsieur...

— Oui, reprit le vieillard en interrompant Godefroid par un geste d'autorité, je sais que vous pouvez me demander à quel titre je me mêle de vos affaires, de quel droit je vous interroge... Écoutez, monsieur, vous êtes jeune, et je suis bien vieux, j'ai plus que mon âge, et je suis âgé déjà de soixante-sept ans, on m'en donnerait quatre-vingts... L'âge et les malheurs autorisent bien des choses, puisque la loi exempte les septuagénaires de certains services publics; mais je ne vous parle pas des droits qu'ont les têtes blanchies; il s'agit de vous. Savez-vous que le quartier où vous voulez demeurer est désert à huit heures du soir, et que l'on y court des dangers, dont le moindre est d'être volé?... Avez-vous fait attention à ces espaces sans habitations, à ces cultures, à ces jardins?... Vous pouvez me dire que j'y demeure : mais moi, monsieur, je ne sors plus de chez moi passé six heures du soir... Vous me ferez observer qu'il y a deux jeunes gens logés au second étage, au-dessus de l'appartement que vous allez prendre... Mais, monsieur, ces deux pauvres gens de lettres sont sous le coup de lettres de change, poursuivis par des créanciers; ils se cachent, et, partis au jour, ils reviennent à minuit, ne craignant ni les voleurs, ni les assassins; d'ailleurs ils vont toujours ensemble et sont armés... C'est moi qui leur ai obtenu de la préfecture de police l'autorisation de porter des armes...

— Hé! monsieur, dit Godefroid, je ne crains pas les voleurs, par des raisons semblables à celles qui rendent ces messieurs invulnérables, et j'ai pour la vie un si grand mépris que si l'on m'assassinait par erreur, je bénirais le meurtrier...

— Vous n'avez cependant pas l'air d'être très

malheureux, répliqua le vieillard qui avait examiné Godefroid.

— J'ai tout au plus de quoi vivre, de quoi manger du pain, et je suis venu là, monsieur, à cause du silence qui y règne. Mais, puis-je vous demander quel intérêt vous avez à m'éloigner de cette maison?

Le grand vieillard hésitait à répondre; il voyait venir madame Vauthier; mais Godefroid, qui l'examinait attentivement, fut surpris du degré de maigreur auquel les chagrins, la faim peut-être, peut-être le travail, l'avaient fait arriver; il y avait trace de toutes ces causes d'affaiblissement sur cette figure où la peau desséchée se collait avec ardeur sur les os, comme si elle avait été exposée aux feux de l'Afrique. Le front haut et d'un aspect menaçant abritait sous sa coupole deux yeux d'un bleu d'acier, deux yeux froids, durs, sagaces et perspicaces comme ceux des Sauvages, mais meurtris par un profond cercle noir très ridé. Le nez grand, long et mince et le menton très relevé donnaient à ce vieillard une ressemblance avec le masque si connu, si populaire attribué à don Quichotte; mais c'était don Quichotte méchant, sans illusions, un don Quichotte terrible.

Ce vieillard, malgré cette sévérité générale, laissait percer la crainte et la faiblesse que prête l'indigence à tous les malheureux. Ces deux sentiments produisaient comme des lézardes dans cette face construite si solidement que le pic dévastateur de la misère semblait s'y ébrécher. La bouche était éloquente et sérieuse. Don

Quichotte se compliquait du président de Montesquieu.

Tout le vêtement était de drap noir, mais de drap qui montrait la corde. L'habit, de coupe ancienne, le pantalon, montraient quelques reprises maladroitement travaillées. Les boutons venaient d'être renouvelés. L'habit boutonné jusqu'au menton ne laissait pas voir la couleur du linge, et la cravate d'un noir rougi cachait l'industrie d'un faux col. Ce noir, porté depuis de longues années, puait la misère. Mais le grand air de ce vieillard mystérieux, sa démarche, la pensée qui habitait son front et se manifestait dans ses yeux excluaient l'idée de pauvreté. L'observateur eût hésité à classer ce Parisien.

Monsieur Bernard paraissait tellement absorbé qu'il pouvait être pris pour un professeur du quartier, pour un savant plongé dans des méditations jalouses et tyranniques ; aussi Godefroid fut-il pris d'un violent intérêt et d'une curiosité que sa mission de bienfaisance aiguillonnait encore.

— Monsieur, si j'étais sûr que vous cherchiez le silence et la retraite, je vous dirais : Logez-vous près de moi, reprit le vieillard en continuant. — Louez cet appartement, dit-il en élevant la voix de manière à se faire entendre de la Vauthier qui passait et qui l'écoutait en effet. Je suis père, monsieur, et je n'ai plus au monde que ma fille et son fils pour m'aider à supporter les misères de la vie ; or ma fille a besoin de silence et d'une absolue tranquillité... Tous ceux qui sont venus jusqu'à présent pour se loger dans l'appartement que vous voulez prendre se sont rendus aux raisons et à la prière d'un père au désespoir; il leur était indifférent de se loger dans telle ou telle rue d'un quartier vraiment désert, et où les logements à bon marché ne manquent pas plus que les pensions à des prix modérés. Mais je vois en vous une volonté bien arrêtée, et je vous en supplie, monsieur, ne me trompez pas; car, autrement, je serais forcé de partir, et d'aller hors barrière... D'abord, un déménagement peut me coûter la vie de ma fille, dit-il d'une voix altérée; puis, ô qui sait si les médecins qui déjà viennent voir ma fille pour l'amour de Dieu, voudront passer les barrières!...

Si cet homme avait pu pleurer, il aurait eu les joues couvertes de larmes en disant ces dernières paroles; mais, selon une expression devenue aujourd'hui vulgaire, il eut des larmes dans la voix, et se couvrit le front de sa main, qui ne laissait voir que des os et des muscles.

— Quelle maladie a donc madame votre fille? demanda Godefroid d'un air insinuant et sympathique.

— Une maladie terrible à laquelle les médecins donnent tous les noms, ou, pour mieux dire, qui n'a pas de nom... Ma fortune a passé... Il se reprit pour dire avec un de ces gestes qui n'appartiennent qu'aux malheureux: Le peu d'argent que j'avais, car je me suis trouvé sans fortune en 1830, renversé d'une haute position, enfin tout ce que je possédais a été dévoré promptement par ma fille, qui déjà, monsieur, avait ruiné sa mère et la famille de son mari... Aujourd'hui, la pension que je touche suffit à peine à payer les nécessités de l'état où se trouve ma pauvre sainte fille... Elle a usé chez moi la faculté de pleurer... J'ai subi mille tortures. Monsieur, je suis de granit pour n'être pas mort, ou, plutôt, Dieu conserve le père à l'enfant pour qu'elle ait une garde, une providence, car sa mère est morte à la peine... Ah ! vous êtes venu, jeune homme, dans le moment où le vieil arbre qui n'a jamais plié sent la hache de la misère, aiguisée par la douleur, entamer le cœur... Et moi, qui n'ai jamais proféré de plaintes, je vais vous parler de cette maladie, afin de vous empêcher de venir dans cette maison, ou, si vous persistez, pour vous montrer la nécessité de ne pas troubler notre repos... En ce moment, monsieur, ma fille aboie comme un chien, jour et nuit...

— Elle est folle ! dit Godefroid.

— Elle a toute sa raison, et c'est une sainte, répondit le vieillard. Vous allez tout à l'heure croire que je suis fou, quand je vous aurai tout dit. Monsieur, ma fille unique est née d'une mère qui jouissait d'une excellente santé. Je n'ai dans ma vie aimé qu'une seule femme, c'était la mienne ; je l'ai choisie. J'ai fait un mariage d'inclination en épousant la fille d'un des plus braves colonels de la Garde Impériale, un Polonais, ancien officier d'ordonnance de l'Empereur, le brave général Tarlowski. Les fonctions que j'exerçais exigent une grande pureté de mœurs ; mais je n'ai pas le cœur fait à loger beaucoup de sentiments, et j'ai fidèlement aimé ma femme, qui méritait un pareil amour. Je suis père comme j'ai été mari, c'est tout vous dire en un mot. Ma fille n'a jamais quitté sa mère, et jamais enfant n'a vécu plus chastement, plus chrétiennement que cette chère fille. Elle est née plus que jolie, belle; et son mari, jeune homme des mœurs duquel j'étais sûr, car il était le fils d'un de mes amis, un président de cour royale, n'a pu, certes, contribuer en rien à la maladie de ma fille [72].

Godefroid et monsieur Bernard firent une pause involontaire en se regardant tous deux.

— Le mariage, vous le savez, change quelquefois beaucoup les jeunes personnes, reprit le vieillard. La première grossesse s'est bien passée, et a produit un fils, mon petit-fils, qui demeure avec moi maintenant, seul rejeton de deux familles qui se sont alliées. La seconde grossesse fut accompagnée de symptômes si extraordinaires que les médecins, étonnés tous, les ont attribués à la bizarrerie des phénomènes qui se manifestent quelquefois dans cet état, et qu'ils consignent aux fastes de la science. Ma fille accoucha d'un enfant mort, et, à la lettre, tordu, étouffé par des mouvements intérieurs. La maladie commençait, la grossesse n'y était pour rien... Peut-être êtes-vous étudiant en médecine?

Godefroid fit un geste qui pouvait s'interpréter par une affirmation, tout aussi bien que par une négation.

— Après cet accouchement terrible, laborieux, reprit monsieur Bernard, un accouchement, monsieur, qui fit une impression si violente sur mon gendre qu'il a commencé la mélancolie dont il est mort, ma fille, deux ou trois mois après, se plaignit d'une faiblesse générale qui affectait particulièrement les pieds, lesquels, selon son expression, lui paraissaient être comme du coton. Cette atonie s'est changée en paralysie; mais quelle paralysie, monsieur! On peut plier les pieds à ma fille sous elle, les tordre sans qu'elle le sente. Le membre existe et n'a en apparence ni sang, ni muscles, ni os. Cette affection, qui ne se rapporte à rien de connu, a gagné les bras, les mains, et nous avons cru à quelque maladie de l'épine dorsale. Médecins et remèdes n'ont fait qu'empirer cet état, et ma pauvre fille ne pouvait plus bouger sans se démettre soit les reins, soit les épaules ou les bras. Nous avons eu pendant longtemps, chez nous, un excellent chirurgien, presque à demeure, occupé, de concert avec le médecin ou les médecins (car il nous en est venu par curiosité), à remettre les membres à leur place... le croiriez-vous, monsieur? trois ou quatre fois par jour!... Ah!... Cette maladie a tant de formes que j'oubliais de vous dire que, durant la période de faiblesse, avant la paralysie des membres, il s'est manifesté chez ma fille les cas de catalepsie les plus bizarres... Vous savez ce qu'est la catalepsie. Ainsi, elle restait les yeux ouverts, immobiles, quelques jours, dans la position où cet état la prenait. Elle a subi les faits les plus monstrueux de cette affection, et elle a eu jusqu'à des attaques de tétanos. Cette phase de la maladie m'a suggéré l'idée d'employer le magnétisme à sa guérison[73], lorsque je la vis paralysée si singulièrement. Ma fille, monsieur, fut d'une clairvoyance miraculeuse; son âme a été le théâtre de tous les prodiges du somnambulisme, comme son corps est le théâtre de toutes les maladies...

Godefroid se demanda en lui-même si le vieillard avait toute sa raison.

— Vraiment, moi qui, nourri de Voltaire, de Diderot et d'Helvétius, suis un enfant du dix-huitième siècle, dit-il en continuant, sans faire attention à l'expression des yeux de Godefroid, qui suis un fils de la Révolution, je me moquais de tout ce que l'Antiquité et le Moyen Age racontent des possédés; eh! bien, monsieur, la possession peut seule expliquer l'état dans lequel est mon enfant. Somnambule, elle n'a jamais pu nous dire la cause de ses souffrances; elle ne les voyait point, et toutes les méthodes de traitement qu'elle nous a dictées, quoique scrupuleusement suivies, ne lui firent aucun bien. Par exemple, elle voulut être enveloppée dans un porc fraîchement égorgé; puis elle ordonna de lui plonger dans les jambes des pointes de fer aimanté fortement et rougi au feu... de faire fondre le long de son dos de la cire à cacheter...

Et quels désastres, monsieur! Les dents sont tombées! Elle devient sourde, puis muette; et puis, après six mois de mutisme absolu, de surdité complète, tout à coup l'ouïe et la parole lui reviennent. Elle a recouvré capricieusement, comme elle le perd, l'usage de ses mains; mais les pieds sont, depuis sept ans, demeurés perclus. Elle a subi des symptômes et des attaques d'hydrophobie bien prononcés, bien caractérisés. Non seulement la vue de l'eau, le bruit de l'eau, l'aspect d'un verre, d'une tasse, la mettaient en fureur, mais encore elle a contracté l'aboiement des chiens, un aboiement mélancolique, les hurlements qu'ils font entendre lorsqu'on joue de l'orgue. Elle a été plusieurs fois à l'agonie et administrée, et elle revenait à la vie pour souffrir avec toute sa raison, avec toute sa clarté d'esprit; car les facultés de l'âme et du cœur sont encore inattaquées... Si elle a vécu, monsieur, elle a causé la mort de son mari, de sa mère, qui n'ont pas pu supporter de pareilles crises... Hélas! monsieur... ce que je vous dis là n'est rien! Toutes les fonctions naturelles sont perverties, et la médecine peut seule vous expliquer les étranges aberrations des organes... Et c'est dans cet état que j'ai dû l'amener de province à Paris, en 1829; car les deux ou trois médecins célèbres de Paris à qui je me suis adressé, Desplein, Bianchon et Haudry, tous ont cru qu'on voulait les mystifier. Le magnétisme était alors très énergiquement nié par les académies; et sans mettre la bonne foi des médecins de la province et la mienne en doute, ils supposaient une inobservation, ou, si vous voulez, une exagération assez commune dans les familles ou chez les malades. Mais ils ont été forcés de changer d'avis, et c'est à ces phénomènes que sont dues les recherches faites dans ces derniers temps sur les maladies nerveuses, car ils ont classé cet état bizarre dans les *névroses*. La dernière consultation que ces messieurs ont faite a eu pour résultat de supprimer la médecine ; ils ont décidé qu'il fallait suivre la nature, l'étudier ; et, depuis, je n'ai plus eu qu'un médecin, le dernier est le médecin des pauvres de ce quartier. Il suffit, en effet, de faciliter les douleurs, de les pallier, puisqu'on n'en connaît pas les causes.

Ici le vieillard s'arrêta comme oppressé de cette épouvantable confidence.

— Depuis cinq ans, reprit-il, ma fille vit dans des alternatives de mieux et de rechutes continuelles ; mais aucun phénomène nouveau ne s'est produit. Elle souffre plus ou moins par le fait de ces attaques nerveuses si variées que je vous ai brièvement indiquées ; mais les jambes et la perturbation des fonctions naturelles sont constantes. La gêne où nous sommes, et qui n'a fait que s'accroître, nous a forcés de quitter l'appartement que j'avais pris, en 1829, dans le quartier du faubourg du Roule ; et comme ma fille ne peut supporter le changement, que deux fois déjà j'ai failli la perdre en l'emmenant à Paris et en la transportant du quartier Beaujon ici, j'ai sur-le-champ pris le logement où je suis, en prévision des malheurs qui n'ont pas tardé longtemps à fondre sur moi ; car, après trente ans de service, l'on m'a fait attendre le règlement de ma pension jusqu'en 1833. Ce n'est que depuis six mois que je la touche[74], et le Gouvernement a joint à tant de rigueurs celle de ne m'accorder que le minimum.

Godefroid fit un geste d'étonnement qui

demandait une confidence totale, et le vieillard le comprit ainsi, car il répondit sur-le-champ, non sans laisser échapper un regard accusateur vers le ciel :

— Je suis une des mille victimes des réactions politiques. Je cache un nom objet de bien des vengeances, et si les leçons de l'expérience ne doivent pas toujours être perdues d'une génération à l'autre, souvenez-vous, jeune homme, de ne jamais vous prêter aux rigueurs d'aucune politique... Non que je me repente d'avoir fait mon devoir, ma conscience est parfaitement en repos, mais les pouvoirs aujourd'hui n'ont plus cette solidarité qui lie les gouvernements entre eux, quoique différents; et si l'on récompense le zèle, c'est l'effet d'une peur passagère. L'instrument dont on s'est servi, quelque fidèle qu'il soit, est tôt ou tard entièrement oublié. Vous voyez en moi l'un des plus fermes soutiens du gouvernement des Bourbons de la branche aînée, comme je le fus du pouvoir impérial, et je suis dans la misère! Trop fier pour tendre la main, jamais on ne songera que je souffre des maux inouïs. Il y a cinq jours, monsieur, le médecin du quartier qui soigne ma fille, ou, si vous voulez, qui l'observe, m'a dit qu'il était hors d'état de guérir une maladie dont les formes variaient tous les quinze jours. Selon lui, les névroses sont le désespoir de la médecine, car les causes s'en trouvent dans un système inexplorable. Il m'a dit d'avoir recours à un médecin juif qui passe pour un empirique; mais il m'a fait observer que c'était un étranger, un Polonais réfugié, que les médecins sont très jaloux de quelques cures extraordinaires dont on parle beaucoup, et que certaines personnes le croient très savant, très habile. Seulement il est exigeant, défiant, il choisit ses malades, il ne perd pas son temps; enfin, il est... communiste... il se nomme Halpersohn. Mon petit-fils est allé déjà voir ce médecin deux fois inutilement, car nous n'avons pas encore eu sa visite, je comprends pourquoi!...

— Pourquoi? dit Godefroid.

— Oh! mon petit-fils, qui a seize ans, est encore plus mal vêtu que je le suis; et, le croiriez-vous, monsieur, je n'ose pas me présenter chez ce médecin: ma mise est trop peu d'accord avec ce qu'on attend d'un homme de mon âge, sérieux comme je le suis. S'il voit le grand-père dénué comme le voilà, lorsque le petit-fils s'est montré tout aussi mal, le médecin donnera-t-il à ma fille les soins nécessaires? Il agira comme on agit avec les pauvres... Et pensez, mon cher monsieur, que j'aime ma fille pour toutes les douleurs qu'elle m'a faites, de même que je l'aimais jadis pour toutes les félicités qu'elle me prodiguait. Elle est devenue angélique. Hélas! ce n'est plus qu'une âme, une âme qui rayonne sur son fils et sur moi; le corps n'existe plus, car elle a vaincu la douleur... Jugez quel spectacle pour un père! Le monde pour ma fille, c'est sa chambre! Il y faut des fleurs qu'elle aime; elle lit beaucoup; et, quand elle a l'usage de ses mains, elle travaille comme une fée... Elle ignore la profonde misère dans laquelle nous sommes plongés... Aussi notre existence est-elle si bizarre que nous ne pouvons admettre personne chez nous... Me comprenez-vous bien, monsieur? Devinez-vous qu'un voisin est impossible? Je lui demanderais tant de choses que je lui aurais trop d'obligations, et il me serait impossible de m'acquitter. D'abord le temps me manque pour tout : je fais l'éducation de mon petit-fils, et je travaille tant, tant, monsieur, que je ne dors pas plus de trois ou quatre heures par nuit.

— Monsieur, dit Godefroid en interrompant le vieillard qu'il avait écouté patiemment, en l'observant avec une douloureuse attention, je serai votre voisin, et je vous aiderai...

Le vieillard laissa échapper un geste de fierté, d'impatience même, car il ne croyait à rien de bon des hommes.

— Je vous aiderai, reprit Godefroid en prenant les mains au vieillard et les lui serrant avec une pieuse affection; mais comme je puis vous aider... Écoutez-moi. Que comptez-vous faire de votre petit-fils?

— Il va bientôt entrer à l'École de Droit, car il prendra la carrière du Palais.

— Votre petit-fils vous coûtera six cents francs par an alors...

Le vieillard garda le silence.

— Moi, dit Godefroid en continuant après une pause, je n'ai rien, mais je puis beaucoup; je vous aurai le médecin juif! Et si votre fille est guérissable, elle sera guérie. Nous trouverons le moyen de récompenser cet Halpersohn.

— Oh! si ma fille était guérie, je ferais un sacrifice que je ne puis faire qu'une fois! s'écria le vieillard. Je vendrais la poire conservée pour la soif!

— Vous garderez la poire...

— Oh! la jeunesse! la jeunesse!... s'écria le vieillard en branlant la tête... Adieu, monsieur, ou plutôt au revoir. Voici l'heure de la bibliothèque, et comme j'ai vendu tous mes livres, je suis forcé d'y aller tous les jours pour mes travaux... Je vous tiens compte de ce bon mouvement que vous venez d'avoir; mais nous verrons si vous m'accordez les ménagements que je dois demander à mon voisin. Voilà tout ce que j'attends de vous...

— Oui, laissez-moi, monsieur, être votre voisin; car, voyez-vous, Barbet n'est pas homme à subir des non-valeurs pendant longtemps, et vous pourriez rencontrer un plus mauvais compagnon de misère que moi... Maintenant je ne vous demande pas de croire en moi, mais de me permettre de vous être utile...

— Et dans quel intérêt? s'écria le vieillard qui se disposait à descendre les marches du cloître des Chartreux par où l'on passait alors de la grande allée du Luxembourg dans la rue d'Enfer [75].

— N'avez-vous donc dans vos fonctions obligé personne?

Le vieillard regarda Godefroid les sourcils contractés, les yeux pleins de souvenirs, comme un homme qui compulse le livre de sa vie en y cherchant l'action à laquelle il pourrait devoir une si rare reconnaissance, et il se retourna froidement, après un salut empreint de doute.

— Allons, pour une première entrevue, il ne s'est pas extrêmement effarouché, se dit l'Initié.

Godefroid se rendit aussitôt rue d'Enfer, à l'adresse indiquée par monsieur Alain, et y trouva le docteur Berton, homme froid et sévère, qui l'étonna beaucoup en lui assurant l'exactitude de tous les détails donnés par monsieur Bernard sur la maladie de sa fille; et il obtint l'adresse d'Halpersohn.

Ce médecin polonais, devenu depuis si célèbre, demeurait alors à Chaillot, rue Marbeuf, dans une petite maison isolée, où il occupait le premier étage. Le général Roman Tarnowicki logeait au rez-de-chaussée, et les domestiques de ces deux réfugiés habitaient les combles de ce petit hôtel, qui n'avait qu'un étage. Godefroid ne vit pas cette fois le docteur, il apprit qu'il était allé assez loin en province, appelé par un riche malade; mais il fut presque content de ne pas le rencontrer; car, dans sa précipitation, il avait oublié de se munir d'argent et fut obligé de retourner à l'hôtel de la Chanterie pour en prendre chez lui.

Ces courses et le temps de dîner à un restaurant de la rue de l'Odéon firent atteindre à Godefroid l'heure où il devait entrer en possession de son logement, au boulevard du Montparnasse. Rien n'était plus misérable que le mobilier avec lequel madame Vauthier avait garni les deux chambres. Il semblait que cette femme eût pour habitude de louer des logements qu'on n'habitait pas. Évidemment, le lit, les chaises, les tables, la commode, le secrétaire, les rideaux provenaient de ventes faites par autorité de justice, où l'usurier les avait gardés pour son compte, en n'en trouvant pas la valeur intrinsèque, cas assez fréquent.

Madame Vauthier, les poings sur les hanches, attendait des remerciements; elle prit donc le sourire de Godefroid pour un sourire de surprise.

— Ah! je vous ai choisi tout ce que nous avons de plus beau, mon cher monsieur Godefroid, dit-elle d'un air triomphant... Voilà de jolis rideaux de soie et un lit en acajou *qui n'est pas piqué des vers!*... Il a appartenu au prince de Wissembourg, et vient de son hôtel. Quand il a quitté la rue Louis-le-Grand, en 1809, j'étais fille de cuisine chez lui... De là, je suis entrée pour lors chez mon propriétaire.

Godefroid arrêta le flux des confidences en payant son mois d'avance et donna, d'avance aussi, les six francs qu'il devait à madame Vauthier pour qu'elle fît son ménage. En ce moment il entendit aboyer, et s'il n'avait pas été prévenu par monsieur Bernard, il aurait pu croire que son voisin gardait un chien chez lui.

— Est-ce que ce chien-là jappe la nuit?...

— Oh! soyez tranquille, monsieur, prenez patience, il n'y a plus que cette semaine à souffrir. Monsieur Bernard ne pourra pas payer son terme et il sera mis dehors... Mais c'est des gens bien singuliers, allez! Je n'ai jamais vu leur chien. Ce chien est des mois, qu'est-ce que je dis des mois? des six mois sans qu'on l'entende! c'est à croire qu'ils n'ont pas de chien. Cet animal ne quitte pas la chambre de la dame... Il y a une dame bien malade, allez! Elle n'est pas sortie de sa chambre depuis qu'elle est entrée... Le vieux monsieur Bernard travaille beaucoup, et son fils aussi, qui est externe au collège Louis-le-Grand, où il achève sa philosophie, à seize ans! C'est crâne, ça! Mais aussi ce petit môme travaille comme un enragé!... Vous allez les entendre déménager les fleurs qui sont chez la dame, car ils ne mangent que du pain, le grand-père et le petit-fils, mais ils achètent des fleurs et des friandises pour la dame... Il faut que cette dame soit bien mal, pour ne pas être sortie d'ici depuis qu'elle y est entrée; et, à entendre monsieur Berton, le médecin qui vient la voir, elle n'en sortira que les pieds en avant.

— Et que fait-il, ce monsieur Bernard?

— C'est un savant, à ce qu'il paraît; car il écrit, il va travailler aux bibliothèques, et monsieur lui prête de l'argent sur ce qu'il compose.

— Qui, monsieur?

— Mon propriétaire, monsieur Barbet, l'ancien libraire, il était établi depuis seize ans. C'est un Normand qui vendait de la salade dans les rues et qui s'est mis bouquiniste, en 1818, sur les quais, puis il a eu une petite boutique, et il est maintenant bien riche... C'est une manière de juif qui fait trente-six métiers, puisqu'il était comme associé avec l'Italien qui a bâti cette baraque pour loger des vers à soie...

— Ainsi cette maison est le refuge des auteurs malheureux? dit Godefroid.

— Est-ce que monsieur aurait le malheur d'en être un? demanda la veuve Vauthier.

— Je n'en suis qu'au début, répondit Godefroid.

— Oh! mon cher monsieur, pour le mal que je vous veux, restez-en là... Journaliste, par exemple, je ne dis pas...

Godefroid ne put s'empêcher de rire, et il souhaita le bonsoir à cette cuisinière qui, sans le savoir, représentait la bourgeoisie. En se couchant dans cette affreuse chambre carrelée en briques rouges qui n'avaient pas seulement été mises en couleur, et tendue d'un papier à sept sous le rouleau, Godefroid regretta non seulement son petit appartement de la rue Chanoinesse, mais encore la société de madame de la Chanterie. Il sentit en son âme un grand vide. Il avait déjà pris des habitudes d'esprit, et il ne se souvint pas d'avoir éprouvé de pareils regrets pour quoi que ce soit de sa vie antérieure. Cette comparaison si courte fut d'un effet prodigieux sur son âme; il comprit que nulle vie ne pouvait valoir celle qu'il voulait embrasser, et sa résolution de devenir un émule du bon père Alain fut inébranlable. Sans avoir la vocation, il eut la volonté.

Le lendemain, Godefroid, habitué par sa nouvelle vie à se lever de très grand matin, vit par sa fenêtre un jeune homme d'environ dix-sept ans, vêtu d'une blouse, qui revenait sans doute d'une fontaine publique en tenant une cruche pleine d'eau dans chaque main. La figure de ce jeune homme, qui ne se savait pas vu, laissait paraître ses sentiments, et jamais Godefroid n'avait rien observé de si naïf, mais aussi rien de si triste. Les grâces de la jeunesse étaient comprimées par la misère, par l'étude et par de grandes fatigues physiques. Le petit-fils de monsieur Bernard était remarquable par un teint d'une excessive blancheur, que rehaussaient encore des cheveux très bruns. Il fit trois voyages; au dernier, il vit décharger une voie de bois neuf que Godefroid avait demandée la veille, car l'hiver tardif de 1838[76] commençait à se faire sentir, et il avait neigé légèrement pendant la nuit.

Népomucène, qui venait de commencer sa journée en allant chercher ce bois, sur lequel madame Vauthier avait prélevé largement sa redevance, causait avec le jeune homme, en attendant que le scieur lui eût fourni la charge qu'il allait monter. Il était facile de deviner que le froid venu subitement causait des inquiétudes au petit-fils de monsieur Bernard, et que la vue de ce bois, autant que l'aspect du ciel grisâtre, lui rappelait la nécessité de faire sa provision. Mais tout à coup le jeune homme, comme s'il se fût reproché de perdre un temps précieux, reprit ses deux cruches et rentra précipitamment dans la maison. Il était en effet sept heures et demie, et en les entendant sonner à la cloche du couvent de la Visitation, il songea qu'il fallait être au collège Louis-le-Grand à huit heures et demie.

Au moment où le jeune homme rentra,

Godefroid allait ouvrir à madame Vauthier qui venait apporter du feu à son nouveau locataire, en sorte que Godefroid fut témoin d'une scène qui eut lieu sur le palier. Un jardinier du voisinage, après avoir sonné plusieurs fois à la porte de monsieur Bernard, sans avoir fait venir personne, car sa sonnette était enveloppée de papier, eut une dispute assez grossière avec le jeune homme en lui demandant de l'argent dû pour la location des fleurs qu'il fournissait. Comme ce créancier élevait la voix, monsieur Bernard parut.

— Auguste, dit-il à son petit-fils, habille-toi, l'heure d'aller au collège est venue.

Il prit les deux cruches et les rentra dans la première pièce de son appartement où se voyaient des fleurs dans des jardinières, puis il ferma la porte et revint parler au jardinier. La porte de Godefroid était ouverte, car Népomucène avait commencé ses voyages et entassait le bois dans la première pièce. Le jardinier s'était tu devant monsieur Bernard qui, vêtu d'une robe de chambre en soie couleur violette, boutonnée jusqu'au menton, avait un air imposant.

— Vous pouvez bien nous demander ce que nous vous devons sans crier, dit monsieur Bernard.

— Soyez juste, mon cher monsieur, dit le jardinier ; vous deviez me payer toutes les semaines, et voilà trois mois, dix semaines, que je n'ai rien reçu, et vous me devez cent vingt francs. Nous sommes habitués à louer nos fleurs à des gens riches qui nous donnent notre argent dès que nous le demandons, et voilà cinq fois que je viens. Nous avons nos loyers à payer, nos ouvriers, et je ne suis guère plus riche que vous. Ma femme, qui vous donnait du lait et des œufs, ne viendra pas non plus ce matin : vous lui devez trente francs, et elle aime mieux ne pas venir que de vous tourmenter, car elle est bonne, ma femme! Si on l'écoutait, le commerce ne serait pas possible. C'est pour cela que moi qui n'entends pas de cette oreille-là, vous comprenez...

En ce moment, Auguste sortit, vêtu d'un méchant petit habit vert et d'un pantalon en drap de même couleur, d'une cravate noire et de bottes usées. Ces vêtements, quoique soigneusement brossés, accusaient une détresse arrivée au dernier degré, car ils étaient trop courts et trop étroits; en sorte que l'étudiant semblait devoir les faire craquer au moindre mouvement. Les coutures devenues blanches, les contours recroquevillés, les boutonnières crevées, malgré les raccommodages, y montraient aux yeux les moins exercés les ignobles stigmates de l'indigence. Cette livrée contrastait avec la jeunesse d'Auguste, qui s'en alla, mordant un morceau de pain rassis, où ses belles et fortes dents laissaient leur empreinte. Il déjeunait ainsi pendant le trajet du boulevard Montparnasse à la rue Saint-Jacques, tout en tenant ses livres et ses papiers sous le bras, et coiffé d'une casquette aussi trop petite pour sa forte tête, d'où s'échappait sa magnifique chevelure noire.

En passant devant son grand-père, il échangea, mais rapidement, un regard d'une effroyable tristesse; car il le voyait aux prises avec une difficulté presque insurmontable et dont les conséquences étaient terribles. Pour laisser place à l'élève de philosophie, le jardinier se recula jusqu'à la porte de Godefroid; et au moment où cet homme se trouvait sur la porte, Népomucène, chargé de bois, embarrassa le palier, en sorte que le créancier recula jusqu'à la fenêtre.

— Monsieur Bernard, cria la veuve Vauthier, croyez-vous que monsieur Godefroid ait loué son logement pour que vous y teniez vos séances?

— Pardon, madame, répondit le jardinier, le carré s'est trouvé plein...

— Je ne dis pas cela pour vous, monsieur Cartier, dit la veuve.

— Restez! s'écria Godefroid, en s'adressant au jardinier. Et vous, mon cher voisin, ajouta-t-il en regardant monsieur Bernard, que cette injure atroce trouvait insensible, s'il vous convient de vous expliquer dans cette chambre avec votre jardinier, venez-y.

Le grand vieillard, hébété de douleur, jeta sur Godefroid un coup d'œil qui contenait mille remerciements.

— Quant à vous, ma chère madame Vauthier, ne soyez pas si rude pour monsieur, qui d'abord est un vieillard et à qui vous avez l'obligation de me voir loger ici.

— Ah bah! s'écria la veuve.

— Puis, si les gens qui ne sont pas riches ne

s'aident pas entre eux, qui donc les aidera? Laissez-nous, madame Vauthier, je soufflerai mon feu moi-même. Voyez à faire mettre mon bois dans votre cave, je crois que vous en aurez bien soin.

Madame Vauthier disparut; car Godefroid, en lui donnant le bois à serrer, venait de donner pâture à son avidité.

— Entrez par ici, messieurs, dit Godefroid, qui fit un signe au jardinier en présentant deux chaises au débiteur et au créancier.

Le vieillard conversa debout, mais le jardinier s'assit.

— Voyons, mon cher, les riches ne paient pas aussi régulièrement que vous le dites, et il ne faut pas tourmenter un digne homme pour quelques louis. Monsieur touche sa pension tous les six mois, et il ne peut pas vous faire une délégation pour une si misérable somme; mais moi j'avancerai l'argent, si vous le voulez absolument.

— Monsieur Bernard a touché l'argent de sa pension, il y a vingt jours environ, et il ne m'a pas payé... Je serais fâché de lui faire de la peine...

— Comment, vous lui fournissez des fleurs depuis...

— Oui, monsieur, depuis six ans, et il m'a toujours bien payé.

Monsieur Bernard, qui prêtait l'oreille à tout ce qui se passait chez lui, sans écouter cette discussion, entendit des cris à travers les cloisons, et il s'en alla tout effrayé, sans dire mot.

— Allons! allons, mon brave homme, apportez de belles fleurs, vos plus belles fleurs, ce matin même, à monsieur Bernard, et que votre femme envoie de bons œufs et du lait; je vous paierai ce soir, monsieur.

Cartier regarda singulièrement Godefroid.

— Vous en savez sans doute plus que madame Vauthier, qui m'a fait prévenir de me dépêcher, si je voulais être payé, dit-il. Ni elle, ni moi, monsieur, nous ne pouvons nous expliquer pourquoi des gens qui mangent du pain, qui ramassent des épluchures de légumes, des restes de carottes, de navets et de pommes de terre au coin des portes des restaurateurs... oui, monsieur, j'ai surpris le petit avec un vieux cabas qu'il emplissait... eh! bien, pourquoi ces gens-là dépensent près de cent francs par mois de fleurs... On dit que le vieux n'a que trois mille francs de pension.

— En tout cas, répliqua Godefroid, ce n'est pas à vous à trouver mauvais qu'ils se ruinent en fleurs.

— Oui, monsieur, pourvu que je sois payé.

— Apportez-moi votre mémoire.

— Très bien, monsieur... dit le jardinier avec une teinte de respect. Monsieur veut sans doute voir la dame cachée...

— Allons! mon cher ami, vous vous oubliez! répliqua sèchement Godefroid. Retournez chez vous, choisissez vos plus belles fleurs pour remplacer celles que vous devez reprendre. Si vous pouvez me donner à moi de bonne crème et des œufs frais, vous aurez ma pratique et j'irai voir ce matin votre établissement.

— C'est un des plus beaux de Paris, monsieur, et j'expose au Luxembourg. Mon jardin, qui a trois arpents, est situé sur le boulevard, derrière le jardin de la Grande-Chaumière.

— Bien, monsieur Cartier. Vous êtes, à ce que je vois, plus riche que je ne le suis... Ayez donc des égards pour nous, car qui sait si nous n'aurons pas quelque besoin les uns des autres?

Le jardinier sortit, fort inquiet de ce que pouvait être Godefroid.

— J'ai pourtant été comme cela! se dit Godefroid en soufflant son feu. Quel admirable représentant du bourgeois d'aujourd'hui : commère, curieux, dévoré d'égalité, jaloux de la pratique, furieux de ne pas savoir pourquoi un pauvre malade reste dans sa chambre sans se montrer, et cachant sa fortune, vaniteux au point de la découvrir pour pouvoir se mettre au-dessus de son voisin. Cet homme doit être au moins lieutenant dans sa compagnie. Avec quelle facilité se joue à toutes les époques la scène de monsieur Dimanche[77]! Encore un instant et je me faisais un ami du sieur Cartier.

Le grand vieillard interrompit ce soliloque de Godefroid qui prouve combien ses idées étaient changées depuis quatre mois.

— Pardon, mon voisin, dit-il d'une voix troublée, je vois que vous venez de renvoyer le jardinier satisfait, car il m'a salué poliment. En vérité, jeune homme, la Providence semble vous avoir envoyé exprès ici, pour nous, au moment même où nous succombions. Hélas! Une indiscrétion de cet homme vous a fait deviner bien des choses. Il est vrai que j'ai touché le semestre de ma pension il y a quinze jours, mais j'avais des dettes plus pressantes que celle-là, et il a fallu réserver la somme de notre loyer, sous peine d'être chassés d'ici. Vous à qui j'ai confié l'état dans lequel est ma fille et qui l'avez entendue...

Il regarda d'un air inquiet Godefroid, qui fit un signe affirmatif.

— Eh! bien, jugez si ce ne serait pas le coup de la mort... car il faudrait la mettre dans un hôpital... Mon petit-fils et moi, nous redoutions cette matinée, et ce n'était pas Cartier que nous craignions le plus, mais le froid...

— Mon cher monsieur Bernard, j'ai du bois, prenez-en, reprit Godefroid.

— Comment, s'écria le vieillard, reconnaître jamais de tels services?...

— En les acceptant sans façon, répliqua vivement Godefroid, et en m'accordant toute confiance.

— Mais quels sont mes droits à tant de générosité? demanda monsieur Bernard redevenant défiant. Ma fierté, celle de mon petit-fils sont vaincues! s'écria-t-il, car nous sommes déjà descendus à des explications avec les deux ou trois créanciers que nous avons. Les malheureux n'ont pas de créanciers; il faut, pour en avoir, une certaine splendeur extérieure que nous avons perdue... Mais je n'ai pas encore abdiqué mon bon sens, ma raison... ajouta-t-il comme s'il se fût parlé à lui-même.

— Monsieur, répondit sérieusement Godefroid, le récit que vous m'avez fait hier tirerait des larmes à un usurier.

— Non, non, car Barbet, ce libraire, notre propriétaire, spécule sur ma misère et la fait espionner par cette Vauthier, son ancienne servante...

— Comment peut-il spéculer sur vous? demanda Godefroid.

— Je vous dirai cela plus tard, répondit le vieillard. Ma fille peut avoir froid, et puisque vous le permettez, je suis dans une situation à recevoir l'aumône de mon plus cruel ennemi...

— Je vais vous porter du bois, dit Godefroid qui traversa le palier en tenant une dizaine de bûches qu'il déposa dans la première pièce de l'appartement du vieillard.

Monsieur Bernard en avait pris autant, et quand il vit cette petite provision de bois, il ne put réprimer le sourire niais et quasiment imbécile par lequel les gens sauvés d'un danger mortel, et qui leur semble inévitable, expriment leur joie, car il y a de la terreur encore dans cette joie.

— Acceptez tout de moi, mon cher monsieur Bernard, sans aucune défiance, et quand votre fille sera sauvée, quand vous serez heureux, je vous expliquerai tout; mais jusque-là laissez-moi faire... Je suis allé chez le médecin juif, et malheureusement Halpersohn est absent; il ne revient que dans deux jours...

En ce moment une voix qui parut être à Godefroid et qui réellement était d'un timbre frais et mélodieux, cria : « Papa! papa! » sur deux notes expressives.

En parlant au vieillard, Godefroid avait déjà remarqué, dans les rainures de la porte qui faisait face à la porte d'entrée, les lignes blanches d'une peinture soignée qui révélaient de grandes différences entre la chambre de la malade et les autres pièces de ce logement; mais sa curiosité si vivement excitée fut alors portée au plus haut degré, sa mission de bienfaisance n'était plus qu'un prétexte, le but fut de voir la malade. Il se refusait à croire qu'une créature douée d'une semblable voix pût être un objet de dégoût.

— Vous vous donnez vraiment trop de peine, papa!... disait la voix. Pourquoi ne pas avoir plus de domestiques que vous n'en avez... à votre âge!... Mon Dieu!...

— Tu sais bien, ma chère Vanda, que je ne veux pas que d'autres que ton fils et moi te servent.

Ces deux phrases que Godefroid entendit à travers la porte, ou plutôt devina, car une portière étouffait les sons, lui fit pressentir la vérité. La malade, entourée de luxe, devait ignorer la situation réelle de son père et de son fils. La douillette de soie de monsieur Bernard, les fleurs et sa conversation avec Cartier avaient déjà donné quelques soupçons à Godefroid qui restait là, presque hébété de ce prodige d'amour paternel. Le contraste entre la chambre de la malade telle qu'il se la figurait et le reste, était d'ailleurs étourdissant. Qu'on en juge!

Par la porte de la troisième chambre, que le vieillard avait laissée entrouverte, Godefroid aperçut deux couchettes jumelles en bois peint comme les couchettes des pensions infimes, et garnies d'une paillasse et d'un petit matelas mince, sur lesquels il n'y avait qu'une couverture. Un petit poêle en fonte, pareil à ceux sur le couvercle desquels des portiers font leur cuisine, et au bas duquel se voyait une dizaine de mottes, eût expliqué le dénuement de monsieur Bernard sans les autres détails tout à fait en harmonie avec cet horrible poêle.

En avançant d'un pas, Godefroid vit la poterie des plus pauvres ménages : des jattes en terre vernie où nageaient des pommes de terre dans de l'eau sale. Deux tables en bois noirci, chargées de papier, de livres, et placées devant la croisée qui donnait rue Notre-Dame-des-Champs, indiquaient les occupations nocturnes du père et du fils. Il y avait sur les deux tables deux chandeliers en fer battu comme en ont les pauvres, et dans lesquels Godefroid aperçut des chandelles du moindre prix, c'est-à-dire de celles dont la livre se compose de huit chandelles.

Sur une troisième table, qui servait de table de cuisine, brillaient deux couverts et une petite cuiller en vermeil, des assiettes, un bol, des tasses en porcelaine de Sèvres, un double couteau de vermeil et d'acier dans son écrin, enfin la vaisselle de la malade.

Le poêle était allumé, l'eau contenue dans le

fourneau fumait faiblement. Une armoire en bois peint contenait sans doute le linge et les effets de la fille de monsieur Bernard; car sur le lit du père il vit l'habillement qu'il lui avait vu la veille posé en travers en façon de couvre-pied.

D'autres hardes, placées de la même manière sur le lit du petit-fils, faisaient présumer que toute leur garde-robe était là; car, sous le lit, Godefroid aperçut des chaussures. Le carreau, balayé sans doute rarement, ressemblait à celui des classes dans les pensionnats. Un pain de six livres entamé se voyait sur une planche au-dessus de la table. Enfin c'était la misère à son dernier période, la misère parfaitement organisée, avec la froide décence du parti pris de la supporter; la misère hâtée qui veut, qui doit et qui ne peut pas tout faire chez elle, et qui alors intervertit les usages de tous ses pauvres meubles. Aussi une odeur forte et nauséabonde s'exhalait-elle de cette pièce, rarement nettoyée.

L'antichambre, où se trouvait Godefroid, était au moins convenable, et il devina qu'elle servait à cacher les horreurs de celle où demeuraient le petit-fils et le grand-père. Cette antichambre, tendue d'un papier quadrillé dans le genre écossais, était garnie de quatre chaises en noyer, d'une petite table, et ornée de la gravure en couleur du portrait de l'Empereur, fait par Horace Vernet; du portrait de Louis XVIII, de celui de Charles X et du prince Poniatowski, sans doute l'ami du beau-père de monsieur Bernard. La fenêtre était décorée de rideaux en calicot bordés de bandes rouges et à franges.

Godefroid, qui surveillait Népomucène, l'entendant monter une charge de bois, lui fit signe de la décharger tout doucement dans l'antichambre de monsieur Bernard, et, par une attention qui prouvait quelques progrès chez l'Initié, il ferma la porte du taudis pour que le garçon de la veuve Vauthier ne sût rien de la misère du vieillard.

L'antichambre était alors encombrée de trois jardinières pleines des plus magnifiques fleurs, deux oblongues et une ronde, toutes trois en bois de palissandre, et d'une grande élégance ; aussi Népomucène ne put-il s'empêcher de dire, après avoir posé son bois sur le carreau :

— Est-ce gentil !... Ça doit-il coûter cher !...

— Jean ! Ne faites donc pas tant de bruit !... cria monsieur Bernard.

— Entendez-vous ? dit Népomucène à Godefroid. Il est *toqué* pour sûr, le vieux bonhomme !...

— Sais-tu comment tu seras à son âge...

— Oh ! que oui ! je le sais ! répondit Népomucène. Je serai dans un sucrier.

— Dans un sucrier ?...

— Oui, l'on aura sans doute fait du noir avec mes os. J'ai vu les charretiers des raffineurs assez souvent à Montsouris [78] venir chercher du noir pour leurs fabriques ; et ils m'ont dit qu'ils en employaient à faire le sucre...

Et il alla chercher une autre charge de bois, après cette réponse philosophique.

Godefroid tira discrètement la porte de monsieur Bernard et le laissa seul avec sa fille.

Madame Vauthier, qui pendant ce temps avait fait le déjeuner de son nouveau locataire, vint le servir, aidée de Félicité. Godefroid, plongé dans ses réflexions, regardait le feu de sa cheminée. Il était absorbé par la contemplation de cette misère qui contenait tant de misères différentes, mais où il entrevoyait aussi les joies ineffables des mille triomphes remportés par l'amour filial et paternel. C'était comme des perles semées sur de la bure.

— Quels romans, parmi les plus célèbres, valent ces réalités! se disait-il. Quelle belle vie que celle où l'on épouse de pareilles existences!... où l'âme en pénètre les causes et les effets en y remédiant, en calmant les douleurs, en aidant au bien!... Aller ainsi s'incarner au malheur, s'initier à de tels intérieurs! Agir perpétuellement dans les drames renaissants dont la peinture nous charme chez les auteurs célèbres... Je ne croyais pas que le Bien fût plus piquant que le Vice.

— Monsieur est-il content?... demanda madame Vauthier qui, aidée de Félicité, venait d'apporter la table près de Godefroid.

Godefroid aperçut alors une excellente tasse de café au lait, accompagnée d'une omelette fumante, de beurre frais et de petits radis roses.

— Où diable avez-vous pêché des radis?... demanda Godefroid.

— Ils m'ont été donnés par monsieur Cartier, répondit-elle, j'en ai fait hommage à monsieur.

— Et que me demandez-vous pour un déjeuner pareil, tous les jours? dit Godefroid.

— Dame! monsieur, soyez juste; il est bien difficile de vous le fournir pour moins de trente sous.

— Va pour trente sous! dit Godefroid; mais d'où vient qu'on ne demande que quarante-cinq francs par mois pour le dîner, à côté d'ici, chez madame Machillot, ce qui fait trente sous par jour?...

— Oh! quelle différence, monsieur, de préparer à dîner pour quinze personnes, ou de vous aller chercher tout ce qu'il faut pour un déjeuner! Voyez! un petit pain, des œufs, du beurre, allumer le feu, du sucre, du lait, du café... Songez qu'on vous demande seize sous pour une simple tasse de café au lait sur la place de l'Odéon, et vous donnez un ou deux sous au garçon!... Ici, vous n'avez aucun embarras; vous déjeunez chez vous en pantoufles.

— Allons, c'est bien, répondit Godefroid.

— Sans madame Cartier, qui me fournit le lait et les œufs, les herbes, je ne m'en tirerais pas. Faut aller voir leur établissement, monsieur. Ah! c'est une belle chose! Ils occupent cinq garçons jardiniers, et Népomucène y va tirer de l'eau tout l'été; on me le loue pour arroser... Ils font beaucoup d'argent avec les melons et les fraises... Il paraît que monsieur s'intéresse beaucoup à monsieur Bernard?... demanda d'une voix douce la veuve Vauthier, car pour répondre comme cela de leurs dettes... Monsieur ne sait peut-être pas tout ce qu'ils doivent... Il y a la dame du cabinet de lecture de la place Saint-Michel qui vient tous les trois ou quatre jours pour trente francs, et elle en a bien besoin. Dieu de Dieu ! lit-elle, cette pauvre dame malade ! Elle lit, elle lit ! Enfin, à deux sous le volume, trente francs en trois mois...

— C'est cent volumes par mois ! dit Godefroid...

— Ah ! voilà le vieux qui va chercher la crème et le petit pain de madame !... reprit la veuve Vauthier. C'est pour le thé, car elle ne vit que de thé cette dame ! elle en prend deux fois par jour, et deux fois par semaine il lui faut des douceurs... Elle est friande ! Le vieux lui achète des gâteaux, des pâtés de chez le pâtissier de la rue de Bussy. Oh ! quand il s'agit d'elle, il ne regarde à rien. Il dit que c'est sa fille !... Plus souvent qu'on fait tout ce qu'il fait, à son âge, pour sa fille !... Il s'extermine, lui et son Auguste, pour elle... Monsieur est-il comme moi ? Je donnerais bien vingt francs pour la voir. Monsieur Berton dit que c'est un monstre, une chose à montrer pour de l'argent. Ils ont bien fait de venir dans un quartier comme le nôtre, où il n'y a point de monde... Comme ça, monsieur compte dîner chez madame Machillot ?...

— Oui, je compte aller m'arranger là...

— Monsieur, ce n'est pas pour vous détourner de cette intention ; mais, gargote pour gargote, vous feriez mieux d'aller dîner rue de Tournon ; vous ne seriez point engagé pour un mois et vous auriez un meilleur ordinaire...

— Où, rue de Tournon ?

— Chez le successeur de la mère Girard... C'est là que vont souvent ces messieurs d'en haut, et ils sont contents, mais contents comme il n'est pas possible.

— Eh! bien, mère Vauthier, je suivrai votre conseil et j'irai dîner là...

— Mon cher monsieur, dit la concierge enhardie par l'air de bonhomie que Godefroid prenait avec intention, là, sérieusement, est-ce que vous seriez assez *jobard* pour vouloir payer les dettes de monsieur Bernard!... Ça me ferait bien du chagrin; car, songez, mon brave monsieur Godefroid, qu'il a bien près de soixante-dix ans, qu'après lui, bernique! plus de pension. Et avec quoi serez-vous remboursé?... Les jeunes gens sont bien imprudents! Savez-vous qu'il doit plus de mille écus?

— Et à qui? demanda Godefroid.

— Oh! à qui? Ce n'est pas mes affaires, répondit mystérieusement la Vauthier; suffit qu'il les doit, et, entre nous, il n'est pas à la noce, il ne trouvera pas un liard de crédit dans le quartier, à cause de cela...

— Mille écus! répéta Godefroid; ah! soyez bien tranquille, si j'avais mille écus, je ne serais pas votre locataire. Moi, voyez-vous, je ne puis pas voir la souffrance des autres, et pour quelques cents francs que ça me coûtera, je saurai que mon voisin, un homme en cheveux blancs! a du pain et du bois... Que voulez-vous! on perd cela souvent aux cartes... Mais trois mille francs... y pensez-vous, bon Dieu!...

La mère Vauthier, trompée par la feinte franchise de Godefroid, laissa paraître sur son visage douceâtre un rire de satisfaction qui confirma les soupçons du locataire. Godefroid fut persuadé que cette vieille était la complice d'une trame ourdie contre le pauvre monsieur Bernard.

— C'est singulier, monsieur, quelles imaginations on se fourre dans la tête! Vous allez me dire que je suis bien curieuse! Mais en vous voyant hier causant avec monsieur Bernard, je me suis figuré que vous étiez commis de librairie, car c'est ici le quartier. J'ai logé un prote d'imprimerie, que son imprimerie était rue de Vaugirard, et il avait le même nom que vous...

— Qu'est-ce que cela vous fait, mon état? dit Godefroid.

— Bah! que vous me le disiez, que vous ne me le disiez pas, reprit la Vauthier, je le saurai toujours... Voilà monsieur Bernard, par exemple, eh! bien, pendant dix-huit mois je n'ai rien su de ce qu'il était; mais le dix-neuvième mois j'ai fini par découvrir qu'il avait été magistrat, juge ou n'importe quoi dans la justice, et qu'il écrit là-dessus... Qu'y gagne-t-il? Je le dis! Et s'il me l'avait confié, je me tairais. Voilà!

— Je ne suis pas encore commis-libraire, mais je le serai peut-être bientôt.

— Là, je m'en doutais, dit vivement la veuve Vauthier en se retournant et quittant le lit qu'elle faisait pour avoir un prétexte de rester avec son locataire. Vous êtes venu pour couper l'herbe sous le pied à... Bon! un *homme* averti en vaut deux[79]...

— Halte-là, s'écria Godefroid en se mettant

entre la Vauthier et la porte. Voyons, quel intérêt vous donne-t-on là-dedans?

— Tiens! tiens! reprit la vieille en guignant Godefroid, vous êtes fièrement malin, tout de même!

Elle alla fermer la porte de la première pièce au verrou, puis elle revint s'asseoir sur une chaise devant le feu.

— Ma parole d'honneur, comme je m'appelle Vauthier, je vous ai pris pour un étudiant, jusqu'à ce que je vous aie vu donnant votre bois au père Bernard. Ah! vous êtes un finaud! Nom d'une pipe, êtes-vous comédien?... Je vous prenais pour un *jobard!* Voyons, m'assurez-vous mille francs? Aussi vrai que le jour nous éclaire, mon vieux Barbet et monsieur Métivier m'ont promis cinq cents francs pour veiller au grain.

— Eux! Cinq cents francs!... Allons donc! s'écria Godefroid, deux cents tout au plus, la mère, et encore *promis!*... et vous ne les assignerez pas!... Si vous me mettiez à même d'avoir l'affaire qu'ils veulent faire avec monsieur Bernard, moi je donnerais quatre cents francs!... Voyons, où en sont-ils?

— Mais ils ont donné quinze cents francs sur l'ouvrage, et le vieux a reconnu devoir mille écus... Ils lui ont lâché cela cent francs à cent francs... en s'arrangeant pour le laisser dans la misère... C'est eux qui lui déchaînent les créanciers, ils ont envoyé pour sûr Cartier...

Là, Godefroid, par un regard plein d'une ironique perspicacité jeté sur la Vauthier, lui fit voir qu'il comprenait le rôle qu'elle jouait au profit de son propriétaire.

Cette phrase fut un double trait de lumière pour lui, car la scène assez singulière qui s'était passée entre le jardinier et lui s'expliquait aussi.

— Oh ! reprit-elle, ils le tiennent ; car où trouvera-t-il jamais mille écus ! Ils comptent lui offrir cinq cents francs le jour où il leur remettra l'ouvrage, et cinq cents francs par chaque volume mis en vente... L'affaire est faite au nom d'un libraire que ces deux messieurs ont établi sur le quai des Augustins...

— Ah ! le petit chose ?

— Oui, c'est cela, Morand, l'ancien commis de monsieur... Il paraît qu'il y a bien de l'argent à gagner ?

— Oh ! il y a bien de l'argent à y mettre, répondit Godefroid en faisant une moue significative.

On frappa doucement à la porte, et Godefroid, très heureux de l'interruption, se leva pour aller ouvrir.

— Ce qui est dit est dit, mère Vauthier, fit Godefroid en voyant monsieur Bernard.

— Monsieur Bernard, s'écria-t-elle, j'ai une lettre pour vous...

Le vieillard redescendit quelques marches.

— Eh ! non, je n'ai pas de lettre, monsieur Bernard. Je voulais seulement vous dire de vous méfier de ce petit jeune homme, c'est un libraire.

— Ah ! tout s'explique, se dit en lui-même le vieillard.

Et il revint chez son voisin, la physionomie entièrement changée.

L'expression de froideur calme avec laquelle monsieur Bernard se montra contrastait tellement avec l'air affable et ouvert produit par l'expression de la reconnaissance que Godefroid fut frappé d'un si subit changement.

— Monsieur, pardonnez-moi de venir troubler votre repos ; mais depuis hier vous me comblez, et le bienfaiteur crée des droits à l'obligé.

Godefroid s'inclina.

— Moi qui, depuis cinq ans, ai souffert la passion de Jésus-Christ, tous les quinze jours ! Moi qui, pendant trente-six ans, ai représenté la Société, le Gouvernement, qui étais alors la Vengeance publique, et qui, vous le devinez, n'avais plus d'illusions... non je n'ai plus que des douleurs. Eh ! bien, monsieur, l'attention que vous avez eue de fermer la porte du chenil où mon petit-fils et moi nous couchons, cette petite chose a été pour moi le verre d'eau dont parle Bossuet... Oui, j'ai retrouvé dans mon cœur... dans ce cœur épuisé, qui ne fournit plus de larmes, comme mon corps ne fournit plus de sueur, j'ai retrouvé la dernière goutte de cet élixir qui, dans la jeunesse, nous fait voir en beau toutes les actions humaines, et je venais vous tendre cette main, que je ne tends qu'à ma fille ; je venais vous apporter cette rose céleste de la croyance au bien...

— Monsieur Bernard, dit Godefroid en se souvenant des leçons du bonhomme Alain, je n'ai rien fait dans le but de me voir l'objet de votre reconnaissance... Vous vous trompez en ceci...

— Ah! Voilà de la franchise! reprit l'ancien magistrat. Eh bien, cela me plaît. J'allais vous réprimer... Pardon! je vous estime. Ainsi, vous êtes libraire, et vous êtes venu pour enlever mon ouvrage à la compagnie Barbet, Métivier et Morand... Tout est expliqué. Vous me faites des avances comme ils m'en ont fait; seulement vous y mettez de la grâce.

— C'est la Vauthier qui vient de vous dire que je suis un commis libraire? demanda Godefroid au vieillard.

— Oui, répondit-il.

— Eh! bien, monsieur Bernard, pour savoir ce que je puis vous *donner* au-dessus de ce que vous *offrent* ces messieurs, il faudrait me dire les conditions que vous avez faites avec eux.

— C'est juste, reprit l'ancien magistrat, qui parut heureux de se voir l'objet de cette concurrence à laquelle il ne pouvait que gagner. Savez-vous quel est l'ouvrage?

— Non, je sais seulement qu'il y a une bonne affaire.

— Il n'est que neuf heures et demie, ma fille a déjeuné, mon petit-fils Auguste ne revient qu'à dix heures trois quarts. Cartier n'apportera les fleurs que dans une heure; nous pouvons causer... Monsieur... monsieur qui?

— Godefroid.

— Monsieur Godefroid, l'œuvre dont il s'agit a été conçue par moi en 1825, à l'époque où, frappé de la destruction persistante de la propriété immobilière, le ministère proposa cette loi sur le droit d'aînesse qui fut rejetée. J'avais remarqué certaines imperfections dans nos codes et dans les institutions fondamentales de la France. Nos codes ont été l'objet de travaux importants ; mais tous ces traités n'étaient que de la jurisprudence ; personne n'avait osé contempler l'œuvre de la Révolution, ou de Napoléon, si vous voulez, dans son ensemble, étudier l'esprit de ces lois, les juger dans leur application. C'est là mon ouvrage en gros ; il est intitulé provisoirement : *Esprit des lois nouvelles ;* il embrasse les lois organiques aussi bien que les codes, tous les codes, car nous avons bien plus de cinq codes : aussi mon livre a-t-il cinq volumes et un volume de citations, de notes, de renvois. J'ai pour trois mois encore de travaux. Le propriétaire de cette maison, ancien libraire, sur quelques questions que je lui ai faites, a deviné, flairé, si vous voulez, la spéculation. Moi, primitivement, je ne pensais qu'au bien de mon pays. Ce Barbet m'a circonvenu... Vous allez vous demander comment un libraire a pu entortiller un vieux magistrat ; mais, monsieur, vous connaissez mon histoire, et cet homme est un usurier ; il a le coup d'œil et le savoir-faire de ces gens-là... Son argent a toujours talonné mes besoins... Il s'est toujours trouvé le jour où le désespoir me livrait sans défense.

— Eh ! non, mon cher monsieur, dit Godefroid. Il a tout bonnement un espion dans la mère Vauthier; mais les conditions, voyons?... dites-les nettement.

— On m'a prêté quinze cents francs, représentés aujourd'hui par trois lettres de change de mille francs, et ces trois mille francs sont hypothéqués par un traité sur la propriété de mon ouvrage, dont je ne peux disposer qu'en remboursant les lettres de change, et les lettres de change sont protestées, il y a jugement contradictoire... Voilà, monsieur, les complications de la misère... Dans la plus modeste évaluation, la première édition de cette œuvre immense, l'œuvre de dix ans de travaux et de trente-six ans d'expérience, vaudrait bien dix mille francs... Eh! bien, il y a cinq jours, Morand me proposait mille écus et mes lettres de change acquittées pour la toute propriété... Comme je ne saurais trouver trois mille deux cent quarante francs, il faudra, si vous ne vous interposez entre eux et moi, leur céder... Ils ne se sont pas contentés de mon honneur! Ils ont voulu, pour plus de garantie, des lettres de change protestées, et arrivées à l'exercice de la contrainte par corps. Si je rembourse, ces usuriers auront doublé leurs fonds; si je traite, ils auront une fortune, car l'un d'eux est un ancien marchand de papier, et Dieu sait combien ils peuvent restreindre les frais de la fabrication! Et comme ils ont mon nom, ils savent que le placement de mille exemplaires est assuré.

— Comment, monsieur, vous, ancien magistrat!...

— Que voulez-vous? Pas un ami! Pas un

souvenir!... Et j'ai sauvé bien des têtes, si j'en ai fait tomber!... Enfin! Ma fille, ma fille, de qui je suis la garde-malade! à qui je tiens compagnie, car je ne travaille que pendant la nuit... Ah! jeune homme, il n'y a que les malheureux qui puissent être les juges de la misère... Aujourd'hui je trouve que jadis j'étais trop sévère.

— Monsieur, je ne vous demande pas votre nom. Je ne puis pas disposer de mille écus, surtout en payant Halpersohn et vos petites dettes; mais je vous sauverai si vous jurez de ne pas disposer de votre ouvrage sans que j'en sois averti; car il est impossible de faire une affaire aussi importante que celle-là sans consulter les gens du métier. Mes patrons sont puissants, et je puis vous promettre le succès si vous pouvez me promettre le plus profond secret, même avec vos enfants, et me tenir votre promesse...

— Le seul succès que je veuille obtenir, c'est la santé de ma pauvre Vanda; car, monsieur, de telles souffrances, dans le cœur d'un père, éteignent tout autre sentiment, et l'amour de la gloire n'est plus rien pour qui voit la tombe entrouverte.

— Je viendrai vous voir ce soir; l'on attend Halpersohn de moment en moment, et je me suis promis d'aller voir tous les jours s'il arrive... Je vais employer pour vous toute cette journée.

— Ah! si vous étiez la cause de la guérison de ma fille, monsieur... monsieur, je voudrais vous donner mon ouvrage!...

— Monsieur, dit Godefroid, je ne suis pas libraire!...

Le vieillard fit un geste de surprise.

— Que voulez-vous, je l'ai laissé croire à la vieille Vauthier pour bien connaître les pièges qui vous étaient tendus...

— Qui donc êtes-vous ?...

— Godefroid ! répondit l'Initié. Et comme vous me permettez de vous offrir de quoi mieux vivre, vous pouvez, ajouta-t-il en souriant, me nommer Godefroid de Bouillon.

L'ancien magistrat était trop ému pour rire de cette plaisanterie. Il tendit la main à Godefroid, et lui serra la main que son voisin lui présentait.

— Vous voulez garder l'incognito ?... dit l'ancien magistrat en regardant Godefroid avec une tristesse mélangée d'inquiétude.

— Permettez-le-moi...

— Eh bien, faites comme vous voudrez... Et venez ce soir ; vous verrez ma fille, si son état le permet...

C'était évidemment la plus grande concession que le pauvre père pût faire ; et, au regard de remerciement que lui jeta Godefroid, le vieillard eut la satisfaction de se voir compris.

Une heure après, Cartier vint avec d'admirables fleurs, renouvela lui-même les jardinières, y mit de la mousse fraîche, et Godefroid paya la facture, de même qu'il paya la note du cabinet de lecture qui fut envoyée quelques instants après. Les livres et les fleurs, c'était le pain de cette pauvre femme malade ou plutôt torturée, qui se contentait de si peu d'aliments.

En pensant à cette famille entortillée par le malheur comme celle de Laocoon (image sublime de tant d'existences!) Godefroid, qui s'en alla vers la rue Marbeuf en se promenant, se sentait au cœur encore plus de curiosité que de bienfaisance. Cette malade entourée de luxe dans une affreuse misère lui faisait oublier les détails horribles de la plus bizarre de toutes les affections nerveuses, et qui fort heureusement est une violente exception constatée par quelques historiens; un de nos plus babillards chroniqueurs, Tallemant des Réaux, en cite un exemple[80]. On aime à se figurer les femmes, élégantes jusque dans leurs plus terribles souffrances; aussi Godefroid se promettait-il comme un plaisir de pénétrer dans cette chambre, où le médecin, le père et le fils étaient seuls entrés depuis six ans. Néanmoins il finit par se gourmander de sa curiosité. Le néophyte comprit même que ce sentiment si naturel finirait par s'éteindre à mesure qu'il exercerait son bienfaisant ministère, à force de voir de nouveaux intérieurs, de nouvelles plaies.

On arrive en effet à la divine mansuétude que rien n'étonne et ne surprend, de même qu'en amour on arrive à la quiétude sublime du sentiment, sûr de sa force et de sa durée, par une constante pratique des peines et des douceurs.

Godefroid apprit qu'Halpersohn était arrivé dans la nuit; mais, dès le matin, il avait été forcé de monter en voiture et d'aller voir ses malades qui l'attendaient. La portière dit à Godefroid de venir le lendemain avant neuf heures.

En se souvenant de la recommandation de monsieur Alain sur la parcimonie qu'il fallait apporter dans ses dépenses personnelles, Godefroid alla dîner pour vingt-cinq sous rue de Tournon, et fut récompensé de son abnégation en s'y trouvant au milieu de compositeurs et de correcteurs d'imprimerie. Il entendit une discussion sur les prix de fabrication, à laquelle il prit part, et il apprit qu'un volume in-octavo, composé de quarante feuilles, tiré à mille exemplaires, ne coûtait pas plus de trente sous l'exemplaire dans les meilleures conditions de fabrication. Il se proposa d'aller s'informer des prix auxquels les libraires de jurisprudence vendaient leurs volumes, afin d'être dans le cas de soutenir une discussion avec les libraires qui tenaient monsieur Bernard dans leurs mains, s'il se rencontrait avec eux.

Vers sept heures du soir il revint au boulevard du Montparnasse par les rues de Vaugirard, Madame et de l'Ouest, et il reconnut combien ce quartier était désert, car il n'y vit personne. Il est vrai que le froid sévissait, la neige tombait à gros flocons, et les voitures ne faisaient aucun bruit sur les pavés.

— Ah! vous voilà, monsieur! dit la veuve Vauthier en voyant Godefroid; si j'avais su que vous viendriez de si bonne heure, j'aurais fait du feu...

— C'est inutile, répondit Godefroid en voyant que la Vauthier le suivait; je passerai la soirée chez monsieur Bernard...

— Ah! bien, vous êtes donc son cousin, que vous voilà dès le second jour à pot et à rôt[81] avec lui... Je croyais que monsieur achèverait la conversation que nous avons commencée.

— Ah! les quatre cents francs! dit Godefroid tout bas à la veuve. Écoutez, maman Vauthier, vous les auriez touchés ce soir si vous n'aviez rien dit à monsieur Bernard... Vous ménagez la chèvre et le chou, vous n'aurez ni chèvre ni chou; car, pour ce qui me regarde, vous m'avez trahi... mon affaire est tout à fait manquée...

— Ne croyez pas cela, mon cher monsieur... Demain, pendant votre déjeuner...

— Oh! demain, je pars d'ici, comme vos auteurs, au petit jour...

Les antécédents de Godefroid, sa vie de dandy, de journaliste, le servit en ceci, qu'il avait assez d'acquis pour deviner que, s'il n'agissait pas ainsi, la complice de Barbet irait avertir le libraire de quelque danger, et que les poursuites commenceraient, de manière à compromettre en peu de temps la liberté de monsieur Bernard; tandis qu'en laissant croire à ce trio de négociants avides que leur combinaison ne courait aucun risque, ils resteraient tranquilles. Mais Godefroid ne connaissait pas encore la nature parisienne quand elle se déguise en veuve Vauthier. Cette femme voulait avoir l'argent de Godefroid et l'argent de son propriétaire. Elle courut aussitôt chez son monsieur Barbet, pendant que Godefroid changeait de vêtement pour se présenter chez la fille de monsieur Bernard.

Huit heures sonnaient au couvent de la Visitation, l'horloge du quartier, lorsque le curieux Godefroid frappa doucement à la porte de son voisin. Auguste vint ouvrir, et, comme ce jour était un samedi, le jeune homme avait sa soirée à lui ; Godefroid le vit habillé d'une petite redingote en velours noir, d'une cravate en soie bleue, d'un pantalon noir assez propre ; mais son étonnement de trouver le jeune homme si différent de lui-même cessa tout à coup lorsqu'il fut dans la chambre de la malade : il comprit la nécessité pour le père et pour le fils d'être bien vêtus.

En effet, l'opposition entre la misère du logement qu'il avait vu le matin et le luxe de cette pièce était trop forte pour que Godefroid n'en fût pas comme ébloui, quoiqu'il fût habitué à ce qui sert aux recherches et aux élégances de la richesse.

Les murs tendus de soie jaune relevée par des torsades en soie verte d'un ton vif donnaient une grande gaieté pour ainsi dire à la chambre, dont le carreau froid était caché par un tapis de moquette à fond blanc semé de fleurs. Les deux croisées, drapées de beaux rideaux doublés en soie blanche, formaient comme deux jolis bosquets, tant les jardinières étaient abondamment garnies. Des stores empêchaient de voir du dehors cette richesse, si rare dans ce quartier. La boiserie, peinte à la colle en blanc pur, était rehaussée par quelques filets d'or.

A la porte, une lourde portière en tapisserie au petit point à fond jaune et à feuillages extravagants étouffait tout bruit du dehors. Cette portière magnifique était l'ouvrage de la malade, qui travaillait comme une fée lorsqu'elle avait l'usage de ses mains.

Au fond de la pièce et en face de la porte, la cheminée, à manteau de velours vert, offrait aux regards une garniture d'une excessive recherche, les seules reliques de l'opulence de ces deux familles, et composée d'une pendule curieuse, un éléphant soutenant une tour en porcelaine, d'où sortaïent des fleurs à profusion, de deux candélabres dans le même style et des chinoiseries précieuses. Le garde-cendre, les chenets, les pelles, les pincettes, tout était du plus grand prix.

La plus grande des jardinières occupait le milieu de cette chambre, d'où tombait d'une rosace un lustre en porcelaine à fleurs.

Le lit où gisait la fille du magistrat était un de ces beaux lits blanc et or, en bois sculpté, comme on les faisait sous Louis XV. Il y avait au chevet de la malade une jolie table en marqueterie, où se trouvaient toutes les choses nécessaires à cette vie qui se passait au lit. A la muraille tenait un flambeau à deux branches, qui se repliait ou s'avançait au moindre mouvement de main. Une petite table excessivement commode et appropriée aux besoins de la malade était devant elle. Le lit, couvert d'une superbe courtepointe et drapé de rideaux retroussés par des embrasses, était embarrassé de livres, d'une corbeille à ouvrage; et, sous toutes ces choses, Godefroid aurait difficilement vu la malade sans les deux bougies du flambeau mobile.

Ce n'était plus qu'un visage d'un teint très

blanc bruni par la souffrance autour des yeux, où brillaient des yeux de feu, et qui, pour principal ornement, offrait une magnifique chevelure noire, dont les boucles nombreuses, énormes, disposées par mèches, annonçaient que l'arrangement et le soin de ces cheveux occupaient la malade une partie de la matinée, ainsi qu'on pouvait le supposer en voyant un miroir portatif au pied du lit.

Aucune des recherches modernes ne manquait là. Quelques colifichets, amusements de la pauvre Vanda, prouvaient que cet amour paternel allait jusqu'au délire.

Le vieillard se leva de dessus une magnifique bergère Louis XV, blanc et or, garnie en tapisserie, et fit quelques pas au-devant de Godefroid, qui ne l'eût certes pas reconnu, car cette froide et sévère figure avait cette expression de gaieté particulière aux vieillards qui ont conservé la noblesse de manières et l'apparente légèreté des gens de cour. Sa douillette puce était en harmonie avec ce luxe, et il prisait dans une tabatière d'or enrichie de diamants !...

— Voici, ma chère enfant, dit Monsieur Bernard à sa fille, en prenant Godefroid par la main, voici le voisin de qui je t'ai parlé...

Et il fit signe à son petit-fils d'avancer un des deux fauteuils semblables à la bergère qui se trouvaient de chaque côté de la cheminée.

— Monsieur se nomme monsieur Godefroid, et il est plein d'indulgence pour nous...

Vanda fit un mouvement de tête pour répondre au salut profond de Godefroid ; et, à la manière dont le cou se plia, se replia, Godefroid vit bien que toute la vie de la malade résidait dans la tête. Les bras amaigris, les mains molles, reposaient sur le drap blanc et fin, comme deux choses étrangères à ce corps, qui paraissait ne point tenir de place dans le lit. Les objets nécessaires à la malade étaient placés derrière le dossier du lit, dans une étagère fermée par un rideau de soie.

— Vous êtes, monsieur, la première personne, à l'exception des médecins, qui ne sont plus des hommes pour moi, que j'aurai vue depuis six ans ; aussi ne vous doutez-vous pas de la passion que vous avez excitée en moi depuis le moment où mon père m'a annoncé votre visite... Non, c'était une curiosité pareille à celle de notre mère Ève... Mon père, si bon pour moi, mon fils que j'aime tant, suffisent bien certainement à remplir le désert d'une âme maintenant à peu près sans corps ; mais cette âme est restée femme, après tout, et vous ne serez pas étonné de l'intérêt que j'ai pris à votre visite... Vous me ferez le plaisir de prendre une tasse de thé avec nous...

— Monsieur m'a promis la soirée, répondit le vieillard avec la grâce d'un millionnaire qui fait les honneurs chez lui.

Auguste, assis sur une chaise en tapisserie, à une petite table en marqueterie ornée de cuivres, lisait un livre à la clarté des candélabres de la cheminée.

— Auguste, mon enfant, dis à Jean de venir nous servir le thé dans une heure.

Elle accompagna cette phrase d'un regard

expressif, auquel Auguste répondit par un signe.

— Croiriez-vous, monsieur, que depuis six ans, je n'ai pas d'autres serviteurs que mon père et mon fils, et je n'en pourrais plus supporter d'autres. S'ils me manquaient, je mourrais... Mon père ne veut pas que Jean, un pauvre Normand qui nous sert depuis trente ans, vienne dans ma chambre.

— Je crois bien, dit finement le vieillard, monsieur l'a vu, il scie le bois, il le rentre; il fait la cuisine; il fait les commissions; il porte un tablier sale; il aurait fricassé toute cette élégance, si nécessaire aux yeux d'une pauvre fille, pour qui cette chambre est toute la nature...

— Ah! madame, monsieur votre père a bien raison...

— Et pourquoi? dit-elle. Si Jean avait gâté ma chambre, mon père l'aurait renouvelée.

— Oui, mon enfant; mais ce qui m'en empêche, c'est que tu ne peux pas la quitter; et tu ne connais pas les tapissiers de Paris!... Il leur faudrait plus de trois mois pour refaire ta chambre. Songe à la poussière qui s'élèverait de ton tapis, si on l'ôtait. Faire faire ta chambre par Jean? Y penses-tu?... En prenant les précautions minutieuses dont sont capables un père et un fils, nous t'avons évité le balayage, la poussière... Si seulement Jean entrait pour nous servir, ce serait fini dans un mois...

— Ce n'est pas par économie, dit Godefroid, c'est pour votre santé. Monsieur votre père a raison.

— Je ne me plains pas, répliqua Vanda d'une voix pleine de coquetterie.

Cette voix faisait l'effet d'un concert. L'âme, le mouvement et la vie s'étaient concentrés dans le regard et dans la voix; car Vanda, par des études auxquelles le temps n'avait certes pas manqué, était arrivée à vaincre les difficultés provenues de la perte de ses dents.

— Je suis encore heureuse, monsieur, dans l'effroyable malheur qui m'assiège; car, au moins, la fortune est d'un grand secours pour supporter mes souffrances... Si nous avions été dans l'indigence, il y a dix-huit ans que je n'existerais plus, et je vis!... J'ai des jouissances, elles sont d'autant plus vives que c'est de perpétuelles conquêtes sur la mort... Vous allez me trouver bien bavarde... reprit-elle en souriant.

— Madame, répondit Godefroid, je vous prierais de parler toujours, car je n'ai jamais entendu de voix comparable à la vôtre... c'est une musique : Rubini n'est pas plus enchanteur...

— Ne parlez pas de Rubini, des Italiens, dit le vieillard avec une teinte de tristesse. Quelque riches que nous soyons, il m'est impossible de donner à ma fille, qui était une grande musicienne, ce plaisir dont elle est folle.

— Pardon, fit Godefroid.

— Vous vous ferez à nous, dit le vieillard.

— Voici le procédé, dit la malade en souriant. Quand on vous aura crié *casse-cou* plusieurs fois, vous serez au fait du colin-maillard de notre conversation...

Godefroid échangea rapidement un regard avec monsieur Bernard, qui, voyant des larmes dans les yeux de son voisin, se mit un doigt sur la bouche pour lui recommander de ne pas faillir à l'héroïsme qu'il partageait avec son fils depuis sept ans.

Cette sublime et perpétuelle imposture, accusée par la complète illusion de la malade, produisait en ce moment sur Godefroid l'effet de la contemplation d'un précipice à pic, où deux chasseurs de chamois descendraient avec facilité. La magnifique boîte d'or, enrichie de diamants, avec laquelle jouait insouciamment le vieillard sur le pied du lit de sa fille, était comme le trait de génie qui, dans l'œuvre d'un homme supérieur, enlève le cri d'admiration. Godefroid regardait cette tabatière, se demandant pourquoi elle n'était pas vendue ou au Mont-de-Piété; mais il se réserva d'en parler au vieillard.

— Ce soir, monsieur Godefroid, ma fille a reçu de l'annonce de votre visite une telle excitation, que tous les phénomènes bizarres de sa maladie qui, depuis douze jours, faisaient notre désespoir, ont complètement disparu... Jugez si je vous ai de la reconnaissance.

— Et moi donc?... s'écria la malade d'un son de voix câlin et en penchant la tête par un mouvement plein de coquetterie. Monsieur est pour moi le député du monde... Depuis l'âge de vingt ans, monsieur, je n'ai plus su ce que c'était qu'un salon, une soirée, un bal... Et notez que j'aime la danse, que je raffole du spectacle, et surtout de musique. Je devine tout par la pensée! Je lis beaucoup. Puis mon père me raconte les choses du monde...

En entendant ce mot, Godefroid fit un mouvement comme pour plier un genou devant ce pauvre vieillard.

— Oui, quand il va aux Italiens, et il y va souvent, il me dépeint les toilettes, il me décrit les effets du chant. Oh! je voudrais être guérie, d'abord pour mon père, qui vit uniquement pour moi, comme je vis par lui, pour lui; pour mon fils, à qui je voudrais donner une autre mère! Ah! monsieur, quels êtres accomplis que mon vieux père... que mon excellent fils... mais aussi pour entendre Lablache, Rubini, Tamburini, la Grisi et *I Puritani*... Mais...

— Allons, mon enfant, du calme!... Si nous parlons musique, nous sommes perdus! dit le vieillard en souriant.

Il souriait, et ce sourire qui rajeunissait cette figure trompait toujours évidemment la malade.

— Tiens, je serai bien sage, dit Vanda d'un air mutin; mais donne-moi l'accordéon...

On avait inventé dès ce temps cet instrument portatif qui pouvait, à la rigueur, se poser au bord du lit de la malade, et qui, pour donner les sons de l'orgue, n'exigeait que la pression du pied. Cet instrument, dans son plus grand développement, équivalait à un piano; mais il coûtait alors trois cents francs. La malade, qui lisait les journaux, les revues, connaissait l'existence de cet instrument et en souhaitait un depuis deux mois.

— Oui, madame, vous en aurez un, reprit

Godefroid à un regard que lui lança le vieillard. Un de mes amis, qui part pour Alger, en a un superbe que je lui emprunterai; car, avant de vous en acheter un, vous essaierez celui-là. Il est possible que les sons si vibrants, si puissants, ne vous conviennent pas...

— Puis-je l'avoir demain?... dit-elle avec la vivacité d'une créole.

— Demain, reprit monsieur Bernard, c'est bientôt, et demain, c'est dimanche.

— Ah!... fit-elle en regardant Godefroid qui croyait voir voltiger une âme en admirant l'ubiquité des regards de Vanda.

Jusqu'alors, Godefroid avait ignoré la puissance de la voix et des yeux, lorsqu'ils sont devenus toute la vie. Le regard n'était plus un regard, mais une flamme, ou mieux, un flamboiement divin, un rayonnement communicatif de vie et d'intelligence, la pensée visible! Cette voix aux mille intonations remplaçait les mouvements, les gestes et les poses de la tête. Les variations du teint, qui changeait de couleur comme le fabuleux caméléon, rendaient l'illusion, ou, si vous voulez, ce mirage complet. Cette tête souffrante, plongée dans cet oreiller de batiste garni de dentelles, était toute une personne.

Jamais, dans sa vie, Godefroid n'avait contemplé de si grand spectacle, il suffisait à peine à ses émotions. Autre sublimité, car tout était étrange dans cette situation, pleine de poésie et d'horreur : l'âme seule vivait chez les spectateurs. Cette atmosphère, uniquement remplie de sentiment, avait une influence céleste. On ne s'y sentait pas plus de corps que n'en avait la malade. On s'y trouvait tout esprit. A force de contempler ce mince débris d'une jolie femme, Godefroid oubliait les mille détails élégants de cette chambre, il se croyait en plein ciel. Ce ne fut qu'au bout d'une demi-heure qu'il aperçut une étagère pleine de curiosités, placée sous un portrait magnifique de madame Bernard que la malade le pria d'aller voir, car il était de Géricault.

— Géricault, dit-elle, était de Rouen, et sa famille ayant eu quelques obligations à mon père, le premier président, il nous remercia par ce chef-d'œuvre, où vous me voyez à l'âge de seize ans.

— Vous avez un fort beau tableau, dit Godefroid, il est tout à fait inconnu de ceux qui se sont occupés des œuvres si rares de ce génie...

— Ce n'est plus pour moi, dit-elle, qu'une chose d'affection, car je ne vis que par le cœur, et j'ai la plus belle vie, ajouta-t-elle en regardant son père et lui jetant toute son âme dans ce regard. Ah! monsieur, si vous saviez ce qu'est mon père! Qui jamais pourrait croire que ce grand et sévère magistrat, à qui l'empereur a eu tant d'obligations qu'il lui a donné cette tabatière, et que Charles X a cru le récompenser par ce cabaret de Sèvres, là, dit-elle, en montrant la console, que ce ferme soutien du pouvoir et des lois, ce savant publiciste, a, dans un cœur de rocher, les délicatesses d'un cœur de mère. Oh!

papa! papa! embrasse-moi... viens! je le veux, si tu m'aimes.

Le vieillard se leva, se pencha sur le lit, et prit un baiser sur le front blanc, vaste, poétique de sa fille, de qui les fureurs ne ressemblaient pas toujours à cette tempête d'affection.

Le vieillard se promena par la chambre, il avait aux pieds des pantoufles brodées par sa fille, et il ne faisait aucun bruit.

— Et quelles sont vos occupations? demanda-t-elle à Godefroid après une pause.

— Madame, je suis employé par des personnes pieuses à secourir les gens très malheureux.

— Ah! la belle mission, monsieur! dit-elle. Croyez-vous que l'idée de me vouer à cette occupation m'est venue?... Mais quelles sont les idées que je n'ai pas eues? reprit-elle en faisant un mouvement de tête. La douleur est comme un flambeau qui nous éclaire la vie... Si donc je recouvrais la santé...

— Tu t'amuserais, mon enfant, dit le vieillard.

— Certainement, répondit-elle, j'en ai le désir, mais en aurai-je la faculté? Mon fils sera, je l'espère, un magistrat digne de ses deux grands-pères, il me quittera. Que faire?... Si Dieu me rend la vie, je la lui consacrerai! Oh! après vous avoir donné tout ce que vous en voudrez! s'écria-t-elle en regardant son père et son fils. Il y a des moments, mon père, où les idées de monsieur de Maistre me travaillent, et je crois que j'expie quelque chose.

— Voilà ce que c'est que de tant lire, s'écria le vieillard évidemment chagriné.

— Ce brave général polonais, mon grand-père, a trempé fort innocemment dans le partage de la Pologne.

— Allons, voilà la Pologne! reprit Bernard.

— Que veux-tu, papa! mes souffrances sont infernales, elles donnent horreur de la vie, elles me dégoûtent de moi-même. Eh! bien, en quoi les ai-je méritées? De telles maladies ne sont pas un simple dérangement de santé, c'est l'organisation tout entière pervertie, et...

— Chante l'air national que chantait ta pauvre mère, tu feras plaisir à monsieur, à qui j'ai parlé de ta voix, dit le vieillard qui voulait évidemment distraire sa fille des idées dans lesquelles elle s'engageait.

Vanda se mit à chanter d'un ton bas et doux une chanson en langue polonaise qui fit rester Godefroid stupide d'admiration et saisi de tristesse. Cette mélodie, assez semblable aux airs traînants et mélancoliques de la Bretagne, est une de ces poésies qui vibrent dans le cœur longtemps après qu'on les a entendues. En écoutant Vanda, Godefroid la regardait, mais il ne put soutenir les regards extatiques de ce reste de femme, quasi folle, et il arrêta sa vue sur des glands qui pendaient de chaque côté du ciel de lit.

— Ah! ah! fit Vanda qui se mit à rire de l'attention de Godefroid, vous vous demandez à quoi cela sert?

— Vanda! dit le père, allons, calme-toi, ma

fille! Tiens, voici le thé. Ceci, monsieur, est une bien coûteuse machine, dit-il à Godefroid. Ma fille ne peut pas se lever, et elle ne peut pas non plus rester dans son lit, sans qu'on le fasse ou qu'on en change les draps. Ces cordons répondent à des poulies, et, en passant sous elle un carré de peau maintenu aux quatre coins par des anneaux qui s'accrochent à quatre cordes, nous pouvons l'enlever sans fatigue pour elle, ni pour nous.

— On m'enlève! répéta follement Vanda.

Heureusement Auguste parut apportant une théière qu'il mit sur une petite table, où il déposa le cabaret de porcelaine de Sèvres et qu'il couvrit de pâtisseries, de sandwichs. Il apporta la crème et le beurre. Cette vue changea tout à fait les dispositions de la malade qui tournaient à une crise.

— Tiens, Vanda, voilà le nouveau roman de Nathan. Si tu t'éveilles cette nuit, tu auras de quoi lire.

— *La Perle de Dol!* Ah! cela doit être une histoire d'amour. Auguste! Dis donc, j'aurai un accordéon!

Auguste leva la tête brusquement et regarda son grand-père d'un air singulier.

— Voyez comme il aime sa mère! reprit Vanda. Viens m'embrasser, mon petit chat. Non, ce n'est pas ton grand-père, c'est monsieur que tu dois remercier, car notre voisin doit m'en prêter un demain matin. — Comment est-ce fait, monsieur?

Godefroid, sur un signe du vieillard, expliqua

longuement l'accordéon, tout en savourant le thé fait par Auguste, et qui, d'une qualité supérieure, était exquis.

Vers dix heures et demie, l'Initié se retira, lassé du spectacle de cette lutte insensée du grand-père et du fils, admirant leur héroïsme et cette patience de tous les jours à jouer un double rôle, également accablant.

— Eh! bien, lui dit monsieur Bernard, qui le suivit chez lui, vous comprenez, monsieur, la vie que je mène! C'est à toute heure les émotions du voleur, attentif à tout. Un mot, un geste tuerait ma fille! Une babiole de moins parmi celles qu'elle a l'habitude de voir révélerait tout à cet esprit qui voit à travers les murs.

— Monsieur, répondit Godefroid, lundi Halpersohn prononcera sur votre fille, car il est arrivé. Je doute que la science puisse rétablir ce corps...

— Oh! Je n'y compte pas, reprit l'ancien magistrat; mais qu'on lui rende la vie supportable... Je comptais, monsieur, sur votre intelligence, et je voulais vous remercier, car vous avez tout compris... Ah! voilà l'accès! s'écria-t-il, en entendant un cri à travers les murs; elle a excédé ses forces!

Et, serrant la main de Godefroid, le vieillard courut chez lui.

A huit heures du matin, le lendemain, Godefroid frappait à la porte du célèbre médecin polonais[82]. Il fut conduit par un valet de chambre au premier étage du petit hôtel qu'il avait pu examiner pendant le temps que le portier mit à trouver et à prévenir le domestique.

Heureusement, comme il s'en doutait, l'exactitude de Godefroid lui sauva l'ennui d'attendre; il était, sans doute, le premier venu. D'une antichambre fort simple, il passa dans un grand cabinet où il aperçut un vieillard en robe de chambre qui fumait une longue pipe. La robe de chambre, en alépine noire, devenue luisante, portait la date de l'émigration polonaise.

— Qu'y a-t-il pour votre service? lui dit le médecin juif, car vous n'êtes pas malade!

Et il arrêta sur Godefroid un regard qui avait l'expression curieuse et piquante des yeux du juif polonais, ces yeux qui semblent avoir des oreilles.

Halpersohn était, au grand étonnement de Godefroid, un homme de cinquante-six ans, à petites jambes turques, et dont le buste était large, puissant. Il y avait en cet homme quelque chose d'oriental, car sa figure avait dû, dans la jeunesse, être fort belle; il en restait un nez hébraïque, long et recourbé comme un sabre de Damas. Le front vraiment polonais, large et noble, mais ridé comme un papier froissé, rappelait celui de saint Joseph des vieux maîtres italiens. Les yeux, vert de mer et enchâssés, comme ceux des perroquets, par des membranes grisâtres et froncées, exprimaient la ruse et l'avarice à un degré supérieur. Enfin, la bouche, fendue comme une blessure, ajoutait à cette physionomie sinistre tout le mordant de la défiance.

Cette face pâle et maigre, car Halpersohn était

d'une remarquable maigreur, surmontée de cheveux gris mal peignés, avait, pour ornement, une longue barbe très fournie, noire, mélangée de blanc, qui cachait la moitié du visage, en sorte qu'on n'en voyait que le front, les yeux, le nez, les pommettes et la bouche.

Cet ami du révolutionnaire Lelewel portait une calotte en velours noir qui, mordant par une pointe sur le front, en faisait ressortir la couleur blonde, digne des pinceaux de Rembrandt.

La question que fit ce médecin, devenu si célèbre autant par ses talents que par son avarice, causa quelque surprise à Godefroid, qui se dit en lui-même :

— Me prendrait-il pour un voleur?

La réponse à cette question se trouvait sur la table et sur la cheminée du docteur. Godefroid croyait arriver le premier, il arrivait le dernier. Les consultants avaient déposé sur la cheminée et sur le bord de la table d'assez grosses offrandes, car Godefroid aperçut des piles de pièces de 20 francs, de 40 francs et deux billets de mille francs. Était-ce là le produit d'une matinée? Il en douta beaucoup, et il crut à quelque savante invention d'esprit. Peut-être l'avare mais infaillible docteur tenait-il à forcer ainsi ses recettes en laissant croire à ses clients, choisis parmi les riches, qu'on lui donnait des rouleaux au lieu de papillotes.

Moïse Halpersohn devait d'ailleurs être payé largement, car il guérissait, et guérissait précisément les maladies désespérées auxquelles la médecine renonçait. On ignore en Europe que les peuples slaves possèdent beaucoup de secrets ; ils ont une collection de remèdes souverains, fruits de leurs relations avec les Chinois, les Persans, les Cosaques, les Turcs et les Tartares. Certaines paysannes, qui passent pour sorcières, guérissent radicalement la rage en Pologne, avec des sucs d'herbe. Il existe dans ce pays un corps d'observations sans code, sur les effets de certaines plantes, de quelques écorces d'arbres réduites en poudre, que l'on se transmet de famille en famille, et il s'y fait des cures miraculeuses.

Halpersohn, qui passa, pendant cinq ou six ans, pour un médicastre, à cause de ses poudres, de ses médecines, possédait la science innée des grands médecins. Non seulement il était savant et avait beaucoup observé, mais encore, il avait parcouru l'Allemagne, la Russie, la Perse, la Turquie, où il avait recueilli bien des traditions ; et comme il connaissait la chimie, il devint la bibliothèque vivante de ces secrets épars chez *les bonnes femmes,* comme on dit en France, de tous les pays où il avait porté ses pas, à la suite de son père, marchand ambulant de son état.

Il ne faut pas croire que la scène où, dans *Richard en Palestine*[83], Saladin guérit le roi d'Angleterre soit une fiction. Halpersohn possède une bourse de soie qu'il trempe dans l'eau pour la colorer légèrement, et certaines fièvres cèdent à cette eau bue par le malade. La vertu des plantes, selon cet homme, est infinie, et les guérisons des plus affreuses maladies sont possibles. Cependant, lui, comme ses confrères, s'arrête quelquefois devant des incompréhensibilités. Halpersohn aime l'invention de l'homéopathie, plus à cause de sa thérapeutique que pour son système médical; il correspondait alors avec Hedenius de Dresde, Chelius d'Heidelberg et les célèbres médecins allemands, tout en tenant la main fermée, quoique pleine de découvertes. Il ne voulait pas faire d'élèves.

Le cadre était d'ailleurs en harmonie avec ce portrait échappé d'une toile de Rembrandt. Le cabinet, tendu d'un papier qui simulait du velours vert, était mesquinement meublé d'un divan vert. Le tapis vert mélangé montrait la corde. Un grand fauteuil en cuir noir, pour les consultants, se trouvait devant la fenêtre, drapée de rideaux verts. Un fauteuil de bureau, de forme romaine, en acajou, et couvert d'un maroquin vert, était le siège du docteur.

Entre la cheminée et la table longue sur laquelle il écrivait, une caisse commune en fer, placée en face de la cheminée, au milieu de la paroi opposée, supportait une pendule en granit de Vienne sur laquelle s'élevait un groupe en bronze, représentant l'Amour jouant avec la Mort, le présent d'un grand sculpteur allemand qu'Halpersohn avait sans doute guéri. Le chambranle de la cheminée avait une coupe entre deux flambeaux pour tout ornement. De chaque côté du divan, deux encoignures en ébène servaient à mettre des plateaux, où Godefroid vit des cuvettes d'argent, des carafes et des serviettes.

Cette simplicité, qui tenait presque de la

nudité, frappa beaucoup Godefroid, pour qui tout voir fut l'affaire d'un coup d'œil, et il recouvra son sang-froid.

— Monsieur, je me porte parfaitement bien : aussi ne viens-je pas pour moi, mais pour une femme à qui vous auriez dû, depuis longtemps, faire une visite. Il s'agit d'une dame qui demeure sur le boulevard du Montparnasse...

— Ah! oui, cette dame m'a déjà plusieurs fois envoyé son fils... Eh! bien, monsieur, qu'elle vienne à ma consultation.

— Qu'elle vienne! répéta Godefroid indigné, mais, monsieur, elle n'est pas transportable de son lit sur un fauteuil; il faut la soulever avec des sangles.

— Vous n'êtes pas médecin, monsieur? demanda le docteur juif avec une singulière grimace qui rendit son masque encore plus méchant qu'il ne l'était.

— Si le baron de Nucingen vous faisait dire qu'il souffre et veut vous visiter, répondriez-vous : « Qu'il vienne! »

— J'irais, répliqua froidement le juif en lançant un jet de salive dans un crachoir hollandais en acajou plein de sable.

— Vous iriez, reprit doucement Godefroid, parce que le baron de Nuncingen a deux millions de rente, et...

— Le reste ne fait rien à l'affaire, j'irais.

— Eh! bien, monsieur, vous viendrez voir la malade du boulevard Montparnasse, par la même raison. Sans avoir la fortune du baron de Nucingen, je suis ici pour vous dire que vous mettrez vous-même le prix à la guérison, ou à vos soins si vous échouez... Je suis prêt à vous payer d'avance; mais comment, monsieur, vous qui êtes un émigré polonais, un communiste, je crois, ne feriez-vous pas un sacrifice à la Pologne? car cette dame est la petite-fille du général Tarlowski, l'ami du prince Poniatowski.

— Monsieur, vous êtes venu pour me demander de guérir cette dame, et non pour me donner des conseils. En Pologne, je suis Polonais; à Paris, je suis Parisien. Chacun fait le bien à sa manière, et croyez que l'avidité qu'on me prête a sa raison. Le trésor que j'amasse a sa destination; elle est sainte. Je vends la santé : les riches peuvent la payer; je la leur fais acheter... Les pauvres ont leurs médecins... Si je n'avais pas un but je n'exercerais pas la médecine... Je vis sobrement et je passe mon temps à courir; je suis paresseux et j'étais joueur... Concluez, jeune homme!... Vous n'avez pas l'âge où l'on peut juger les vieillards.

Godefroid garda le silence.

— Vous demeurez avec la petite-fille de cet imbécile qui n'avait de courage que pour se battre, et qui a livré son pays à Catherine II?

— Oui, monsieur.

— Soyez chez vous lundi, à trois heures, dit-il en quittant sa pipe et en prenant son agenda sur lequel il traça quelques mots. Vous me remettrez, à mon arrivée, deux cents francs; et si je vous promets la guérison, vous me donnerez mille écus... Il m'a été dit, reprit-il, que cette dame est rapetissée comme si elle était tombée au feu.

— Monsieur c'est, croyez-en les plus célèbres médecins de Paris, une névrose dont les désordres sont tels, qu'ils les ont niés tant qu'ils ne les ont pas vus.

— Ah! je me rappelle maintenant les détails que ce petit bonhomme m'en a donnés... A demain, monsieur.

Godefroid sortit, après avoir salué cet homme aussi singulier qu'extraordinaire. Rien en lui ne sentait, n'indiquait un médecin, pas même ce cabinet nu, et dont le seul meuble qui frappât la vue était cette formidable caisse de Huret ou de Fichet.

Godefroid put arriver assez à temps au passage Vivienne pour acheter, avant que la boutique ne fermât, un magnifique accordéon qu'il fit partir devant lui pour monsieur Bernard, en en indiquant l'adresse.

Puis il alla rue Chanoinesse, en passant par le quai des Augustins, où il espérait trouver encore ouvert un des magasins des commissionnaires en librairie; il en vit effectivement un où il eut une longue conversation avec un jeune commis sur les livres de jurisprudence.

Il trouva madame de la Chanterie et ses amis au retour de la grand-messe; et, au premier regard qu'elle lui jeta, Godefroid répondit par un hochement de tête significatif.

— Eh! bien, lui dit-il, notre cher père Alain n'est pas avec vous?

— Il ne viendra pas ce dimanche-ci, répondit

madame de la Chanterie ; vous ne le verrez que d'aujourd'hui en huit... A moins que vous n'alliez où il vous a donné rendez-vous.

— Madame, dit tout bas Godefroid, vous savez qu'il ne m'intimide pas comme ces messieurs, et je comptais lui faire ma confession.

— Et moi ?

— Oh ! vous, je vous dirai tout ; car j'ai bien des choses à raconter. Pour mon début, j'ai trouvé la plus extraordinaire de toutes les infortunes, un sauvage accouplement de la misère et du luxe ; puis des figures d'une sublimité qui dépasse toutes les inventions de nos romanciers les plus en vogue.

— La nature, et surtout la nature morale, est toujours au-dessus de l'art, autant que Dieu est au-dessus de ses créatures. Mais, voyons, dit madame de la Chanterie, venez me raconter votre expédition dans les terres inconnues où vous avez fait votre premier voyage.

Monsieur Nicolas et monsieur Joseph, car l'abbé de Vèze était resté pour quelques moments à Notre-Dame, laissèrent madame de la Chanterie seule avec Godefroid, qui, sous le coup des émotions qu'il venait de ressentir la veille, raconta tout dans les plus petits détails avec la force, avec l'action et la verve que donne la première impression d'un pareil spectacle et de son cadre d'hommes et de choses. Il eut un grand succès, car la douce et calme madame de la Chanterie pleura, quelque accoutumée qu'elle fût à descendre dans l'abîme des douleurs.

— Vous avez bien fait, dit-elle, d'envoyer l'accordéon.

— Je voudrais faire bien plus, répondit Godefroid, puisque cette famille est la première qui m'ait fait connaître les plaisirs de la charité; je désire procurer à ce sublime vieillard la plus grande partie des bénéfices de son grand ouvrage. Je ne sais si vous avez assez de confiance dans ma capacité pour me mettre à même d'entreprendre une pareille affaire. D'après les renseignements que je viens de prendre, il faudrait environ neuf mille francs pour fabriquer ce livre à quinze cents exemplaires, et leur moindre valeur serait alors de vingt-quatre mille francs. Comme nous devons préalablement payer les trois mille et quelques cents francs qui grèvent le manuscrit, c'est donc douze mille francs à risquer. Oh! madame, si vous saviez quels regrets amers j'ai eus en venant du quai des Augustins ici d'avoir dissipé si follement ma petite fortune! Car l'esprit de la charité m'est comme apparu. J'ai l'ardeur de l'Initié, je veux embrasser la vie de ces messieurs, et je serai digne de vous. J'ai béni plusieurs fois depuis deux jours le hasard qui m'a conduit ici. Je vous obéirai en tout, jusqu'à ce que vous me trouviez capable d'être un des vôtres.

— Eh! bien, répondit gravement madame de la Chanterie après avoir réfléchi, écoutez-moi, car j'ai des choses importantes à vous révéler. Vous avez été séduit, mon enfant, par la poésie du malheur. Oui, souvent le malheur a de la poésie ; car, pour moi, la poésie est un certain excès dans le sentiment, et la douleur est un sentiment. On vit tant par la douleur !...

— Oui, madame, j'ai été pris du démon de la curiosité... Que voulez-vous ? Je n'ai pas encore l'habitude de pénétrer au cœur des existences malheureuses, et je n'y vais pas avec la tranquillité de vos trois pieux soldats du Seigneur. Mais, sachez-le bien, c'est après l'épuisement de cette irritation que je me suis voué à votre œuvre !...

— Écoutez, mon cher ange, dit madame de la Chanterie, qui prononça ces trois mots avec une douce sainteté dont fut singulièrement touché Godefroid, nous nous sommes interdit, mais absolument, nous ne forçons point les mots ici... Ce qui est interdit n'occupe pas même notre pensée... Donc nous nous sommes interdit d'entrer dans les spéculations. Imprimer un livre pour le vendre, en attendre des bénéfices, c'est une affaire, et les opérations de ce genre nous jetteraient dans les embarras du commerce. Certes, ceci me semble assez faisable, nécessaire même. Croyez-vous que ce soit le premier cas qui se présente ? Nous avons vingt fois, cent fois aperçu le moyen de sauver ainsi des familles, des maisons ! Or, que serions-nous devenus avec des affaires de ce genre ? Nous aurions été négociants... Commanditer le malheur, ce n'est pas travailler soi-même, c'est mettre le malheur à même de travailler. Dans quelques jours vous rencontrerez des misères plus âpres que celle-ci ; ferez-vous la même chose ? Vous seriez accablé ! Songez, mon enfant, que messieurs Mongenod ne peuvent plus, depuis un an, se charger de notre comptabilité. Vous aurez la moitié de votre temps pris par la tenue de nos livres. Nous avons aujourd'hui près de deux mille débiteurs dans Paris ; et au moins faut-il que, pour ceux qui peuvent nous rendre, nous sachions le chiffre de leur dette... Nous ne demandons jamais, nous attendons. Nous calculons que la moitié de l'argent donné se perd. L'autre moitié nous revient quelquefois doublée... Ainsi, supposez que ce magistrat meure, voilà douze mille francs bien aventurés. Mais que sa fille soit guérie, que son petit-fils réussisse, et qu'il devienne un jour magistrat... Eh ! bien, s'il a de l'honneur, il se souviendra de la dette, et il nous rendra l'argent des pauvres avec usure. Savez-vous que plus d'une famille, tirée de la misère et mise par nous sur le chemin de la fortune par des prêts sans intérêts, a fait la part des pauvres, et nous a rendu les sommes doublées et quelquefois triplées... Voilà nos seules spéculations. D'abord, songez, quant à ce qui vous préoccupe (et vous devez vous en préoccuper), que la vente de l'ouvrage de ce magistrat dépend de la bonté de cette œuvre ; l'avez-vous lue ? Puis, si le livre est excellent, combien d'excellents livres sont restés un, deux ou trois ans sans avoir le succès qu'ils méritent ! Combien de couronnes mises sur des tombeaux ! Et je sais que les libraires ont des façons de traiter, de réaliser, qui font de leur commerce le plus chanceux et le plus difficile à débrouiller de tous les commerces parisiens. Monsieur Nicolas vous parlera de ces difficultés, inhérentes à la nature des livres. Ainsi, vous le voyez, nous sommes raisonnables, nous avons l'expérience de toutes les misères, comme celle de tous les commerces, car nous étudions Paris depuis longtemps... Les Mongenod nous aident; nous avons en eux des flambeaux; et c'est par eux que nous savons que la Banque de France a le commerce de la librairie en suspicion constante, quoique ce soit un des plus beaux commerces, mais il est mal fait... Quant aux quatre mille francs nécessaires pour sauver cette noble famille des horreurs de l'indigence, car il faut que ce pauvre enfant et son grand-père se nourrissent et puissent s'habiller convenablement, je vais vous les donner... Il est des souffrances, des misères, des plaies que nous pansons immédiatement, sans hésitation, sans chercher à savoir qui nous secourons : religion, honneur, caractère, tout est indifférent; mais dès qu'il s'agit de prêter l'argent des pauvres pour aider le malheur sous la forme agissante de l'industrie, du commerce... oh! alors nous cherchons des garanties, avec la rigidité des usuriers. Aussi, pour le surplus bornez votre enthousiasme à trouver à ce vieillard le plus honnête libraire possible. Ceci regarde monsieur Nicolas. Il connaît des avocats, des professeurs, auteurs de livres sur la jurisprudence; et, dimanche prochain, il aura bien certainement un bon conseil à vous donner... Soyez tranquille, si c'est possible, cette difficulté sera résolue. Cependant, peut-être serait-il bon que monsieur Nicolas lût l'ouvrage de ce magistrat... Si cela se peut, obtenez-en la communication...

Godefroid restait stupéfait du bon sens de cette femme, qu'il croyait uniquement animée par l'esprit de charité. L'Initié plia le genou, baisa l'une des belles mains de madame de la Chanterie en lui disant :

— Vous êtes donc aussi la raison?

— Il faut être tout dans notre état, reprit-elle avec la gaieté douce particulière aux vraies saintes.

— Comment, deux mille comptes! s'écria-t-il, mais c'est immense!

— Oh! deux mille comptes et qui peuvent donner lieu, répondit-elle, à des restitutions basées, comme je viens de vous le dire, sur la délicatesse de nos obligés; car nous avons bien trois mille autres familles qui ne nous rendront jamais que des actions de grâce. Aussi sentons-nous, je vous le répète, la nécessité d'avoir des livres. Et si vous avez une discrétion à toute épreuve, vous serez notre oracle financier. Nous sommes obligés de tenir un journal, le grand-livre des comptes-courants et un livre de caisse. Nous avons bien des notes, mais nous perdons trop de temps à chercher... Voilà ces messieurs, reprit-elle.

Godefroid, grave et pensif, prit peu de part d'abord à la conversation, il était abasourdi par la révélation que madame de la Chanterie venait de lui faire d'un ton qui prouvait qu'elle voulait le récompenser de son ardeur.

— Deux mille familles obligées! se disait-il;

mais, si elles coûtent autant que va nous coûter monsieur Bernard, nous avons donc des millions semés dans Paris ?

Ce sentiment fut un des derniers mouvements de l'esprit du monde qui s'éteignait insensiblement chez Godefroid. En réfléchissant, il comprit que les fortunes réunies de madame de la Chanterie, de messieurs Alain, Nicolas, Joseph et celle du juge Popinot, les dons recueillis par l'abbé de Vèze et les secours prêtés par la maison Mongenod avaient dû produire un capital considérable ; et que, depuis douze ou quinze ans, ce capital, accru par ceux d'entre les obligés qui se montraient reconnaissants, avait dû grossir à la façon des boules de neige, puisque ces charitables personnes n'en distrayaient rien. Il voyait clair peu à peu dans cette œuvre immense, et son désir d'y coopérer s'en accrut.

Il voulut sur les neuf heures retourner à pied au boulevard du Montparnasse ; mais madame de la Chanterie, craignant la solitude du quartier, le contraignit à prendre un cabriolet. En descendant de voiture, quoique les volets fussent si soigneusement fermés qu'il ne passait pas une ligne de lueur, Godefroid entendit les sons de l'instrument ; et, quand il fut sur le palier, Auguste, qui sans doute guettait l'arrivée de Godefroid, entrouvrit la porte de l'appartement et dit :

— Maman voudrait bien vous voir, et mon grand-père vous offre une tasse de thé.

En entrant, Godefroid trouva la malade transfigurée par le plaisir de faire de la musique ; le visage étincelait et les yeux brillaient comme deux diamants.

— J'aurais dû vous attendre pour vous donner les premiers accords; mais je me suis jetée sur ce petit orgue comme un affamé se jette sur un festin. Vous avez une âme à me comprendre, et alors je suis pardonnée.

Et Vanda fit un signe à son fils, qui vint se placer de manière à presser la pédale par laquelle respira le soufflet intérieur de l'instrument; et, les yeux au ciel, comme sainte Cécile, la malade, dont les doigts avaient retrouvé momentanément de la force et de l'agilité, répéta des variations sur la *Prière de Moïse*[84] que son fils était allé lui acheter, et qu'elle avait composées dans quelques heures. Godefroid reconnut un talent identique avec celui de Chopin. C'était une âme qui se manifestait par des sons divins où dominait une douceur mélancolique. Monsieur Bernard avait salué Godefroid par un regard où se peignait un sentiment inexprimé depuis longtemps. Si les larmes n'eussent pas été à jamais taries chez ce vieillard desséché par tant de douleurs cuisantes, ce regard aurait été mouillé. Cela se devinait.

Monsieur Bernard jouait avec sa tabatière, en contemplant sa fille dans une indicible extase.

— Demain, madame, reprit Godefroid lorsque la musique eut cessé, demain votre sort sera fixé, car je vous apporte une bonne nouvelle. Le célèbre Halpersohn viendra demain à trois heures. — Et il m'a promis, ajouta-t-il à l'oreille de monsieur Bernard, de me dire la vérité.

Le vieillard se leva, prit Godefroid par la main, l'entraîna dans un coin de la chambre, du côté de la cheminée, il tremblait.

— Ah! quelle nuit vais-je passer! C'est un arrêt définitif! lui dit-il à l'oreille. Ma fille sera guérie ou condamnée!

— Prenez courage, répondit Godefroid, et, après le thé, venez chez moi.

— Cesse, cesse, ma fille, dit le vieillard, tu te donneras des crises. A ce développement de forces succédera l'abattement.

Il fit enlever l'instrument par Auguste et présenta la tasse de thé destinée à sa fille avec toute la câlinerie d'une nourrice qui veut prévenir l'impatience d'un petit enfant.

— Comment est-il, ce médecin? demanda-t-elle déjà distraite par la perspective de voir un être nouveau.

Vanda, comme tous les prisonniers, était dévorée de curiosité. Quand les autres phénomènes physiques de sa maladie cessaient, ils semblaient se reporter dans le moral, et alors elle concevait des caprices étranges, des fantaisies violentes. Elle voulait voir Rossini; elle pleurait de ce que son père, qu'elle croyait tout-puissant, refusait de le lui amener.

Godefroid fit alors une description minutieuse du médecin juif et de son cabinet, car elle ignorait les démarches de son père. Monsieur Bernard avait recommandé le silence à son petit-fils sur ses visites chez Halpersohn, tant il avait craint d'exciter chez sa fille des espérances qui ne se seraient pas réalisées. Vanda restait comme attachée aux paroles qui sortaient de la bouche de Godefroid, elle était charmée, et elle tomba dans une espèce de folie, tant son désir de voir cet étrange Polonais devint ardent.

— La Pologne a souvent fourni de ces êtres singuliers, mystérieux, dit l'ancien magistrat. Aujourd'hui, par exemple, outre ce médecin, nous avons Hoëné Wronski, le mathématicien illuminé, le poète Mickievicz, Towianski l'inspiré, Chopin au talent surnaturel. Les grandes commotions nationales produisent toujours des espèces de géants tronqués.

— Oh! cher papa! Quel homme vous êtes! Si vous mettiez par écrit tout ce que nous vous entendons dire, seulement pour m'amuser, vous feriez une fortune... car, figurez-vous, monsieur, que mon bon vieux père invente pour moi des histoires admirables lorsque je n'ai plus de romans à lire, et il m'endort ainsi. Sa voix me berce, et il calme souvent mes douleurs par son esprit... Qui jamais le récompensera!... Auguste, mon enfant, tu devrais baiser pour moi les marques des pas de ton grand-père.

Le jeune homme leva sur sa mère ses beaux yeux humides, et ce regard, où débordait une compassion longtemps comprimée, fut tout un poème. Godefroid se leva, prit la main d'Auguste et la lui serra.

— Dieu, madame, a mis deux anges près de vous!... s'écria-t-il.

— Oui, je le sais. Aussi me reproché-je

souvent de les faire enrager. Viens, cher Augustin, embrasse ta mère. C'est un enfant, monsieur, dont seraient fières toutes les mères. C'est pur comme l'or, c'est franc, c'est une âme sans péché; mais une âme un peu trop passionnée, comme celle de la maman. Dieu m'a peut-être clouée dans un lit pour me préserver des sottises que commettent les femmes... qui ont trop de cœur... ajouta-t-elle en souriant.

Godefroid répondit par un sourire et par un salut.

— Adieu, monsieur, et surtout remerciez votre ami, car il a fait le bonheur d'une pauvre infirme.

— Monsieur, dit Godefroid quand il fut chez lui seul avec monsieur Bernard qui l'avait suivi, je crois pouvoir vous assurer que vous ne serez point dépouillé par ce trio de braves gens. J'aurai la somme nécessaire, mais il faudra me confier votre traité relatif au réméré... Pour faire plus pour vous, vous devriez me confier votre ouvrage à lire... non pas à moi, je n'aurais pas assez de connaissances pour en juger, mais à un ancien magistrat d'une intégrité parfaite, qui se chargera, d'après le mérite de l'œuvre, de trouver une honorable maison avec laquelle vous contracterez équitablement... Je n'insiste pas là-dessus. En attendant, voici cinq cents francs, ajouta-t-il, en tendant un billet de banque à l'ancien magistrat stupéfait, pour subvenir à vos besoins les plus pressants. Je ne vous en demande point de reçu, vous ne serez obligé que par votre conscience, et votre conscience ne doit parler qu'au cas où vous retrouveriez quelque aisance... Je me charge de satisfaire Halpersohn...

— Qui donc êtes-vous? dit le vieillard qui tomba sur une chaise.

— Moi, répondit Godefroid, rien; mais je sers des personnes puissantes à qui votre détresse est maintenant connue et qui s'intéressent à vous... Ne m'en demandez pas davantage.

— Quel est donc le mobile de ces gens? dit le vieillard.

— La religion, monsieur, répliqua Godefroid.

— Serait-ce possible!... la religion...

— Oui, la religion catholique, apostolique et romaine...

— Eh! vous appartenez à l'ordre de Jésus?

— Non, monsieur, répondit Godefroid. Soyez sans inquiétude : ces personnes n'ont aucun dessein sur vous, hors celui de vous secourir, et de rendre votre famille au bonheur.

— La philanthropie deviendrait-elle donc autre chose qu'une vanité?...

— Eh! monsieur, ne déshonorez pas, dit vivement Godefroid, la sainte charité catholique, la vertu définie par saint Paul!...

Monsieur Bernard, en entendant cette réponse, se mit à marcher à grands pas dans la chambre.

— J'accepte, dit-il tout à coup, et je n'ai qu'une façon de vous remercier, c'est de vous confier mon ouvrage. Les notes, les citations sont inutiles à un ancien magistrat; et j'ai pour deux mois de travaux encore à copier mes citations, comme je vous l'ai dit... A demain, ajouta-t-il en donnant une poignée de main à Godefroid.

— Aurais-je fait une conversion?... se dit Godefroid, qui fut frappé de l'expression nouvelle que la physionomie de ce grand vieillard avait prise à sa dernière réponse.

Le surlendemain, à trois heures, un cabriolet de place s'arrêta devant la maison, et Godefroid en vit sortir Halpersohn, enseveli dans une énorme pelisse d'ours. Pendant la nuit, le froid avait redoublé, le thermomètre marquait dix degrés.

Le médecin juif examina curieusement, quoique à la dérobée, la chambre où son client de la veille le recevait, et Godefroid aperçut une pensée de défiance qui rayonna dans ses yeux, comme une pointe de poignard. Ce rapide pointillement du soupçon fit éprouver un froid intérieur à Godefroid, qui pensa que cet homme devait être impitoyable dans les affaires; et il est si naturel de supposer le génie uni à la bonté, qu'il eut un nouveau mouvement de dégoût.

— Monsieur, dit-il, je vois que la simplicité de mon appartement vous inquiète; aussi ne serez-vous pas étonné de ma manière d'agir. Voici vos deux cents francs, et voici trois billets de mille francs, ajouta-t-il en tirant de son portefeuille les billets que madame de la Chanterie lui avait remis pour dégager l'ouvrage de monsieur Bernard; mais, dans le cas où vous auriez des craintes sur ma solvabilité, je vous offrirais, pour garants de l'exécution de nos conventions, messieurs Mongenod, banquiers, rue de la Victoire.

— Je les connais, répondit Halpersohn en serrant les dix pièces d'or dans sa poche.

— Il ira chez eux, pensa Godefroid.

— Et où demeure la malade? demanda le médecin en se levant comme un homme qui connaissait le prix du temps.

— Venez par ici, monsieur, dit Godefroid en passant le premier pour montrer le chemin.

Le juif examina d'un œil soupçonneux et sagace les lieux par lesquels il passa, car il avait le coup d'œil de l'espion; aussi vit-il fort bien les horreurs de l'indigence par la porte de la pièce où couchaient le magistrat et son petit-fils; par malheur, monsieur Bernard était allé prendre le costume avec lequel il paraissait chez sa fille, et, dans son empressement à venir ouvrir la porte, il ferma mal celle de son chenil.

Il salua noblement Halpersohn, et ouvrit avec précaution la chambre de sa fille. — Vanda, mon enfant, voici le médecin, dit-il.

Et il se rangea pour laisser passer Halpersohn qui conservait sa pelisse. Le juif fut surpris du contraste de cette pièce, qui, dans ce quartier, dans cette maison surtout, était une anomalie; mais l'étonnement d'Halpersohn dura peu, car il avait vu souvent, chez les juifs d'Allemagne et de Russie, de semblables oppositions entre une excessive misère apparente et des richesses cachées. En marchant de la porte au lit de la malade, il ne cessa de la regarder, et, en arrivant à son chevet, il lui dit en polonais :

— Vous êtes polonaise?

— Non pas moi, mais ma mère.

— Qui votre grand-père, le général Tarlowski, avait-il épousé?

— Une Polonaise.

— De quelle province?

— Une Sobolewska de Pinska.

— Bien. Monsieur est votre père?

— Oui, monsieur.

— Monsieur, demanda-t-il, madame votre femme...

— Elle est morte, répondit monsieur Bernard.

— Était-elle très blanche? dit Halpersohn avec un léger mouvement d'impatience d'être interrompu.

— Voici son portrait, répondit monsieur Bernard en allant décrocher un magnifique cadre où se trouvaient plusieurs belles miniatures. Halpersohn tâtait la tête et maniait la chevelure de la malade, tout en regardant le portrait de Vanda Tarlowska, née comtesse Sobolewska.

— Racontez-moi les désordres causés par la maladie. Et il se mit dans la bergère en regardant Vanda fixement pendant les vingt minutes que dura le récit alternatif du père et de la fille.

— Quel âge a madame?

— Trente-huit ans.

— Ah! bon, s'écria-t-il en se levant, je réponds de la guérir. Je n'assure pas de lui rendre l'exercice de ses jambes, mais pour guérie, elle le sera. Seulement il faut la mettre dans une maison de santé de mon quartier.

— Mais, monsieur, ma fille n'est pas transportable.

— Je vous réponds d'elle, dit sentencieusement Halpersohn; mais je ne vous réponds de votre fille qu'à ces conditions... Savez-vous qu'elle va troquer sa maladie actuelle contre une autre maladie épouvantable, et qui durera peut-être un an, ou tout au moins six mois?... Vous pouvez venir voir madame, puisque vous êtes son père.

— Est-ce sûr? demanda monsieur Bernard.

— Sûr! répéta le juif. Madame a dans le corps un principe, une humeur nationale, il faut l'en délivrer. Quand vous viendrez, vous me l'amènerez, rue Basse-Saint-Pierre, à Chaillot, maison de santé du docteur Halpersohn.

— Mais comment?

— Sur un brancard, comme on transporte tous les malades aux hôpitaux.

— Mais le trajet la tuera.

— Non. Et Halpersohn, en disant ce non sec, était à la porte, où Godefroid le rejoignit dans l'escalier. Le juif, qui étouffait de chaud, lui dit à l'oreille : — Outre les mille écus, ce sera quinze francs par jour; on paie trois mois d'avance.

— Bien, monsieur. Et, demanda Godefroid en montant sur le marchepied du cabriolet où le docteur s'était élancé, vous répondez de la guérison.

— J'en réponds, répéta le Polonais. Vous aimez cette dame?

— Non, dit Godefroid.

— Vous ne répéterez pas ce que je vais vous confier, car je ne vous le dis que pour vous prouver que je suis sûr de la guérison, et si vous faisiez une indiscrétion, vous tueriez cette dame...

Godefroid lui répondit par un seul geste.

— Elle est depuis dix-sept ans victime du principe de la plique polonaise qui produit tous ces ravages, j'en ai vu de plus terribles exemples. Or, moi seul aujourd'hui sais comment faire sortir la plique de manière à pouvoir la guérir, car on n'en guérit pas toujours. Vous voyez, monsieur, que je suis bien désintéressé. Si cette dame était une grande dame, une baronne de Nucingen ou toute autre femme ou fille des Crésus modernes, cette cure me serait payée cent, deux cent mille francs, enfin tout ce que je demanderais!... Mais c'est un petit malheur.

— Et le trajet!...

— Bah! Elle aura l'air de mourir, mais elle ne mourra pas!... Elle a de la vie pour cent ans, une fois guérie. Allons, Jacques!... Vite, rue de Monsieur!... et vite!... dit-il au cocher. Et il laissa Godefroid sur le boulevard, où Godefroid resta stupide à regarder s'enfuir le cabriolet.

— Qu'est-ce donc que ce drôle d'homme vêtu de peau d'ours? demanda la mère Vauthier à qui rien n'échappait. Est-ce vrai, ce que m'a dit le cocher du cabriolet, que c'est le plus fameux médecin de Paris?

— Et qu'est-ce que cela vous fait, mère Vauthier?

— Ah! rien du tout! reprit-elle en grimaçant.

— Vous avez eu bien tort de ne pas vous mettre de mon côté, dit Godefroid en revenant à pas lents vers la maison; vous auriez plus gagné qu'avec Messieurs Barbet et Métivier, de qui vous n'aurez rien.

— Est-ce que je suis pour ces messieurs? reprit-elle en haussant les épaules. Monsieur Barbet est mon propriétaire, voilà tout!

Il fallut deux jours pour décider monsieur Bernard à se séparer de sa fille et la transporter à Chaillot. Godefroid et l'ancien magistrat firent la route chacun d'un côté du brancard couvert en coutil rayé de blanc et de bleu, sur lequel était la chère malade, quasi liée au matelas, tant le père craignit les soubresauts d'une attaque de nerfs. Enfin, parti à trois heures, le convoi parvint à la maison de santé vers cinq heures, à la chute du jour. Godefroid paya sur quittance les quatre cent cinquante francs du trimestre exigé[85]; puis, quand il descendit pour donner le pourboire des deux porteurs, il fut rejoint par monsieur Bernard, qui prit sous le matelas un paquet cacheté très volumineux, et qui le tendit à Godefroid.

— L'un de ces gens va vous aller chercher un cabriolet, dit le vieillard, car vous ne pourriez pas porter longtemps ces quatre volumes. Voici mon ouvrage, remettez-le à mon censeur, je le lui confie pour toute cette semaine. Je vais rester au moins huit jours dans ce quartier, car je ne veux pas laisser ainsi ma fille à l'abandon. Je connais mon petit-fils, il peut garder la maison, surtout aidé par vous; d'ailleurs, je vous le recommande. Si j'étais encore ce que je fus, je vous demanderais le nom de mon critique, de cet ancien magistrat, car il en est peu que je ne connaisse.

— Oh! ce n'est pas un mystère, dit Godefroid en interrompant monsieur Bernard. Du moment où vous avez en moi cette entière confiance, je puis vous dire que votre censeur est l'ancien président Lecamus de Tresnes.

— Oh! de la Cour royale de Paris! Prenez!... Allez! C'est l'un des plus beaux caractères de ce temps-ci... Lui, et feu Popinot, le juge au Tribunal de première instance, ont été des magistrats dignes des plus beaux jours des anciens parlements. Toutes mes craintes, si j'en avais conservé, seraient dissipées... Et où demeure-t-il? Je voudrais l'aller remercier de la peine qu'il aura prise.

— Vous le trouverez rue Chanoinesse, sous le nom de monsieur Nicolas [86]... J'y vais à l'instant. Et votre compromis avec vos coquins?...

— Auguste vous le remettra, dit le vieillard qui rentra dans la cour de la maison de santé.

Un cabriolet trouvé sur le quai de Billy, et ramené par un des commissionnaires, arrivait; Godefroid y monta et stimula le cocher par la promesse d'un bon pourboire, s'il arrivait rue Chanoinesse à temps, car Godefroid voulait y dîner.

Une demi-heure après le départ de Vanda, trois hommes vêtus de drap noir, que la Vauthier introduisit par la rue Notre-Dame-des-Champs, où ils attendaient sans doute le moment favorable, montèrent l'escalier, accompagnés de ce Judas femelle, et frappèrent doucement à la porte du logement de monsieur Bernard. Comme ce jour était précisément un jeudi, le collégien avait pu garder la maison. Il ouvrit, et trois hommes se glissèrent comme des ombres dans la première pièce.

— Que voulez-vous, messieurs? demanda le jeune homme.

— Nous sommes bien ici chez monsieur Bernard... c'est-à-dire chez monsieur le baron?...

— Mais que voulez-vous?

— Ah! vous le savez bien, jeune homme, car on nous a dit que votre grand-père vient de partir avec un brancard couvert... Ça ne nous étonne pas! Mais il est dans son droit. Je suis huissier, je viens tout saisir ici... Lundi, vous avez eu sommation de payer trois mille francs de principal, plus les frais, à monsieur Métivier, sous peine de la contrainte par corps que nous avons dénoncée; et comme un ancien marchand d'oignons se connaît en ciboules, le débiteur a pris la clef des champs pour éviter celle de Clichy. Mais si nous ne l'avons pas, nous aurons pied ou aile de son riche mobilier, car nous savons tout, jeune homme..., et nous allons verbaliser...

— Voilà des papiers timbrés que votre grand-papa n'a jamais voulu prendre, dit alors la Vauthier en fourrant dans la main d'Auguste trois exploits.

— Restez, madame, nous allons vous constituer gardienne judiciaire. La loi vous accorde quarante sous par jour; ce n'est pas à dédaigner.

— Ah! je verrai donc ce qu'il y a dans la belle chambre!... s'écria la Vauthier.

— Vous n'entrerez pas dans la chambre de ma.mère! s'écria d'une voix formidable le jeune homme en s'élançant entre la porte et les trois hommes noirs.

Sur un signe de l'huissier, les deux praticiens et le premier clerc qui survint saisirent Auguste.

— Pas de rébellion, jeune homme! Vous n'êtes pas le maître ici; nous dresserions procès-verbal, et vous iriez coucher à la Préfecture... En entendant ce mot redoutable, Auguste fondit en larmes.

— Ah! quel bonheur, disait-il, que maman soit partie! Cela l'aurait tuée!

Une espèce de conférence se tenait entre les praticiens, l'huissier et la Vauthier. Auguste comprit, quoiqu'ils parlassent à voix basse, qu'on voulait surtout saisir les manuscrits de son grand-père; et il ouvrit alors la porte de la chambre.

— Entrez, messieurs, et ne gâtez rien, dit-il. On vous paiera demain matin. Puis il s'en alla tout pleurant dans le taudis, où, saisissant les notes de son grand-père, il les mit dans le poêle, qu'il savait être sans une étincelle de feu.

Cette action fut faite si rapidement que l'huissier, gaillard fin, rusé, digne de ses clients Barbet et Métivier, trouva le jeune homme en pleurs sur sa chaise, lorsqu'il se précipita dans le taudis, après avoir jugé que les manuscrits ne se trouvaient point dans l'antichambre. Quoiqu'on ne puisse point saisir les livres ni les manuscrits, le réméré souscrit par l'ancien magistrat eût justifié cette manière de procéder. Mais il était facile d'opposer des moyens dilatoires à cette saisie; ce que monsieur Bernard n'eût pas manqué de faire. De là, la nécessité d'agir avec sournoiserie. Aussi la veuve Vauthier avait-elle merveilleusement servi son propriétaire en ne remettant pas ses significations aux locataires; elle comptait les jeter dans l'appartement en y entrant à la suite des gens de justice, ou dire, au besoin, à monsieur Bernard qu'elle croyait ces actes faits contre les deux auteurs qui depuis deux jours étaient absents.

Le procès-verbal de saisie prit environ une heure; car l'huissier n'omit rien et regarda la valeur des objets saisis comme suffisante à payer la dette. Une fois l'huissier parti, le pauvre jeune homme prit les exploits et courut pour retrouver son grand-père à la maison de santé; car l'huissier lui dit que, sous des peines graves, la Vauthier devenait responsable des objets saisis. Il put donc quitter le logis sans avoir rien à redouter.

L'idée de savoir son grand-père traîné en prison pour dettes rendit le pauvre enfant exactement fou, mais fou comme les jeunes gens sont fous, c'est-à-dire qu'il était en proie à l'une de ces exaltations dangereuses et funestes où toutes les puissances de la jeunesse fermentent à la fois et peuvent faire commettre de mauvaises actions aussi bien que des traits d'héroïsme. Arrivé rue Basse-Saint-Pierre, le concierge dit au pauvre Auguste qu'il ignorait ce qu'était devenu le père de la malade amenée à quatre heures et demie, mais que l'ordre de monsieur Halpersohn était de ne laisser personne, pas même le père, voir cette dame d'ici à huit jours, sous peine de mettre sa vie en danger.

Cette réponse acheva de porter au comble l'exaspération d'Auguste. Il reprit le chemin du boulevard Montparnasse en marchant dans son désespoir et en roulant les desseins les plus extravagants. Il arriva vers huit heures et demie du soir, presque à jeun, et tellement épuisé par la faim et par la douleur qu'il écouta la Vauthier lorsqu'elle lui proposa de prendre part à son souper qui consistait en un ragoût de mouton aux pommes de terre. Le pauvre enfant tomba quasi mort sur une chaise, chez cette atroce femme. Encouragé par le patelinage et les paroles mielleuses de cette vieille, il répondit à quelques questions adroitement faites sur Godefroid, et il fit entendre que c'était le locataire qui, demain, allait payer les dettes de son grand-père, car on lui devait les changements heureux survenus dans leur position depuis une semaine. La veuve écoutait ces propos d'un air dubitatif, en forçant Auguste à boire quelques verres de vin.

Vers dix heures, on entendit le roulement d'un cabriolet qui arrêta devant la maison, et la veuve s'écria :

— Oh! c'est monsieur Godefroid.

Aussitôt Auguste prit la clef de l'appartement et monta pour rencontrer le protecteur de sa famille; mais il trouva la figure de Godefroid tellement changée qu'il hésitait à lui parler, lorsque le danger de son grand-père décida ce généreux enfant. Voici ce qui s'était passé rue Chanoinesse et la cause de la sévérité répandue sur la figure de Godefroid.

Arrivé à temps, le néophyte avait trouvé madame de la Chanterie et ses fidèles au salon, et il y avait pris à part monsieur Nicolas pour lui remettre les quatre volumes de l'*Esprit des lois modernes*. Monsieur Nicolas porta sur-le-champ ce volume manuscrit dans sa chambre et descendit pour dîner; puis, après avoir causé pendant la première partie de la soirée, il remonta dans l'intention de commencer la lecture de cet ouvrage.

Godefroid fut très étonné lorsque, quelques instants après la disparition de monsieur Nicolas il fut prié par Manon, de la part de l'ancien président, de venir lui parler. Il monta chez monsieur Nicolas, conduit par Manon, et il ne put faire aucune attention à l'intérieur de ce logement, tant il fut saisi par la figure bouleversée de cet homme si placide et si ferme.

— Saviez-vous, demanda monsieur Nicolas redevenu président, saviez-vous le nom de l'auteur de cet ouvrage?

— Monsieur Bernard, répondit Godefroid, je ne le connais que sous ce nom. Je n'ai pas ouvert le paquet...

— Ah! c'est vrai, se dit monsieur Nicolas, je l'ai décacheté moi-même. Vous n'avez pas cherché, reprit-il, à connaître ses antécédents?

— Non. Je sais qu'il a épousé par amour la

fille du général Tarlowski ; que sa fille se nomme comme la mère, Vanda, le petit-fils Auguste, et le portrait que j'ai vu de monsieur Bernard est, je crois, celui d'un président de cour royale en robe rouge.

— Tenez, lisez ! dit monsieur Nicolas qui montra le titre de l'ouvrage écrit en caractères dus à la calligraphie d'Auguste, et disposés ainsi :

ESPRIT
DES
LOIS MODERNES
PAR

M. BERNARD-JEAN-BAPTISTE-MACLOD,
BARON BOURLAC, ANCIEN PROCUREUR
GÉNÉRAL PRÈS LA COUR ROYALE DE
ROUEN, GRAND OFFICIER DE LA LÉGION
D'HONNEUR.

— Ah ! le bourreau de Madame, de sa fille, du chevalier du Vissard ! dit d'une voix faible Godefroid. Et ses jambes s'affaiblissant, le néophyte se laissa aller sur un fauteuil. — Joli début ! dit-il en murmurant.

— Ceci, mon cher Godefroid, reprit monsieur Nicolas, est une affaire qui nous regarde tous : vous en avez fait votre part, à nous le reste ! Je vous en prie, ne vous mêlez plus de rien, allez chercher ce que vous pouvez avoir laissé là-bas ! Pas un mot ! Enfin, une discrétion absolue ! Et dites au baron Bourlac de s'adresser à moi. D'ici là, nous aurons décidé comment il nous convient d'agir en cette circonstance.

Godefroid descendit, sortit, prit un cabriolet et arriva rapidement au boulevard du Montparnasse, plein d'horreur au souvenir du réquisitoire du parquet de Caen, du drame sanglant terminé sur l'échafaud, et du séjour de madame de la Chanterie à Bicêtre. Il comprit l'abandon dans lequel cet ancien procureur général, assimilé presque à Fouquier-Tinville, achevait ses jours, et les raisons de son incognito si soigneusement gardé.

— Puisse monsieur Nicolas venger terriblement cette pauvre madame de la Chanterie! Il achevait en lui-même ce vœu peu catholique, lorsqu'il aperçut Auguste.

— Que me voulez-vous? demanda Godefroid.

— Mon bon monsieur, il vient de nous arriver un malheur qui me rend fou. Des scélérats sont venus saisir tout chez ma mère, et l'on cherche mon grand-père pour le mettre en prison. Mais ce n'est pas à cause de ces malheurs que je vous implore, dit ce garçon, avec une fierté romaine, c'est pour vous prier de me rendre un service que l'on rend à des condamnés à mort...

— Parlez, dit Godefroid.

— On est venu pour s'emparer des manuscrits de mon grand-père; et, comme je crois qu'il vous a remis l'ouvrage, je viens vous prier de prendre les notes, car la portière ne me laissera rien emporter d'ici... Joignez-les aux volumes, et...

— Bien, bien, répondit Godefroid, allez vite les chercher.

Pendant que le jeune homme entrait chez lui pour en revenir aussitôt, Godefroid pensa que cet enfant n'était coupable d'aucun crime, et qu'il ne fallait pas le désespérer en lui parlant de son grand-père, de l'abandon qui punissait cette triste vieillesse des fureurs de la vie politique, et il prit le paquet avec une sorte de bonne grâce.

— Quel est le nom de votre mère? demanda-t-il.

— Ma mère, monsieur, est la baronne de Mergi; mon père est le fils du premier président de la Cour royale de Rouen.

— Ah! dit Godefroid, votre grand-père a marié sa fille au fils du fameux président Mergi.

— Oui, monsieur.

— Mon petit ami, laissez-moi, dit Godefroid. Il conduisit le jeune baron de Mergi jusque sur le palier et appela la Vauthier.

— Mère Vauthier, lui dit-il, vous pouvez disposer de mon logement, je ne reviendrai jamais ici.

Et il descendit pour remonter en voiture.

— Avez-vous remis quelque chose à ce monsieur-là? demanda la Vauthier à Auguste.

— Oui, dit le jeune homme.

— Vous êtes propre! C'est un agent de vos ennemis! Il a tout conduit, c'est sûr. A preuve que le tour est fait, c'est qu'il ne reviendra jamais ici... Il m'a dit que je pouvais mettre son logement à louer. Auguste se précipita sur le boulevard, courut après le cabriolet, et finit par le faire arrêter tant il criait.

— Que me voulez-vous ? demanda Godefroid.

— Les manuscrits de mon grand-père ?...

— Dites-lui de les réclamer à monsieur Nicolas.

Le jeune homme prit ce mot pour l'atroce plaisanterie d'un voleur qui a bu toute honte, et il s'assit dans la neige en voyant le cabriolet reprendre sa course au grand trot. Il se releva dans un accès de sauvage énergie, revint se coucher, harassé de ses courses rapides, et le cœur brisé. Le lendemain matin, Auguste de Mergi s'éveilla seul dans ce logement, habité la veille par sa mère et par son grand-père, et il fut en proie aux émotions pénibles de sa situation, dans laquelle il se retrouva pleinement. La solitude profonde d'un appartement si rempli naguère, où chaque moment apportait un devoir, une occupation, lui fit tant de mal à voir, qu'il descendit demander à la mère Vauthier si son grand-père était venu pendant la nuit ou de grand matin ; car il s'était éveillé fort tard, et il supposait que, dans le cas où le baron Bourlac serait retourné, la portière l'aurait instruit des poursuites. La portière répondit en ricanant qu'il savait bien où devait se trouver son grand-père ; et que s'il n'était pas rentré ce matin, c'est qu'il habitait le château de Clichy[87]. Cette raillerie chez une femme qui, la veille, l'avait si bien cajolé, rendit à ce pauvre jeune homme toute sa frénésie, et il courut à la maison de santé de la rue Basse-Saint-Pierre, en proie au désespoir de supposer son grand-père en prison.

Le baron Bourlac avait rôdé pendant toute la nuit autour de la maison de santé dont l'entrée lui avait été interdite, et autour de la maison du docteur Halpersohn, à qui naturellement il voulait demander compte d'une pareille conduite. Le docteur n'était rentré chez lui qu'à deux heures du matin. Le vieillard, venu à une heure et demie à la porte du docteur, était retourné se promener dans la grande allée des Champs-Élysées ; lorsqu'il revint, à deux heures et demie, le portier lui dit que monsieur Halpersohn était rentré, couché, qu'il dormait et qu'il ne pouvait pas le réveiller.

En se trouvant à deux heures et demie du matin dans ce quartier, le pauvre père, au désespoir, erra sur le quai, sous les arbres chargés de givre des contre-allées du Cours-la-Reine et attendit le jour. A neuf heures du matin, il se présenta chez le médecin et lui demanda pourquoi il tenait ainsi sa fille en charte privée.

— Monsieur, lui répondit le docteur, hier je vous ai répondu de la santé de votre fille ; mais en ce moment je vous réponds de sa vie, et vous comprenez que je dois être souverain dans un pareil cas. Apprenez que votre fille a pris hier un remède qui doit lui donner la plique, et que, tant que cette horrible maladie ne sera pas sortie, elle ne sera pas visible. Je ne veux pas qu'une émotion vive, une erreur de régime m'enlèvent ma malade et vous enlèvent à vous votre fille ; si vous la voulez voir absolument, je demanderai une consultation de trois médecins, afin de mettre à couvert ma responsabilité, car la malade pourrait mourir.

Le vieillard, accablé de fatigue, tomba sur une chaise et se releva promptement en disant : « Pardonnez-moi, monsieur. J'ai passé la nuit à vous attendre dans des angoisses affreuses ; car vous ne savez pas à quel point j'aime ma fille, que je garde depuis quinze ans entre la vie et la mort, et c'est un supplice que ces huit jours d'attente ! »

Le baron sortit du cabinet d'Halpersohn en chancelant comme un homme ivre. Environ une heure après la sortie de ce vieillard, que le médecin juif avait conduit en le soutenant par le bras jusqu'à la rampe de son escalier, il vit entrer Auguste de Mergi. En questionnant la portière de la maison de santé, ce pauvre jeune homme venait d'apprendre que le père de la dame amenée la veille était revenu dans la soirée, qu'il l'y avait demandée, et avait parlé d'aller ce matin chez le docteur Halpersohn, et que là sans doute on lui donnerait de ses nouvelles. Au moment où Auguste de Mergi se présenta dans le cabinet d'Halpersohn, le docteur déjeunait d'une tasse de chocolat, accompagnée d'un verre d'eau, le tout servi sur un petit guéridon ; il ne se dérangea pas pour le jeune homme, et continua de tremper sa mouillette dans le chocolat ; car il ne mangeait pas autre chose qu'une flûte coupée en quatre avec une précision qui prouvait une certaine habileté d'opérateur. Halpersohn avait en effet, pratiqué la chirurgie dans ses voyages.

— Hé! bien, jeune homme, dit-il, en voyant entrer le fils de Vanda, vous venez aussi me demander compte de votre mère...

— Oui, monsieur, répondit Auguste de Mergi.

Auguste s'était avancé jusqu'à la table où brillèrent tout d'abord à ses yeux plusieurs billets de banque parmi quelques piles de pièces d'or. Dans les circonstances où se trouvait ce malheureux enfant, la tentation fut plus forte que ses principes, quelque solides qu'ils pussent être. Il vit le moyen de sauver son grand-père et les fruits de vingt années de travail menacés par d'avides spéculateurs. Il succomba. Cette fascination fut rapide comme la pensée et justifiée par une idée de dévouement qui sourit à cet enfant. Il se dit : « Je me perds, mais je sauve ma mère et mon grand-père!... »

Dans cette étreinte de sa raison aux prises avec le crime, il acquit, comme les fous, une singulière et passagère habileté; car au lieu de donner des nouvelles de son grand-père, il abonda dans le sens du médecin. Halpersohn, comme tous les grands observateurs, avait deviné rétrospectivement la vie du vieillard, de cet enfant et de la mère. Il pressentit ou entrevit la vérité, que les discours de la baronne de Mergi lui dévoilèrent, et il en résultait chez lui comme une sorte de bienveillance pour ses nouveaux clients; car, du respect ou de l'admiration, il en était incapable.

— Hé! bien, mon cher garçon, répondit-il

familièrement au jeune baron, je vous garde votre mère, et je vous la rendrai jeune, belle et bien portante. C'est une de ces malades rares auxquelles les médecins s'intéressent; d'ailleurs, c'est, par sa mère, une compatriote à moi! Vous et votre grand-père, ayez le courage de rester deux semaines sans voir madame...

— La baronne Mergi...

— Si elle est baronne, vous êtes baron? demanda Halpersohn.

En ce moment le vol était accompli. Pendant que le médecin regardait sa mouillette alourdie par le chocolat, Auguste avait saisi quatre billets pliés et les avait mis dans la poche de son pantalon, en ayant l'air d'y fourrer la main par contenance.

— Oui, monsieur, je suis baron. Mon grand-père est baron aussi; il était procureur général sous la Restauration.

— Vous rougissez, jeune homme, il ne faut pas rougir d'être pauvre et baron, c'est fort commun.

— Qui vous a dit, monsieur, que nous sommes pauvres?

— Mais votre grand-père m'a dit avoir passé la nuit dans les Champs-Élysées; et, quoique je ne connaisse pas de palais où il se trouve d'aussi belle voûte que celle qui brillait à deux heures du matin, je vous assure qu'il faisait froid dans le palais où se promenait votre grand-père. On ne choisit pas par goût l'hôtel de la Belle-Étoile...

— Mon grand-père sort d'ici? reprit Auguste, qui saisit cette occasion de faire retraite; je vous remercie, monsieur, et je viendrai, si vous le permettez, savoir des nouvelles de ma mère.

Aussitôt sorti, le jeune baron alla chez l'huissier en prenant un cabriolet pour s'y rendre plus promptement, et il paya la dette de son grand-père. L'huissier remit les pièces et le mémoire des frais acquittés, puis il dit au jeune homme de prendre un de ses clercs avec lui pour qu'il relevât le gardien judiciaire de ses fonctions.

— D'autant plus que messieurs Barbet et Métivier demeurent dans votre quartier, ajouta-t-il; mon jeune homme ira leur porter les fonds, et leur dire de vous rendre l'acte de réméré...

Auguste, qui ne comprenait rien à ces termes et à ces formalités, se laissa faire. Il reçut sept cents francs en argent qui lui revenaient sur les quatre mille francs, et sortit accompagné d'un clerc. Il monta dans le cabriolet dans un état de stupeur indicible; car, le résultat obtenu, les remords commencèrent, et il se vit déshonoré, maudit par son grand-père, dont l'inflexibilité lui était connue, et il pensa que sa mère mourrait de douleur de le savoir coupable. La nature entière changeait pour lui d'aspect. Il avait chaud, il ne voyait plus la neige, les maisons lui semblaient être des spectres. Arrivé chez lui, le jeune baron prit son parti, qui certes était celui d'un honnête jeune homme. Il alla dans la chambre de sa mère y prendre la tabatière garnie de diamants que l'Empereur avait donnée à son grand-père, pour l'envoyer avec les sept cents francs au docteur Halpersohn, en y joignant la lettre suivante qui nécessita plusieurs brouillons.

« MONSIEUR,

« Les fruits d'un travail de vingt années[88], fait par mon grand-père, allaient être dévorés par des usuriers, qui menacent sa liberté. Trois mille trois cents francs le sauvaient, et en voyant tant d'or sur votre table, je n'ai pu résister au bonheur de rendre mon aïeul libre, en lui rendant aussi le salaire de ses veilles. Je vous ai emprunté, sans votre consentement, quatre mille francs ; mais comme trois mille trois cents francs seulement sont nécessaires, je vous envoie les sept cents francs restant, et j'y joins une tabatière enrichie de diamants, donnée par l'Empereur à mon grand-père, et dont la valeur peut vous répondre de la somme.

« Dans le cas où vous ne croiriez pas à l'honneur de celui qui verra toute sa vie en vous un bienfaiteur, si vous daignez garder le silence sur une action injustifiable en toute autre circonstance, vous sauverez mon grand-père comme vous sauverez ma mère, et je serai toute la vie votre esclave dévoué.

« AUGUSTE DE MERGI. »

Vers deux heures et demie, Auguste, qui était allé jusqu'aux Champs-Élysées, fit remettre par un commissionnaire, à la porte du docteur Halpersohn, une boîte cachetée où se trouvaient dix louis, un billet de cinq cents francs et la tabatière ; puis il revint lentement à pied chez lui, par le pont d'Iéna, les Invalides et les boulevards, comptant sur la générosité du docteur Halpersohn. Le médecin, qui s'était aperçu du vol, avait aussitôt changé d'opinion sur ses clients. Il pensa que le vieillard était venu pour le voler, et que, n'ayant pas réussi, il avait envoyé ce petit garçon. Il mit en doute les qualités qu'ils se donnaient, et il alla droit au parquet du Procureur du Roi, rendre sa plainte, en ordonnant qu'on fît aussitôt des poursuites.

La prudence avec laquelle procède la Justice permet rarement d'aller aussi vite que les parties plaignantes le veulent; mais vers trois heures, un commissaire de police, accompagné d'agents qui se tenaient en flâneurs sur les boulevards, faisait des questions à la mère Vauthier sur ses locataires, et la veuve augmentait, sans le savoir, les soupçons du commissaire de police.

Népomucène, qui flaira des agents de police, crut qu'on allait arrêter le vieillard; et, comme il aimait monsieur Auguste, il courut au-devant de monsieur Bernard; et l'apercevant dans l'avenue de l'Observatoire :

— Sauvez-vous, monsieur! cria-t-il, on vient vous arrêter. Les huissiers sont venus hier chez vous; ils ont tout saisi. La mère Vauthier, qui vous a caché des papiers timbrés, disait que vous coucheriez à Clichy ce soir ou demain. Tenez, voyez-vous ces argousins?

Un regard suffit à l'ancien procureur général pour reconnaître des recors dans les agents de police, et il devina tout.

— Et monsieur Godefroid?

— Parti pour ne plus revenir. La mère

Vauthier dit que c'était une mouche à vos ennemis...

Aussitôt le baron Bourlac prit le parti d'aller chez Barbet, et il y fut en un quart d'heure, l'ancien libraire demeurait dans la rue Sainte-Catherine-d'Enfer[89].

— Ah! vous venez chercher votre acte de réméré? dit l'ancien libraire en répondant au salut de sa victime; le voici.

Et, au grand étonnement du baron Bourlac, il lui tendit l'acte que l'ancien procureur général prit, en disant :

— Je ne comprends pas...

— Ce n'est donc pas vous qui m'avez payé? répliqua le libraire.

— Vous êtes payé!

— Votre petit-fils a porté les fonds chez l'huissier ce matin.

— Est-il vrai que vous m'ayez fait saisir hier?...

— Vous n'étiez donc pas rentré chez vous depuis deux jours? demanda Barbet; mais un procureur général sait bien ce que c'est que la dénonciation de la contrainte par corps...

En entendant cette phrase, le baron salua froidement Barbet, et revint vers sa maison en pensant que le garde du commerce était là sans doute pour les auteurs cachés au deuxième étages. Il allait lentement, perdu dans de vagues appréhensions; car à mesure qu'il marchait, les paroles de Népomucène lui paraissaient de plus en plus obscures, inexplicables. Godefroid pouvait-il bien l'avoir trahi! Il prit machinalement par la rue Notre-Dame-des-Champs et rentra par la petite porte, qu'il trouva par hasard ouverte, et heurta Népomucène.

— Ah! monsieur, arrivez donc! On emmène monsieur Auguste en prison! Il a été pris sur le boulevard; c'est lui qu'on cherchait; il a été interrogé...

Le vieillard bondit comme un tigre, passa de l'allée sur le boulevard en traversant la maison et le jardin comme une flèche, et il put arriver assez à temps pour voir son petit-fils montant en fiacre entre trois hommes.

— Auguste, dit-il, qu'est-ce que cela veut dire?

Le jeune homme fondit en larmes et s'évanouit.

— Monsieur, je suis le baron Bourlac, ancien procureur général, dit-il au commissaire de police dont l'écharpe frappa son regard; de grâce, expliquez-moi ceci...

— Monsieur, si vous êtes le baron Bourlac, vous comprendrez tout en deux mots : je viens d'interroger ce jeune homme, et il a malheureusement avoué...

— Quoi?...

— Un vol de quatre mille francs fait chez le docteur Halpersohn.

— Est-il possible! Auguste?

— Grand-papa, je lui ai envoyé en nantissement votre tabatière de diamants, je voulais vous sauver de l'infamie d'aller en prison.

— Ah! malheureux, qu'as-tu fait! s'écria le

baron. Les diamants sont faux, car j'ai vendu les vrais depuis trois ans.

Le commissaire de police et son greffier se regardèrent d'une singulière façon. Ce regard, plein de choses, surpris par le baron Bourlac, le foudroya.

— Monsieur le commissaire, reprit l'ancien procureur général, soyez tranquille, je vais aller voir monsieur le Procureur du Roi ; mais vous pouvez attester l'erreur dans laquelle j'ai maintenu mon petit-fils et ma fille. Vous devez faire votre devoir ; mais, au nom de l'humanité, mettez mon petit-fils à la pistole... Je passerai à la prison... Où le menez-vous ?

— Êtes-vous le baron de Bourlac ? dit le commissaire de police.

— Oh ! monsieur.

— C'est que monsieur le Procureur du Roi, le juge d'instruction et moi, nous doutions que des gens comme vous et votre petit-fils pussent être coupables, et comme le docteur, nous avons cru que des fripons avaient pris vos noms.

Il prit le baron Bourlac à part et lui dit :

— Vous êtes allé ce matin chez le docteur Halpersohn ?...

— Oui, monsieur.

— Votre petit-fils s'y est présenté une demi-heure après vous ?

— Je n'en sais rien, monsieur, car je rentre, et je n'ai pas vu mon petit-fils depuis hier.

— Les exploits qu'il nous a montrés et le dossier m'ont tout expliqué, reprit le commissaire de police, je connais la cause du crime.

Monsieur, je devais vous arrêter comme complice de votre petit-fils, car vos réponses confirment les faits allégués dans la plainte; mais les actes qui vous ont été signifiés et que je vous rends, dit-il en tendant un volume de papier timbré qu'il tenait à la main, prouvent que vous êtes bien le baron Bourlac. Néanmoins, soyez prêt à comparaître devant monsieur Marest, le juge d'instruction commis à cette affaire. Je crois devoir me relâcher des rigueurs ordinaires devant votre ancienne qualité. Quant à votre petit-fils, je vais parler à monsieur le Procureur du Roi en rentrant, et nous aurons tous les égards possibles pour le petit-fils d'un ancien premier président, victime d'une erreur de jeunesse. Mais il y a plainte : le délinquant avoue, j'ai dressé procès-verbal, il y a mandat de dépôt; je ne puis rien. Quant à l'incarcération, nous mettrons votre petit-fils à la Conciergerie.

— Merci! monsieur, dit le malheureux Bourlac.

Il tomba roide dans la neige, et roula dans une des cuvettes qui séparaient alors les arbres du boulevard.

Le commissaire de police appela du secours, et Népomucène accourut avec la mère Vauthier. On porta le vieillard chez lui, et la Vauthier pria le commissaire de police, en passant par la rue d'Enfer, d'envoyer au plus vite le docteur Berton.

— Qu'a donc mon grand-père? demanda le pauvre Auguste.

— Il est fou, monsieur!... Voilà ce que c'est que de voler!...

Auguste fit un mouvement pour se briser la tête; mais les deux agents le continrent.

— Allons, jeune homme, du calme! dit le commissaire, du calme. Vous avez des torts, mais ils ne sont pas irréparables!...

— Mais, monsieur, dites donc à cette femme que vraisemblablement mon grand-père est à jeun depuis vingt-quatre heures!...

— Oh! les pauvres gens! s'écria tout bas le commissaire.

Il fit arrêter le fiacre qui marchait, dit un mot à l'oreille de son secrétaire, qui courut parler à la Vauthier et qui revint aussitôt.

Monsieur Berton jugea que la maladie de monsieur Bernard, car il le connaissait sous ce seul nom, était une fièvre chaude d'une grande intensité; mais comme la veuve Vauthier lui raconta les événements qui motivaient cet état à la façon dont racontent les portières, il jugea nécessaire d'informer le lendemain matin, à Saint-Jacques du Haut-Pas, monsieur Alain de cette aventure, et monsieur Alain fit parvenir par un commissionnaire un mot qu'il écrivit au crayon à monsieur Nicolas, rue Chanoinesse.

Godefroid, en arrivant, avait remis la veille au soir les notes de l'ouvrage à monsieur Nicolas, qui passa la plus grande partie de la nuit à lire le premier volume de l'ouvrage du baron Bourlac.

Le lendemain matin, madame de la Chanterie dit au néophyte qu'il allait, si sa résolution tenait toujours, se mettre immédiatement à l'ouvrage.

Godefroid, initié par elle aux secrets financiers de la société, travailla sept ou huit heures par jour, pendant plusieurs mois, sous l'inspection de Frédéric Mongenod, qui venait tous les dimanches examiner la besogne, et il reçut de lui des éloges sur ses travaux.

— Vous êtes, lui dit-il, quand tous les comptes furent à jour et clairement établis, une acquisition précieuse pour les saints au milieu de qui vous vivez. Maintenant, deux ou trois heures par jour vous suffiront à maintenir cette comptabilité au courant, et vous pourrez, le surplus du temps, les aider, si vous avez encore la vocation que vous manifestiez il y a six mois...

On était alors au mois de juillet 1838[90]. Pendant tout le temps qui s'était écoulé depuis l'aventure du boulevard Montparnasse, Godefroid, jaloux de se montrer digne de ses amis, n'avait pas fait une seule question relative au baron Bourlac; car, n'en entendant pas dire un mot, ne trouvant rien dans les écritures qui concernât cette affaire, il regarda le silence gardé sur la famille des deux bourreaux de madame de la Chanterie ou comme une épreuve à laquelle on le soumettait, ou comme une preuve que les amis de cette femme sublime l'avaient vengée.

En effet, il était allé, deux mois après, en se promenant, jusqu'au boulevard Montparnasse; il avait su rencontrer la veuve Vauthier, et il lui avait demandé des nouvelles de la famille Bernard.

— Est-ce qu'on sait, mon cher monsieur Godefroid, où ces gens-là sont passés!... Deux jours après votre expédition, car c'est vous, finaud, qui avez soufflé l'affaire à mon propriétaire, il est venu du monde qui nous a débarrassés de ce vieux fiérot-là. Bah ! l'on a tout déménagé en vingt-quatre heures, et, ni vu, ni connu ! Personne ne m'a voulu dire un mot. Je crois qu'il est parti pour Alger avec son brigand de petit-fils ; car Népomucène, qui avait un faible pour ce voleur, et qui ne vaut pas mieux que lui, ne l'a pas trouvé à la Conciergerie, et lui seul sait où ils sont, le gredin m'ayant plantée là... Élevez donc des enfants trouvés ! Voilà comme ils vous récompensent, ils vous mettent dans l'embarras. Je n'ai pas encore pu le remplacer ; et, comme le quartier gagne beaucoup, la maison est toute louée, je suis écrasée de travail.

Jamais Godefroid n'aurait rien su de plus sur le baron Bourlac, sans le dénouement qui se fit de cette aventure, par suite d'une de ces rencontres comme il s'en fait à Paris.

Au mois de septembre, Godefroid descendait la grande avenue des Champs-Élysées, et il pensait au docteur Halpersohn, en passant devant la rue Marbeuf.

— Je devrais, se dit-il, aller le voir pour savoir s'il a guéri la fille de Bourlac !... Quelle voix ! Quel talent elle avait !... Elle voulait se consacrer à Dieu !

Parvenu au rond-point, Godefroid le traversa promptement à cause des voitures qui descendaient avec rapidité, et il heurta dans l'allée un jeune homme qui donnait le bras à une jeune dame.

— Prenez donc garde! s'écria le jeune homme, êtes-vous donc aveugle?

— Hé! c'est vous! répondit Godefroid en reconnaissant Auguste de Mergi dans ce jeune homme.

Auguste était si bien mis, si joli, si coquet, si fier de donner le bras à cette femme, que, sans les souvenirs auxquels il s'abandonnait, il ne l'aurait pas reconnu.

— Hé! c'est ce cher monsieur Godefroid, dit la dame.

En entendant les notes célestes de l'organe enchanteur de Vanda qui marchait, Godefroid resta cloué par les pieds à la place où il était.

— Guérie!... dit-il.

— Depuis dix jours, il m'a permis de marcher!... répondit-elle.

— Halpersohn?...

— Oui! dit-elle. Hé, comment n'êtes-vous pas venu nous voir? reprit-elle... Oh! vous avez bien fait! Mes cheveux n'ont été coupés qu'il y a huit jours! Ceux que vous me voyez sont une perruque; mais le docteur m'a juré qu'ils repousseraient!... Mais combien n'avons-nous pas de choses à nous dire!... Venez donc dîner avec nous!... Oh! votre accordéon!... oh! monsieur...

Et elle porta son mouchoir à ses yeux.

— Je le garderai toute ma vie! Mon fils le conservera comme une relique! Mon père vous a cherché dans tout Paris; il est, d'ailleurs, à la recherche de ses bienfaiteurs inconnus; il mourra de chagrin si vous ne l'aidez pas à les retrouver... Il est rongé par une mélancolie noire dont je ne triomphe pas tous les jours.

Autant séduit par la voix de cette délicieuse femme rappelée de la tombe que par la voix d'une fascinante curiosité, Godefroid prit le bras que lui tendit la baronne de Mergi, qui laissa son fils aller en avant, chargé par elle d'une commission par un signe de tête, que le jeune homme avait compris.

— Je ne vous emmène pas bien loin, nous demeurons allée d'Antin, dans une jolie maison bâtie à l'anglaise; nous l'occupons tout entière; chacun de nous a tout un étage. Oh! nous sommes très bien. Mon père croit que vous êtes pour beaucoup dans les félicités qui nous accablent!...

— Moi!...

— Ne savez-vous pas que l'on a créé pour lui, sur un rapport du ministre de l'Instruction publique, une chaire de législation comparée à la Sorbonne? Mon père commencera son premier cours au mois de novembre prochain. Le grand ouvrage auquel il travaillait paraîtra dans un mois, car la maison Cavalier le publie en partageant les bénéfices avec mon père; et elle lui a remis trente mille francs à-compte sur sa part; aussi mon père achète-t-il la maison où nous sommes. Le ministère de la Justice me fait une pension de douze cents francs, à titre de secours annuels à la fille d'un ancien magistrat; mon père a sa pension de mille écus; il a cinq mille francs comme professeur. Nous sommes si économes que nous serons presque riches. Mon

Auguste va commencer son Droit dans deux mois; mais il est employé au parquet du Procureur général, et gagne douze cents francs... Ah! monsieur Godefroid, ne parlez pas de la malheureuse affaire de mon Auguste. Moi, je le bénis tous les matins pour cette action, que son grand-père ne lui pardonne pas encore! Sa mère le bénit, Halpersohn l'adore, et l'ancien procureur général est implacable.

— Quelle affaire? dit Godefroid.

— Ah! je reconnais bien là votre générosité! s'écria Vanda. Quel noble cœur vous avez!... Votre mère doit être fière de vous.

Elle s'arrêta comme si elle avait ressenti des douleurs dans le cœur.

— Je vous jure que je ne sais rien de l'affaire dont vous me parlez, dit Godefroid.

— Ah! vous ne la connaissez pas!

Et elle raconta naïvement, en admirant son fils, l'emprunt fait par Auguste au docteur.

— Si nous ne pouvons rien dire de cela devant monsieur le baron Bourlac, fit observer Godefroid, racontez-moi comment votre fils s'en est tiré...

— Mais, répondit Vanda, je vous ai dit, je crois, qu'il est employé chez le Procureur général, qui lui témoigne la plus grande bienveillance. Il n'est pas resté plus de quarante-huit heures à la Conciergerie, où il avait été mis chez le directeur. Le bon docteur, qui n'a trouvé la belle, la sublime lettre d'Auguste que le soir, a retiré sa plainte; et, par l'intervention d'un ancien président de la Cour royale que mon père n'a jamais vu, le Procureur général a fait anéantir le procès-verbal du commissaire de police et le mandat de dépôt. Enfin il n'existe aucune trace de cette affaire que dans mon cœur, dans la conscience de mon fils et dans la tête de son grand-père, qui, depuis ce jour, dit *vous* à Auguste et le traite comme un étranger. Hier encore, Halpersohn demandait grâce pour lui; mais mon père, qui me refuse, moi qu'il aime tant, a répondu : — Vous êtes le volé; vous pouvez, vous devez pardonner; mais moi, je suis responsable du voleur... et quand j'étais procureur général, je ne pardonnais jamais!... — Vous tuerez votre fille! a dit Halpersohn que j'écoutais. Mon père a gardé le silence.

— Mais qui donc vous a secourus?

— Un monsieur que nous croyons chargé de répandre les bienfaits de la reine.

— Comment est-il? demanda Godefroid.

— C'est un homme solennel et sec, triste dans le genre de mon père... C'est lui qui fit transporter mon père dans la maison où nous sommes, lorsqu'il fut atteint de sa fièvre chaude. Figurez-vous que, dès que mon père fut rétabli, l'on m'a retirée de la maison de santé et installée là, où je me suis retrouvée dans ma chambre, comme si je ne l'avais pas quittée. Halpersohn, que ce grand monsieur a séduit, je ne sais comment, m'a donc alors appris toutes les souffrances endurées par mon père! Et les diamants vendus de sa tabatière! mon fils et mon père la plupart du temps sans pain, et faisant les riches en ma présence... Oh! monsieur Godefroid !... Ces deux êtres-là sont des martyrs... Que puis-je dire à mon père ?... Entre mon fils et lui, je ne peux que leur rendre la pareille en souffrant pour eux, comme eux.

— Et ce grand monsieur n'a-t-il pas un peu l'air militaire ?...

— Ah ! vous le connaissez ! lui cria Vanda sur le pas de la porte de sa maison.

Elle saisit Godefroid par la main avec la vigueur d'une femme lorsqu'elle éprouve une attaque de nerfs, elle le traîna dans un salon dont la porte s'ouvrit et cria :

— Mon père ! Monsieur Godefroid connaît ton bienfaiteur.

Le baron Bourlac, que Godefroid aperçut vêtu comme devait l'être un ancien magistrat d'un rang si éminent, se leva, tendit la main à Godefroid, et dit : « Je m'en doutais ! »

Godefroid fit un geste de dénégation, quant aux effets de cette noble vengeance ; mais le procureur général ne lui laissa pas le temps de parler.

— Ah ! monsieur, dit-il en continuant, il n'y a que la Providence de plus puissante, que l'amour de plus ingénieux, que la maternité de plus clairvoyante que vos amis qui tiennent de ces trois grandes divinités... Je bénis le hasard à qui nous devons notre rencontre ; car monsieur Joseph[91] a disparu pour toujours, et comme il a su se soustraire à tous les pièges que j'ai tendus pour savoir son vrai nom, sa demeure, je serais mort de chagrin... Tenez, lisez sa lettre. Mais vous le connaissez ?

Godefroid lut ce qui suit :

« Monsieur le baron Bourlac, les sommes que, par ordre d'une dame charitable, nous avons dépensées pour vous montent à quinze mille francs. Prenez-en note, pour les faire rendre, soit par vous-même, soit par vos descendants, lorsque la prospérité de votre famille le permettra; car c'est le bien des pauvres. Quand cette restitution sera possible, versez les sommes dont vous serez débiteur chez les frères Mongenod, banquiers. Que Dieu vous pardonne vos fautes! »

Cinq croix formaient la mystérieuse signature de cette lettre, que Godefroid rendit.

— Les cinq croix y sont... dit-il en se parlant à lui-même.

— Ah! monsieur, dit le vieillard, vous qui savez tout, qui avez été l'envoyé de cette dame mystérieuse... dites-moi son nom!

— Son nom! cria Godefroid, son nom! Mais, malheureux, ne le demandez jamais! Ne cherchez jamais à le savoir! Ah! madame, dit Godefroid en prenant dans ses mains tremblantes la main de madame de Mergi, si vous tenez à la raison de votre père, faites qu'il reste dans son ignorance, qu'il ne se permette pas la moindre démarche!

Un étonnement profond glaça le père, la fille et Auguste.

— C'est? demanda Vanda.

— Eh! bien, celle qui vous a sauvé votre fille, reprit Godefroid en regardant le vieillard, qui vous l'a rendue jeune, belle, fraîche, ranimée, qui l'a retirée du cercueil; celle qui vous a épargné l'infamie de votre petit-fils! celle qui vous a rendu la vieillesse heureuse, honorée, qui vous a sauvé tous trois...

Il s'arrêta.

— C'est une femme que vous avez envoyée innocente au bagne pour vingt ans! s'écria Godefroid en s'adressant au baron Bourlac; à qui vous avez prodigué, dans votre ministère, les plus cruelles injures, à la sainteté de laquelle vous avez insulté, et à qui vous avez arraché une fille délicieuse pour l'envoyer à la plus affreuse des morts, car elle a été guillotinée!...

Godefroid, voyant Vanda tombée sur un fauteuil, évanouie, sauta dans le corridor; de là, dans l'allée d'Antin, et se mit à courir à toutes jambes.

— Si tu veux ton pardon, dit le baron Bourlac à son petit-fils, suis-moi cet homme et sache où il demeure!...

Auguste partit comme une flèche.

Le lendemain matin, le baron Bourlac frappait, à huit heures et demie, à la vieille porte de l'hôtel de la Chanterie, rue Chanoinesse, et demanda madame de la Chanterie au concierge, qui lui montra le perron. C'était heureusement à l'heure du déjeuner, et Godefroid reconnut le baron dans la cour, par un des croisillons qui donnaient du jour à l'escalier; il n'eut que le temps de descendre, de se jeter dans le salon, où tout le monde se trouvait, et de crier :

— Le baron de Bourlac!...

En entendant ce nom, madame de la Chanterie, soutenue par l'abbé de Vèze, rentra dans sa chambre.

— Tu n'entreras pas, suppôt de Satan! s'écriait Manon qui reconnut le procureur général et qui se mit devant la porte du salon. Viens-tu pour tuer Madame?

— Allons, Manon, laissez passer monsieur, dit monsieur Alain.

Manon s'assit sur une chaise comme si les deux jambes lui eussent manqué à la fois.

— Messieurs, dit le baron d'une voix excessivement émue en reconnaissant Godefroid et monsieur Joseph, et en saluant les deux autres, la bienfaisance donne des droits à l'obligé!

— Vous ne nous devez rien, monsieur, dit le bon Alain, vous devez tout à Dieu...

— Vous êtes des saints et vous avez le calme des saints, dit l'ancien magistrat. Vous m'écouterez!... Je sais que les bienfaits surhumains qui m'accablent depuis dix-huit mois [92] sont l'œuvre d'une personne que j'ai gravement offensée en faisant mon devoir; il a fallu quinze ans pour que je reconnusse son innocence, et c'est là, messieurs, le seul remords que je doive à l'exercice de mes fonctions. — Écoutez! j'ai peu de vie à vivre, mais je vais perdre ce peu de vie, encore si nécessaire à mes enfants, sauvés par madame de la Chanterie, si je ne puis obtenir d'elle mon pardon. Messieurs, je resterai sur le parvis Notre-Dame, à genoux, jusqu'à ce qu'elle m'ait dit un mot... Je l'attendrai là... Je baiserai la trace de ses pas, je trouverai des larmes pour l'attendrir, moi que les tortures de mon enfant ont desséché comme une paille...

La porte de la chambre de madame de la Chanterie s'ouvrit, l'abbé de Vèze se glissa comme une ombre, et dit à monsieur Joseph : « Cette voix tue Madame. »

— Ah ! elle est là ! Elle passe par là ! dit le baron Bourlac.

Il tomba sur ses genoux, baisa le parquet, fondit en larmes, et d'une voix déchirante, il cria : « Au nom de Jésus, mort sur la croix, pardonnez ! pardonnez ! car ma fille a souffert mille morts ! »

Le vieillard s'affaissa si bien que les spectateurs émus le crurent mort. En ce moment, madame de la Chanterie apparut comme un spectre à la porte de sa chambre, sur laquelle elle s'appuyait défaillante.

— Par Louis XVI et Marie-Antoinette, que je vois sur leur échafaud, par madame Élisabeth, par ma fille, par la vôtre, par Jésus, je vous pardonne...

En entendant ce dernier mot, l'ancien procureur leva les yeux et dit : « Les anges se vengent ainsi. »

Monsieur Joseph et monsieur Nicolas relevèrent le baron Bourlac et le conduisirent dans la cour ; Godefroid alla chercher une voiture, et quand on entendit le roulement, monsieur Nicolas dit en y menant le vieillard :

— Ne revenez plus, monsieur, autrement, vous tueriez aussi la mère, car la puissance de

Dieu est infinie, mais la nature humaine a ses limites.

Ce jour-là Godefroid fut acquis à l'Ordre des Frères de la Consolation.

Août 1848[93].

DOSSIER

VIE DE BALZAC
1799-1850

La biographie de Balzac est tellement chargée d'événements si divers, et tout s'y trouve si bien emmêlé, qu'un exposé purement chronologique des faits serait d'une confusion extrême.

Dans l'ordre chronologique, nous nous sommes donc contenté de distinguer, d'une manière aussi peu arbitraire que possible, cinq grandes époques de la vie de Balzac : des origines à 1814, 1815-1828, 1828-1833, 1833-1840, 1841-1850.

A l'intérieur des périodes principales, nous avons préféré, quand il y avait lieu, classer les faits selon leur nature : l'œuvre, les autres activités touchant la littérature, la vie sentimentale, les voyages, etc. (mais en reprenant, à l'intérieur de chaque paragraphe, l'ordre chronologique).

Famille, enfance ; des origines à 1814.

En juillet 1746 naît dans le Rouergue, d'une lignée paysanne, Bernard-François Balssa, qui sera le père du romancier et mourra en 1829; trente ans plus tard nous retrouvons le nom orthographié « Balzac ».

Janvier 1797 : Bernard-François, directeur des vivres de la division militaire de Tours, épouse à cinquante ans Laure Sallambier, qui en a dix-huit, et qui vivra jusqu'en 1854.

1799, 20 mai : naissance à Tours d'Honoré Balzac (le nom ne comporte pas encore la particule). Un premier fils, né jour pour jour un an plus tôt, n'avait pas vécu.

Après Honoré, trois autres enfants naîtront : 1° Laure (1800-1871), qui épousera en 1820 Eugène Surville, ingénieur des Ponts et Chaussées ; 2° Laurence (1802-1825), devenue en

1821 Mme de Montzaigle : c'est sur son acte de baptême que la particule « de » apparaît pour la première fois devant le nom des Balzac. Elle mourra dans la misère, honnie par sa mère, sans raison ; 3° Henry (1807-1858), fils adultérin dont le père était Jean de Margonne (1780-1858), châtelain de Saché.

L'enfance et l'adolescence d'Honoré seront affectées par la préférence de la mère pour Henry, lequel, dépourvu de dons et de caractère, traînera une existence assez misérable ; les ternes séjours qu'il fera dans les îles de l'océan Indien avant de mourir à Mayotte contrastent absolument avec les aventures des romanesques coureurs de mers balzaciens. Balzac gardera des liens étroits avec Margonne et séjournera souvent à Saché, où l'on montre encore sa chambre et sa table de travail.

Dès sa naissance, Honoré est mis en nourrice chez la femme d'un gendarme à Saint-Cyr-sur-Loire, aujourd'hui faubourg de Tours (rive droite). De 1804 à 1807 il est externe dans un établissement scolaire de Tours, de 1807 à 1813 il est pensionnaire au collège de Vendôme. Puis, pendant quelques mois, en 1813, atteint de troubles et d'une espèce d'hébétude qu'on attribue à un abus de lecture, il demeure dans sa famille, au repos. De l'été 1813 à juin 1814, il est pensionnaire dans une institution du Marais. De juillet à septembre 1814, il reprend ses études au collège de Tours, comme externe.

Son père, alors administrateur de l'Hospice général de Tours, est nommé directeur des vivres dans une entreprise parisienne de fournitures aux armées. Toute la famille quitte Tours pour Paris en novembre 1814.

Apprentissage, 1815-1828.

1815-1819. Honoré poursuit ses études à Paris. Il entreprend son droit, suit des cours à la Sorbonne et au Muséum. Il travaille comme clerc dans l'étude de Me Guillonnet-Merville, avoué, puis dans celle de Me Passez, notaire ; ces deux stages laisseront sur lui une empreinte profonde.

Son père ayant pris sa retraite, la famille, dont les ressources sont désormais réduites, quitte Paris et s'installe pendant l'été 1819 à Villeparisis. Le 16 août, le frère cadet de Bernard-François était guillotiné à Albi pour l'assassinat, dont il n'était peut-être pas coupable, d'une fille de ferme. Cependant Honoré, qu'on destinait au notariat, obtient de renoncer à cette carrière, et de demeurer seul à Paris, dans une mansarde, rue Lesdiguières, pour éprouver sa vocation en s'exerçant au métier des lettres. En septembre 1820, au tirage au sort, il a obtenu un « bon numéro » le dispensant du service militaire.

Dès 1817 il a rédigé des *Notes sur la philosophie et la religion,* suivies en 1818 de *Notes sur l'immortalité de l'âme,* premiers indices du goût prononcé qu'il gardera longtemps pour la spéculation philosophique; maintenant il s'attaque à une tragédie, *Cromwell,* cinq actes en vers, qu'il termine au printemps de 1820. Soumise à plusieurs juges successifs, l'œuvre est uniformément estimée détestable; Andrieux, aimable écrivain, professeur au Collège de France et académicien, conclut que l'auteur peut tenter sa chance dans n'importe quelle voie, hormis la littérature. Balzac continue sa recherche philosophique avec *Falthurne* (1820) et *Sténie* (1821), que suivront bientôt (1823) un *Traité de la prière* et un second *Falthurne* d'inspiration religieuse et mystique.

De 1822 à 1827, soit en collaboration, soit seul, sous les pseudonymes de lord R'hoone et Horace de Saint-Aubin, il publie une masse considérable de produits romanesques « de consommation courante », qu'il lui arrivera d'appeler « petites opérations de littérature marchande » ou même « cochonneries littéraires ». A leur sujet, les balzaciens se partagent; les uns y cherchent des ébauches de thèmes et les signes avant-coureurs du génie romanesque; les autres doutent que Balzac, soucieux seulement de satisfaire sa clientèle, y ait rien mis qui soit vraiment de lui-même.

En 1822 commence sa longue liaison (mais, de sa part, non exclusive) avec Antoinette de Berny, qu'il a rencontrée à Villeparisis l'année précédente. Née en 1777, elle a alors deux fois l'âge d'Honoré qui aura pour celle qu'il a rebaptisée Laure, et la *Dilecta,* un amour ambivalent, où il trouvera une compensation à son enfance frustrée.

Fille d'un musicien de la Cour et d'une femme de chambre de Marie-Antoinette, femme d'expérience, Laure initiera son jeune amant aux secrets de la vie. Elle restera pour lui un soutien, et le guide le plus sûr. Elle mourra en 1836.

En 1825, Balzac entre en relation avec la duchesse d'Abrantès (1784-1838); cette nouvelle maîtresse, qui d'ailleurs s'ajoute à la précédente et ne se substitue pas à elle, a encore quinze ans de plus que lui. Fort avertie de la grande et petite histoire de la Révolution et de l'Empire, elle complète l'éducation que lui a donnée Mme de Berny, et le présente aux nombreux amis qu'elle garde dans le monde; lui-même, plus tard, se fera son conseiller et peut-être son collaborateur lorsqu'elle écrira ses *Mémoires*.

Durant la fin de cette période, il se lance dans des affaires qui enrichissent d'une manière incomparable l'expérience du futur auteur de *La Comédie humaine,* mais qui, en attendant, se soldent par de pénibles et coûteux échecs.

Il se fait éditeur en 1825, imprimeur en 1826, fondeur de caractères en 1827, toujours en association, les fonds de ses propres apports étant constitués par sa famille et par Mme de Berny. En 1825 et 1826, il publie, entre autres, des éditions compactes de Molière et de La Fontaine, pour lesquelles il a composé des notices. En 1828, la société de fonderie est remaniée; il en est écarté au profit d'Alexandre de Berny, fils de son amie : l'entreprise deviendra une des plus belles réalisations françaises dans ce domaine. L'imprimerie est liquidée quelques mois plus tard, en août; elle laisse à Balzac 60 000 francs de dettes (dont 50 000 envers sa famille).

Nombreux voyages et séjours en province, notamment dans la région de L'Isle-Adam, en Normandie, et souvent en Touraine.

Les débuts, 1828-1833.

A la mi-septembre 1828, Balzac va s'établir pour six semaines à Fougères, en vue du roman qu'il prépare sur la chouannerie. *Le Dernier Chouan ou la Bretagne en 1800,* dont le titre deviendra finalement *Les Chouans,* paraît en mars 1829; c'est le premier roman dont il assume ouvertement la responsabilité en le signant de son véritable nom.

En décembre 1829, il publie sous l'anonymat *Physiologie du mariage,* un essai ou, comme il dira plus tard, une « étude analytique » qu'il avait ébauchée puis délaissée plusieurs années auparavant.

1830 : les *Scènes de la vie privée* réunissent en deux volumes six courts récits. Ce nombre sera porté à quinze dans une réédition du même titre en quatre tomes (1832). C'est dans le troisième tome que paraîtra pour la première fois *Le Curé de Tours.*

1831 : *La Peau de chagrin;* ce roman est repris pour former la même année, avec douze autres récits, trois volumes de *Romans et contes philosophiques;* l'ensemble est précédé d'une introduction de Philarète Chasles, certainement inspirée par l'auteur. 1832 : les *Nouveaux Contes philosophiques* augmentent cette collection de quatre récits (dont une première version de *Louis Lambert*).

Les *Contes drolatiques*. A l'imitation des *Cent Nouvelles nouvelles* (il avait un goût très vif pour la vieille littérature), il voulait en écrire cent, répartis en dix dizains. Le premier dizain paraît en 1832, le deuxième en 1833; le troisième ne sera publié qu'en 1837, et l'entreprise s'arrêtera là.

Septembre 1833 : *Le Médecin de campagne*. Pendant toute cette époque, Balzac donne une foule de textes divers à de nombreux périodiques. Il poursuivra ce genre de collaboration durant toute sa vie, mais à une cadence moindre.

Laure de Berny reste la *Dilecta,* Laure d'Abrantès devient une amie.

Passade avec Olympe Pélissier.

Entré en liaison d'abord épistolaire avec la duchesse de Castries en 1831, il séjourne auprès d'elle, à Aix-les-Bains et à Genève, en septembre et octobre 1832; elle se laisse chaudement courtiser, mais ne cède pas, ce dont il se « venge » par *La Duchesse de Langeais*.

Au début de 1832, il reçoit d'Odessa une lettre signée « L'Étrangère », et répond par une petite annonce insérée dans *La Gazette de France :* c'est le début de ses relations avec Mme Hanska (1805-1882), sa future femme, qu'il rencontre pour la première fois à Neuchâtel dans les derniers jours de septembre 1833.

Vers cette même époque il a une maîtresse discrète, Maria du Fresnay.

Voyages très nombreux. Outre ceux que nous avons signalés ci-dessus (Fougères, Aix, Genève, Neuchâtel), il faut mentionner plusieurs séjours à Saché, près de Nemours chez Mme de Berny, près d'Angoulême chez Zulma Carraud, etc.

Son travail acharné n'empêche pas qu'il ne soit très répandu dans les milieux littéraires et dans le monde; il mène une vie ostentatoire et dispendieuse.

En politique, il s'affiche légitimiste. Il envisage de se présenter aux élections législatives de 1831, et en 1832 à une élection partielle.

L'essor, 1833-1840.

Durant cette période, Balzac ne se contente pas d'assurer le développement de son œuvre : il se préoccupe de lui assurer une organisation d'ensemble, comme en témoignaient déjà les *Scènes de la vie privée* et les *Romans et contes philosophiques*. Maintenant il s'avance sur la voie qui le conduira à la conception globale de *La Comédie humaine*.

En octobre 1833, il signe un contrat pour la publication des *Études de mœurs au XIX*e *siècle,* qui doivent rassembler aussi bien les rééditions que des ouvrages nouveaux répartis en quatre tomes de *Scènes de la vie privée,* quatre de *Scènes de la vie de province* et quatre de *Scènes de la vie parisienne*. Les douze volumes paraissent en ordre dispersé de décembre 1833 à février 1837. Le tome I est précédé d'une importante *Introduction* de Félix Davin, prête-nom de Balzac. La classification a une valeur littérale et symbolique; elle se fonde à la fois sur le cadre de l'action et sur la signification du thème.

Parallèlement paraissent de 1834 à 1840 vingt volumes d'*Études philosophiques,* avec une nouvelle introduction de Félix Davin.

Principales créations en librairie de cette période : *Eugénie Grandet,* fin 1833; *La Recherche de l'absolu,* 1834; *Le Père Goriot, La Fleur des pois* (titre qui deviendra *Le Contrat de mariage*), *Séraphîta,* 1835; *Histoire des Treize* 1833-1835; *Le Lys dans la vallée,* 1836; *La Vieille Fille, Illusions perdues* (début), *César Birotteau,* 1837; *La Femme supérieure* (titre qui deviendra *Les Employés*), *La Maison Nucingen, La Torpille* (début de *Splendeurs et Misères des courtisanes*), 1838; *Le Cabinet des antiques, Une fille d'Ève, Béatrix,* 1839; *Une princesse parisienne* (titre qui deviendra *Les Secrets de la princesse de Cadignan*), *Pierrette, Pierre Grassou,* 1840.

En marge de cette activité essentielle, Balzac prend à la fin de 1835 une participation majoritaire dans la *Chronique de Paris,* journal politique et littéraire; il y publie un bon nombre de textes, jusqu'à ce que la société, irrémédiablement déficitaire, soit dissoute six mois plus tard. Curieusement il réédite (et complète à l'aide de « nègres »), en gardant un pseudonyme qui n'abuse personne, une partie de ses romans de jeunesse : les *Œuvres complètes d'Horace de Saint-Aubin,* seize volumes, 1836-1840.

En 1838, il s'inscrit à la toute jeune Société des Gens de Lettres, il la préside en 1839, et mène diverses campagnes pour la protection de la propriété littéraire et des droits des auteurs.

Candidat à l'Académie française en 1839, il s'efface devant Hugo, qui ne sera pas élu.

En 1840, il fonde la *Revue parisienne,* mensuelle et

entièrement rédigée par lui; elle disparaît après le troisième numéro, où il a inséré son long et fameux article sur *La Chartreuse de Parme.*

Théâtre, vieille et durable préoccupation depuis le *Cromwell* de ses vingt ans : en 1839, la Renaissance refuse *L'École des ménages,* pièce dont il donne chez Custine une lecture à laquelle assistent Stendhal et Théophile Gautier. En 1840, la censure, après plusieurs refus, finit par autoriser *Vautrin,* qui sera interdit dès le lendemain de la première.

Il séjourne à Genève auprès de Mme Hanska du 24 décembre 1833 au 8 février 1834; il la retrouve à Vienne (Autriche) en mai-juin 1835; alors commence une séparation qui durera huit ans.

Le 4 juin 1834, naît Marie du Fresnay, présumée être sa fille, et qu'il regarde comme telle; elle mourra en 1930.

Mme de Berny malade depuis 1834, accablée de malheurs familiaux, cesse de le voir à la fin de 1835; elle va mourir le 27 juillet 1836.

Le 29 mai 1836, naissance de Lionel-Richard, fils présumé de Balzac et de la comtesse Guidoboni-Visconti.

Juillet-août 1836 : Mme Marbouty, déguisée en homme, l'accompagne à Turin où il doit régler une affaire de succession pour le compte et avec la procuration du mari de Frances Sarah, le comte Guidoboni-Visconti. Ils rentrent par la Suisse.

Autres voyages toujours nombreux, et nombreuses rencontres.

Au cours de l'excursion autrichienne de 1835, il est reçu par Metternich, et visite le champ de bataille de Wagram en vue d'un roman qu'il ne parviendra jamais à écrire. En 1836, séjournant en Touraine, il se voit accueilli par Talleyrand et la duchesse de Dino. L'année suivante, c'est George Sand qui l'héberge à Nohant; elle lui suggère le sujet de *Béatrix.*

Durant un second voyage italien en 1837, il a appris à Gênes qu'on pouvait exploiter fructueusement en Sardaigne les scories d'anciennes mines de plomb argentifère; en 1838, en passant par la Corse, il se rend sur place pour y constater que l'idée était si bonne qu'une société marseillaise l'a devancé; retour par Gênes, Turin, et Milan où il s'attarde.

On signale en 1834 un dîner réunissant Balzac, Vidocq et les bourreaux Sanson père et fils.

Démêlés avec la Garde nationale, où il se refuse obstinément à assurer ses tours de garde : en 1835, à Chaillot sous le nom de « madame veuve Durand », il se cache autant de ses créanciers que de la garde qui l'incarcérera, en 1836, pendant une semaine dans sa prison surnommée « Hôtel des Haricots »; nouvel emprisonnement en 1839, pour la même raison.

En 1837, près de Paris à Sèvres, au lieu-dit les Jardies, il achète les premiers éléments de ce dont il voudra constituer tout un domaine. Sa légende commençant, on prétendra qu'il aurait rêvé d'y faire fortune en y acclimatant la culture de l'ananas. Ses projets assez grandioses lui coûteront fort cher et ne lui amèneront que des déboires. Liquidation onéreuse et longue : à la mort de Balzac, l'affaire n'était pas entièrement liquidée.

C'est en octobre 1840 que, quittant les Jardies, il s'installe à Passy dans l'actuelle rue Raynouard, où sa maison est redevenue aujourd'hui « La Maison de Balzac ».

Suite et fin, 1841-1850.

Le fait marquant qui inaugure cette période est l'acte de naissance officiel de *La Comédie humaine* considérée comme un ensemble organique. Cet acte, c'est le contrat passé le 2 octobre 1841 avec un groupe d'éditeurs pour la publication, sous ce « titre général », des « œuvres complètes » de Balzac, celui-ci se réservant « l'ordre et la distribution des matières, la tomaison et l'ordre des volumes ».

Nous avons vu le romancier, dès ses véritables débuts ou presque, montrer le souci d'un ordre et d'un classement. Une lettre à Mme Hanska du 26 octobre 1834 en faisait déjà état. Une lettre de décembre 1839 ou janvier 1840, adressée à un éditeur non identifié, et restée sans suite, mentionnait pour la première fois le « titre général », avec un plan assez détaillé. Cette fois le grand projet va enfin se réaliser (sous réserve de quelques changements de détail ultérieurs dans le plan, de plusieurs ouvrages annoncés qui ne seront jamais composés et, enfin, de quelques autres composés et non annoncés).

Réunissant rééditions et nouveautés, l'ensemble désormais intitulé *La Comédie humaine* paraît de 1842 à 1848 en dix-sept volumes, complétés en 1855 par un tome XVIII, et suivis, en 1855 encore, d'un tome XIX *(Théâtre)* et d'un tome XX (*Contes drolatiques*). Trois parties : *Études de mœurs, Études philosophiques, Études analytiques,* — la première partie étant elle-même divisée en *Scènes de la vie privée, Scènes de la vie de province, Scènes de la vie parisienne, Scènes de la vie politique, Scènes de la vie militaire* et *Scènes de la vie de campagne.*

L'*Avant-propos* est un texte doctrinal capital. Avant de se résoudre à l'écrire lui-même, Balzac avait demandé vainement une préface à Nodier, à George Sand, ou envisagé de reproduire les introductions de Davin aux anciennes *Études de mœurs* et *Études philosophiques*.

Premières publications en librairie : *Le Curé de village,* 1841 ; *Mémoires de deux jeunes mariées, Ursule Mirouët, Albert Savarus, La Femme de trente ans* (sous sa forme et son titre définitifs après beaucoup d'avatars), *Les Deux Frères* (titre qui deviendra *La Rabouilleuse*), 1842 ; *Une ténébreuse affaire, La Muse du département, Illusions perdues* (au complet), 1843 ; *Honorine, Modeste Mignon,* 1844 ; *Petites misères de la vie conjugale,* 1846 ; *La Dernière Incarnation de Vautrin* (achevant *Splendeurs et Misères des courtisanes*), 1847 ; *Les Parents pauvres* (*Le Cousin Pons* et *La Cousine Bette*), 1847-1848.

Romans posthumes. *Le Député d'Arcis* et *Les Petits Bourgeois,* restés inachevés, et terminés, avec une désinvolture confondante, par Charles Rabou agréé par la veuve, paraissent respectivement en 1854 et 1856. La veuve assure elle-même, avec beaucoup plus de tact, la mise au point des *Paysans* qu'elle publie en 1855.

Théâtre. Représentation et échec des *Ressources de Quinola,* 1842 ; de *Paméla Giraud,* 1843. Succès sans lendemain de *La Marâtre,* pièce créée à une date peu favorable (25 mai 1848) ; trois mois plus tard la Comédie-Française reçoit *Mercadet ou le Faiseur,* mais la pièce ne sera pas représentée.

Chevalier de la Légion d'honneur depuis avril 1845, Balzac, encore candidat à l'Académie française, obtient 4 voix le 11 janvier 1849, dont celles de Hugo et de Lamartine (on lui préfère le duc de Noailles), et, aux trois scrutins du 18 janvier, 2 voix (Vigny et Hugo), 1 voix (Hugo) et 0 voix, le comte de Saint-Priest étant élu.

Amours et voyages, durant toute cette période, portent pratiquement un seul et même nom : Mme Hanska. Le comte Hanski était mort le 10 novembre 1841, en Ukraine ; mais Balzac sera informé le 5 janvier 1842 seulement de l'événement. Son amie, libre désormais de l'épouser, va néanmoins le faire attendre près de dix ans encore, soit qu'elle manque d'empressement, soit que réellement le régime tsariste se dispose à confisquer ses biens, qui sont considérables, si elle s'unit à un étranger.

En 1843, après huit ans de séparation, Balzac va la retrouver pour deux mois à Saint-Pétersbourg; il rentre par Berlin, les pays rhénans, la Belgique. En 1845, voyages communs en Allemagne, en France, en Hollande, en Belgique, en Italie. En 1846, ils se rencontrent à Rome et voyagent en Italie, en Suisse, en Allemagne.

Mme Hanska est enceinte; Balzac en est profondément heureux, et, de surcroît, voit dans cette circonstance une occasion de hâter son mariage; il se désespère lorsqu'elle accouche en novembre 1846 d'un enfant mort-né.

En 1847, elle passe quelques mois à Paris; lui-même, peu après, rédige un testament en sa faveur. A l'automne, il va la retrouver en Ukraine, où il séjourne près de cinq mois. Il rentre à Paris, assiste à la révolution de février 1848 et envisage une candidature aux élections législatives, puis il repart dès la fin de septembre pour l'Ukraine, où il séjourne jusqu'à la fin d'avril 1850. Malade, il ne travaille plus : depuis plusieurs années sa santé n'a pas cessé de se dégrader.

Il épouse Mme Hanska, le 14 mars 1850, à Berditcheff.

Rentrés à Paris vers le 20 mai, les deux époux, le 4 juin, se font donation mutuelle de tous leurs biens en cas de décès.

Balzac est rentré à Paris pour mourir. Affaibli, presque aveugle, il ne peut bientôt plus écrire; sa dernière lettre connue, de sa main, date du 1er juin 1850. Le 18 août, il reçoit l'extrême-onction, et Hugo, venu en visite, le trouve inconscient : il meurt à onze heures et demie du soir. On l'enterre au Père-Lachaise trois jours plus tard; les cordons du poêle sont tenus par Hugo et Dumas, mais aussi par le navrant Sainte-Beuve qui lui vouait la haine des impuissants, et par le ministre de l'Intérieur; devant sa tombe, superbe discours de Hugo : ni Hugo ni Baudelaire ne se sont trompés sur le génie de Balzac.

La femme de Balzac, après avoir trouvé quelques consolations à son veuvage, mourra ruinée de sa propre main et par sa fille en 1882.

NOTICE

Les Frères de la Consolation : quel joli titre pour le roman d'une société secrète de solidarité, à l'époque du carbonarisme, de la congrégation et du compagnonnage! Ce devait être, primitivement, celui de *L'Envers de l'histoire contemporaine*. On aura compris, en lisant au début du présent volume la préface de Bernard Pingaud, comment le nouveau titre gagnait en signification plus qu'il ne perdait en tonalités folkloriques.

Ce roman ne fut pas pour Balzac un roman heureux. Son histoire entrecoupée explique sans doute ce qu'on y relève, dans les détails, de flottements, de contradictions, de défauts d'ajustage. Ces légères incertitudes, toutefois, n'affaiblissent nullement les grands mythes balzaciens qui y confluent et qui s'y développent; peut-être même les font-elles apparaître sous un aspect plus impérieux parce que plus dépouillé.

L'œuvre se compose de deux parties sensiblement égales : *Madame de la Chanterie* et *L'Initié*. Elles vinrent à l'existence l'une après l'autre, sans recoupements; la réunion à laquelle elles étaient destinées ne s'accomplit qu'après la mort de Balzac. En résumant leurs chronologies successives et très lacunaires, nous suivons l'analyse de Maurice Regard dans sa précieuse édition critique et surtout les éditions excellentes procurées par Roger Pierrot de la *Correspondance* et des *Lettres à Mme Hanska*.

Il convient enfin de se reporter à l'édition de Jeannine Guichardet dont la notice fait le point sur la question dans le tome VIII de *La Comédie humaine* publié dans la Bibliothèque de la Pléiade en 1978.

Commençons par la rédaction et les prépublications. « Je vais faire un livre, écrit le romancier à son amie dès le 1er juin 1841, pour le prix Montyon qui paiera le tiers de ma dette »; peu après il précise qu'il s'agit des *Frères de la Consolation,* et que le prix Montyon ne représente pas moins de 20 000 francs (disons tout de suite qu'il ne le recevra jamais).

Septembre 1842 : le *Musée des familles* insère *Les Méchancetés d'un saint.* C'est l'épisode Alain-Mongenod qui plus tard occupera le milieu de la première partie, et y représentera environ un cinquième du texte. (Ces pages remplacent dans la revue un récit antérieurement promis et qui deviendra *Un début dans la vie,* ce dernier texte étant plus long que prévu.)

Le 7 décembre 1842, à Mme Hanska : « ... Je vais me remettre à l'ouvrage, il faut absolument finir ce mois-ci un fragment intitulé *Madame de la Chanterie* (tiré de mon ouvrage entrepris pour le prix Montyon) que je dois au *Musée des familles,* et qui fait suite aux *Méchancetés d'un saint...* » Quinze jours plus tard, et parlant toujours du prix Montyon, « en entier » précise-t-il * : « ... S'il était possible de découvrir un endroit de l'Allemagne où se mettre, sans être poursuivi par cet éclat et cette publicité qui me font un mal inouï, j'y composerais volontiers en trois ou quatre mois de tranquillité

* Dans sa *Lettre à M. Hyppolite* (sic) *Castille,* publiée le 11 octobre 1846, et que nous aurons encore à citer plus loin, on relève une curieuse note dont nous ne reproduisons que le début : « M. de Montyon a légué à l'Académie française une somme considérable, qui produit environ neuf mille francs par an, pour récompenser l'ouvrage le plus utile aux mœurs, publié dans une période de deux années avant la distribution du prix.

« L'Académie s'est érigée de son chef en bureau de charité littéraire, elle scinde le prix en trois ou quatre sommes qu'elle distribue à des œuvres sans influence sur les mœurs et qui sont tellement oubliées, que, si l'on publiait les titres des ouvrages couronnés de 1830 à 1835, par exemple, l'Académie rougirait sur ses quarante fronts.

« L'Académie française n'a pas d'abord le droit qu'elle s'est arrogée. Elle enfreint la volonté du testateur. Elle doit donner le prix à un seul ouvrage. Si aucun ouvrage n'accomplit, à son jugement, les conditions voulues, elle doit attendre et capitaliser la rente. Lorsque le prix, faute d'ouvrages, atteindrait à une somme considérable, cette énorme récompense, promise à de grands efforts, stimulerait la littérature beaucoup plus puissamment que ces aumônes à la fois illégales et peu flatteuses, à mon sens... »

Les Frères de la Consolation. » (Faut-il déduire de là que l'œuvre rêvée devait être beaucoup plus volumineuse que celle qu'il réalisa ?)

Les mois passent, et nous ne savons guère quand fut écrit (peut-être en juin-juillet 1843, juste avant le départ pour Saint-Pétersbourg) le nouveau fragment que le *Musée des familles* publie en septembre 1843, un an après le premier. Titre : *Madame de la Chanterie (première partie)*. Entendons bien qu'il s'agit de la première partie de notre première partie, — du début du récit définitif, et, en fait, de la première moitié environ des pages qui dans celui-ci précèdent ce qui a été intitulé en septembre 1842 *Les Méchancetés d'un saint*.

Les *Frères de la Consolation* réapparaissent dans les lettres à Mme Hanska au commencement de l'année 1844 ; et d'avance « cet ouvrage si pur, si évangélique » continue — avec *Les Paysans,* également en projet — à mériter le prix Montyon. En juillet il est toujours question de « finir » *Madame de la Chanterie :* travail enfin « glorieusement » terminé, annonce avec fierté une lettre du 30 août. Et en effet le *Musée des familles,* dans ses numéros d'octobre et de novembre, fait paraître sous le même titre qu'un an plus tôt, *Madame de la Chanterie,* toute la fin de notre première partie (à l'exception de quelques pages faisant suite immédiatement aux *Méchancetés d'un saint* ainsi que des quelques lignes terminales).

La question de *L'Initié* est beaucoup plus simple. Cette seconde partie de *L'Envers de l'histoire contemporaine,* ébauchée à la fin de décembre 1846, fut écrite entre novembre 1847 et janvier 1848, durant le séjour de Balzac à Wierzchownia auprès de Mme Hanska ; cette circonstance contribue à en expliquer le caractère très polonais. Elle fut publiée dans un journal, *Le Spectateur républicain,* du 1er août au 3 septembre 1848, en 23 feuilletons sur 34 jours (soit un total de 11 interruptions dans la quotidienneté). Balzac semble n'avoir jamais perçu les 1 500 ou 1 800 francs qui lui avaient été promis comme honoraires. *L'Initié* est le dernier récit qu'il ait achevé et fait paraître.

Passons aux éditions de librairie.

Aucune d'entre elles n'a jamais comporté de préface. Si l'on veut en trouver l'équivalent, il faut aller le chercher dans la préface de *Splendeurs et Misères des courtisanes* paru au mois de novembre 1844 selon M. Regard, au mois d'août 1844 selon Roger Pierrot, — écrite en tout cas à une date très voisine de l'achèvement de *Madame de la Chanterie :*

« ... L'auteur, y lit-on, prépare comme contrepoids et

comme opposition un ouvrage où se verra l'action de la vertu, de la religion et de la bienfaisance au cœur de cette corruption des capitales, et c'est une œuvre à la fois si longue et si difficile qu'il y a bientôt trois ans qu'il y travaille sans pouvoir la terminer. *Les Méchancetés d'un saint* et *La Baronne de la Chanterie* sont deux fragments extraits de cet ouvrage, formidable de vertus et où chacun pourra compter les misères affreuses sur lesquelles repose la civilisation parisienne. En commençant les *Scènes de la vie parisienne* par les *Treize*, l'auteur se promettait bien de les terminer par la même idée, celle de l'association faite au profit de la charité, comme l'autre au profit du plaisir. »

En fait, les flottements continuèrent. Le 16 octobre 1845, en pleine crise de découragement, Balzac écrivait à Mme Hanska que, pour sortir des impasses où il se perdait, il allait se contenter, quant à *Madame de la Chanterie*, de reprendre le récit tel quel (sauf les raccords nécessaires pour relier entre eux les fragments du *Musée des familles*) et de terminer avec lui le tome XII, qui restait « en souffrance », de *La Comédie humaine*.

Ainsi fut fait : et de la sorte l'ouvrage — maintenant intitulé *L'Envers de l'histoire contemporaine* (premier épisode) — se trouva en fin de volume versé dans les *Scènes de la vie politique*. La publication se fit au mois d'août 1846. Le mois suivant parut une édition différente du même ouvrage, avec développement des raccords, sous un titre nouveau : *La Femme de soixante ans*. (Ce titre avait d'ailleurs été prévu pour une édition séparée, dès 1845, moins peut-être pour abuser la clientèle que pour recentrer l'épisode en lui conférant le caractère d'un ouvrage se suffisant à lui-même.)

Le 11 octobre 1846 Balzac donnait à *La Semaine* une *Lettre à M. Hyppolite* (sic) *Castille*, lettre ouverte où il déclarait : « Ah! monsieur, quand, vous qui vous destinez à la littérature, vous vous proposerez de mettre en scène un honnête homme, un personnage faisant le bien, et que vous aurez réussi, comme je le crois, venez me voir, et vous m'exprimerez une opinion bien autre que celle de votre article. Savez-vous, monsieur, qu'un ouvrage comme *Le Médecin de campagne* coûte sept ans de travaux? Savez-vous que voici cinq ans de méditations sur l'ouvrage dont le début a été publié récemment sous le titre de *La Femme de soixante ans*, et qui est destiné à montrer la charité, la religion agissant sur Paris, à la manière du *Médecin de campagne* sur son canton? Eh! bien, je recule depuis six ans devant les immenses difficultés littéraires à vaincre. »

Balzac ne vit pas *L'Initié* paraître en librairie. La première édition ne fut publiée qu'en 1854. Le texte fut repris en 1855 dans le tome XVIII (premier volume complémentaire) de *La Comédie humaine,* comme « deuxième partie » de *L'Envers de l'histoire contemporaine*. Ultérieurement, les deux récits furent enfin accolés l'un à l'autre selon leur destination, et l'ensemble, conformément à la volonté confirmée du romancier, reclassé à la fin des *Scènes de la vie parisienne*.

Les prépublications et les premières éditions séparées comportaient une subdivision en chapitres (dont le nombre a d'ailleurs varié) ; nous n'en tenons pas compte ici, puisque l'édition globale de *La Comédie humaine* a systématiquement supprimé cette fragmentation. Aucun des deux épisodes n'a jamais été précédé d'une dédicace.

Certaines de nos annexes appellent quelques explications.

Le premier des documents que nous reproduisons ci-après est un chapitre de la première épître de saint Paul aux Corinthiens. Ce texte est vraisemblablement celui auquel Balzac se réfère, sans d'ailleurs le désigner avec précision. On pourrait trouver dans saint Paul d'autres citations sur la charité ; mais il ne semble pas que le romancier ait eu une connaissance approfondie de l'apôtre ; et son habitude était de méditer intensément sur peu de pages plutôt que de rassembler tout un dossier de pièces multiples. Il le suggère à propos de son héros Godefroid : « Les récits contenus, concis, sont pour certains esprits des textes où ils s'enfoncent en en parcourant les mystérieuses profondeurs. »

Il est plus explicite en parlant de l'*Imitation*. C'est aussi qu'il l'avait pratiquée lui-même davantage. Nous reproduisons intégralement chacun des quatre chapitres qu'il cite ou auxquels il emprunte : ce sont dans le roman des pièces de charpente. (Maurice Regard a signalé qu'il ne fait aucune allusion au livre quatrième et dernier de l'*Imitation,* lequel traite de l'eucharistie ; omission très caractéristique du catholicisme selon Balzac, qui n'en retenait que ce qui convenait à ses propres idées.)

La traduction aujourd'hui la plus répandue de l'*Imitation* est celle de Lamennais. Balzac suivait une autre traduction, beaucoup moins connue de nos jours : celle du R. P. de Gonnelieu, qui vivait dans la seconde moitié du XVIIe siècle et au début du XVIIIe. Plus encore que la matière il nous a paru intéressant de donner la version même que Balzac avait sous les yeux en écrivant *L'Envers de l'histoire contemporaine*.

Autre document : *Mademoiselle du Vissard*. Cette ébauche

fut écrite par Balzac en janvier 1847 (et publiée seulement en 1950, après plus d'un siècle). Si gonflée de sève balzacienne, et si prématurément interrompue, elle établit un lien serré entre, d'une part, l'aventureuse et tragique équipée de Mme de la Chanterie dans le Perche et, d'autre part, *Les Chouans* et *Une ténébreuse affaire*.

Au demeurant, comme le remarquait Marcel Bouteron, le chevalier du Vissard, héros équivoque, ne fut introduit dans *Les Chouans* que pour la réédition de 1845, donc fort peu de temps après *Madame de la Chanterie* et peu avant l'ébauche de 1847 ; sa figure reste à l'état de nébuleuse, et ses traits changent encore d'une œuvre à l'autre. Mais, au vrai, changent-ils tellement, et ses aspects divers sont-ils tellement inconciliables, pourvu qu'on laisse un peu rêver l'imagination ? Par ailleurs Roger Pierrot n'était-il pas fondé à supposer que, dans le titre de *Mademoiselle du Vissard*, le mot inexpliqué de « Mademoiselle » pouvait être un sobriquet appliqué à une ambiguïté dont *La Comédie humaine* offre d'autres exemples ?

On relève dans *L'Envers de l'histoire contemporaine* une centaine de noms de personnages. Plus de la moitié d'entre eux ne figurent nulle part ailleurs dans l'œuvre de Balzac. Parmi les autres, une demi-douzaine jouent les premiers rôles. Quant à ceux qui restent, par exemple Nucingen, du Tillet, Palma, Bianchon ou Nathan, leur fonction dans le roman est simplement de rappeler des structures, à l'intérieur desquelles chaque individu dispose de fort peu de jeu : ce qui est une des significations de *La Comédie humaine*.

DOCUMENTS

Saint Paul : sur la charité

Première Épître aux Corinthiens, XIII. Quand je parlerais les langues des hommes et des anges, si je n'ai pas la charité, je suis comme un airain sonnant ou une cymbale retentissante. Et quand j'aurais le don de prophétie, que je connaîtrais tous les mystères et toute la science; quand j'aurais toute la foi, au point de transporter des montagnes, si je n'ai point la charité, je ne suis rien. Et quand je distribuerais tout mon bien pour la nourriture des pauvres et que je livrerais mon corps pour être brûlé, si je n'ai point la charité, cela ne me sert de rien.

La charité est patiente; elle est douce; la charité n'est point envieuse; elle n'agit pas insolemment; elle ne s'enfle point; elle n'est point ambitieuse, elle ne cherche point son propre intérêt; elle ne s'irrite point; elle ne pense pas le mal; elle ne se réjouit pas de l'iniquité, mais elle met sa joie dans la vérité; elle souffre tout, elle croit tout, elle espère tout, elle endure tout.

La charité ne finira jamais, pas même lorsque les prophéties s'anéantiront, que les langues cesseront, et que la science sera détruite. Car c'est imparfaitement que nous connaissons, et imparfaitement que nous prophétisons. Mais quand viendra ce qui est parfait, alors s'anéantira ce qui est imparfait.

Quand j'étais petit enfant, je parlais comme un petit enfant, j'avais les goûts d'un petit enfant, je raisonnais comme un petit enfant; mais quand je suis devenu homme, je me suis dépouillé de ce qui était de l'enfant.

Nous voyons maintenant à travers un miroir en énigme; mais alors nous verrons face à face. Maintenant je connais imparfaitement ; mais alors je connaîtrai aussi bien que je suis connu moi-même. Maintenant demeurent toutes les trois, la foi, l'espérance, la charité : mais la plus grande des trois est la charité.

L'Imitation de Jésus-Christ

Livre I, ch. I. — « Qu'il faut imiter Jésus-Christ, et mépriser toutes les vanités du monde. »

1. *Celui qui me suit ne marche point dans les ténèbres* (Joan. VIII, 12), dit Notre-Seigneur. Ce sont les paroles de Jésus-Christ, par lesquelles il nous exhorte à imiter sa vie et sa conduite, si nous voulons être véritablement éclairés et délivrés de tout aveuglement de cœur. Faisons donc notre principale étude de méditer sur la vie de Jésus-Christ.

2. La doctrine du Sauveur est bien plus excellente que celle de tous les saints, et une personne qui en aurait le véritable esprit y trouverait une manne cachée.

Mais il arrive que la plupart de ceux qui entendent souvent l'Évangile n'en sont pour cela guère plus touchés, parce qu'ils n'ont point l'esprit de Jésus-Christ.

Pour bien comprendre et bien goûter les paroles de Jésus-Christ, il faut chercher à former notre vie sur le modèle de la sienne.

3. Que vous sert de parler savamment de la Trinité, si, n'étant pas humble, vous vous rendez désagréable à la Trinité ? Non, ce ne sont point les paroles sublimes qui sanctifient l'homme et qui le justifient ; c'est la vie vertueuse qui le rend ami de Dieu.

J'aime bien mieux sentir la componction que de savoir comment on la définit.

Quand vous sauriez par cœur toute la Bible et les sentences de tous les philosophes, que vous servirait tout cela sans l'amour de Dieu et sans sa grâce ? *Vanité des vanités, tout n'est que vanité.* (Ecclé. I, 2.) Rien de solide que d'aimer Dieu, et de s'attacher à lui seul.

La grande sagesse, c'est de tendre au ciel par la voie du mépris du monde.

4. C'est donc une vanité que d'amasser des richesses périssables, et d'y mettre son espérance.

C'est une vanité que de rechercher les honneurs et de s'élever aux premières places.

C'est une vanité que de suivre les désirs de la chair, et d'aimer ce qui nous doit attirer dans la suite de rigoureux châtiments.

C'est une vanité que de souhaiter une longue vie, et de se mettre si peu en peine qu'elle soit bonne.

C'est une vanité de ne penser qu'aux choses présentes, et de ne pas prévoir les futures.

C'est une vanité que d'aimer ce qui passe si vite et de ne point s'empresser à gagner le ciel, où la joie durera toujours.

5. Souvenez-vous souvent de cette parole du Sage : *L'œil n'est jamais rassasié de ce qu'il voit, ni l'oreille de ce qu'elle entend.* (Eccl. I, 8.) Travaillez donc à détacher votre cœur de l'amour des choses visibles, pour ne vous occuper que des biens invisibles ; car ceux qui suivent leur sensualité souillent leur conscience, et perdent la grâce de Dieu.

Livre II, ch. I. — « De la conversation intérieure. »

1. *Le royaume de Dieu est au dedans de vous,* dit Jésus-Christ. (Luc. XVII, 21.) *Convertissez-vous de tout votre cœur au Seigneur.* (Joël. II, 12.) Quittez ce misérable monde, et votre âme trouvera la paix.

Apprenez à mépriser les choses extérieures : appliquez-vous aux intérieures, et vous verrez que le royaume de Dieu viendra en vous. *Car le royaume de Dieu est la paix et la joie* (Rom. XIX, 17) dont on jouit *dans le Saint-Esprit ;* ce qui n'est point donné aux impies.

Jésus-Christ viendra à vous, pour vous faire part de ses consolations, si vous lui préparez au dedans de vous une demeure digne de lui.

Toute la gloire et la beauté qu'il cherche *est au dedans* (Psalm. XLIV, 14) ; c'est là qu'il prend ses délices. Il visite souvent l'homme intérieur, il s'entretient doucement avec lui, il le console agréablement, il le comble de paix, et il le traite avec une familiarité surprenante.

2. Courage, âme fidèle, préparez votre cœur à cet époux, afin qu'il daigne venir à vous, et habiter en vous ; car voici ce qu'il dit : *Si quelqu'un m'aime, il gardera ma parole, et nous viendrons à lui, et nous demeurerons en lui.* (Joan. XIV, 23.)

Faites donc place à Jésus-Christ dans votre cœur, et refusez-en l'entrée à tout le reste.

Vous êtes riche en possédant Jésus-Christ, il vous suffit lui seul : il pourvoira lui-même et veillera fidèlement à toutes vos affaires ; en sorte que vous ne serez plus dans le besoin de mettre votre confiance aux hommes. Car les hommes changent vite, et manquent tout d'un coup ; *mais Jésus-Christ demeure éternellement* (Joan. XII, 34), et son assistance subsiste jusqu'à la fin.

3. Il ne faut pas que vous fassiez grand fond sur un homme fragile et mortel, quoiqu'il vous paraisse utile et qu'il vous soit cher. Vous ne devez pas non plus vous attrister beaucoup, si quelquefois il vous résiste et vous contrarie.

Ceux qui sont pour vous aujourd'hui seront peut-être demain contre vous, et, au contraire, vous pourrez avoir pour amis ceux qui vous haïssent, car les hommes tournent d'ordinaire comme le vent.

Mettez toute votre confiance en Dieu, et qu'il soit toute votre crainte et tout votre amour. Il répondra pour vous, et saura bien faire toutes choses pour le mieux.

Vous n'avez point ici de demeure stable. (Hébr. XIII, 14.) En quelque lieu que vous soyez, vous n'êtes qu'un étranger et qu'un passant, et vous n'aurez jamais de repos que vous ne soyez intimement uni à Jésus-Christ.

4. Que regardez-vous ici-bas autour de vous? Ce n'est pas le lieu de votre repos. Votre demeure doit être dans le ciel, et il ne faut regarder toutes les choses de la terre que comme en passant. Tout passe, et vous passerez comme le reste.

Gardez-vous bien de vous y attacher, de peur de vous y laisser prendre et de vous perdre. Élevez vos pensées au Très-Haut, et adressez sans cesse vos prières à Jésus-Christ.

Si vous n'êtes pas capable de la haute contemplation des choses célestes, reposez-vous dans la passion de Jésus-Christ, et demeurez volontiers dans ses sacrées plaies. Car si vous recourez avec dévotion à ses plaies et aux précieuses marques de sa Passion, vous en aurez plus de force à supporter vos peines; vous vous soucierez peu du mépris des hommes, et vous souffrirez aisément leurs médisances.

5. Jésus-Christ lui-même a été méprisé des hommes en ce monde, et abandonné de ses amis et de ses proches, au plus fort de son affliction et au milieu des plus grands outrages. Jésus-Christ a voulu souffrir et être méprisé, et vous osez vous plaindre de quelque chose! Jésus-Christ a eu des ennemis et des calomniateurs, et vous voulez que tout le monde vous aime et vous fasse du bien!

Par où votre patience pourra-t-elle être couronnée, si vous n'éprouvez point de traverses? Comment serez-vous ami de Jésus-Christ, si vous ne voulez rien souffrir? Soutenez-vous avec Jésus-Christ et pour Jésus-Christ, si vous voulez régner avec Jésus-Christ.

6. Si vous étiez une fois entré bien avant dans le cœur de Jésus, et si vous aviez un peu goûté de son ardent amour, vous

ne penseriez plus alors à ce qui vous accommode ou à ce qui vous fait peine, et vous vous réjouiriez plutôt d'être dans l'opprobre, parce que l'amour de Jésus porte l'homme à se mépriser lui-même. Celui qui aime Jésus et la vérité, et qui est vraiment intérieur et dégagé des affections déréglées, peut aisément se donner tout à Dieu, s'élever en esprit au-dessus de soi-même, et trouver son repos dans la jouissance de celui qu'il aime.

7. Celui-là est vraiment sage, qui juge des choses selon ce qu'elles sont, et non selon le récit et l'estime que les hommes en font; et sa science vient plus de Dieu que des hommes.

Celui qui sait agir par un principe intérieur, et qui fait peu d'attention à ce qui se passe au-dehors, n'a pas besoin de choisir ou d'attendre les temps et les lieux pour s'appliquer aux exercices de piété. Il est bientôt recueilli, parce qu'il ne se répand jamais tout entier dans les choses extérieures. Il n'est point détourné par le travail du dehors, ni par les occupations nécessaires qui lui surviennent; mais il s'accommode aux choses selon qu'elles arrivent.

Celui qui est au-dedans bien réglé et bien disposé ne se met pas en peine de ce qu'il y a d'éclatant ou de mauvais dans les actions des hommes. L'homme ne trouve d'empêchements et de distractions qu'autant qu'il s'attire d'affaires.

8. Si vous étiez vraiment bon et bien purifié, toutes choses tourneraient à votre bien et à votre avancement.

Plusieurs choses ne vous déplaisent et ne vous troublent que parce que vous n'êtes pas encore parfaitement mort à vous-même, ni séparé de toutes les choses de la terre. Rien ne souille et n'embarrasse tant le cœur de l'homme que l'amour impur des créatures.

Si vous rejetez les consolations extérieures, vous serez en état de contempler les choses du ciel, et de goûter souvent la joie intérieure.

Livre II, ch. XII. — « Du chemin royal de la sainte Croix. »

1. Cette parole paraît dure à bien des gens : *Renoncez à vous-même, prenez votre croix, et suivez Jésus.* (Luc. IX, 23.) Mais il sera bien plus dur d'entendre au dernier jour cette parole : *Retirez-vous de moi, maudits, allez au feu éternel.* (Matth. XXV, 41.) Car ceux qui maintenant écoutent et suivent de bon cœur la parole de la croix, ne craindront point alors d'entendre cet arrêt de la damnation éternelle.

Ce signe de la croix paraîtra dans le ciel lorsque le Seigneur viendra juger le monde (Matth. XXIV, 30.) Alors tous les serviteurs de la croix qui, durant leur vie, se seront rendus conformes au Crucifié, s'approcheront de Jésus-Christ, leur juge, avec une entière confiance.

2. Pourquoi donc craignez-vous de porter la croix qui vous ouvre le chemin du ciel? Le salut est dans la croix. La vie est dans la croix. Dans la croix se trouvent l'asile contre les ennemis, l'infusion des douceurs du ciel, la force de l'âme, la joie de l'esprit, la perfection des vertus, et le comble de la sainteté. Il n'y a point de salut pour l'âme, ni d'espérance pour la vie éternelle, si ce n'est dans la croix.

Prenez donc votre croix, suivez Jésus, et vous parviendrez à la vie éternelle. Il a marché devant vous chargé de sa croix et il y est mort pour vous, afin que vous portiez votre croix et que vous désiriez d'y mourir. Car *si vous mourez avec lui, vous vivez aussi avec lui* (Rom. VI, 8), et si vous prenez part à ses peines, vous aurez aussi part à sa gloire.

3. Ainsi, tout consiste à porter la croix, et à y mourir; et il n'y a point d'autre chemin qui mène à la vie et au véritable repos du cœur, que celui de la croix et de la mortification continuelle. Allez où vous voudrez, faites tant de recherches qu'il vous plaira, vous ne trouverez pas de voie plus élevée ni plus sûre que le chemin de la sainte croix.

Disposez et réglez toutes choses selon vos désirs et vos vues, vous n'y rencontrerez qu'un engagement à souffrir toujours quelque peine, soit que vous le vouliez ou non; et ainsi, vous trouverez toujours la croix; car, ou vous sentirez de la douleur dans le corps, ou vous aurez à soutenir des peines dans l'esprit.

4. Tantôt vous serez délaissé de Dieu, tantôt les hommes vous donneront de l'exercice. Bien plus, vous serez souvent à charge de vous-même, sans pouvoir être délivré par aucun remède, ni soulagé par aucune consolation; et jusqu'à ce qu'il plaise à Dieu d'y mettre fin, vous serez obligé de souffrir. Car Dieu veut que vous appreniez à souffrir sans consolations, afin que vous vous soumettiez à lui sans réserve, et que vous deveniez plus humble par le moyen des tribulations.

Nul n'a le cœur si sensiblement touché de la passion de Jésus-Christ, que celui à qui il est arrivé de souffrir quelque chose de semblable. La croix est donc toujours dressée pour vous, et elle vous attend partout. Vous ne sauriez l'éviter en quelque lieu que vous fuyiez, parce que vous vous portez toujours vous-même, et que vous vous trouverez toujours, quelque part que vous alliez. Regardez en haut ou en bas, sortez hors de vous-même, ou rentrez en vous-même, vous y trouverez partout des croix, et partout il sera nécessaire que vous preniez patience, si vous voulez jouir de la paix intérieure et mériter la couronne éternelle.

5. Si vous portez la croix de bon cœur, elle vous portera aussi et vous conduira à ce terme désiré où vous trouverez la fin de ces peines qui ne finissent point ici-bas. Si vous la portez à regret, vous vous imposez un nouveau fardeau, et vous vous accablez vous-même d'un plus grand poids; et cependant il faudra toujours que vous la portiez. Si vous vous déchargez d'une croix, vous en trouverez infailliblement une autre qui sera peut-être plus fâcheuse.

6. Croyez-vous pouvoir fuir ce que nul des hommes n'a pu éviter? Qui d'entre les saints s'est vu dans ce monde sans affliction et sans croix? Jésus-Christ Notre-Seigneur n'a pas été une seule heure en sa vie sans souffrir la douleur. *Il fallait,* dit-il, *que le Christ souffrît, et qu'il ressuscitât d'entre les morts, et qu'ainsi il entrât dans sa gloire.* (Luc. XXIV, 46.)

Comment donc cherchez-vous un autre chemin que le chemin royal, qui est celui de la sainte croix?

7. Toute la vie de Jésus-Christ n'a été qu'une croix et un martyre continuel, et vous cherchez à vous reposer et à vous réjouir!

Vous vous trompez, vous vous trompez si vous recherchez quelque autre chose que des souffrances; car toute cette vie mortelle est pleine de misères et environnée de croix. Et plus un homme aura fait de progrès dans la vie spirituelle, plus il trouvera quelquefois ses croix pesantes, parce qu'ayant plus d'amour, son exil lui cause une plus grande peine.

8. Cependant cet homme affligé en tant de manières n'est pas sans quelque consolation qui le soulage, parce qu'il sait bien qu'il profite beaucoup en supportant ainsi sa croix. Car lorsqu'il s'y soumet de bon cœur, tout le poids de son affliction se change en une douce confiance qu'il recevra bientôt des consolations divines. Et plus son corps est abattu par la souffrance, plus son esprit se fortifie intérieurement par la grâce.

Quelquefois même l'amour qu'il a pour les afflictions et les traverses, inspiré par le désir qu'il a de se rendre conforme à Jésus crucifié, lui donne tant de force, qu'il ne voudrait pas être sans douleur et sans affliction; parce qu'il se croit d'autant plus agréable à Dieu, qu'il souffre pour son amour de plus grands maux, et en plus grand nombre.

Ceci n'est pas l'effet de la vertu de l'homme, mais de la grâce de Jésus-Christ, laquelle peut et agit si puissamment sur cette chair fragile, qu'elle lui fait aimer et entreprendre, par la ferveur de l'esprit, les choses dont elle a naturellement de l'aversion et de l'horreur.

9. Porter et aimer la croix, châtier et asservir son corps, fuir les honneurs, endurer de bon cœur les injures, se mépriser soi-même et souhaiter d'être méprisé, souffrir les adversités et les pertes, et ne désirer aucune prospérité en ce monde, sont des choses qui répugnent à la nature humaine.

Si vous considérez vos propres forces, de vous-même vous ne pourriez rien de tout cela; mais si vous vous confiez en Dieu, vous en recevrez la force d'en haut, qui fera que le monde et la chair vous seront soumis. Vous ne craindrez pas même le démon, votre ennemi, si vous êtes armé de la foi et du signe de la croix de Jésus-Christ.

10. Disposez-vous donc comme un bon et fidèle serviteur de Jésus, à porter courageusement la croix de votre maître, qui a bien voulu y être attaché par amour pour vous.

Préparez-vous à supporter beaucoup de traverses et diverses incommodités dans cette malheureuse vie; car c'est là votre partage en quelque endroit que vous soyez; et vous ne trouverez autre chose, quelque part que vous vous cachiez.

Il faut que cela soit ainsi; et vous n'avez point d'autre moyen, pour sortir des afflictions, des maux et des douleurs, que de les supporter avec patience. Buvez avec joie le calice du Seigneur, si vous voulez être son ami et avoir part à sa gloire. Remettez à Dieu toutes les consolations, afin qu'il en use selon son bon plaisir.

Pour vous, ne pensez qu'à supporter les adversités, et croyez qu'elles sont de très grandes consolations. *Car les souffrances de cette vie,* quand vous pourriez seul les souffrir toutes, *n'ont aucune proportion avec la gloire future qu'elles nous font mériter*. (Rom. VIII, 18.)

11. Quand vous serez parvenu à ce point, de trouver les afflictions douces, et d'y prendre goût pour l'amour de Jésus-Christ, alors croyez-vous heureux, parce que vous avez rencontré le paradis en ce monde. Mais tant que les souffrances vous feront peine, et que vous chercherez à les éviter, vous serez malheureux, et la tribulation que vous fuyez vous suivra partout.

12. Si vous vous mettez en l'état où vous devez être, c'est-à-dire à souffrir et mourir, vous serez bientôt soulagé, et vous trouverez la paix.

Quand vous auriez été ravi, comme saint Paul, jusqu'au troisième ciel, vous ne seriez pas pour cela assuré de n'avoir plus d'adversité à souffrir. *Je lui ferai connaître,* dit Jésus en parlant de l'Apôtre, *combien il lui faudra souffrir pour la gloire de mon nom.* (Act. IX, 16.) Votre partage est donc de souffrir, si vous voulez aimer Jésus et vous attacher pour toujours à son service.

13. Plût à Dieu que vous fussiez digne de souffrir quelque chose pour le nom de Jésus! Quelle gloire ce serait pour vous! quelle joie pour tous les saints! quelle édification pour le prochain! Car chacun recommande la patience, quoiqu'il y en ait peu qui veuillent souffrir.

Vous devriez bien souffrir de bon cœur quelques peines pour Jésus-Christ, voyant que tant d'autres en souffrent pour le monde de beaucoup plus fâcheuses.

14. Soyez persuadé que votre vie doit être une mort continuelle; et plus un homme meurt à lui-même, plus il commence à vivre à Dieu. Personne n'est propre à comprendre les choses du ciel, s'il n'est disposé à endurer des adversités pour Jésus-Christ.

Rien en ce monde n'est plus agréable à Dieu, ni plus salutaire pour vous, que de souffrir de bon cœur pour Jésus-Christ. Et s'il était à votre choix, vous devriez plutôt souhaiter de souffrir des traverses pour Jésus-Christ que d'être comblé de ses consolations, parce que vous deviendriez ainsi plus semblable à Jésus-Christ et plus conforme à tous les saints. Car notre mérite et notre avancement dans la vertu ne consistent pas dans l'abondance des joies et des consolations spirituelles, mais à souffrir courageusement les plus rudes afflictions et les plus grandes peines.

15. S'il y avait un moyen meilleur et plus avantageux pour le salut des hommes que celui de souffrir, Jésus-Christ nous l'aurait sans doute appris par ses paroles et par son exemple. Car il exhorte ouvertement ses disciples, et tous ceux qui veulent le suivre, à porter sa croix. *Si quelqu'un,* dit-il, *veut venir après moi, qu'il renonce à soi-même, qu'il porte sa croix et qu'il me suive.* (Matth. XXVI, 24.)

Après donc avoir lu et examiné toutes choses, tirons-en cette conclusion, que *c'est par beaucoup de peines et d'afflictions qu'il nous faut entrer dans le royaume de Dieu.* (Act. XXIV, 21.)

Livre III, ch. I. — « De l'entretien intérieur de Jésus-Christ avec l'âme fidèle. »

1. *J'écouterai ce que le Seigneur mon Dieu me dira au fond du cœur.* (Psalm. LXXIV, 9.)

Heureuse une âme qui écoute le Seigneur parlant en elle, et qui reçoit de sa bouche des paroles de consolation!

Heureuses les oreilles qui entendent le doux bruit de

l'inspiration divine, et qui sont bouchées au bruit confus de ce monde!

Heureuses certainement les oreilles qui sont attentives, non au bruit extérieur qui les frappe, mais à la vérité qui les instruit au-dedans!

Heureux les yeux qui, se fermant aux choses du dehors, ne s'ouvrent que pour les intérieures!

Heureux ceux qui connaissent à fond les choses intérieures, et qui, par leurs exercices journaliers, se préparent et s'étudient de plus en plus à pénétrer les secrets du ciel! Heureux ceux qui mettent leur joie à s'occuper de Dieu, et qui se dégagent de tous les embarras du siècle!

Ô mon âme! faites attention à ces choses, et fermez bien la porte de vos sens, afin que vous puissiez entendre ce que le Seigneur votre Dieu vous dira au-dedans de vous.

2. Voici ce que vous dit votre bien-aimé : *Je suis votre salut* (Psalm. XXXIV, 3), votre paix et votre vie.

Tenez-vous auprès de moi, et vous trouverez la paix. Laissez tout ce qui est passager, et ne cherchez que ce qui est éternel. Que sont toutes les choses temporelles, sinon illusion et tromperie? Et que vous serviront toutes les créatures, si le Créateur vous abandonne?

Ayant donc renoncé à tout, rendez-vous agréable et fidèle à Celui qui vous a créé, afin que vous puissiez acquérir la véritable béatitude.

MADEMOISELLE DU VISSARD
OU
LA FRANCE SOUS LE CONSULAT

Première partie.

L'OUEST

Premier chapitre.

LE PLOUGAL

A une lieue environ de Pontorson, du côté du Finistère, sur la côte et dans une partie qu'on regarde comme inaccessible à cause des récifs et des bancs de granit qui forment une terrible ceinture à ce rivage redouté sur lequel récemment on a bâti l'un de ces phares protecteurs que la France a multipliés, se trouve une de ces misérables habitations encore appelées des châteaux, à l'époque où ce récit commence. Jadis, dans les temps nébuleux de la Bretagne il y eut sans doute à cette place une puissante domination dont les vestiges sont dans le nom même du domaine qui se nomme le Plougal. Les érudits de cette grande province, qui fut un royaume, sauront expliquer ce que contient ce mot; mais, en 1803, la majesté du nom n'était plus en harmonie avec la chose. Le château se composait d'un simple corps de logis en maçonnerie de cailloux et de mortier particulier à cette partie de la Bretagne. Cette maçonnerie, à laquelle les cailloux noirs et le granit donnaient l'apparence d'une mosaïque, était percée de cinq croisées dont les encadrements et la croix étaient en pierre et flanquée de deux tourelles, rasées au niveau du toit. Les vitres cassées étaient remplacées par des papiers huilés, les volets qui restaient tombaient de vétusté. Les murailles s'ouvraient démesurément. Un seul mot expliquera cet état de choses. Lors de l'expédition de Quiberon, en 1795, un détachement de Bleus avait occupé ce point, avait rasé les poivrières, les girouettes, avait fait du feu avec les boiseries, avait dévasté le château qui appartenait à l'un des royalistes les plus déterminés et dont la femme devint veuve, car il périt à Quiberon. La veuve hérita des débris de la fortune de son mari de qui elle n'avait pas eu d'enfants, et elle se jeta désespérément dans la dernière lutte des royalistes au commencement de ce siècle, elle y perdit un héros de qui elle s'était éprise; et, lors de la pacification obtenue dans l'Ouest par les soins du Premier Consul, elle vint cacher au Plougal son désespoir; et, disons-le, sa misère. Les domaines du Plougal se composaient de trois métairies très belles, valant chacune cent mille francs et qui ne rapportaient pas un denier à la propriétaire. Selon la coutume bretonne, maintenue plus tard par le code, le feu comte avait reçu de ses fermiers le capital en argent, et, pour rentrer dans la propriété, dont sa veuve restait d'ailleurs titulaire, il fallait rendre le prix reçu. Les tenanciers saluaient alors leur maîtresse avec respect; sur un ordre d'elle, ils auraient repris les armes et se seraient rués sur la République; mais ils ne lui devaient rien. Néanmoins, sachant la position de la comtesse, ils apportaient bénévolement au Plougal des denrées fort nécessaires et dont elle vivait. Les trois cents hectares au revers desquels le Plougal est assis sur une éminence avaient été coupés à blanc, et cette dernière source de revenus était tarie pour quarante ans. Il restait douze cents arpents de landes du côté de la petite ville de

Saint-James, et un quart de lieue de grèves, de roches en granit, de sables infertiles ont la pêche appartenait au Plougal. Au bas du château s'étendait dans un pli de terrain bien abrité des coups de vent de mer un jardin de deux hectares, et derrière la maison un parc d'une douzaine d'arpents où se voyait un misérable verger. De 1792 à 1802, en dix ans, on devine ce que peut devenir un verger abandonné à lui-même; le replanter, il eût fallu rester là dix ans avant d'avoir des fruits.

Les communs étaient dans un état très piteux, en harmonie d'ailleurs avec le Plougal. La plupart des bâtiments montraient des carcasses sans toits ni portes. De hautes herbes croissaient dans l'intérieur, et l'on avait ôté depuis deux ans les restes des toits pour couvrir une écurie, une sellerie, un grenier, un chenil, où se trouvaient deux excellents chevaux bretons, une vache, des cochons, et un poulailler. On entendait crier les poules, les canards; et si la propriété ressemblait à un squelette, ce squelette vivait.

Mais la misère à la campagne est-elle la misère? La nature étendait son manteau vert sur toutes les plaies, les fleurs égayaient ces ruines, le soleil y jetait ses rayons. Des haillons parfumés par des fleurs, émaillés de riantes couleurs, ne sont plus des haillons.

Devant le château, sur ce que dans tous les châteaux on appelle la terrasse, c'est-à-dire un espace sablé, plein de pourpier, mais qui, au Plougal, avait son vrai sens à cause de la situation de cette noble ruine, deux personnes étaient assises sur un banc de bois fait d'une vieille planche soutenue par quatre piquets et placé contre la muraille, près de la porte d'entrée. Les républicains avaient respecté le chèvrefeuille et le jasmin en espalier devant lesquels ce banc avait été récemment placé. Les deux personnes étaient une femme et un prêtre en costume, quoiqu'on fût en juillet 1803. La femme, âgée d'environ quarante-six ans, petite, rondelette, à cheveux noirs, offrait, sous le vaste chapeau de paille commune à rubans blancs flétris qu'elle avait sur la tête, une figure où la guerre civile et ses malheurs se lisaient, tant elle était en harmonie avec la façade du château. Ses yeux bruns et magnifiques d'expression avaient été cerclés de vides que l'embonpoint de l'inaction comblait en ce moment; le visage dont le type breton était reconnaissable se recommandait par une netteté de contour, par une fermeté de chair, un teint à la fois mat et coloré, que plus d'une Parisienne eût enviés. De grandes choses tentées et avortées donnaient à la physionomie une profondeur morale, explicable par l'habitude du commandement, par une décision rapide, par des qualités au repos. La comtesse avait les yeux attachés sur l'océan, dont la nappe bleue et nuancée de quelques franges argentées s'étendait à cinq cents toises environ du château. La mise de la comtesse, propriétaire de cette belle terre annulée, ne manquait d'ailleurs pas d'une certaine coquetterie. Elle portait un spencer de percale plissée et une robe de tartan écossais, qui dénotait le succès des corsaires français, ou des intelligences avec les contrebandiers. La comtesse avait aux mains des gants de daim et des brodequins en peau de chèvre aux pieds. Elle était encore belle, mais certes elle eût paru sublime à qui l'on eût dit qu'elle avait partagé tous les dangers du grand Charette et ceux du célèbre marquis de Montauran. Malgré les erreurs de sa vie, aux manières du prêtre, il était facile de voir qu'elle était l'objet d'un profond respect. Cet ecclésiastique, venu à cheval de la petite ville de Saint-James, en était le curé; aussi n'est-il pas besoin de dire qu'il appartenait secrètement au parti royaliste, car sa vie publique, inattaquable par suite d'une discrétion ecclésiastique, n'offrait aucune prise à l'autorité.

— Qu'allez-vous faire, Madame la Comtesse, dit-il, car les cinquante livres que j'ai si péniblement recueillies ne vous mèneront pas loin. Les Bretons attachés à la cause royale risquent plus facilement leur vie qu'ils ne donnent leur argent. On commence, entre nous, à se défier de princes qu'on ne voit point, qui ne se sont jamais mis à la tête des armées vendéennes, et le Premier Consul réalise les vœux de beaucoup de gens sages qui veulent la paix et la tranquillité...

En disant ces paroles, l'abbé regardait autour de lui comme pour les appuyer d'un commentaire éloquent, car les pierres mêmes parlaient.

— L'abbé! L'abbé!

— Oh! Madame, je chouannerais encore demain, s'il y avait chance!... Ne me soupçonnez pas de vouloir changer de bannière. Je mourrai au Roi, comme à Dieu! Je ne songe qu'à vous; vous ne voyez pas le mouvement qui s'opère en France; et au lieu de rester ici à caresser une chimère, vous devriez vous réconcilier avec madame votre mère, aller chez elle, vous marier avec un homme dont la fortune vous permettrait de rétablir cette terre...

— Qu'appelez-vous caresser une chimère? dit-elle en riant. Parlez-vous de mes espérances politiques, parlez-vous du chevalier...

— Madame, le chevalier a vingt-deux ans et...

— Et j'en ai quarante-six... dit-elle en interrompant

vivement l'abbé, je le sais, je sais un secret tout aussi facile à pénétrer que celui de mon âge, il ne m'aime pas, et moi je donnerais ma vie pour lui...

— Madame, répliqua le prêtre en souriant, nous ne sommes pas ici au tribunal de la pénitence...

La comtesse s'arrêta, elle regarda l'abbé, lui prit la main et lui dit :

— Dans quel cœur voulez-vous que je verse mes pensées, puis-je parler à ces rochers, à la mer...

— Madame, en venant vous apporter ce que je viens de vous remettre, je me disais qu'il fallait renvoyer les conseils à un autre jour; mais je vous sais si grande, si peu semblable aux autres femmes, que je me suis décidé à parler... Le chevalier est chez vous bouche inutile, et il n'y est pas seul, vous gardez avec vous Marche-à-Terre, Pille-Miche et la petite Izaï, comment voulez-vous faire vivre une garnison de cinq personnes sur le Plougal, sans compter le père Lugol, votre concierge? Vos fermiers cesseront un beau jour leurs envois, je ne récolterai pas toujours vingt-cinq louis tous les trimestres... Ouvrez donc les yeux! Quant à Marche-à-Terre, il vous quittera de lui-même. Ses affaires sont arrangées...

Une sombre inquiétude altéra la vive expression qui rajeunissait le visage de la comtesse.

— Pardon, Madame! Je suis poussé par le respectueux attachement...

— Oh! dit-elle, ce n'est pas pour moi que je me chagrine!...

— Ne pensez plus aux princes, répliqua vivement le curé. Laissez faire à Dieu sa besogne. Après tant d'efforts inutiles, et tant de sang versé, lui seul peut rétablir le Roi par les voies qu'il se propose...

— Jusqu'à mon dernier soupir, je songerai certes à rétablir le Roi sur son trône, et la main d'une femme est plus puissante qu'on ne le croit; mais je suis trop vieille, l'abbé, pour donner au monde une seconde édition de Charlotte Corday!... Non, mon ami. Mon exclamation regardait Amédée. Vous avez d'ailleurs raison. Il y a trop de bouches dans la place, je vais congédier Pille-Miche et Marche-à-Terre. Pille-Miche trouvera bien quelque ferme à prendre, sur notre recommandation. Izaï me servira, quelques écus par mois nous suffiront; mais Amédée!... Que faire de lui!...

— Voulez-vous le marier, je m'en charge, dit vivement le prêtre. Il est si beau qu'il sera casé dans un mois...

— Quel meurtre! répondit la comtesse. D'ailleurs, vous ne le connaissez pas! Il est déjà bien las de deux ans de repos.

C'est un Catilina, un chef de partisans, un contrebandier, un aventurier, un héros, il ne vit que par le péril, il en a pris l'habitude. Par la turbulence de son sang, par la puissance de son cœur et la force de son imagination, il se trouve dans la situation de ces gens blasés qui cherchent des émotions à tout prix, qui les demandent aux précipices, qui prient à tout moment la Mort de les aider à vivre. Quand il va pêcher, comme aujourd'hui, il se rend à sa barque tout droit, il saute de roche en roche, j'y suis faite, je le regarde sans frissonner franchissant ces abîmes. Beau comme Alcibiade, il a la force d'Hercule, il est généreux et défiant, discret et enfant, franc et rusé, fin comme une femme. C'est le modèle du conspirateur, du général. Je lui dis tout cela, je le prêche pour l'envoyer servir soit en Autriche, soit en Russie, mais il ne veut pas porter les armes contre la France républicaine, il fera la guerre aux Bleus tant qu'on voudra, mais, pour le grade de feld-maréchal, il ne se mettrait pas dans les rangs ennemis. Il admire Custine qui s'est fait couper la tête, et méprise Dumouriez qui s'est enfui; dans le même cas, il préférera la mort du marquis à la vie du roturier. — On voit, dit-il, que Custine était gentilhomme. Français contre Français, Blancs contre Bleus, cela lui va; mais l'armée de Condé, de l'autre côté du Rhin, mais les émigrés mendiant dans les capitales et déshonorant la noblesse, il pleure de rage! Voici donc ce que je lui propose : l'assassinat de Bonaparte, à nous deux; il me répond : Un duel! L'attaquer franchement, oui, mais un piège, une embûche, une machine infernale, c'est une infamie. Je lui réponds : Qui veut la fin veut les moyens!... Ah, si j'étais ce que j'ai été, s'écria la terrible Bretonne, il y a deux ans que cet homme-là serait embaumé!...

— Vous êtes encore charmante, dit le prêtre, et vous pouvez vous bien marier...

— Non, notre défaite à Fougères, la mort de mes deux héros, la pacification, tous ces événements-là m'ont donné mon âge. Mon âme a passé dans le corps d'Amédée, je suis heureuse de le voir si peu accessible à la passion, les femmes perdent les hommes!

— Si vous l'aimez, engagez le chevalier à servir, il sera l'honneur de son pays et de la Bretagne. Bonaparte est protégé par la puissance divine. Voyez! Il n'a plus de rivaux, il a donné autant de force que de bon sens au gouvernement, le doigt de Dieu est là. Tout en conservant mon opinion, j'obéirai.

— Vous serez évêque, dit la comtesse avec amertume.

— Que monsieur Amédée fasse sa soumission, et il sera bientôt général, répondit l'abbé.

— Lui, se soumettre! s'écria la comtesse. Lui qui brûlerait la cervelle à Cormatin, à Scepeaux, à Bersier, s'il les rencontrait! Mais vous ne le connaissez pas! C'est une âme de bronze, il irait au supplice en criant : Vive le Roi! Proposez-lui de faire la guerre aux Anglais et de conquérir un Empire dans l'Inde, il ira, car il y a chez lui l'étoffe d'un Fernand Cortez, d'un Pizarre; mais obéir à des chefs, il couperait d'un coup de cravache la figure au Premier Consul, si le Premier Consul ne lui parlait pas en gentilhomme. Ce n'est pas l'enfantillage du jeune homme qui s'estime à toute la valeur de ses espérances; c'est une conviction profonde. Il sert le Roi, parce que le Roi, c'est tout. La noblesse, c'est la représentation de nos droits, de notre race, le Roi, selon Amédée, est à nous. Je lui voudrais d'autres idées... Mais je ne veux plus lui entendre siffler : — *Allons, partons, belle!...*, quand j'essaie de lui faire prendre ce que nous appelons un parti raisonnable.

— Mais l'argent? la vie?... dit l'abbé.

Tout à coup, l'abbé se tut. La fine silhouette du personnage dont la comtesse et le prêtre parlaient se dessina sur la pointe du roc le plus élevé du groupe de roches qui formaient aux jardins du Plougal une enceinte naturelle, et il sembla qu'il venait de s'y poser absolument comme un oiseau. Le chevalier se détachait nettement sur le fond bleu de la mer, car il avait la vareuse noire, le large pantalon et le vaste chapeau des marins. Il vint lentement, il se retournait de dix en dix pas, il eût donc été facile à un étranger d'examiner ce personnage que la comtesse admirait avec le laisser-aller d'une femme à qui son âge permet de ne plus faire la jeune fille. Le chevalier, alors âgé de vingt-deux ans, était d'une taille moyenne, mais excessivement svelte. Au premier coup d'œil, on l'aurait pris pour une de ces jeunes Anglaises pâles, d'un coloris fin, d'une délicatesse de poitrinaire, qui se serait déguisée en homme, car il paraissait avoir à peine dix-sept ans. Le tour de la bouche, les joues étaient encore sans ce poil follet qui dénote la fin de la puberté. Comme tous les hommes à qui la nature permet la longévité, il était, comme on dit vulgairement, retardé, les affreuses privations de sa jeunesse passée dans les guerres de la Vendée qui lui ravirent son père et sa mère avaient nécessairement influé sur son développement; mais sa bonne nature avait fini par triompher de ces misères. En supportant des fatigues au-dessus de ses forces et que l'énergie de son âme, stimulée par l'exemple de son père et aussi par la grandeur de la lutte [lui permit d'affronter], il avait acquis un tempérament exceptionnel. A l'âge de douze ans, sa sœur et lui furent emportés par leur mère dans cette tempête, car cette femme courageuse n'avait pas voulu quitter son mari, troisième fils du fameux marquis du Vissard, qui s'était fait un nom dans les Indes. Donc, depuis l'âge de treize ans, Amédée avait connu les périls, les victoires et les revers de cette guerre où des paysans luttèrent contre une république victorieuse. Sa mère, une noble et belle Irlandaise, adorait Amédée, qui présentait un de ces incroyables phénomènes de ressemblance où la nature semble s'être trompée de sexe. Amédée ressemblait tellement à sa mère qu'il avait plusieurs fois accompli sous les vêtements de sa mère des missions importantes qu'aucun homme n'aurait osé entreprendre. Il avait connu presque tous les chefs des armées catholiques, Stofflet, Cathelineau, Bonchamps, d'Elbée, La Rochejaquelein, Charette, Montauran, l'abbé Bernier, Lescure, Frotté, Tinténiac, etc... Pourchassés comme des bêtes fauves après la terrible déroute du Mans, ils étaient tous quatre de ceux qui tentèrent un dernier effort à l'affaire de Savernay. Amédée avait été forcé d'enterrer lui-même son père au bord d'un étang, au pied d'un vieux saule, dans l'écorce duquel il grava à la hâte : Ci-gît le chevalier du Vissard, mort à Savenay. Le lendemain de cette affreuse journée, Amédée porta pendant sept lieues sa sœur cadette devenue sourde pour s'être trouvée trop près du canon au siège d'Angers, et qui était née muette. Sa mère mourut de fatigue et de douleur dans les marais salants du Croisic, au moment où le baron du Guénic, ami de cette famille, venait en chercher les restes pour les embarquer sur un vaisseau danois dont le capitaine consentait à les passer en Hollande. Le baron avait alors pris avec lui les deux enfants, après avoir fait ensevelir la mère à Guérande. Amédée donna la mesure de son audace et de son courage en cette circonstance, car il alla reprendre le corps de son père et l'apporta pour le réunir à sa mère dans la même tombe. Il conduisit sa sœur chez son grand-père le marquis du Vissard, et pour ne pas compromettre le vieillard, il s'était jeté dans l'armée de Charette, et avait mené la vie aventureuse d'un partisan. Après la mort de Charette, il s'était adonné, corps et cœur, à la prise d'armes de Quiberon, puis à celle de Montauran, en 1799; et, depuis la pacification, il avait été recueilli par la comtesse, aussi pauvre, aussi courageuse, aussi dénuée que lui, et qui s'était senti au cœur un amour maternel pour cet enfant qu'elle n'avait connu que dans cette dernière tentative, à la réunion des chefs à Saint-James.

A vingt-deux ans, Amédée paraissait donc, au physique, avoir quinze ans, car il avait au moral plus de trente ans. Blond, il portait, à la mode vendéenne, les cheveux longs et sans poudre, ce qui rendait sa charmante figure encore plus maigre qu'elle ne l'était. Sa voix douce, ses manières féminines, ajoutaient encore à l'illusion qu'il produisait. Ses yeux bleus, aux longs cils recourbés, accompagnés à l'entour des teintes nacrées et transparentes qui laissent voir des réseaux de veines, avaient tour à tour, et selon la passion, ou la douceur des anges ou l'éclat foudroyant du génie. La coupe de son front, l'ovale de sa figure, le dessin de sa bouche, meublée de dents dont l'ivoire fin et bleuâtre relevait la rougeur des lèvres, la tournure des oreilles délicates, tout était d'une distinction, d'une grâce adorables. Il possédait une de ces voix musicales et chattes qui font résonner dans les cœurs les plus farouches les bonnes cordes et réveillait les sentiments doux. Sous cette trompeuse faiblesse, sous cette enveloppe féminine, étaient cachés une force incroyable, des muscles d'acier, et une habileté prodigieuse à tous les exercices violents. Amédée, tireur habile comme un sauvage, nageur intrépide, pêcheur adroit, marin, avait mis en adresse tout ce qui lui manquait en science universitaire. A son âge, il avait l'expérience de tous les malheurs, il adorait son père et sa mère, et ils n'étaient pas ensevelis seulement à Guérande, disait-il quelquefois. Il avait pour les Bleus l'estime qu'a le chasseur pour un gibier qui se défend bien; mais c'était son gibier. Loyal comme un enfant de la nature qui n'a rien vu, catholique comme Bossuet, ignorant le monde et ses lois, n'ayant de 1793 jusqu'en ce moment pas eu mille francs en tout entre les mains, il devait intéresser profondément une femme de la trempe de la comtesse dont la maternité peut paraître à juste titre suspecte; mais Amédée était pour elle, en tant que femme, d'une insouciance désolante. Il acceptait d'elle toutes ses faveurs sans y attacher la moindre importance. Il cachait même avec une noble discrétion le mépris que lui inspirait l'infidélité. Selon lui, la comtesse aurait dû mourir avec Charette; mais cet amour de la fidélité quand même, cette doctrine du sentiment unique, prenait sa source chez Amédée dans une ignorance profonde de la vie, de ses nécessités, de la diversité des tempéraments, des caractères, des situations. Quoique très illettré, quoique les bois, les grandes routes, la guerre civile fussent comptables de cette éducation manquée, Amédée avait la politesse du gentilhomme, il était respectueux avec les vieillards, doux avec les femmes, et il rendait à chacun ce qu'il croyait lui devoir par suite de la haute opinion qu'il avait de lui-même. Sa perspicacité, d'ailleurs, équivalait au don de seconde vue, il devinait un Bleu comme le chien du logis flaire un voleur, il étudiait les gestes, la voix, les regards d'un homme avec la sagacité du sauvage, avec l'habileté d'un homme habitué à ces examens complets et rapides nécessités par les crises de la guerre civile. La nature l'avait investi du don de plaire, il possédait un magnétisme attractif d'une incroyable puissance.

— Qu'avez-vous, Amédée, à regarder ainsi la mer? demanda la comtesse lorsque le gentilhomme fut à portée de voix.

— Il y a, répondit-il, un sloop à l'horizon... Je voudrais la longue-vue pour savoir s'il est français ou anglais... Bonjour, Monsieur l'abbé. Comment va-t-on à Saint-James? Avez-vous des nouvelles de Pontorson? Car nous vivons en sauvages, sans lire un journal, sans savoir ce qui se fait. Nous sommes pauvres...

— Monsieur le chevalier, tout est à l'encontre des espérances que vous cultivez. Tout est à la paix, en France s'entend, car on va guerroyer avec l'Anglais. Le Premier Consul médite une descente en Angleterre.

— Mon Dieu, je donnerais bien... quoi, je n'ai rien! Enfin, je voudrais voir le Premier Consul!... Allez! L'abbé, l'on recommencera bientôt la guerre, car le cutter, ce n'est pas un sloop, c'est un anglais... Que vient-il faire ici?...

— Il va se faire prendre. Le fameux Lanno de Pontorson, le contrebandier, a des lettres de marque, il a, dit-on, armé un bâtiment, et vous devriez prendre un intérêt dans ce corsaire et y apprendre la marine, vous employeriez votre temps bien utilement. Jean Lanno est un Chouan des mers; il a servi sous Suffren et d'Estaing, il connaît les Indes, il aimait Tippo-Saëb, il a les Anglais en horreur, il est royaliste, et il regarde le pavillon des Bleus comme un chiffon nécessaire, vous deviendriez un fameux marin, et il aurait des égards pour vous... Toutes vos qualités acquises et naturelles vous serviraient puissamment, vous feriez une belle dot à votre sœur; vous pourriez réparer le Plougal et, avec le temps, vous auriez des lettres de marque, un bâtiment à vous, et avec des matelots à vous, qui vous suivraient comme des chiens. Vous pourriez trouver au Plougal un port à vous seul, car un homme habitué à ces récifs, et qui les connaît comme vous les connaissez, mouillerait un brick dans la cave aux cancres comme un cocher remise sa voiture dans une petite cour. On est à l'abri des vents, des tempêtes, le canon d'une frégate ne vous y atteindrait pas. En temps de guerre, un corsaire est un roi...

— Je suis ignorant comme un homard, répondit le chevalier.

— Vous parlez anglais comme un homme né dans le pays de Galles, et vous apprendriez l'espagnol et le malais en deux croisières.

— Et les mathématiques? dit le chevalier. Notre curé, l'abbé Fargeau, ne m'a malheureusement enseigné que l'écriture, la lecture et les quatre règles...

— En six mois, vous sauriez tout ce qu'il faut de mathématiques pour être un parfait marin, et je vous les apprendrais, moi, s'écria le curé...

— Je vous suivrais, dit la comtesse. Je vous serais bien utile! Et puis, il nous manque de voir du pays. Songez donc, Amédée, au plaisir de connaître les États-Unis, le Mexique, la Floride, j'ai un oncle à la Louisiane... Nous irions en Andalousie, en Italie, en Grèce, en Égypte, dans l'Asie Mineure, et, quand nous n'aurions plus d'argent, nous recommencerions la course... Et qui sait ce que nous deviendrions!... Quel plaisir de ravager une possession anglaise!

Les yeux d'Amédée s'animèrent; il sourit, le curé jeta sur la comtesse un regard d'intelligence, comme pour dire : Nous le tenons.

— Songez, Monsieur le chevalier, que, s'il n'y a plus de troubles en Bretagne, il vous faudra vivre, et que pour vivre honorablement il faut des rentes. Vous n'avez pas encore songé sérieusement à la vie, et votre peau de bique en hiver, votre vareuse en été, ne vous suffiront pas toujours. Vous avez vingt-deux ans, l'avenir est devant vous. Vous ne voulez ni quitter la France, ni vous soumettre, votre position ne sera pas tenable pendant longtemps...

— Ne le tourmentez pas, mon cher Abbé, dit la comtesse, en frémissant de voir le beau front d'Amédée contracté par de pénible pensées.

— Vous avez raison, l'abbé, dit-il, la vie de corsaire est la seule que je puisse accepter. Si d'ici à trois mois il n'arrive rien à la Cour, si les Princes ne font plus aucune tentative, d'ailleurs j'irai leur demander à Londres des avis, hé! bien, je me mettrai sous Jean Lanno, j'apprendrai le métier de marin, je deviendrai un loup de mer, je ferai la guerre à l'Anglais... J'ai l'idée d'aller piller le château qu'on a pris à mon bisaïeul maternel et d'y prendre des Irlandais attachés à la vieille famille des O'Flaghan pour en faire des matelots. Mais il faudrait servir la République française! c'est impossible!... ajouta-t-il, oppressé par une pensée qui lui revint. Je hais encore plus les Bleus que les Anglais.

— Et pourquoi ne pas servir la République? Est-ce que nous n'avons pas fait notre soumission? Est-ce que je ne prie pas Dieu dans une église où vient un maire qui porte les couleurs qu'ils appellent nationales?... Voyons! croyez-vous, Chevalier, que dans l'histoire ce sera un déshonneur de s'appeler Hoche, Desaix ou Marceau?

— Oui, si Desaix, Hoche ou Marceau avaient été des royalistes au lieu d'être des Bleus. Comprendriez-vous Charette au service du Premier Consul?

— Turenne a été contre le roi Louis XIV, dit la comtesse.

— Je n'en sais rien; mais ce que je sais, c'est que ce n'est plus la même chose. Vous proposez à Turenne servant le Roi de servir parmi les rebelles, et je conçois que, si Turenne a livré bataille à son roi, il ait pu quitter sans honte les rebelles.

Le curé garda le silence.

— Vous êtes plus savant que les plus savants! Je fais comme Madame, dit le curé, je vous admire, mais où cette envie perpétuelle d'en venir aux mains avec la République vous mènera-t-elle?

— A mourir pour le Roi, comme tant d'autres.

— Vous ne tenez donc pas à la vie, dit la comtesse d'un ton de reproche.

— Non, en temps de guerre civile! Avons-nous ici nos aises? Qui peut nous faire aimer la vie? répondit-il en lançant à la comtesse un regard plein de douceur. Croyez-moi, Madame, ne dédaignez pas les offres de Bauvan! Vous avez encore votre mère qui vous conserve une terre en Anjou, retournez près d'elle, mariez-vous, et vivez tranquillement. J'ai laissé ma sœur chez mon grand-père où mon oncle a pris au sérieux la pacification. Moi, je reste et veux rester un aventurier! un brigand, comme ils disent! Le jour où j'aurai perdu toute espérance, je me ferai Turc en Égypte ou Hollandais aux Indes...

— Madame la Comtesse est servie, vint dire une jeune fille.

— Si vous ne craignez pas un mauvais dîner, l'abbé, dit la comtesse, restez avec nous, jusqu'à ce soir...

— C'est un honneur qu'on peut acheter en faisant une chère détestable; mais je n'aurai pas ce mérite. Yvon Bacuël, votre fermier, m'a vu, et il vous a envoyé une douzaine de bouteilles de vin de Bordeaux, que je lui rendrai la première fois qu'il viendra me voir à Saint-James, et j'ai pris la liberté d'apporter un jambon donné par Madame Longuy, et une galantine faite par ma gouvernante. Je suis venu tranquillement au pas, de Saint-James à votre domaine de Carhouët, où j'ai déposé les provisions, car j'avais deux bouteilles de liqueurs, du vespetro de Turin et de la crème de Madame Amphoux, offertes par la tante de votre adorateur, le comte de Bauvan... Enfin, du café, du sucre; j'étais chargé comme un Mage, sans compter les bénédictions de vos admirateurs.

— Ce n'est pourtant pas la Saint-Louis, dit le chevalier en souriant.

Au moment où les trois personnages se levaient pour entrer dans le pauvre château de Plougal, on entendit du côté des communs un tapage infernal causé par des aboyements de chiens comme enragés. Les voix bien connues de Pille-Miche et de Marche-à-Terre dominaient ce tumulte. Le chien favori du chevalier, un superbe lévrier, accourut sur la terrasse, poursuivi par deux chiens de la race des chiens des Pyrénées. Ce magnifique trio montra toute son intelligence en restant immobile à l'aspect des trois maîtres. Les trois chiens furent bientôt suivis de trois hommes, et quels hommes! Marche-à-Terre, le fameux chouan, petit, trapu, à grosse tête, tenait par le collet un homme vêtu comme un paysan breton et qui parlait vivement en bas-breton avec Marche-à-Terre et Pille-Miche. Le grand et nerveux Pille-Miche tenait une serpe à la main.

— De quoi s'agit-il?... Voyons, laissez cet homme libre, que peut-il faire au milieu de quatre hommes déterminés?...

— Monsieur, dit Pille-Miche, il se dit un gars du Morbihan. Il vient d'arriver avec, sous votre respect, une soixantaine de beaux cochons, et il nous en a offert un à un prix si bas que j'ai bien vu qu'il n'a jamais vendu de cochons...Et d'un. Marche-à-Terre est venu, je lui ai dit en bas-breton : Vlà un Corentin! car depuis nos malheurs causés par ce Parisien, nous appelons des espions des Corentins. — Oui, c'en est un, me dit Marche-à-Terre, faut le jeter pieds et poings liés à la mer, avec des cailloux dans un sac au cou. Et il nous répond pour lors, en bas-breton : Je suis un ami, et j'attends ici mon maître, qui doit s'y trouver... On ne tue pas un gars, dit-il, qui a deux serviteurs comme ceux-ci à ses ordres. Il a sifflé, les deux chiens que vous voyez sont venus, les nôtres ont piaillé, les deux animaux nous ont pris, Marche-à-Terre et moi, à la gorge... Ah! j'ai pris ma serpe, et... Il a fait un signe aux chiens, et comme on ne peut rien voler ici, j'ai compris qu'il y a quelque chose.

— Monsieur, dit le marchand de cochons, je suis du Morbihan, je vous demande l'hospitalité pour deux heures, enfermez mes chiens, gardez mes cochons, et dans deux heures nous serons les meilleurs amis du monde..., ajouta-t-il en se tournant amicalement vers les deux chouans. Je suis heureux de pouvoir connaître le fameux Marche-à-Terre et son ami Pille-Miche. Moi, je me nomme Monsieur Caboche, nous avons servi la même cause, et...

Il s'arrêta pour regarder le brick qui, après s'être approché de la côte aussi près que les brisants le permettaient, n'était plus qu'un point blanc à l'horizon. En voyant ce mouvement, le chevalier, qui toisait Caboche, comprit que l'arrivée de cet inconnu se liait à celle du brick.

— Tu parles de ton maître; vient-il par terre ou par mer, et qui est-ce?...

Les chiens se jetèrent vers les roches par un mouvement passionné qui fit dire à Caboche : — Il vous le dira lui-même, car le voilà.

Un sifflement particulier retentit, et Caboche y répondit.

— Il est bien hardi, ton maître, dit la comtesse.

— Il en a le droit, Madame, répondit Caboche.

— Et sait-il où il vient?...

— Je le crois bien, Madame, il vous connaît bien et il vient vous voir, vous et Monsieur le chevalier du Vissard, j'ai battu le pays, nous sommes en sûreté, vous comprenez que si mon maître aborde en Bretagne par ce chemin-ci, dit Caboche en montrant l'océan, et fait une demi-lieue à la nage, ce n'est pas un Bleu!... Il m'a dit, il y a quinze jours, en Flandre, je serai le vingt juillet au Plougal. Sois-y avec un troupeau de cochons. J'ai demandé l'heure; il m'a dit : le soir. Vous voyez que le maître et le serviteur se connaissent.

— Qui est ton maître...

— Ah! Monsieur l'Abbé, je n'ai que Dieu et le Roi pour maîtres... Quant à celui qui veut se mettre, à ce qu'il paraît marchand de cochons, il vous dira lui-même ce qu'il est; mais soyez sûrs, mes chers seigneurs, qu'il est notre supérieur dans les armées catholiques.

Le chevalier s'élança vers les roches et il alla aider le naufragé volontaire à sortir de ce dédale de granit. La curiosité de l'abbé, de la comtesse était si vivement excitée qu'ils oublièrent le dîner; d'ailleurs, Amédée était dans les récifs.

— Gardez cet homme à vue, dit la comtesse; enfermez ses cochons, et tenez-vous dans la cuisine avec lui. Que le père Lugol veille à la porte...

Quelques instants après, la comtesse et l'abbé virent le chevalier tendant la main à l'inconnu qui parut à ses côtés et descendit la roche aussi lestement que lui. Ce personnage, âgé d'environ trente ans, d'une taille au-dessus de la moyenne, d'un embonpoint qui n'excluait pas l'agilité, ne parut pas au premier coup d'œil appartenir à l'aristocratie ; l'œil exercé de la comtesse ne put s'y tromper ; mais il possédait cette noblesse que donnent les grands sentiments et l'élévation de l'âme. Le grand, chez les gens du peuple, devient grandiose, le courage a de la rudesse, l'esprit a du mordant, la grâce est sauvage. Toutes les vertus ont des inconvénients, il est difficile à l'homme sorti du peuple d'être parfait, c'est le vice du sang ; il lui manque une élégance, une finesse, une habitude d'être ce qu'il est qui se comprennent plus qu'elles ne s'expliquent. L'Église et le service militaire transformeront la nature populaire, et c'est par ces deux écoles que les hommes remarquables, sortis de la foule, seront modifiés ; mais l'homme qui se fraye une route de bas en haut garde toujours les vestiges de son manque d'éducation. Mais aussi jamais les gens de bonne compagnie n'ont sauvé d'empire, ni soutenu de trône, ni élevé de dynastie.

La comtesse regarda l'abbé, comme pour lui dire : — Qui est-ce ? L'abbé répondit par un regard qui disait : Je ne connais pas celui-là... Et il ne cessa d'examiner le débarqué, dont le pantalon de matelot se séchait au soleil de juillet, dont la vareuse pleine d'eau de mer marquait son passage par des sillons de gouttes aussitôt absorbées.

— Vous êtes le chevalier du Vissard, fut le premier mot du nageur.

— Oui, Monsieur, répondit Amédée.

— Je viens causer avec vous d'affaires sérieuses, et vous devez penser qu'un homme forcé de prendre un brick anglais au lieu de la diligence de Mayenne pour se rendre au Plougal...

— ... est un émigré !

— Pour qui me prenez-vous ? répondit l'inconnu. Moi !... Non, Monsieur, je suis Breton, et, dans quelques heures, je vous justifierai de mon grade de lieutenant-général au service du Roi de France... Vous devez penser que je ne me suis pas avisé de porter des papiers sur moi quand je savais devoir prendre un bain d'une heure. La chaloupe du brick m'a conduit le plus près des rochers ; mais c'est une chaloupe, et voilà près d'une heure que je nage. Si nous nous entendons, je sais comment renvoyer le brick, et si je le prends pour m'en aller, je sais également comment le faire venir. Je vous demande l'hospitalité pour cette nuit, Monsieur le Chevalier ; et quant à ce que je puis être pour le moment, je serai

Monsieur Jacques Laserre, marchand de cochons, domicilié à Amiens, département de la Somme, et voyageant pour son commerce.

Amédée regardait attentivement ce personnage, qui, s'apercevant de cet examen, s'arrêta :

— Monsieur le Chevalier, dans le temps où nous vivons, et dans votre situation, on doit craindre les espions, les intrigants; regardez-moi bien dans les yeux?...

Amédée fut ébloui par le regard étincelant de deux yeux orange, presque noirs, où le courage et la franchise éclataient.

— Est-ce le visage d'un traître? ajouta-t-il. Vous saurez qui je suis, et, d'ici à demain, je ne vous aurai certes compromis dans aucune mauvaise affaire. Le conducteur de mes cochons et de mes deux chiens doit être arrivé. Je vais aller prendre le costume de mon état, et mes papiers.

L'inconnu salua la comtesse et l'abbé, puis il siffla de nouveau, comme il avait sifflé pour appeler le conducteur de ses cochons.

— Il est à la cuisine! dit la comtesse au chevalier, qui se chargea de conduire leur hôte.

— Un couvert de plus, chère Comtesse, cria doucement le chevalier.

A voir marcher le lieutenant-général, on reconnaissait une de ces natures puissantes et carrées faites pour le commandement et pour les entreprises difficiles.

— C'est un fier homme! dit l'abbé.

— Quel charretier! répondit la comtesse; il a l'encolure d'un cheval de carrosse. Quelles épaules, quelle poitrine!

Elle monta la marche de la porte d'entrée, au-dessus de laquelle une pierre, mutilée par les Bleus, avait jadis offert un écusson et entra dans une salle dévastée, blanchie à la chaux.

....

NOTES

PREMIÈRE PARTIE

Page 21.

1. Malgré toutes les précisions que paraît donner Balzac, il est malaisé de localiser exactement cette scène ; le romancier, croirait-on, se sert d'éléments de la réalité pour les organiser en un paysage composite. Le point central de l'observation semble être la pointe amont de l'île de la Cité.

Le pont de l'Archevêché, construit en 1828, comporta un péage jusqu'en 1848 ; c'est de lui qu'il est question un peu plus bas. Le bâtiment de l'Archevêché avait été pillé puis démoli par une émeute parisienne en 1831 ; il s'élevait le long du flanc sud de la cathédrale ; ses décombres occupèrent durant une quinzaine d'années l'emplacement du square actuel. C'est cet emplacement, et celui qui le prolonge vers l'est jusqu'à la pointe de l'île, qu'on appelait autrefois le Terrain, ou Terrail ; Balzac l'avait déjà décrit, et avec des tonalités comparables, dans *Les Proscrits,* où le plus jeune des héros porte aussi le prénom de Godefroid.

Sainte-Geneviève : le Panthéon. L'Hôtel-Dieu : l'établissement principal se trouvait sur le parvis de Notre-Dame, au sud ; Balzac parle ici d'une annexe située sur la rive gauche, quai de Montebello, et reliée au parvis par deux constructions élevées sur le Pont au Double, reconstruit en 1885, et dont le nom provient du prix de l'ancien péage, qui était de deux deniers. Le faubourg Saint-Marceau : à peu près notre quartier Mouffetard.

Page 22.

2. La première ligne du récit date la scène de 1836 ; plus loin Balzac dira 1834, reviendra à 1835 (voir les passages

correspondant à nos notes 13, 25 et 42). La publication du *Musée des familles,* en septembre 1843, avait indiqué comme date l'année 1834.

Page 24.

3. Zacharie Werner (1768-1823), d'origine prussienne, trois fois divorcé, mystique, théosophe, franc-maçon, adepte du magnétisme, auteur de drames d'une structure aberrante, se convertit au catholicisme en 1811, entra dans les ordres et se fit prédicateur sans sortir de ses tendances insolites. Il est possible qu'il ait retenu la curiosité de Balzac par son ésotérisme quelque peu délirant. Son nom n'est pas cité ailleurs dans *La Comédie humaine.*

Page 25.

4. Cet éducateur avait fondé en 1804 la maison d'enseignement qui reçut en 1821 ou 1822 le nom de collège Stanislas.

Page 28.

5. Sous la monarchie de Juillet, le parti du Mouvement (Laffitte, La Fayette, Odilon Barrot) était celui des libéraux avancés qui voulaient poursuivre et étendre les conquêtes politiques de 1830; le parti de la Résistance (Guizot, Casimir Perier) redoutait les excès du Mouvement et s'efforçait de le freiner.

Page 31.

6. *Le Lièvre et la Tortue,* fable x du livre VI.

Page 34.

7. Aujourd'hui disparue, elle traversait l'emplacement de l'actuel Hôtel-Dieu.

Page 36.

8. Les Sœurs de Saint-Vincent-de-Paul.

Page 37.

9. Balzac parlera un peu plus loin du « bleu céleste du regard » de Mme de la Chanterie; voir le passage correspondant à notre note 20.

Page 38.

10. Chandelier à manche.

Page 39.

11. Littré : « Se dit de l'acajou, lorsque, débité, il contient

certaines dispositions veinées qui se trouvent non à la racine de l'arbre, mais à la fourche des branches principales. »

Page 41.

12. C'était une sorte particulière de lampe à huile, aménagée de telle sorte que l'huile vînt alimenter la mèche sous l'effet d'une pression d'eau.

Page 44.

13. Voir plus haut notre note 2.

Page 46.

14. On admet que le franc balzacien équivaut environ à 7 de nos francs. Mais il s'agit là d'une valeur moyenne qu'il faudrait corriger en tenant compte des niveaux et des coûts de la vie; l'écart entre les hauts et les bas revenus était alors beaucoup plus considérable que de nos jours.

Page 50.

15. Il existait à Spa tout un petit artisanat du bois sculpté et décoré. Les curistes internationaux de la ville d'eaux contribuèrent à diffuser la mode des objets souvenirs de Spa; ils furent en vogue surtout au XVIIIe et au début du XIXe siècle.

Page 51.

16. Il arrive souvent à Balzac de décrire des êtres et des choses « par tableaux interposés », c'est-à-dire de donner sa propre interprétation d'un objet par référence à l'interprétation antérieure d'un peintre. Ce procédé technique du romancier reste, semble-t-il, à étudier d'une manière méthodique et exhaustive. A ce sujet, voir dans la présente collection (nº 739) la notice de *La Recherche de l'absolu;* voir surtout la thèse de Madeleine Fargeaud sur *Balzac et « La Recherche de l'absolu »* (1968).

Page 52.

17. Ici s'arrêtait dans le *Musée des familles* de septembre 1843 le texte de *Madame de la Chanterie* (*première partie*); voir notre notice, et, ci-dessus, la note 2. Toutefois la fin de cette prépublication était un peu différente : « ... par Manon. Quand il se trouva dans cette noire et vieille maison, dans ce silence profond, il se crut comme entré au couvent; mais dès les premiers jours sa curiosité devait être aussi excitée par ce qu'il allait deviner que par la lecture d'un roman moderne ».

Page 56.

18. La surface de l'« arpent de Paris » était légèrement inférieure à 35 ares. Variable selon les régions et les coutumes, la valeur de cette unité agraire pouvait dans certains cas atteindre une cinquantaine d'ares.

Page 57.

19. Prise d'armes : soulèvement armé. Cette allusion de Balzac à son roman *Les Chouans* sera amplement développée plus loin. Aux XVIIe et XVIIIe siècles, durant plus de cent ans, six Le Camus (ou Lecamus) successivement s'étaient illustrés à la Cour des Aides.

Page 63.

20. Voir plus haut notre note 9.

Page 65.

21. Maurice Regard a remarqué que la traduction de l'*Imitation* utilisée par Balzac était celle du R. P. de Gonnelieu, jésuite (1640-1715). La plus répandue aujourd'hui est celle de Lamennais. Aussi croyons-nous utile de reproduire parmi nos documents la traduction Gonnelieu des chapitres auxquels il est fait allusion dans *L'Envers de l'histoire contemporaine*. Les phrases citées ici sont tirées du chapitre XII du livre II.

Page 67.

22. Chapitre I du livre III.

Page 68.

23. Le Pont au Double; voir plus haut notre note 1.

Page 71.

24. Auteur présumé de l'*Imitation;* mais l'attribution reste controversée.

Page 72.

25. Voir plus haut notre note 2.

Page 74.

26. Franciscain, cardinal et Grand Inquisiteur, Francisco Jiménez (Ximenès) de Cisteros (1436-1517) se distingua par la manière énergique, c'est le moins qu'on puisse dire, dont il poussa les Maures de Grenade à se convertir. Il combattit les Barbaresques avec vigueur, contribua à l'avènement de

Charles Quint, et imposa au clergé espagnol des réformes qui le marquèrent pour longtemps.

Page 75.

27. Ce chapitre est en réalité le premier du livre II et non du livre III. Ce dernier est intitulé « De la consolation intérieure »; la ressemblance des deux titres explique peut-être la confusion faite par Balzac.

Page 81.

28. Chapitre IV du livre II. Quant à ce que Balzac appelle l'épitre de saint Paul sur la charité, il s'agit sans doute du chapitre XIII de la *Première Épître aux Corinthiens,* chapitre également reproduit parmi nos Documents (mais il existe sans doute d'autres passages de saint Paul qui pourraient être donnés aussi en référence).

29. Aux mots « De tous les commensaux... » commençait, dans le *Musée des familles* de septembre 1842, le texte de *Les Méchancetés d'un saint* (voir notre notice).

Page 82.

30. Visière

Page 85.

31. Dans *Tristram Shandy.*

Page 87.

32. Fondé en 1569 par Pierre Grassin, vicomte de Búzancy, conseiller au Parlement.

Page 88.

33. En 1784.

Page 89.

34. Alliage de cuivre et de zinc.

Page 92.

35. L'Opéra-Comique, situé antérieurement rue Feydeau, avait gardé dans l'usage le nom de son ancien emplacement, quitté en 1829; c'était l'ancien Théâtre de Monsieur, fondé en 1788. La rue des Moineaux, citée un peu plus bas, a disparu lors du percement de l'avenue de l'Opéra.

Page 94.

36. La « voie » représentait environ deux stères de bois débité pour le chauffage.

Page 100.

37. Cette cantatrice du Théâtre Feydeau était morte en 1807, à trente-sept ans.

Page 105.

38. L'actuelle rue Bonaparte, entre le quai et la rue Jacob. Rue des Marais (Saint-Germain) : l'actuelle rue Visconti, où Balzac avait eu son atelier d'imprimerie.

Page 106.

39. Ce décompte n'est pas très clair.

Page 113.

40. Ici s'arrêtait dans le *Musée des familles* de septembre 1842 le texte de *Les Méchancetés d'un saint* (voir ci-dessus la note 29).

Page 114.

41. Ce mot des *Actes des apôtres* est traduit, interprété et commenté plus loin, dans le passage correspondant à notre note 64 ; « Vous savez... comment Dieu a oint de l'Esprit Saint et de sa vertu Jésus de Nazareth, qui a passé en faisant le bien et guérissant tous ceux qui étaient opprimés par le diable, parce que Dieu était avec lui » (X, 38).

Page 117.

42. Il s'agit de l'exécution de Lacenaire et de son complice Avril, le 19 janvier 1836. La date de ce « dénouement » confirme celle que donne Balzac à la première ligne du roman (voir plus haut notre note 2). La même affaire Lacenaire contribua à inspirer, dans un sens bien différent, le roman inachevé de Stendhal, *Lamiel.*

Page 119.

43. Ici commençait le texte de *Madame de la Chanterie* dans le *Musée des familles* d'octobre et novembre 1844 (voir notre notice). Cette prépublication s'achevait sur les mots « ... image de la Charité ! », quelques lignes avant la fin de l'actuelle première partie du roman.

Page 121.

44. Se disait des impôts perçus sans droit légitime, et par suite de diverses exactions ou malversations.

Page 124.

45. Maurice Regard, se fondant sur cette précision biogra-

phique et sur celles qui l'accompagnent, fait observer qu'en 1836 Mme de la Chanterie serait âgée de soixante-quatre ans. Or Balzac intitula quelque temps son roman *La Femme de soixante ans ;* voir notre notice. « Dans un obscur quartier » : dans la rue de la Corderie-du-Temple, est-il précisé un peu plus bas, c'est-à-dire dans la partie de l'actuelle rue de Bretagne comprise entre la rue de Beauce et la rue du Temple.

46. Balzac, à son habitude, écrit *Roberspierre ;* nous corrigeons selon l'usage moderne.

Page 126.

47. Les biens patrimoniaux étaient à l'époque ceux que leur propriétaire avait reçus par héritage selon la règle traditionnelle ; on les opposait aux biens nationaux, dont la possession resta contestée jusqu'au vote, sous la Restauration, de la loi dite du milliard des émigrés, qui mit fin au débat. Quelques pages plus bas, Balzac précise que les Chauffeurs s'attaquaient principalement aux détenteurs de biens nationaux. On sait que les Chauffeurs étaient appelés de ce nom en raison de l'habitude qu'ils avaient de « chauffer » au feu les pieds de leurs victimes ligotées, jusqu'à ce que celles-ci avouassent les cachettes de leur argent.

Page 134.

48. Voir *Une ténébreuse affaire* (n° 468 de la présente collection).

Page 135.

49. Cet acte d'accusation est en partie authentique. La version originale, entre autres renseignements sur la même affaire, avait été communiquée à Balzac en 1844 par Joseph Vimard, greffier en chef de la Cour royale de Rouen ; le romancier l'en remercia au début de l'année suivante par le don de quelques manuscrits et jeux d'épreuves corrigés (voir le tome IV de la *Correspondance* publiée par Roger Pierrot). Le document véritable avait été établi par le procureur général impérial Chapais-Marivaux ; il a été reproduit intégralement par Maurice Regard dans son édition de 1959 de *L'Envers de l'histoire contemporaine*. Balzac l'a abrégé ; il en a modifié les noms et l'a adapté aux besoins de son propre récit, mais, en fait, l'a suivi d'assez près.

Page 136.

50. Nouveau rappel des *Chouans,* — comme dans tout ce passage.

Page 145.

51. Par inadvertance, Balzac a écrit Quesnay, qui est le nom authentique tel qu'il figure dans le document. Nous rétablissons la forme qu'il a choisi de lui donner.

Page 156.

52. Est-ce abuser des textes que de voir dans cette phrase une confidence indirecte de Balzac? Godefroid n'est nullement un de ces esprits puissants qu'il se plaît souvent à mettre en scène, et l'on voit mal pourquoi il le doterait d'une faculté exceptionnelle d'imagination; en revanche, on a des raisons de supposer qu'une telle faculté peut expliquer dans beaucoup de cas l'inexplicable « documentation » du romancier.

53. Dans *Waverley* (1814); même à cette époque déjà tardive de sa vie de créateur, Balzac reste encore sous l'influence de l'Écossais.

Page 157.

54. L'original de celle-ci n'a pas été retrouvé; Maurice Regard estime néanmoins qu'il a dû exister.

Page 158.

55. Le futur Louis XVIII.

Page 160.

56. Cadoudal, exécuté en 1804.

Page 164.

57. Gouverneur de Berlin en 1806, et traité comme espion en raison des renseignements qu'il envoyait à son gouvernement sur l'occupation française. Les services impériaux de la propagande donnèrent la plus large publicité à la clémence de Napoléon.

Page 171.

58. Voir *Splendeurs et Misères des courtisanes.*

Page 174.

59. On sait quelle place tient le swedenborgisme dans la philosophie mystique de Balzac; voir à ce sujet *Louis Lambert;* voir surtout *Séraphîta,* ainsi que l'ouvrage de Jacques Borel, *Séraphîta et le mysticisme balzacien* (1967). Goldsmith (1728-1774) avait publié *Le Vicaire de Wakefield* en 1766; Balzac ressentait un sentiment d'émulation à l'égard de cet ouvrage hautement moral.

Page 177.

60. Voir notre note 28.
61. Au sujet de ces dates, voir notre notice.

DEUXIÈME PARTIE

Page 181.

62. Mme de la Chanterie a déjà cité elle-même Aladin (voir les lignes précédant notre note 29). Balzac, on le sait, était fort amateur des *Mille et une Nuits;* ce passage-ci permet d'apercevoir une des raisons de son goût : il était attiré, dans les contes, par le spectacle et l'efficacité de pouvoirs occultes et magiques répondant en lui à on ne sait quelle préoccupation d'ordre onirique. Renvoyons là-dessus à la préface de Bernard Pingaud, en tête du présent volume. Les pages qui suivent ce passage-ci en sont la principale illustration. On y voit la charité active comparée à la police, laquelle apparaît dans *Splendeurs et Misères* comme une sorte de société secrète combattant la société secrète du crime avec des armes identiques; on y voit comment l'association de Mme de la Chanterie fait pendant à celle des Treize; on y voit Godefroid commandé par l'ivresse du pouvoir et de la puissance occultes plutôt que guidé par l'idée pure de charité : Balzac dévoile à son insu, et même contre son gré, une de ses plus profondes tendances.

Page 183.

63. C'est le thème de l'*Imitation* en général, et particulièrement du chapitre I du livre III.
64. Voir plus haut la note 41.

Page 185.

65. C'est seulement en 1859 que le nombre des arrondissements de Paris fut porté de douze à vingt. Un peu plus bas, rue d'Enfer : notre avenue Denfert-Rochereau, qui ne reçut ce nom qu'en 1879.

Page 188.

66. Le docteur Benassis, dans *Le Médecin de campagne.* Popinot : voir notamment *L'Interdiction.*

Page 190.

67. Introduite en France en 1821, l'organisation secrète et

républicaine du carbonarisme inspira la plupart des complots et attentats de la Restauration, joua un grand rôle dans la Révolution de 1830 et continua sous Louis-Philippe à exercer une action occulte. Le Champ d'Asile était une institution de colonisation philanthropique fondée à la chute de l'Empire pour recevoir en Amérique, d'abord sur la côte du golfe du Mexique puis dans l'Alabama, les réfugiés politiques français ; l'entreprise échoua d'une manière assez misérable ; les survivants purent rentrer librement en France à partir de 1818-1819.

Page 191.

68. La réunion de « cinq » pouvoirs parvenant à « décupler » un pouvoir : ce n'est pas, malgré l'apparence, une inadvertance de Balzac, puisqu'il vient de souligner le caractère « curieux » du phénomène.

Page 192.

69. L'actuelle rue d'Assas.

Page 194.

70. L'Académie des Inscriptions et Belles-Lettres avait autrefois (sous son titre ancien), parmi ses attributions, celle de composer les inscriptions à porter sur les médailles et sur les monuments.

Page 196.

71. Petits fagots liés et faits de bûches raccourcies, refendues et disposées autour de menu bois.

Page 205.

72. Les médecins estimaient que cette maladie, sans être nécessairement d'origine vénérienne, était pour le moins aggravée par des complications de cette origine.

Page 207.

73. Sur la croyance de Balzac au magnétisme, voir notamment *Ursule Mirouët*. Ainsi Balzac dans *L'Initié* prend ses distances à l'égard d'une de ses plus chères croyances comme il les prend à l'égard de son goût profond pour les sociétés occultes de criminels ; mais de même que ce dernier goût finalement se confirme et ne fait que changer d'objet, de même le médecin qu'il va mettre en scène dispose de mystérieux secrets transmis jusqu'à lui par des voies obscures.

Le nom de tétanos est aujourd'hui réservé à la maladie toxi-infectieuse ; on appelle plutôt tétanie le raidissement des muscles décrit par Balzac.

Quant à l'un des curieux traitements allégués à la fin de l'alinéa suivant, Mme Hanska elle-même l'avait suivi : « Sa mère est morte d'une humeur arthritique, et elle en a déjà reçu des atteintes ; elle a des gonflements goutteux aux pieds et aux mains causés par l'abondance de la lymphe ; et elle suit un traitement qui, après six mois, a produit d'excellents résultats. Tous les deux jours, elle plonge ses pieds dans un cochon de lait qu'on ouvre, car il faut que les pieds entrent dans les entrailles palpitantes. Il est inutile de te dire avec quelle ferveur crie le petit cochon qui ne comprend pas l'honneur qu'on lui fait et qui voudrait s'y soustraire » (lettre de Balzac à sa sœur Laure Surville, 29 novembre 1849) ; voir ci-dessous la note 82.

Page 209.

74. Il semble qu'on puisse comprendre que l'ancien fonctionnaire a dû d'abord attendre depuis 1830 jusqu'en 1833 la reconnaissance de ses droits à pension, et attendre ensuite pendant plusieurs années encore le début des versements effectifs. Il ne serait donc pas nécessaire de supposer dans les dates une erreur analogue à celles que signale notre note 2. Néanmoins la chronologie de *L'Initié* reste incertaine ; sommes-nous en janvier 1837, puisque, comme le fait observer Maurice Regard, Godefroid est alors installé rue Chanoinesse depuis quatre mois, ou en 1838 comme le dit Balzac plus loin (dans les passages correspondant à nos notes 76 et 90) ?

Page 213.

75. La topographie du Luxembourg a été profondément modifiée depuis cette époque, l'urbanisation mordant sur les jardins. La « grande allée » se confondait alors avec notre avenue de l'Observatoire ; la rue d'Enfer se prolongeait sur l'actuel boulevard Saint-Michel ; le cloître des Chartreux se situait à peu près à l'endroit qu'occupent aujourd'hui l'École des Mines et les serres.

Page 218.

76. Voir ci-dessus la note 74.

Page 224.

77. Expert lui-même en l'art d'éconduire les créanciers, Balzac cite volontiers cette scène du *Dom Juan* de Molière

(acte IV, scène III). « Dans sa compagnie » : de la Garde nationale.

Page 230.

78. Aux Catacombes; les ossements calcinés servaient non pas à « faire le sucre », mais du moins à le blanchir.

Page 235.

79. La forme authentique du proverbe est : « Un bon averti en vaut deux. » Balzac, toujours très attentif aux déformations populaires du langage et aux jeux les plus variés auxquels peuvent prêter les mots, n'a pas laissé passer cette occasion-ci; seulement il se trouve que la simplification apportée spontanément par Mme Vauthier à une forme archaïsante est aujourd'hui passée dans l'usage courant : la plaisanterie n'a plus de sel.

Page 244.

80. L'exemple de Mme de Lavedan, selon Maurice Regard. A vrai dire, cette identification paraît contestable. L'*Historiette* en question se trouve au tome II, pp. 516 et suiv., de l'édition de la Pléiade, établie par Antoine Adam.

Page 245.

81. Être à pot et à rôt avec quelqu'un : partager avec lui la marmite et le rôti, se trouver avec lui en pleine familiarité.

Page 260.

82. Il importe de rappeler d'abord (voir notre notice) que Balzac écrivit *L'Initié* en Ukraine auprès de Mme Hanska. Le romancier, comme en général l'opinion publique française de son temps, s'est toujours intéressé — plusieurs personnages de *La Comédie humaine* en témoignent — aux émigrés polonais arrivés à Paris après que la Russie eut écrasé en 1831 leur insurrection. Quelques lignes plus loin on voit cité ainsi Joachim Lelewel qui, professeur d'histoire à Varsovie et à Wilna, membre très actif de la révolte de 1830, se réfugia à Paris; sa propagande antirusse le fit expulser de France : il s'installa alors à Bruxelles. Plus loin encore, Balzac va citer Wronski, Mickievicz, Towianski — tous trois passionnés d'occultisme. Balzac se trouva longtemps partagé entre ses sympathies polonaises et sa crainte de nuire à Mme Hanska (et par suite à lui-même) en affichant des sentiments désobligeants pour la politique russe. Quoi qu'il en soit, ses relations avec elle et ses voyages auprès d'elle en Europe de l'Est lui

fourniront toutes sortes de précisions pour la maladie et la guérison de Vanda. Notre note 73 en a déjà donné un exemple caractéristique.

Le nom de Halpersohn peut être rapproché de celui de la raison sociale Halperine and Son, banquiers juifs de Galicie que Balzac avait pour correspondants. Le médecin doit probablement quelques-uns de ses traits au docteur Koreff, « Juif allemand installé à Paris, libéral, affilié à des sociétés secrètes, sans aucun doute quelque peu conspirateur, surveillé par la police... » (Maurice Regard). Balzac cite un peu plus bas Hedenius (ou plutôt Hedenus) de Dresde et Chelius de Heidelberg : le premier avait soigné Mme Hanska lorsqu'elle accoucha en 1846 d'un enfant mort-né, l'un et l'autre lui avaient prescrit un traitement contre son arthritisme (ils sont cités ensemble dans une lettre de mars 1850 à Laure Surville). Un autre modèle très vraisemblable : le docteur Knothé, médecin ordinaire de Mme Hanska : « Moi, j'ai repris le traitement de ma maladie de cœur il y a 8 jours. Cela consiste en poudres, et en mixtures qui alternent d'un jour l'un. Notre docteur est un très grand médecin, enseveli à Wierzchownia; mais qui, semblable à beaucoup de génies, aime peu l'art où il excelle et ne l'exerce qu'à contrecœur... Son aîné est un médecin qui poursuit sa profession avec ardeur, et qui promet d'être un grand médecin aussi. Comme médecin, le père a inventé *les poudres.* Il guérit par des substances réduites en poudre qu'on avale dans des pains à chanter; mais les effets en sont miraculeux. Il les varie, les dose, les compose à mesure des besoins du malade et des plus petites phases de la maladie. Ceci exige des soins et des observations d'une minutie extrême; mais il se rend ainsi maître des maladies les plus désespérées » (lettre à Laure Surville du 29 novembre 1849; il convient toutefois d'observer que les lettres à Laure auxquelles nous nous référons sont postérieures à *L'Initié*).

Quant à la maladie de Vanda, la plique polonaise — « polonaise », bien entendu —, elle était connue des médecins et dermatologues de l'époque, et décrite dans leurs traités. Les lecteurs curieux de détails pourront se reporter aux recherches de Maurice Regard, qui en a consigné les résultats dans son édition de *L'Envers de l'histoire contemporaine.* Nous n'en retiendrons ici que l'indication suivante : tous les symptômes décrits par Balzac sont effectivement signalés par les spécialistes contemporains, mais il était rare qu'un seul et même malade présentât à la fois la totalité de ces symptômes : Balzac fait bonne mesure. On consultera utilement aussi le *Balzac, les médecins, la médecine et la science* du docteur F. Bonnet-Roy (1944).

Page 263.

83. De Walter Scott (1824). Un opéra en avait été tiré à Paris en 1844.

Page 275.

84. Du *Moïse en Égypte* de Rossini, adapté pour l'Opéra français en 1827; voir *Massimilla Doni*. « Identique avec » : *sic;* cette construction est présentée par Littré comme aussi correcte que « identique à ».

Page 285.

85. Nouvelle inadvertance : à quinze francs par jour, comme il a été dit plus haut, le versement de Godefroid représente un mois de pension, et non un trimestre.

Page 286.

86. Encore une inadvertance : il s'agissait précédemment de M. Joseph et non de M. Nicolas.

Page 295.

87. La prison pour dettes.

Page 301.

88. Bourlac avait déclaré précédemment : « L'œuvre dont il s'agit a été conçue par moi en 1825... »

Page 303.

89. L'actuelle rue Le Goff.

Page 308.

90. Sur la chronologie incertaine de *L'Initié,* voir notre note 74.

Page 314.

91. Voir ci-dessus la note 86.

Page 317.

92. Autre flottement dans la chronologie.

Page 319.

93. Sur cette date, voir notre notice.

L'ENVERS DE L'HISTOIRE CONTEMPORAINE

DOSSIER

DU MÊME AUTEUR

Dans la même collection

LE PÈRE GORIOT. *Préface de Félicien Marceau.*

EUGÉNIE GRANDET. *Édition présentée et établie par Samuel S. de Sacy.*

ILLUSIONS PERDUES. *Préface de Gaëtan Picon. Notice de Patrick Berthier.*

LES CHOUANS. *Préface de Pierre Gascar. Notice de Roger Pierrot.*

LE LYS DANS LA VALLÉE. *Préface de Paul Morand. Édition établie par Anne-Marie Meininger.*

LA COUSINE BETTE. *Édition présentée et établie par Pierre Barbéris.*

LA RABOUILLEUSE. *Édition présentée et établie par René Guise.*

UNE DOUBLE FAMILLE suivi de LE CONTRAT DE MARIAGE et L'INTERDICTION. *Préface de Jean-Louis Bory. Édition établie par Samuel S. de Sacy.*

LE COUSIN PONS. *Préface de Jacques Thuillier. Édition établie par André Lorant.*

SPLENDEURS ET MISÈRES DES COURTISANES. *Édition présentée et établie par Pierre Barbéris.*

UNE TÉNÉBREUSE AFFAIRE. *Édition présentée et établie par René Guise.*

LA PEAU DE CHAGRIN. *Préface d'André Pieyre de Mandiargues. Édition établie par Samuel S. de Sacy.*

LE COLONEL CHABERT, suivi de EL VERDUGO, ADIEU, LE RÉQUISITIONNAIRE. *Préface de Pierre Gascar. Édition établie par Patrick Berthier.*

LE COLONEL CHABERT. *Préface de Pierre Barbéris. Édition de Patrick Berthier.*

LE MÉDECIN DE CAMPAGNE. *Préface d'Emmanuel Le Roy Ladurie. Édition établie par Patrick Berthier.*

LE CURÉ DE VILLAGE. *Édition présentée et établie par Nicole Mozet.*

LES PAYSANS. *Préface de Louis Chevalier. Édition établie par Samuel S. de Sacy.*

CÉSAR BIROTTEAU. *Préface d'André Wurmser. Édition établie par Samuel S. de Sacy.*

LE CURÉ DE TOURS, suivi de PIERRETTE. *Édition présentée et établie par Anne-Marie Meininger.*

LA RECHERCHE DE L'ABSOLU, suivi de LA MESSE DE L'ATHÉE. *Préface de Raymond Abellio. Édition établie par Samuel S. de Sacy.*

FERRAGUS, CHEF DES DÉVORANTS (« Histoire des Treize » : 1er épisode). *Édition présentée et établie par Roger Borderie.*

LA DUCHESSE DE LANGEAIS. LA FILLE AUX YEUX D'OR (« Histoire des Treize » : 2e et 3e épisodes). *Édition présentée et établie par Rose Fortassier.*

LA FEMME DE TRENTE ANS. *Édition présentée et établie par Pierre Barbéris.*

LA VIEILLE FILLE. *Édition présentée et établie par Robert Kopp.*

BÉATRIX. *Édition présentée et établie par Madeleine Fargeaud.*

LOUIS LAMBERT. LES PROSCRITS. JÉSUS-CHRIST EN FLANDRE. *Préface de Raymond Abellio. Édition établie par Samuel S. de Sacy.*

UNE FILLE D'ÈVE, suivi de LA FAUSSE MAÎTRESSE. *Édition présentée et établie par Patrick Berthier.*

LES SECRETS DE LA PRINCESSE DE CADIGNAN et autres études de femme. *Préface de Jean Roudaut. Édition établie par Samuel S. de Sacy.*

MÉMOIRES DE DEUX JEUNES MARIÉES. *Préface de Bernard Pingaud. Édition établie par Samuel S. de Sacy.*

URSULE MIROUËT. *Édition présentée et établie par Madeleine Ambrière-Fargeaud.*

MODESTE MIGNON. *Édition présentée et établie par Anne-Marie Meininger.*

LA MAISON DU CHAT-QUI-PELOTE, suivi de LE BAL DE SCEAUX, LA VENDETTA, LA BOURSE. *Préface d'Hubert Juin. Édition établie par Samuel S. de Sacy.*

LA MUSE DU DÉPARTEMENT, suivi de UN PRINCE DE LA BOHÈME. *Édition présentée et établie par Patrick Berthier.*

LES EMPLOYÉS. *Édition présentée et établie par Anne-Marie Meininger.*

PHYSIOLOGIE DU MARIAGE. *Édition présentée et établie par Samuel S. de Sacy.*

LA MAISON NUCINGEN précédé de MELMOTH RÉCONCILIÉ. *Édition présentée et établie par Anne-Marie Meininger.*

LE CHEF-D'ŒUVRE INCONNU, PIERRE GRASSOU et autres nouvelles. *Édition présentée et établie par Adrien Goetz.*

SARRASINE, GAMBARA, MASSIMILLA DONI. *Édition présentée et établie par Pierre Brunel.*

UN DÉBUT DANS LA VIE. *Préface de Gérard Macé. Édition établie par Pierre Barbéris.*

Impression CPI Bussière
à Saint-Amand (Cher),
le 18 juin 2009.
Dépôt légal : juin 2009.
1er dépôt légal dans la collection : septembre 1978.
Numéro d'imprimeur : 091778/1.
ISBN 978-2-07-037056-6./Imprimé en France.

170258